PERFECT — PEOPLE

完美人类

[英国] 彼特·詹姆斯 著
王好强 黄力平 译

译林出版社

图书在版编目（CIP）数据

完美人类 /（英）彼得·詹姆斯(Peter James) 著；王好强，黄力平译．—南京：译林出版社，2023.12

（后窗文库）

书名原文：Perfect People

ISBN 978-7-5447-8851-9

Ⅰ.①完… Ⅱ.①彼… ②王… ③黄… Ⅲ.①长篇小说－英国－现代 Ⅳ.①I561.45

中国版本图书馆 CIP 数据核字（2021）第 204829 号

著作权合同登记号　图字：10-2021-118 号

完美人类 ［英国］彼得·詹姆斯／著　王好强　黄力平／译

责任编辑　赵　奕
装帧设计　薛顾璨
校　　对　戴小娥　孙玉兰
责任印制　闻媛媛

原文出版　Macmillan, 2011
出版发行　译林出版社
地　　址　南京市湖南路 1 号 A 楼
邮　　箱　yilin@yilin.com
网　　址　www.yilin.com
市场热线　025-86633278
排　　版　南京展望文化发展有限公司
印　　刷　江苏凤凰通达印刷有限公司
开　　本　890 毫米 ×1240 毫米 1/32
印　　张　16.375
插　　页　2
版　　次　2023 年 12 月第 1 版
印　　次　2023 年 12 月第 1 次印刷
书　　号　ISBN 978-7-5447-8851-9
定　　价　79.00 元

第一章

4月的一个傍晚，在美国马萨诸塞州南部科德角以东三十海里处，两名年轻人带着行李，站在一艘改装过的游艇的直升机起降平台上。他们紧握着栏杆，神情焦虑。

他们俩都知道，现在再有任何疑问已经迟了。

“幸运玫瑰号”游艇已经四十岁了，身上伤痕累累，凡是有裂纹、凹陷和铆钉的地方，油漆都很厚，活像一个涂脂抹粉的老妓女的脸。游艇航行在令人心旷神怡的大海上，船尾巴拿马国的方便旗[1]猎猎作响，黄色的烟囱向空中排出丝丝缕缕的黑烟，很快就被海风吹得没了踪影。为了让减摇鳍[2]工作，游艇保持着一定的航速。其实，它并不急于赶往任何一个目的地。它只是在美国领海十二海里线的范围外“闲逛”，以保证安全——保证自己不受美国联邦法律的约束。

约翰·科里森三十五六岁，上穿羊毛衬里夹克，下穿休闲裤，脚蹬真皮休闲鞋，看上去颇具登山爱好者或探险者的气质，其实，他是个做学问的。他六英尺高，淡褐色皮肤，身材瘦削，金色短发，淡蓝色的眼睛，戴着椭圆形的小眼镜，一表人才，平时不苟言笑，脸上有着北欧人的特征。

1　船舶悬挂的旗帜表明该船舶的国籍。有些国家允许所有外国船舶悬挂其旗帜，于是，有些外国船舶为了逃避本国税务和其他强制措施，往往购买这些国家的旗帜。这种船旗被称为方便旗。——译注（下同）

2　用以帮助船舶在狂风巨浪中保持平衡的人造设备。

他的妻子娜奥米一心只想着在船上站稳。她裹着一件驼毛长外套，外套下面是无袖套衫。她穿了一条牛仔裤，脚上是黑色生胶底皮靴。娜奥米头上的金发是那种时髦的乱发发型，长短正适合，海风把头发吹到了她那漂亮的脸上，娜奥米本来就有点像个假小子，现在这一特征变得更加突出，虽然目前她的脸色比正常情况下要苍白很多。

在他们头顶几米远的地方，刚刚把他们送到游艇上的那架直升机悬停在空中，像大出血一样不停地向半空中排放着汽油味很重的烟气。直升机在游艇上投下的阴影像一只大而空的布袋子。那正是约翰此时此刻的感觉：他觉得自己好像被人从袋子里扔出来了。他低头迎着直升机发出的巨大噪声以及螺旋桨抛出的气流，伸手扶着妻子。他感受到了驼毛外套下妻子瘦削的肩膀，觉得他的心和她的心靠得很近。此时的他太想靠近她了，太想保护她了。

还有，他想对她负责。

风吹得很猛，他不得不小口小口地呼吸，以免呛着自己。带着海盐的水汽给镜片蒙上了一层薄雾。因为紧张，嘴和嗓子眼都觉得干干的，现在直升机排出的尾气更让他觉得口干舌燥，干得要起火。娜奥米的几缕头发像鞭子一样抽打着他的脸。脚下的甲板下降了，一会儿之后又向上抬升，胃顶向胸腔，脚底的感觉就像在乘坐电梯。

透过头顶上旋翼的呼呼声，他听见了一种刮擦的声音。他这是第一次坐直升机。在直升机上穿过大西洋低压带，颠簸了一个小时之后，他再也不想重复上述体验了。那种眩晕、恶心的感觉和你在游乐场坐空中飞车一样。你的脑袋甩向一个方向，而体内的各种器官则甩向另一个方向。现在，直升机的尾气、游艇上浓烈的油漆味、脚下颠簸的甲板，都加剧了这种难受。

娜奥米搂着他的腰。他的皮夹克有一层厚厚的衬里，但他还是感觉到了娜奥米的力量。她心里在想什么，他相当清楚，因为他的心里也是那样想的啊。那是一种令人不适的终结感。此前，一切都只停留在想法的层面上，那是一个随时可以抛之脑后的想法，但是，现在不行了。看着娜奥米，他想，我很爱你，亲爱的娜奥米，你非常勇敢。有时候我觉得你比我要勇敢得多。

直升机的身子歪向一边，引擎的轰鸣声更响了，机腹上的信号灯在闪烁。接着，直升机陡然爬坡，离开了游艇的上方。约翰看着直升机渐行渐远，于是将目光投向下面灰色的海洋。海面上有不少浮沫，偶尔还可以看见几只海马，远方的地平线若有若无。

“好了吗？请跟我来。”

一名身穿白色连衣裤的菲律宾人在他们前面带路。此人彬彬有礼，但神情严肃。此前，他们刚从直升机上下来的时候，迎接他们、帮他们拎包的就是他。现在，帮他们开门的还是他。

他们跨过甲板梯口，跟着菲律宾人走了进去。门嘭的一声关上了，将自然界的一切挡在了外面。在突然降临的静谧中，他们看见舱壁上挂着一张航海图，一下子感觉暖和起来。这里的油漆味更浓了。脚下的地板在嗡嗡响着。娜奥米捏了捏约翰的手。她晕船晕得厉害。她以前一直这样。她一上船就难受，哪怕是在池塘里的一条小船上也不行。但是今天她不能采取任何措施。晕船药不能吃，也不能打晕船针，只能靠自己硬撑过去。约翰也捏了捏她的手，以示回应。他想安慰她的同时，也想安慰他自己。

我们这么做正确吗？

这个问题他已经问自己问了一千遍。在未来的多年时间里，他将继续问下去。他现在能做的就是说服娜奥米和自己，是的，这样做是正确的。这个问题没有什么好讨论的了，我们在做一件正确的事。

我们真的是在做一件正确的事。

第二章

他们即将住上一个月的那间客舱，在这所漂浮诊所的宣传册里被吹得天花乱坠。小册子里说那是一间特等舱，极其豪华；现实情况是，客舱里配了一张大床、一张小沙发、两把同样小的扶手椅和一张圆桌，圆桌上摆放着一碗水果。所有这些东西都挤在一个与小旅馆房间同大的空间里。客舱一个角落的高处有一台受到严重干扰、信号很差的电视机，正在播放CNN新闻。奥巴马总统在讲话，因为静电的原因，他的话有一半根本听不清。

客舱里有一间铺着大理石的卫生间，虽说局促不堪，却让人觉得奢侈非常。娜奥米想，如果游艇不像现在这样老是晃来晃去，她不用扶着什么东西就能在卫生间里站定，那才是真的奢侈呢。约翰的洗漱包在地上滚来滚去，她蹲下身子，将洗漱包里的东西掏出来之后，立即站直身子，顿时感到头晕要吐。

“要帮忙吗？”约翰问。

她摇摇头。这时游艇突然向前一冲，她失去了平衡，踉跄着走了几步，最后重重地坐在床上，差一点踩到约翰的电脑。“我恐怕只能再忍四分钟时间。收拾好行李，我就得去吐了。”

“我也觉得头晕。”约翰说。他瞥了一眼贴在舱壁上的安全须知，那上面有一张紧急集合地点的布局图和一张救生衣穿着步骤示意图。

“你怎么不吃晕船药呢？”她问，“你可以吃啊。”

“要是你不能吃，那我也不吃。我要和你同甘共苦。”

“你受苦啦！”她扭头靠了过去，在他脸上吻了一下。他的皮肤温暖而粗糙，身上的古龙香水有股浓烈的麝香味。他散发出的那种精神和身体的双重力量，让她觉得舒服些了。少女时期的她在看电影时，总是被那些身强力壮、智力过人却寡言少语的男人吸引。她真希望自己的父亲就是那种类型的男人啊。八年前她在怀俄明州的杰克逊霍尔小镇排队等着上缆索吊椅，第一次见到约翰时就芳心大动，因为她觉得约翰相貌英俊，又有一种内在的力量，正是她心目中的白马王子。

想到这里，她又吻了他。“我爱你，约翰。”

娜奥米的眼睛有时是绿色的，有时是褐色的，但无论什么时候总是熠熠生辉，满满的都是对约翰的信任。

约翰看着她的眼睛，突然心生无限怜爱。“娜奥米，我爱你。我喜欢你，我心疼你啊。”

她不无惆怅地笑笑。“我也心疼你啊。有时候你真的不知道我有多喜欢你啊。”

两人好久都没有说话，但这样的沉默令人舒坦。自从哈雷离开人世后，他们俩花了很长时间才调整好夫妻之间的关系。在哈雷刚走的那两年，他们的世界真的是一片黑暗啊，娜奥米屡屡担心他们的婚姻已经走到了尽头。

哈雷这个孩子的身体一直很棒。他们根据哈雷彗星给他起了这个名字，因为约翰说他非同一般，像他这样的孩子能够降临人世实属稀奇，也许真的像哈雷彗星那样七十五年才会有一个——不，很可能比哈雷彗星还罕见。哈雷出生的时候，他们都不知道他的体内已经埋藏着一颗定时炸弹。

娜奥米的手提包里一直放着哈雷的照片。照片上的哈雷三岁，穿着粗蓝布做的衣服，头上松软的金发乱糟糟的，好像刚刚从滚筒干衣机里爬出来一样。他调皮地对着照相机，咧嘴大笑着，露出了两颗豁牙，那是他荡秋千时掉下来摔的。

哈雷死后的很长时间里，那一直是约翰不愿面对或不能面对的话题。他只是埋头于工作、下棋和摄影之中。他常常带着相机，无论天气好坏，一出去就是好几个小时，看到什么就拍什么，说他漫无目的吧，整个人却又像着了魔一样。

她则努力重新找工作。在洛杉矶一个朋友的介绍下，她在一家公关公司找到了一份不错的工作，但几个星期之后她就辞职了，因为上班的时候她总是无法集中精力。没有了哈雷，她生活中的一切都变得粗陋浅薄、毫无意义。

最后，他们俩都去找医生，几个月前刚刚结束心理治疗。

约翰说："你觉得怎么样——"

"你是说来这里吗?"

"是的，我们真的来这里了。"

化妆台上的一只托盘里放着一瓶矿泉水和两只玻璃杯。托盘滑动了几厘米之后又停了下来。

"好像突然变成现实了。我紧张得要命。你呢?"

约翰爱意满满地摸了摸她的头发。"亲爱的，无论什么时候，如果你想停下来——"

为了做这件事，他们从银行借了一笔巨款，另外还向娜奥米远在英国的妈妈、姐姐哈丽特借了十五万美元。这笔钱是她们坚持要借的。全部的款项加起来一共有四十万美元，目前已经全部付清——一旦付款，就不予退还。

"我们既然已经做出了决定，"她说，"就必须朝前走。我们不必——"

有人敲门，打断了他们的谈话。外面那个声音说："服务员，打扫房间。"

门开了，是一个五短身材但长相颇佳的菲律宾女人，她穿着白色连衣裤，脚蹬橡胶底帆布鞋，微笑地看着他们。"欢迎登船，科里森博士，科里森夫人。我叫丽亚，是你们的客舱服务员。请问你们有什么需要吗？”

“我们俩都觉得头晕，”约翰说，“有没有什么东西是我妻子可以用的？”

“啊，当然有——我这就去拿。”

“有吗？”他诧异地说，“我还以为没有什么药——”

服务员关上门走了，不到一分钟的时间，她又出现了，手里拿着两副腕带和两小片胶布一样的东西。她拉起衣袖给他们看。原来，她的手腕上也戴着类似的腕带。接着，她又给他们看了自己耳后贴的那个胶布一样的东西。“你们贴上这个就不会晕船了。”说着，她给他们展示了贴晕船贴的正确位置。

娜奥米不知道是心理作用还是这两个东西真的有用，反正服务员走了之后才几分钟的时间，她就觉得好一些了，至少她可以继续收拾行李，把东西从包里拿出来了。她站起身来，盯着舷窗外面黑色的海洋看了一会儿，赶紧把头扭到一旁，因为一看到海浪，晕船的感觉就卷土重来了。

约翰回头继续摆弄他的电脑。他们一起在外旅行时有个不成文的规矩：娜奥米负责收拾行李，约翰则让到一旁，免得碍手碍脚。这个世界上最不会收拾东西的人恐怕非他莫属，无论是出发时把行李装箱还是到达后把行李拿出来，他都做不了。这不，约翰刚刚在行李箱里找过电脑的电源适配器，箱子里的东西就被他扔得到处都是。有的衣服到了床罩上，有的衣服被扔到了椅背上，还有的衣服被他直接丢在地上。娜奥米绝望地看着他。约翰目不转睛地看着电脑屏，对他制造出来的混乱浑然不觉。

娜奥米咧嘴笑了。她从地上捡起约翰的一扎领带，摇了摇头。对他发火已经毫无意义了。

约翰摆弄着新腕带，摸摸耳后的晕船贴，并没有感觉到晕船的症状有所改观。为了努力忽视游艇的晃动，他把注意力集中到眼前的国际象棋上。他在和一个名叫格斯·桑迪亚诺的男子下棋。此人住在澳大利亚的布里斯班。他们是在一个国际象棋的聊天室里认识的。

他已经和格斯·桑迪亚诺下了几年国际象棋，但他们从来没有在网络空间之外的地方见过面，约翰甚至连他的对手长什么样子都不知道。这个澳洲人的棋下得很烂，而且最近每走一步所花的时间好像越来越长了，这样一来无疑延长了他的绝望心情，而他落到这步田地没有别的原因，纯粹是因为他蠢笨不堪。约翰心生厌倦，已经在考虑要找一个新对手了。眼下那个澳洲人又走了一步毫无意义的烂棋。

"桑迪亚诺先生，你去死吧!"

约翰把他将死了，桑迪亚诺先生的王无处可逃。他为什么不乖乖认输，结束这场比赛呢？约翰在电脑上打了一封建议他投降的邮件，然后将手机接到电脑上，准备发出邮件，但是却发现手机上没有信号。

他们在大海的深处，离陆地太远了，他想。床边倒是有部卫星电话，但根据电话旁边的使用说明，其价格是九美元一分钟。太贵了。那就让格斯·桑迪亚诺等着吧。

他关了国际象棋，打开了自己的邮箱，开始细看他今天早晨下载却还没有来得及看的那十几封邮件。想到在随后的一个月时间里，他们都将待在手机信号无法覆盖的海上，收发邮件成了一个大问题，他不由得慌张起来。他在南加利福尼亚大学的研究实验室工作。在正常情况下，他平均每天要收到一百五十封邮件，今天的收件量接近两百封。

"亲爱的，太神奇了！你记得你看过这个东西吗？"娜奥米说。

约翰抬起头，只见她正在看那个宣传册。"我刚才还在打算着过一会儿再看一遍呢。"

“游艇上只有二十间私密客舱供客户居住。这样委婉的说法挺好的。我们是‘客户’，不是‘病人’。”她大声读了出来。“游艇以前载客五百人，但两主甲板处原先是客舱的位置现在已经完全改成了电脑房，里面放满了电脑。他们有五百台超级电脑在船上！太厉害了！他们怎么要用那么多电脑？他们需要那么强的计算能力吗？”

“遗传学需要巨量的数字计算，我们付的钱有一部分就花在这上面了。给我看看。”约翰说。

她把宣传册递给了他。约翰看着一张照片，那上面拍的是一名身穿白色工作服的技术人员在看电脑显示器，旁边是许多蓝色电脑机箱。约翰翻到宣传册的开头部分，盯着那张照片看。他认出那张照片和这位科学家放在个人网页上的那张是相同的。约翰在电视上曾经看过他接受别人的采访，也曾在专业报刊和大众报刊上无数次看到他的照片。接着，虽然他早就了解这位科学家的情况，但还是扫了一眼他的简介。

里奥·德托雷博士从小就是个天才。他十六岁的时候以优异成绩从麻省理工学院毕业，后在斯坦福大学获得了哲学博士和医学博士两个学位，在南加利福尼亚大学、法国巴斯德研究院进行生物科技方面的博士后研究，后来，他发现了一种重要的酶，在实验室条件下，该种酶可以帮助实现基因的复制。他申请了专利，成了亿万富翁。正是因为这一重要发现，他获得了麦克阿瑟奖和诺贝尔奖，但后者被他拒绝了。他说他觉得所有的奖项都被政治玷污了。此言一出，整个科学界为之侧目。

接着，这位特立独行的遗传学家又放大招，震惊了医学界：他为人类基因申请专利，成为首批吃螃蟹的人之一。后来，各国依照新的法律撤销了他的专利，他又积极投身到反抗那些法律的斗争之中。

里奥·德托雷博士是当今世界上最为富有的科学家之一，应该也是最富争议的一位。他公开承认自己正在用人类胚胎进行基因实验，且已经取得阶段性成果，这引发了来自美国以及其他许多国家宗教领袖的抨击，美国也宣布禁止他在境内从事医疗活动，但这些丝毫没有动摇他的信念。

他正在外面敲约翰和娜奥米的舱门。

第三章

娜奥米打开门，外面的那个身材高大的男人和她打了声招呼。男人手上拿着一个牛皮纸信封，身上的白色连衣裤和脚上的橡胶底帆布鞋似乎是船上工作人员的标准制服。约翰一眼就认出了他，连忙站了起来。

约翰惊讶于真人版遗传学家的身高远远超过了他的想象。遗传学家比约翰高一个头，身高至少有六英尺六[1]。另外，他的声音约翰也一下子就听出来了，那是南加利福尼亚特有的、亲切却又不容置疑的口音，和他最近这几个月来在电话里听到的一模一样。

“是科里森博士吗？您是科里森夫人？我是里奥·德托雷。希望我没有打扰你们！”

这个男人，这个拿走了他们在这个世界上的全部积蓄、外加借来的十五万美元的男人，伸出了手。他紧紧握住娜奥米的手，不慌不忙地晃了几下，和娜奥米四目相对。里奥·德托雷博士的眼睛是淡灰色，但目光锐利，透着机警，闪着热情的光芒。娜奥米强作欢颜，勉强对着他笑了笑，然后恐慌地扫了一眼约翰身边那一圈乱七八糟的衣服。她真希望有机会收拾一下再让他进来啊。“不，不，你绝对没有打扰我们，进来吧。”她说。

“我只是想来看看你们，顺便自我介绍一下，拿点材料给你们看看。”遗传学家走进客舱的时候不得不缩了一下脖子。“科里森博士，

1　大约为一点九八米。

我很荣幸，终于见到你啦。”

“德托雷博士，见到你，我也很荣幸。”

德托雷的手强劲有力，握手这件事完全由他掌控，显然在其他事情上，他也有着同样的控制欲。约翰顿时觉得有些不自在。德托雷面带微笑，似乎在暗示着什么，好像这两个男人之间有着某种秘密约定。他们两个人同为科学家，对这件事的理解远远超过了娜奥米，也许这就是他们心照不宣的秘密吧。

不过，约翰从来没有打算向妻子隐瞒什么。从第一天开始，这个就是他和娜奥米两人的共同决定。他们俩是开诚布公、地位平等的合作伙伴，他绝对不会对她有任何隐瞒，也不会歪曲事实。

里奥·德托雷明显有着拉丁人的血统，身材瘦削却结实，皮肤是健康的小麦色，浑身散发着自信和男性魅力。他的牙齿排列整齐，完美无缺，黝黑而浓密的头发梳向脑后，鬓角处点缀着几根银发。虽然已经六十二岁了，但他看上去至少要年轻十几岁。

娜奥米仔细观察着，研究他脸上的表情，研究他的体态语言。她想从他的身上找到一些缺口，以便深入了解这个陌生人，这个承载着他们全部未来的陌生人。她的第一印象是这个人让她失望了。以她在公关行业的工作经验，她注意到里奥·德托雷身上有种气质，那是只有非常有钱的事业成功人士才具备的气质，它说不清，也道不明，好像只有你拥有巨额财富之后才能达到这个境界。里奥·德托雷看上去机灵圆滑，懂得如何在他人面前展示自己，既像一名在选民面前拉票的美国总统候选人，也像一名主持股东大会、和颜悦色的行业领袖。但奇怪的是，她觉得自己盯着他看的时间越长，对他的信心就越强。不管怎么说，他这个人看上去还是挺真诚的。

她特别留心看了他的手。他的手指很漂亮，既不是政客的那种手指，也不是商人的那种手指，而是真正的外科医生的手指——手指细长，指甲修剪得很干净。她喜欢他真诚的声音，听了令人心安。另外，只要看到他这个人，娜奥米就觉得心里有底了。但她立即提醒自己——在过去的这几个星期里她经常这样做——《时代》杂志几个月前的某期封面是一张德托雷的面部照片，下面是一句话：**21世纪的弗兰肯斯坦**？

“你知道，”德托雷博士说，“我对你的工作真的充满了好奇，科里森博士。也许在接下来的几天里，我们可以找个时间好好聊聊？我看过你几个月前发表在《自然》上的论文——是2月份的那一期吧？”

“是的，就是那一期。”

“虚拟狗基因。你的这项研究太棒了！”

“那是一项重要的实验，”约翰说，“花了四年时间。”

约翰开发了一个电脑模拟程序，展示狗在一千代的时间里的进化过程。

“你的结论是，狗和人的关系非常密切，我们人类进化的时候，狗也在进化。实际上，随着人类在这个星球上的统治地位越来越强大，狗也变得越来越聪明。这个说法我喜欢。我觉得你的这个想法很独特。”德托雷说。

像德托雷这样身份显赫的科学家都看过他的论文，而且还表扬了他，约翰觉得很荣幸。“克服基因之间的相互作用，这对进化的速度将产生影响，我开发的那个程序其实就是其中的几个关键计算程序。”他谦虚地说。

“你没有搞一个模拟程序，看看人在一千世代之后会进化成什么样子？”

“那就完全是一套全新的参数了。除了编出程序具有一定的挑战性，在南加利福尼亚大学搞学术研究，那里的计算能力不够——”

德托雷打断了他的话，“我觉得这个问题我们可以好好谈谈。如果能够推动这方面的研究，我有兴趣提供资金。”

“如果是这样，我将不胜荣幸。”约翰说。想到德托雷的资助可能促进自己的研究工作，他不禁有些兴奋，但他不想在这个时候“偏离航线”。在这条船上，最重要的是娜奥米，不是他的研究工作。

“好，在接下来的几个星期里，我们有大量的时间。”德托雷顿了顿，先看看约翰，又看看娜奥米。“你们二位的儿子遭遇不幸，我真的很遗憾。”

娜奥米耸耸肩，感到一阵心痛。每次谈到这个话题，她都会这样。

“谢谢。”她哽咽着说。

德托雷灰色的眼睛盯着她，说：“那真的是很艰难的一段时间啊。从来没有体验过丧子之痛的人根本无法理解。”

娜奥米点点头。

面带悲伤的德托雷突然朝约翰瞥了一眼，好像是想把约翰也拉进这场对话之中。“我的前妻和我有过两个孩子，但他们都没了——一个是在一岁的时候，因为遗传病；另一个是在六岁时，因为脑膜炎。”

“我……我不知道你……我真的很抱歉。”娜奥米说。她转身对约翰说：“这你……没有告诉我。”

“我也不知道，”他说，“抱歉。”

“不用这样，真的，这不怪你，因为这种事情我是不会走到哪儿说到哪儿的。我和前妻决定不要声张。但是——”遗传学家德托雷张开手掌。“那就是我在这里的主要原因。在我们的生活中，总有一些事情是不该发生——不一定要发生——却又发生了。现在，科学能够帮助我们避免这些事情的发生，而这就是我这家诊所的使命。”

“这也是我们来这里的原因。”娜奥米说。

德托雷笑了。“好啦——你们一路上还顺利吗？昨晚是坐红眼航班从洛杉矶过来的吗？”

“我们坐的是白天的航班，昨天晚上在纽约住了一宿，和几位朋友见面、吃饭。我们喜欢在纽约的餐馆里吃饭。”约翰说。

这时，娜奥米插话说：“我丈夫的兴趣之一是美食，只是他在对待每一道菜的时候都像是做科学实验。其他所有的人都吃得很开心，但他总是觉得他盘子里的菜有这样那样的问题。”她含情脉脉地朝约翰望去，脸上洋溢着幸福的笑容。

约翰会意地看着娜奥米。“烹饪是一门科学。我可不想让自己成为某些厨师试验对象的同时，还自掏腰包。”

“我很想知道，你们给我这条船上的厨师打多少分。”德托雷说。

“以我现在这个状态啊，”娜奥米说，“我什么吃的都没兴趣。”

“有点晕船？”

“有点。”

“有预报说，在未来的几个小时里会出现恶劣天气，过后就是晴天——明天应该就是晴天。”他迟迟疑疑地说。这让三个人都有些不自在。游艇突然向前一冲，他急忙伸手撑在舱壁上，这才站稳了。

“我说一下安排吧：今天晚上你们先休息一下，在客舱里吃饭。”德托雷说着，将手上的牛皮纸信封递了过来。“这里面有一张病史表格，要你填一下，娜奥米。另外还有一张同意书，需要你们两个人的签字。护士过一会儿来抽取你们的血样。我们已经分析过你们先前寄过来的血样，为全部基因建立了图谱。我们明天早上就可以看到图谱——我们明天早上10点在我的办公室见面。现在有什么需要我做的吗？”

娜奥米本来想好了许多问题要问，但此刻她的五脏六腑在翻腾，她只有一个念头：千万不要在德托雷面前吐出来。

德托雷从口袋里掏出一个小盒子，递给娜奥米。“你吃一片这个，一天两次。吃饭的时候服用。我们知道，这些药将会有助于怀孕初期的胎儿成长。”他笑了笑，接着说，“如果你觉得有什么问题想和我聊聊，直接打电话给我就行了。明天上午见。祝你们愉快。”

说完，他走了。

娜奥米看着约翰。“是他的基因好，还是他的整形医生好？或者是他的牙医好？”

“你觉得他这个人怎么样？”约翰问。突然，他慌乱起来，因为他看到娜奥米面如死灰，满头大汗。

娜奥米丢下那个小盒子，朝卫生间跑去。

第四章

娜奥米的日记

几乎手不能提笔。目前已经吐了两次。现在是凌晨3点。手臂上已经打了三针，现在觉得疼。抽了三次血。护士为什么要抽三次血呢？她人很好，不停地表示歉意。船上的所有人看上去都很友好。约翰点了一顿丰盛的晚餐，但基本上没动，他闻到那味道就要吐——我也是！

客舱在微微颤动，因为船的发动机在工作。护士——伊冯娜——是个黑人，她挺可爱的，她说如果海上风平浪静的话，他们通常就会关闭发动机，随波逐流，在晚上就抛锚停泊；如果海上像现在这样波涛汹涌，他们就会把发动机一直开着，让船保持在一定的航速上前进，这样反而不会那么颠簸。

早些时候给妈妈打过电话——就说了几句话（一分钟九美元呢！）。告诉她我们在哪里。后来又给哈丽特打电话。她真的替我们感到兴奋。我们不知道什么时候才能还得起向她们借的那十五万呢。约翰可能有机会获得一两项科学大奖，现在正为麻省理工学院出版社写一本书，虽然他们给的预付金实在是不高。

觉得我们像亡命之徒。我想我们不就是亡命之徒吗？脑子里把所有的事情翻来覆去地想，想在医学伦理、科学边界、个体责任、常识之间找到一个平衡点。难啊。

约翰像我一样醒着。他也睡不着。我们刚刚经过了漫长的讨论，谈了我们正在做的事情，说到了我们心里的感受。其实这都是老生常谈。同样的东西我们以前不知讨论过多少次啦。当然，我们谈到如果没用该怎么办。毕竟，这件事只有百分之五十的成功率。我们两个人都有信心。但事关重大，我还是有点害怕。我想我能承受，因为毕竟事情还没有发生。虽说付款后就不能退款，我们还是有时间改变主意的。我们还有几个星期的时间来改变主意。

但我觉得我们不会改变主意。

第五章

约翰和娜奥米坐在德托雷豪华办公室里的半圆形真皮沙发上，对面的墙上有一个巨大的平板显示屏。他们盯着显示屏看，因为那上面刚刚出现了几行字：

科里森，娜奥米。基因缺陷。疾病。

第一页（共十六页）……

德托雷像以前一样穿着白色连衣裤，脚蹬橡胶底帆布鞋。他坐在娜奥米身边，两人面前是一张拉丝不锈钢台面的小桌子，桌子上有一个控制台。德托雷在控制台上的键盘区轻轻敲击了几下，第一页的内容出现在显示屏上。

1. 两极情绪违常
2. 注意力缺失多动症
3. 躁狂抑郁
4. 焦虑
5. 肾小球硬化症
6. 鼻音过多
7. 早秃
8. 心肌病
9. 视神经萎缩
10. 视网膜色素变性
11. α1–抗胰蛋白酶缺乏症
12. 马方综合征

13. 肾上腺样瘤

14. 骨骼石化症

15. 糖尿病

16. 伯基特淋巴瘤

17. 克罗恩病。局限性肠炎

（未完……下接第二页）

"这些病的基因我身上都有？"娜奥米惊愕地问。

德托雷不无幽默地说："是的，你的某些基因让你更容易患有这些病症。科里森夫人，我不想吓唬你，但总共有十六页呢。"

"有一半的病我听都没听说过。"她看着约翰，约翰正面无表情地看着显示屏。"你知道这些病吗？"

"不知道，不是所有的病我都知道。"

娜奥米低头看着她和约翰面前桌上的那厚厚一沓表格。表格上面有许多小框，需要他们打钩或叉。

"相信我，"德托雷说，"你肯定不希望把任何一种病遗传给你的孩子。"

娜奥米又盯着显示屏上的那一串疾病名单，却觉得自己的眼睛已经很难聚焦了。一切都不会如你想象的那样，她这样想着，大脑在飞速运转。突然她觉得又要呕吐了，连忙强行把那种感觉压制下去。她觉得嗓子发干，口中发苦。从昨天上船以后，她只喝了一杯茶，勉强塞下去两口干巴巴的烤面包。正如德托雷博士预报的那样，今天早晨的大海平静了许多，但船的晃动并未有所减弱。

"肾上腺样瘤是什么？"她问。

"肾脏瘤。"

"骨骼石化症呢？"

"实际上，看到那个我还挺高兴的。"

她惊愕地盯着他。"高兴？为什么看到那个还会高兴？"

"因为那是一种极端罕见的先天性疾病，会引起骨质不断增生硬化。过去常常有人因为它是不是遗传病而争论不休，现在通过遗传学研究，我们确认了这一点。你知道你的家族里有人有这个病吗？"

她摇摇头。"糖尿病，"她说，"我知道我们家有人得过糖尿病。我爷爷有糖尿病。"

德托雷博士敲了一下键盘，显示屏上翻到了下一页，紧接着又翻了过去，那些病的名字让她如堕云雾之中。终于，他们看到了最后一页，她说："我的家人曾经得过卵巢癌。我有一个姑妈就是这个病，三十多岁的时候就死了。我刚才好像没有看到这个。"

德托雷博士往回翻了三页，用手指了指显示屏。

娜奥米看到了那个病名之后，忧心忡忡地点点头。"这说明我也有这个基因？"

"刚才看到的这些病，相关的基因你都有。"

"那我怎么还活得好好的呢？"

"说到基因，这里有很多运气的成分。"遗传学家德托雷博士说，"你儿子得的是'德雷延-施莱默病'，你和科里森博士都可能携带着它的基因，但你们一点事儿没有。然而，当你生孩子的时候，孩子从父母那里继承了这种病的基因，我们就能看到这种病了。你携带的其他疾病基因组可能受到各种因素的影响，其中许多因素我们目前还没有搞清楚。年龄、抽烟、环境、压力、惊吓、事故——所有这些都可能触发某个特定基因。刚才看到的那个清单上的所有病的基因你可能都有，但你一辈子都平平安安的。"

"但我会遗传给我的孩子？"

"在通常情况下，你会遗传一些给孩子，这是毫无疑问的。很可能有一半吧。孩子的另一半基因将从你的丈夫那里继承而来。现在，我们来看一下他的清单。"

娜奥米向后退了一步。她想离得远一些，想躲到一个清静的地方，想心平气和地思考一下。精神分裂症。心脏病。肌肉萎缩。乳腺癌。卵巢癌。“德托雷博士，你发现我身上携带着这些病的基因，可你能不能想想办法，做点什么呢——我的意思是，好的，你能阻止它们传到我们的孩子身上，但你能不能不让它们影响我——你能不能把它们从我的基因组里去除呢？”

他摇摇头。“现在还不行，但我们正在进行相关的研究。整个生物技术界都在研究。也许几年之后我们可以把一些疾病从基因组里剔除出去，但剩下的那些疾病处理起来就难了，说不定要几十年之后才能做到。恐怕你要感谢你的父母啦，因为他们给了你一个机会，让你可以为你的孩子做一件伟大的事情：让他或她生下来就没有这些疾病的基因。”

娜奥米沉默了片刻。眼前的这一景象实在是太怪异了：在茫茫大西洋的某处，他们三个人坐在一张沙发上，准备在那些小框框里打钩，好像在参加某本杂志的知识竞赛，或者在填写顾客满意调查表。

一共有三十五页，每一页上有八十个框，接近三千个提问或选择题。

娜奥米觉得那些字和小框框都模糊不清起来。

“科里森夫人，”德托雷轻声说，“你真的要重视这件事。你和约翰在这条船上做出的决定，其后果将不仅影响你们，甚至也不仅影响你们的孩子。你们有机会造出一个完美的孩子，一个大部分父母只能在梦里得到的孩子，这个孩子将远离那些给生命造成威胁的疾病，远离那些衰竭性疾病。另外，这个经过基因调整的孩子还将具备其他孩子没有的优势，当然，这取决于你们的选择。”说到这里，他停了下来，让他们慢慢领会他的意思。

娜奥米咽了一口唾沫，点点头。

“如果你们不爱你们的孩子，那你们现在做的这一切就毫无意义了。如果你们觉得现在做出的所有这些决定让你们不舒服，那么在随后的过程中，你们将会遇到更大的问题，因为你们将不得不接受那些决定。我拒绝了许多父母，有时候是在最后一刻把钱退给了他们，因为我意识到，他们有的根本达不到抚养自己的孩子所需的高标准，还有的人动机不纯。”

娜奥米从约翰的手里抽出自己的手，从沙发上站起来，摇摇晃晃地朝一扇舷窗走去。

“亲爱的，我们休息一下吧。德托雷博士说得对。”约翰说。

“我没事，”她对约翰笑笑，“我没事，真的。只是有几件事我想考虑一下。”

在过去的几个月里，她看了德托雷诊所发放的厚达数百页宣传材料上的每一个字，研究了德托雷诊所的网页以及她能找到的和这个话题相关的所有其他网页，研读了德托雷博士发表的几篇论文——虽然和约翰的论文一样，那些论文专业性太强，她只能看懂一点点。现在，因为头晕，她很难集中心思。

护士伊冯娜告诉她，在晕船的时候，最好只看一个固定的点，于是，她现在就盯着前方看，不一会儿就看到一只海鸥，它似乎正在天上滑翔。

“德托雷博士——”

“里奥，”他说，“请叫我里奥吧。”

“好的，里奥。”她犹豫了一会儿，在整理思路的同时集聚着自己的勇气。“里奥——媒体和你那些科学界的同行为什么都不喜欢你呢？我觉得《时代》最近刊登的那篇文章，言辞还是非常激烈的。”

“你熟悉庄子的教导吗，娜奥米？”

“不熟悉。怎么啦？”

“庄子写道，毛毛虫称之为末日，吾称之为蝴蝶[1]。”

1　此句原文是：What the caterpillar calls the end of the world, the master calls the butterfly。这句话出自美国作家理查德·巴赫，原作者的记忆有误。

“在我们眼里，毛毛虫变成蝴蝶，这是一个由丑变美的过程，”约翰说，“但是，在毛毛虫看来，这是一个痛苦的体验——它觉得自己死了。”

德托雷笑了。“以前，如果政客或教皇不喜欢科学家的所作所为，就会把他们投进监狱。媒体的这点批评算不了什么，我能应付。有一个问题我还没有问你们两个人：你们为什么要这样做？我可以只把引发‘德雷延–施莱默病’的坏基因去除，这样，你们的下一个孩子就没事了。可你们为什么要从老天手里夺权，把其他特长、优势设计到孩子身上呢？”

“我们只想把不好的基因去掉就可以了，”娜奥米说，“你知道，丧子之痛从来就没有离开过我们。我们实在不能再经历那样的痛苦了。”

“原因很简单，”约翰说，“娜奥米和我并不富裕，也不认为自己高人一等。我们觉得自己不是美男子、美少女，也不是天才，我们只是觉得应该尽力给孩子创造好的条件。”他瞥了一眼娜奥米，娜奥米迟疑了一下，然后点点头。

约翰看着德托雷，继续说：“魔鬼已经从瓶子里出来了，你就是证明。你现在向社会提供这样的服务，其他类似的诊所很快也会出现的。我们不希望我们的孩子得癌症、糖尿病、精神分裂症，也不希望他或她有我和娜奥米的家庭成员中有过的任何一种病。我们不希望四十年后，我们的孩子对我们说，我是科学家，我知道有什么样的可能，我们可以给这个孩子在生活中一个好机会，但我们没有那样做，因为我们太小气了，舍不得花那笔钱。”

德托雷笑了。“我现在手上候诊的客户名单增长很快，现在已经快要排到三年之后了。我不能向你们透露任何人的名字，但可以告诉你们的是，美国有好几位颇具影响力的人来过我这家诊所。在芸芸众生中，有些人心怀嫉妒，有些人心怀恐惧，因为他们不理解这个世界。世界在变，而人是不喜欢变化的。有前瞻性的人寥寥无几。一名好棋手能预见五步，也许十步棋吧，但对大部分人来说，他们的视野能有多远呢？我们人类并不是一个善于展望未来的物种。回望过去相对来说要容易得多。我们可以删除那些我们不喜欢的，编造一个新的自我。但对于未来而言，我们无法删除，也无法编造。大部分人都是未来的囚徒，也是自身基因的囚徒。只有那些来我诊所的人知道，他们可以改变这种状况。”

娜奥米走到沙发旁坐下，回想着德托雷博士说的话。她突然觉得一阵饥饿感袭来，这是个好兆头。她开始慢慢觉得舒服些了。“百分之五十的排斥率——如果发生这种情况，我们多快才能重试呢？或者，如果我不幸流产，多久后才能重试？”

“要过六个月。服用了我们给你的药之后，身体需要这么长的时间，才能恢复到以前的状态。”

“我们支付的费用——这笔钱可以让我们有三次机会，我们可以到这里来三次，对吗？三次用完之后，我们就得重新付钱，是吗？”

“我可以肯定地说，你们不会走到那一步的。”德托雷笑着说。

“还有一件事我们一直没有问——”娜奥米说，“这样做对我们的孩子会产生任何副作用吗？”

德托雷皱起了眉头。“副作用？”

“生活中没有什么是十全十美的，”她说，“你动了基因，这样一来会不会有什么不好的影响？”

德托雷犹豫着，脸上的那一丝疑虑像天空中飞鸟在地面上投射的阴影般倏忽即逝。“唯一不好的影响——如果这能称得上是不好的话——就是你的孩子长得快，成熟得快。他或她比其他的孩子长得快，无论是心理上还是身体上。”

“快很多吗？”

德托雷摇摇头。“不会快很多，但差别还是相当大的。”

“你能谈谈我们这么做的合法性，好让娜奥米——还有我放心吗？”约翰问，“我们知道，在这条船上我们这样做是没有问题的，因为它不归美国联邦法律管辖，但回去之后呢？”

“世界各国都想在这一领域占得先机。这样做产生了一系列伦理道德问题，科学界和宗教界为此一直争论不休，因此，相关的法律一直处于变化之中。这不，我把诊所开到了公海上，在一切尘埃落定之前，这种状态恐怕还会继续下去。在这里，你不会触犯任何法律；在这里，怀上孩子也不会触犯任何法律。”

“我们可以自由地回到美国去吗？”娜奥米问。

“你可以自由地去这个世界的任何一个地方，”德托雷说，“但我强烈建议你们，对这件事要低调，千万不要声张，避免卷入纷争。”

“谢谢。”娜奥米说。她抬起头，又看了一眼显示屏上她身上携带的坏基因的清单。一枚小小的卵子含有约两万个基因，但那只是全部DNA的一个很小的组成部分。其余的基因呢？以前人们称之为“垃圾DNA”，但现在知道了，大部分“垃圾DNA”在那两万个基因的表达过程中也起了一定作用，一些甚至是你之所以成为你这个独特之人的决定因素。人的每一个细胞里都包含着众多基因簇，它们决定了你眼睛的颜色、手臂的长度、学习的速度、会不会得上某种致命的疾病。

——还有你的行为举止。

娜奥米觉得有必要调和一下压抑的气氛，于是突然笑了起来，说：“德托——呃，里奥，在这个清单上有那么多的内容要我们一条条看过去——”说到这里，她盯着约翰——“有没有哪个基因是负责让人变得整洁起来的？”

第六章

娜奥米的日记

我只是匆匆看了一眼那两名乘客——一个男的，一个女的。男的看上去有点像年轻时候的乔治·克鲁尼，女的长得像安吉丽娜·朱莉。安吉丽娜这种女人天生丽质，总是让我觉得低人一等。咦，他们来这里是为什么呢？

约翰问德托雷博士，这条船上除了我们两个，其他还有多少对夫妇，但他不肯告诉我们。德托雷博士说，他不能谈论别人的情况，这是病人的隐私，但是我很好奇，约翰也是。

显然，想上船的人都已经到齐了，现在我们正向南航行，朝加勒比海的方向开去。那里的天气比较暖和。我们将在古巴的一处码头停泊，在那里过几个晚上。德托雷博士说，古巴没有在任何一个反对修改人类胚胎基因的条约上签字，所以去那里没有问题。他还说那里的信号不错，约翰的手机可以用了。但是我们不能上岸，真遗憾。我真想看看古巴啊。

今晚终于可以正常饮食了。我吃了一些沙拉和鱼。约翰有一些紧急邮件要处理，只好用了卫星电话。九分钟！八十一美元！我不想打扰他，就独自一人到甲板上散步去了。风太大了！于是我只好到底下去了。真的很怪异呢！只有看不到尽头的、狭长的过道，两边都是门。过道里非常安静。有时候我感觉自己像在一条鬼船上。我们在随波逐流。我要走走，清醒清醒头脑。今天一天精神高度紧张。那些框框，那些基因组、基因簇。如果你愿意，你可以去除那些基因组，也可以增强那些基因组——只要打个钩就行了。事关重大的选择、决策，让我意识到人生真的是一场赌博啊。可怜的小哈雷！他手上的牌太烂了。

我们的新孩子将会完全不一样了。我们做出的第一个选择是性别。我们告诉德托雷博士，我们想要个男孩。也许现在商量他叫什么名字有点傻，但我和约翰已经这样做了。我们最喜欢的名字是卢克。这件事我们还没有最终敲定，但约翰对这个名字很上心，我也逐渐喜欢上了它。卢克。这个名字让人想起“好运”[1]。

他会给我们带来好运的！

---

1 “卢克”和“好运”在英语中的读音相似。

第七章

“人的生理节奏将新陈代谢、力能学、睡眠这三者有机结合起来，这是一个完整的科学过程。娜奥米，生理节奏对孩子的成功有着深远的影响，”里奥·德托雷博士说，“例如，那些公司CEO、政客能顺利处理手头上的工作，因为他们比我们大部分人的睡眠时间都要少，你有没有想过其中的原因呢？我们现在看的清单就是负责生理节奏的基因组。我们有能力对它们的基本结构进行重组，改变那个控制整个身体协调运转的‘起搏神经元’的构造。通过微调这些基因，我们可以降低心脏病、脂肪堆积、炎症、糖尿病的风险，甚至可以将人体对睡眠的需求降低到一个晚上只有两个小时。”

娜奥米低头看着清单。到目前为止，他们已经看了两百多个选项，只在十二个框框里打了钩。今天是他们上船的第二个早上，第三次和德托雷博士见面交谈。大海风平浪静，现在她一点也不觉得晕船。今天，她比前几天精神好多了。

外面天气炎热，但这间办公室里的空调好像比昨天温度调得低，娜奥米今天牛仔裤上只穿了一件薄薄的棉衬衫，所以觉得有点冷。她的右臂总是觉得胀痛，这让她觉得很不舒服——今天早上，护士伊冯娜给她打了一针促进怀孕的针，同样的针她要打十五天，而且那针头很大，大得好像是用来给大象注射麻醉剂的。

“一个孩子晚上只睡两个小时，这简直就是噩梦！”娜奥米说，“你也有过孩子，你当然——？”

她旁边沙发上的德托雷举起一只手。“当然！那将是一场噩梦，娜奥米，我完全同意你的看法，但作为父母，这样的问题不在你的担心之列。你的孩子在十五岁之前的睡眠模式都是正常的，等孩子到了十六岁和十八岁之间的时候，将出现一个睡眠逐渐减少的过程。在孩子学习的关键阶段，这套睡眠系统将能够使他领先于其他同龄的孩子，让他受益。”

娜奥米看看他们所在的豪华办公室，一边思考，一边拨弄着手表带。10点50分。按照目前的速度，他们要花几个月才能看完这个清单。“随便改动一个人的睡眠规律，这不是很危险吗？你怎么能保证不会给他带来精神上的问题？”她问。

“剥夺一个人的睡眠确实会导致精神问题，这是毫无疑问的，娜奥米，但是，我们现在的情况不一样。你儿子的两个小时睡眠就等于别人的八个小时睡眠。现在，你算一下，一个人在正常情况下需要八个小时的睡眠，在人类正常的生命期，你将为你儿子多争取了十五年的清醒时间。任何一对父母，如果他或她能给孩子这样的天赋，那是很了不起的。想想吧，在多出来的十五年时间里，他可以多读多少书，多学多少东西，多取得多少成就。”

娜奥米朝约翰瞥了一眼，但从他脸上的表情看不出他心里是怎么想的。她回过头来，看着德托雷。“到目前为止，我们已经打钩的这些并不会使他变成一个疯子。我们已经想好了他的身高，希望他能像约翰一样，有六英尺高，不要像我这样是个矮子，因为对一个男人来说，个子高绝对是个优势。此外，我们所做的就是希望去除那些可怕疾病的基因。至于设计他鼻子长什么样子，设计他眼睛或者头发的颜色，这些我们都不感兴趣。那样的事情，我们乐于听天由命。”

约翰在他的黑莓平板电脑上记录着什么。他点点头。

德托雷把杯子倒满矿泉水。“我们现在可以先把睡眠这个问题放一放，一会儿之后再讨论。我们继续往下，看清单上的下一组。这些和肌肉、骨骼、神经基因簇有关，决定他的运动能力。我们可以重新设计这些基因，提升你儿子的手眼协调能力，这将有助于他在网球、壁球、垒球、高尔夫球之类的运动中更加得心应手。”

约翰转身看着娜奥米。“我觉得这很有意思。这对他不会有任何伤害。”

“不，不，”她说，“我一点也不觉得那样做有什么好的。你为什么要那样做呢？”

“我们两个人谁也不擅长体育，”约翰说，“我们为什么不帮他一下呢？这就像给了他一点课外辅导，只不过这辅导是在他出生之前罢了。”

“不，是在怀上他之前，”她不客气地纠正道，“我告诉你为什么我觉得不妥吧：如果我们让他成为这些运动项目的绝对高手，他会使他的朋友相形见绌，结果所有的人都不和他一起玩了。造一个体育超人出来，这我可不感兴趣。我只希望我儿子健健康康的，是个正常人就行了。”

约翰想了一会儿，做出了让步。“娜奥米，你说得有道理，我没有想到这一点。”

她将两手手掌合在一起，部分原因是想取暖，还有部分原因是紧张。“现在，”她对德托雷说，“我们即将看到的一组基因真的让我很感兴趣——不，是我们。约翰和我昨天晚上已经看完了你给我们的相关文献。所有这些基因都是和身体的能量水平相关？”

约翰说：“你能提升氧转换效率，修改新陈代谢的模式？如果我们没有理解错的话，这就意味着和一般人相比，我们的儿子将能够从更少的食物中获取更多的能量，靠着少量的食物维持更长的时间，对吗？”

“基本上正确，”德托雷说，“他能够更充分地利用食物中的营养成分，更加有效地转换淀粉、糖、蛋白质，他的身体具有更加合理的能量储存和释放机制，能够更好地控制胰岛素，不会出现胃口特别好的情况。”

娜奥米点点头。“这些都是好的方面——这就意味着他比一般人更容易保持体形，不会有超重这样的问题。”她沉默了一会儿，接着说，“这些我都能够接受，但修改他的睡眠模式，我觉得不太妥。”

约翰倾身向前，拿起桌上的不锈钢咖啡壶，为自己倒了些咖啡。他笑着说：“你的睡眠时间太多了，亲爱的。”

“胡说！我缺觉！”

“那正是我要说的：一睡觉你就能睡上九个小时，有时甚至是十个小时。德托雷博士的话在某种意义上是对的——你浪费的生命太多了。”

“我喜欢睡觉！”

“亲爱的，如果把你的基因设定成你只需要两个小时的睡眠，那么，你睡两小时就够了。”

“我觉得不是这样。”说完，她扭头看着舷窗外。远处的地平线上有一艘集装箱货轮在缓缓航行，货轮的底下好像安装了底座，所以看上去比他们所在的船要高很多。“德托雷——呃——里奥博士，希望你能理解我在这件事上的想法。我只希望我的孩子不会像我儿子那样，有那种病的风险。你能去除约翰和我携带的那些坏基因——前列腺癌、胰腺癌、抑郁症、糖尿病的基因，这当然好。我确实想给我们的孩子在未来的生活中抢占一些先机——世上的哪一对父母不是这样想的呢？但是，我不希望他和其他人有着太多的不同。不知我表达清楚了没有？我不希望他在其他人眼里是个怪胎。”

德托雷坐直了身子，抱着双臂，前后晃荡了几下，那神态完全像个大孩子。“娜奥米，我明白你的意思了。你只希望你的孩子有一点点天分，偶尔还有点小聪明，但必须是个正常人，对吗？”

“我……我想，是的。完全正确。”

“我将按照你的意思去做，但有一件事你们必须考虑到。你们要将当今世界和你们的儿子长大成人之后的世界做个比较。你二十八岁，这个世界和你还是个小女孩的时候没有什么重大区别，但是，你想过二十八年以后的情况吗？”他张开双臂。“我可以负责任地告诉你，二十八年后，这个世界上将会发生很大的变化。到了那个时候，世界上会出现基因贱民，这个阶层和基因上层阶级的差别之大，你简直难以想象。这么说吧，你可以把你现在掌握的知识和技能、你具备的优势和第三世界里长大的同龄女子做个比较，她们在东南亚某个国家的水稻田里、在安哥拉的丛林里辛苦劳作，你和她们简直是天壤之别。”

德托雷站了起来，走到他的办公桌旁，在电脑键盘上敲了几下，一幅世界地图出现在对面墙上的显示屏上。地图上有一些国家用粉红色的不规则斑块标出，但大部分国家是白色的。

“世界上有七十亿人，你知道有多少人会看书写字吗？”他看看约翰，然后又看看娜奥米。

“不，”娜奥米说，“我不知道。”

“如果我告诉你，在世界科技最为发达的美国，有23%的成年人是文盲，你有没有一点感觉？那可是4 400万人哪！在全世界范围内，有不到十亿的人能读会写，那还不到20%。地图上用粉红色标出来的就是。在第三世界的国家里，一个普通乡下人在一生中接收到的信息量，甚至还不如一期《洛杉矶时报》上包含的信息多呢。”

电话响了。德托雷朝电话瞥了一眼，没有理会它。过了一会儿，电话不响了。“娜奥米，”他轻轻地说，“也许这一事实让你觉得不舒服，但你已经是优等民族的一员了。我觉得你不会愿意和这个星球上的大部分人交换位置。我觉得你不会希望自己的孩子从小在俄罗斯干草原、喜马拉雅山的茶园、戈壁沙漠上长大。我说得没错吧？”

“当然。”

“可是你却甘心把你儿子放到一个智力意义上的‘第三世界’。”

娜奥米看着他，一句话也没有说。

“现在还是初级阶段，”德托雷说，“三十年之后，那些付得起钱的家庭或国家出来的孩子都经过了基因升级，他们将赢在起跑线上。你看到我们正在看的清单上的选项了吗？现在这些还只是选项，但当你周围所有的母亲在同样的清单上一路打上钩的时候，你还会把那些框框空着吗？不可能！除非你想要一个完全处于劣势的孩子，一个无法跟上这个世界，更谈不上与其他人竞争的孩子。”

“这件事让我真正有所担心的地方是什么，我会告诉你的——我知道约翰也是这样想的，因为在过去的这几个月里，我们一直在没完没了地讨论这件事。自从你接纳了我们做你的客户，是这个——”她耸耸肩膀，“——优生学，它有着不光彩的历史，容易让人产生不好的联想。”

沙发上的德托雷往前挪了挪屁股，朝着娜奥米探身过去。“如果因为八十年前有个名叫希特勒的疯子曾经想改善后代的基因，人类就再也不想这么做的话，那么，在我看来，也许我们已经赢得了第二次世界大战，但希特勒先生却赢得了战后的和平，”他神色庄严地说，“爱德华·吉本写道，人类如果不前进，则必然衰退。他是对的。任何一种文明，任何一代人，如果不前进的话，最终必将走向衰落。”

“可是爱因斯坦说过，要是他早知道自己的研究成果会导致原子弹的产生，他就不搞研究，而去做钟表了。”娜奥米说。

“是的，”德托雷说，“如果爱因斯坦做了钟表匠，也许我们今天生活的世界，其未来发展方向就是希特勒提倡的优生学。”

“是希特勒的优生学，不是你的优生学？”娜奥米问。话刚出口，她就后悔了。“对不起，”她说，“我不是那个意思——”

“我觉得她的话自相矛盾，不能当真。”约翰赶紧打圆场。

“没关系，她的话不无道理，”德托雷说，“有好多人都做过这样的对比。他们叫我‘反基督者’‘新纳粹分子’‘弗兰肯斯坦先生’，不一而足。我只希望我比希特勒先生具有更多的人性，当然，还有更多的谦卑。”

他谦和地笑了笑，娜奥米觉得自己刚才那样冒犯他真是太不妥当了。她很不好意思。“我真的不想说出那样的话——”

德托雷站起身来，走到她跟前，缓缓地握住她的手。“娜奥米，失去哈雷的时候，你一定在鬼门关走了几遭吧。现在，你正在经历又一个无比艰难的时刻。在这条船上的四个星期，对你的身体和精神来说，都将是一场煎熬。想到什么就说什么，知道自己什么时候改变了主意，想要退出，这些非常重要。我们必须诚实对待彼此，对吗？”

“谢谢。”她说。

他松开她的手，但还是紧紧地盯着她。“世界在变，娜奥米，这就是你和约翰来到这里的原因。你是个聪明人，应该知道这一点。”

办公室里出现了长时间的沉默。娜奥米从舷窗里看着外面浩瀚的大海，她看见那艘集装箱货轮还在远处的地平线上。她看看自己的丈夫，再看看德托雷，然后又低头看着表格，想到了哈雷，想起了他们来这里的目的。

和红斑狼疮相比，“德雷延-施莱默病”对人体免疫系统伤害有过之而无不及。这种病不断引发个体的天然免疫反应，这就好像把哈雷抵抗病毒感染的第一道防线变成了一种腐蚀性的酸液，慢慢腐蚀掉他的内脏。哈雷死了。因为疼痛，他不停地哭叫了两天两夜，但没有什么药能够帮他。最后，他体内的血从嘴里、鼻子里、耳朵里流了出来。“德雷延-施莱默病”是由德国海德堡大学的两名医生于1978年发现的。由于这种病极为罕见，在全世界范围内的任何一个时间段，罹患这种病的孩子不会超过一百名，因此，在很大程度上这种病的发现仅仅具有学术价值。医药公司对其提不起兴趣，因为相关的科研投入永远也收不回来。消除这种病的唯一方法是人类在长期繁殖过程中慢慢将这种病的基因剔除出去。

携带这一相对罕见病症基因的人，他们中的大多数都能生出完全健康的孩子，只有在某些极端的条件下，两个携带上述基因却毫不知情的人生出的孩子才会出现问题。

据他们了解，无论是约翰还是娜奥米，两人的家族里从来没有人得过“德雷延-施莱默病”。但是，哈雷出生之后——那时已经迟了——他们才发现他们两人都是这种基因的携带者，这就意味着，他们所生的孩子中四个就有一个将得上这种病。

娜奥米又看看德托雷。“你错了，”她说，“世界也许在变，但我还不够聪明，不知道它是怎么变的。也许我并不想知道。我害怕。”

第八章

空荡荡的健身房里，约翰在跑步机上吃力地跑着。现在是早上7点差10分。

他的脸上和身上汗如雨下，眼镜上也洒了几颗汗珠，模糊了他的眼睛，让他几乎看不清电视上播放的节目。电视调到了CNN商业新闻频道，正在播放上一天纳斯达克收盘价格。

约翰记得自己从小时候开始就喜欢探究各种知识。春天，他喜欢抓蝌蚪，看它们长出腿来，退去尾巴，变成小青蛙。每到放假的时候，他就缠着妈妈开车从位于瑞典中部的家乡小镇厄勒布鲁出发，去首都斯德哥尔摩的自然历史博物馆和国家科技博物馆参观。他十八岁时去伦敦参加了一个夏季学校，以提高自己的英语水平，在那三个月的时间里，他几乎全部泡在科学博物馆、自然史博物馆、大英博物馆了。

约翰特别崇拜历史上的那些伟大科学家。阿基米德、哥白尼、伽利略、牛顿、巴斯德，他觉得他们的成就改变了我们生活的这个现代世界。同样，他也崇拜20世纪的物理、数学巨匠。他认为，爱因斯坦、费米、奥本海默、冯·诺依曼、费曼、薛定谔、图灵这些人的工作将改变我们的未来。在取得成功之前，所有这些伟人花费了大量时间，甚至不惜牺牲自己的名声。

如果有人问起约翰的抱负是什么，他一定会说他无心成为有钱人，但是，他希望自己的名字有一天能够和那些科学伟人的名字放在一起。他的父亲是个喜欢做梦却不付诸行动的商人，生意做得不成功。他十岁时欠了一屁股债的父亲死了。几个星期之后，他列了一份清单，写下了几条人生目标：

一、成为一个受人尊敬的科学家。

二、让世界比我生下来的时候更美好。

三、延长人的寿命。

四、照顾妈妈。

五、让这个世界不再有痛苦。

六、做个好父亲。

每当情绪低落的时候，他就看这份清单。在他长到十几岁的时候，有一天，他把小红笔记本上的这六条人生目标转录到电脑里，后来又不断从旧电脑转移到新电脑。看着这几条人生目标，他总是不由自主地微笑，但有时也会伤心。

我已经三十六岁了，六条目标一条都没实现。

疏于照顾母亲，这让他特别难受。作为家里的独子，他觉得这个责任非他莫属。母亲在他十八岁的时候再婚，不久他就到乌普萨拉大学上学去了。母亲结婚的对象是个鳏夫，同时也是几所学校的督导；母亲是一所学校的数学老师，他到那所学校参观时两人相识。继父寡言少语，是个体面的人，几乎在所有方面都和约翰的生父完全相反。继父五年后死于心脏病，此后母亲一直一个人生活。尽管因为视网膜黄斑病变，她的视力渐渐衰退，几近失明，但她一直不喜欢依靠别人。

约翰小时候就是科幻小说的狂热爱好者，他的脑子里装满了各种奇怪的理论和问题：我们为什么活着？那些动物、昆虫为何会长成现在的模样？蚂蚁、蟑螂这样的生物为什么似乎在一百万年前就停止进化，而人类这样的生物却在不断进化？一些动物的脑容量为什么在数万年前就停止增长？是因为聪明的大脑对生存来说有害无益吗？人类最终会不会因为进化变得太聪明，结果反而害了自己呢？

或者，正如他在论文中探讨的，由于大脑发展的速度跟不上科技发展的速度，人类会不会自我毁灭呢？为了不被抛在后面，人类的进化是否需要一次“大跃进”？

游艇突然向前一冲，约翰一个趔趄，他赶忙抓住旁边的扶手，这才没有从跑步机上摔下来。健身房的门开着，他听见游泳池里的水在晃荡作响。他一直没有像娜奥米那样晕船晕得厉害，但也还没有完全适应船上的那种摇晃。

昨天晚上，他和娜奥米都没有睡好。他们此前讨论过多次的那些问题依然在脑子里旋转。是的，他们一致认为应该给自己的儿子全部的有利条件，就像当初他们希望他们各自的父母给他们这些有利条件一样。但是，他们不希望儿子和周围的人有着太多的不同，不希望儿子和别人交谈、交往的时候出现障碍。

这才是问题的症结所在。德托雷一直敦促他们多选一些，从各个方面提升他们儿子的能力。科学已经发展到这种地步了？约翰真的不知道。有些选项真的很令人心动啊。我的上帝，如果他们愿意，他们能把卢克打造成一个完美的人！

可是——谢谢，我们不愿意。

卢克不是实验室里的小白鼠，如果他们发现他出生后和预想的不一样，不能随随便便给他一针，实行安乐死就完事！

他不想拿儿子的性命赌博。但是，昨天晚上一直萦绕在他心头的是：他知道了所有的孩子都是赌博的结果，基因就像骰子一样难以预料。德托雷能做的就是提供一种方法，降低潜在的风险。如果他和娜奥米一味追求稳妥、安全，会不会把他们的儿子推上一条平庸之路呢？

跑步机发出滴滴的声音，他面前的显示屏亮了。他又跑了一分钟。他在船上健身的强度比他在家里还要大。他拼命锻炼，不断突破自我，想把自己练成一个超级健康的人。其实，他明白他这样做的原因，但又难以自认。

我希望我的孩子以我为荣。我希望他有一个身体健康的爸爸，不是一个走几步路就气喘吁吁的老家伙。

他唯一的同伴就是四面墙上镜子里自己蹦上蹦下的影子。镜子里的男人高而瘦，穿着一件白色T恤，蓝色运动短裤和蓝色的运动鞋。这个男人紧绷着脸，面带倦色，有严重的黑眼圈。

少年人要见异象，老年人要做异梦。

这句话在他脑中翻过来覆过去，好像咒语一样，后来又跟上了他跑步的节奏。*我来这里的目的就是要看见异象*，他想。*但现在我更觉得自己像一个开始怀疑信仰的神父。*

但是，如果我们放弃这个机会，不让他成为一个特别的人，我以后会后悔吗？我会在年老的时候想，当时要是有那样的勇气该多好啊。

第九章

娜奥米的日记

如果没有经历过，你真的不知道有多疼。那个护士每天早上给我打促进排卵针的时候，感觉就像有一根钉子敲进了我的大腿骨。我又努力了一次，想让伊冯娜和我谈谈船上其他病人的情况，但她很警惕，刚说到这个话题，她就像河蚌一样紧紧地闭上了嘴。

约翰很好，他很爱我，不给我丝毫压力。实际上，说到我和他之间坦诚相待的那种友好关系，目前是可怜的哈雷离开我们之后最好的状态了。有好几个晚上，我紧紧地搂着他，很想和他做爱，但这是被医生禁止的——从我们来这里之前的两个星期开始，我们就不能做爱了——而且，来到船上以后的几个星期也不能。太难受了。我和他太需要这种肌肤相亲了。

这个地方怪怪的。我的这种感觉与日俱增。船上的气氛真的很诡异。我们四处闲逛，但是，除了偶尔见到那个擦洗栏杆的清洁工，连个鬼影也见不到。其他人都到哪里去了？其他所有的病人都这么羞于见人吗？船上有多少病人？我想找人聊天，找别的夫妇说说话，交流一下感受。

四十万美元！我老是想到这笔钱。把钱花在这个还未出生的孩子的身上，我们这么做是不是太自私了？我们是不是该把钱捐出去，帮助那些贫困儿童，帮助那些有需要的人，或者用在医学研究上，而不是挥霍浪费在把一个新人带到这个世界上呢？

每到这样的时刻，我就想祈求上帝给我指引。但是，当他带走哈雷的时候，我就已经对他失去信心了。而且，当时我也明确告诉过他了。

哈雷，亲爱的，你好吗？该给我们指引的不是别人，应该是你啊。你是个多么聪明的孩子啊。你是我知道的最聪明的孩子。

因为想着你，我才来到了这条船上。那针戳在我大腿根上的时候，我想到了你的脸。我咬着手帕。我想到了你经历的痛苦。现在我们想再要一个儿子，一个足够聪明的儿子，一个能够为这个世界做点好事的儿子。

卢克。

我们希望卢克能够有一些重大的科学发现，我们希望聪明的他能让这个世界变得不同，这样，在不久的将来，所有的孩子都健健康康的，不会因为得上你的那种病而死去。

今天我们看到了持家基因[1]。相关的描述真是太好玩了！持家基因组关系到细胞复制DNA或合成蛋白的效率。在这个问题上没什么好担心的。不管受了什么伤，卢克都应该能够更快更好地痊愈，这是一件好事啊。

但德托雷博士在这个基因组中所做的最棒的一件事是肾上腺素反应。他指出了人类进化是如何跟不上现代生活的——我们紧张的时候身体立即分泌出肾上腺素，为我们提供更多的能量，帮助我们逃离危险。这放在以前是没有问题的，比如，一只剑齿虎突然出现在你住的那个洞口，他解释说。但是，你绝对不希望在

1　又称管家基因，是指所有细胞中均要稳定表达的一类基因，其产物如微管蛋白基因、糖酵解酶系基因与核糖体蛋白基因等，是维持细胞基本生命活动所必需的。

遇到税务官或其他任何一个现代世界的人之后，突然大汗淋漓，浑身发抖吧。你总希望自己是沉着冷静的，是轻松随意的，尽可能地保持清醒的头脑。总之，就是冷静面对啦。这个基因选项对我很有诱惑力，因为德托雷博士说的话很有道理。但是，不管怎么说，我和约翰还没有最终商定这件事，因为我们心存焦虑——我们这是在篡改卢克自身的防御机制，而且是其中的一个非常重要的部分。

我已经在叫他卢克了。至少在起名字这件事上我们是没有分歧的。但现在还有一个问题——一个令人不安的问题。

第十章

“激情。”约翰说。

娜奥米坐在游步甲板的一把长椅上，聚精会神地用手写输入法在苹果手机上写日记。她没有说话。

“激情。”约翰又说了一遍，这次好像是在自言自语了。“你怎么定义这个词？其他人怎么定义这个词？”

今天早上和德托雷博士见面的时候，他们已经就与之相关的基因讨论了一个多小时。在下午和博士见面的时间到来之前，他们没有别的事可做，于是约翰和娜奥米继续讨论这个话题。

游艇朝着南方航行，他们明显觉得天气越来越宜人了。娜奥米感觉空气暖暖的，海面也是前所未有地平静。今晚7点的时候，他们将航行至古巴的哈瓦那港，但德托雷不希望他们上岸。他们在此短暂停留，其目的是为了补充燃料和食物。在接下来的一个月里，娜奥米必须尽可能地保持良好的健康状态，这至关重要，所以，坐出租车、逛商店、泡酒吧的时候被什么虫子咬一下，传染上什么病，冒这样的险就太不理智了——德托雷是这么说的。

约翰站了起来。“亲爱的，我们稍微走走，活动活动腿脚。护士说锻炼有助于缓解疼痛。”

“我试试。”她把手机放进包里，站起身来。“德托雷说我们的孩子会比普通的孩子长得快，你觉得是什么意思？”

“我猜他是在暗示说，我们的孩子智力超群吧。”

“我觉得我们在任何一件事上都不应该猜东猜西，约翰。我们对所有的事情都要胸有成竹。德托雷博士谈到了加速成长和加快成熟。我们不希望儿子和其他孩子有太多的不同。他会没有朋友的。”

“在最终确认之前，我们会从头开始，把所有的选项都审核一遍的。”

“我正在细细梳理那些文件。”

微风拂面，两人走在柚木露台上，经过一处紧急集合点的时候，看到一只橘色的救生圈，上面印着游艇的名字。今天早上打的那一针很疼，娜奥米走路的时候一瘸一拐的。她的情绪有些低落，觉得自己特别脆弱。她把手伸到约翰的手里，约翰有力的大手握住了她，让她立即觉得有了靠山，于是觉得好了一些。她捏了一下约翰的手，很快，约翰也捏了她一下。

两人从一排舷窗前走过，每经过一扇舷窗娜奥米都要朝里面张望，但是，和游艇上所有的舷窗玻璃一样，这里的舷窗也是那种镜面玻璃，她只能看到自己的影子，看到自己苍白的脸，还有那被海风吹乱了的头发。

“搞得这么神秘兮兮的，真烦人。”她说。

“我想，我们在陆上的任何一家诊所，肯定也会看到很多类似的保护病人隐私的措施，不过呢，因为我们现在在船上，所以觉得应该和在陆地上有所区别。”

“是的。我这样做并非出于好奇，只是觉得如果能遇到一两对夫妻，和他们交流一下，那也挺有意思的。”

“这是一件很私密的事，也许其他人不想交流。等我们真的遇到什么人的时候，说不定我们也会觉得很难启齿。”

到目前为止，他们在船上遇到的人除了德托雷，就是以下这几个：一个名叫汤姆·刘的医生，美籍华人，三十五六岁，德托雷介绍的时候说刘医生是他的高级助手；护士伊冯娜；他们客舱的服务员丽亚；此外还有几名菲律宾船员。

他们在船上没有看到船长或其他任何一位高级船员，只是在今天早上9点听到广播里通知船员进行安全演习。所有通往舰桥、船员工作和休息区域的门永远都上着锁，无法通过。除了瞥见那对被他们戏称为乔治和安吉丽娜的漂亮夫妇，他们从来没有看见过其他客户，也丝毫没有看见过其他客户存在的迹象。

昨天傍晚散步的时候，他们看见了那架直升机降落在了游艇上，待了很短的时间之后就离开了。直升机起飞后，在游艇上方悬停了一段时间，透过茶色玻璃窗，约翰好不容易才看见了直升机里有一张女人的面孔。他们当时想，这是在把某对改变主意的夫妇接走吧。

“你想吃午饭吗？”娜奥米问。

约翰摇摇头。他不饿，但这和晕船没有关系。是因为焦虑、紧张，老是担心事情做得对不对，有没有做出正确的决定，这才没有饥饿感的吧。

“我也不饿。我们在外面多坐一会儿吧——这里暖和到可以来个日光浴了，”娜奥米说，“要不我们游个泳？我们一边游一边讨论一下‘激情’问题？”

“好的。”

几分钟后，两人抹好了防晒霜，裹着诊所提供的白色毛巾浴袍，走出客舱，来到了船尾。娜奥米抓着扶手，走到游泳池所在的甲板层，突然停住了，朝着约翰转过身来。

“乔治”和“安吉丽娜”躺在游泳池旁边的休闲椅上。这里只有他们两个人。他们穿着合身的泳衣，戴着帅气的太阳镜，有着小麦色的皮肤和俊美的面孔。两人正在看平装本小说。

不久，娜奥米听见咔嗒一声。她把目光从那对夫妇身上收回，看着约翰，只见他正偷偷摸摸地把什么东西塞进了浴袍的口袋里。

“你该不会拍照了吧？”

他调皮地朝她眨眨眼。

“这样不好。你不该这样做。你懂规矩的。我们会被踢出去，如果你——”

“我是在屁股后面拍的，没人看见。”

“请你不要再拍了。”

他们走过几把休闲椅，靠近了那对夫妇。“你们好！”约翰欢快地说，“下午好！”

那对夫妇好久都没有任何反应，后来，缓慢地，那个被他们默认为“乔治”的男人微微放低了手上的小说，接着，用同样缓慢的速度微微偏了一下脑袋，好像是在确认这问候声来自何方。之后，他脸上的表情没有发生任何变化，也没有给他们进一步的回应，而是扭头继续看书。那个女的更是纹丝不动。

娜奥米朝约翰耸耸肩。约翰张开嘴，好像还要说点什么，但接着似乎又想通了，改变了主意。他脱下浴袍，走到游泳池边上，探了一只脚进去。

娜奥米跟了过来。“他们挺友好的，对吧？”她气急败坏地低声说。

“也许他们是聋子。”

她冷笑了一下。约翰下了水，开始游泳。

“水怎么样？”她问。

“就像在桑拿一样！”

娜奥米小心翼翼地用脚试了试水，这时她想起约翰从小在瑞典长大，习惯在冰天雪地里的湖水中游泳，只要水面上没有漂着冰块，那就是他所说的热水了。

十分钟后，等他们从游泳池里上来的时候，“乔治”和“安吉丽娜”已经走了。

娜奥米躺在休闲椅上，将头发捋到脑后绞了绞水，让太阳的热度和暖和的空气弄干身上的水。“我觉得他们真粗鲁，粗鲁得难以置信！”她说。

约翰用毛巾擦着头，说：“也许德托雷应该往他们孩子身上加入‘礼貌’基因。”他在娜奥米的休闲椅边上坐了下来，接着说：“好啦，我们要想想‘激情’——我们必须在3点钟之前解决这个问题。现在我们只剩下一个半小时了。”他轻轻抚摸着她的大腿，然后又不由自主地低下头，吻着她的小腿。“你已经好长时间都没有舔我的脚趾了——你还记得吗，以前你经常舔？”

“你以前也经常舔我的脚趾。”她咧嘴笑了。

“我们这日子过得也太像中年人了！”

娜奥米不无惆怅地看着约翰，问：“你还像过去一样喜欢我吗？”

约翰挑逗地抚摸着她的肚脐，说：“我比过去更喜欢你。真的。我喜欢你的模样，喜欢你的味道，喜欢抱着你的那种感觉。你不在我身边的时候，只要一想到你，我就心里痒痒的，恨不得立即看到你。”

娜奥米举起他的手，逐一吻了他的手指。“我和你有同样的感觉啊。我越来越喜欢你了。”

“我们谈正事吧，”他说，“‘激情’。”

“除了这个，还有怜悯。”她说，“我在游泳池里的时候一直在想——”

“——想什么？”

德托雷今天早上给他们看了有关激情和怜悯方面的基因。约翰认为激情是一条数学等式，激情有时是人性的重要部分，有时则会危及性命——如果它泛滥成灾的话，你得在这两者之间找到平衡。他告诉德托雷，在这个方面做出改动，是一件很危险的事。德托雷当时非常不同意他的看法。

娜奥米整理了一下自己的思路，说：“如果你和另一名士兵被敌人追赶，正在丛林里穿行，这时你的同伴突然受伤，伤势严重到无法继续走路，你会怎么办？”

“我背他。”约翰说。

“好，但你背着他，就不可能走很远了，那你怎么办？如果丢下他，敌人就会抓住他，把他杀了。如果和他一起待在某个地方不动，敌人会追上来杀了你们两个人。”

这时约翰突然很想抽根烟。娜奥米怀上哈雷后戒了烟，于是他也戒了，后来哈雷死了，他又抽了一段时间。他已经十八个月没有抽烟了，但每当他觉得压力大的时候就想来一根。

“我想达尔文主义者的解决办法是，丢下朋友，继续前进。”他回答道。

“这一切的全部意义，我们在这里的全部理由，不就是把我们孩子的未来掌控在我们手里，不让他成为盲目选择的囚徒吗？如果我们真的同意改变他大脑的基因——这是德托雷博士一直鼓励我们的——如果我们成功地设计出一个更加聪明的人，那么，他不就比我们更善于解决问题了吗？难道他会不知道这个问题的答案？”娜奥米说。

“我们努力要做的是造出一个更加健康的人，同时还具备几项额外的优势——你我能做的就只有这些了，”约翰说，“我们无法创造出一个更加美好的世界。”

“如果你打算改变他大脑的基因，你一定会赞成在那些相关基因的框框里打钩，这样，他就会在那种情况下抛弃朋友，继续前进吧？”娜奥米说。

“如果我们真的希望他有所成就，他就不得不在那种艰难时刻做出痛苦的选择，而且能够在未来的生活中接受这一事实。”约翰说。

娜奥米摸了摸他的手臂，抬头看着他，想从他的脸上看出点什么来。“我觉得那太可怕了。”

“那你有什么解决办法？”约翰问。

“如果我们真的要重组我们孩子的大脑，我希望在他长大后的价值观中，荣誉感占据着一个重要的位置，甚至比我们当前所能理解的一切都要重要，这样，他不就真正成了一个更加高尚的人吗？”

约翰从眼前的几把空休闲椅上看过去，看着近处的甲板扶手和远处的大海。“你说的这个高尚的人会怎么做呢？”

“他会和受伤的同伴待在一起，而且坦然接受这样的决定。他知道，如果他独自离开，他将永远无法原谅自己。”

“你这样考虑问题没有错，”约翰说，“但一个那样的孩子，在真实的世界中是没有任何未来的。”

“所以，我们不篡改怜悯、情感方面的基因，才是正确的做法啊。我们应该做的是，我们有什么基因就让卢克继承什么基因，不加干涉，完全随机。我们都是有爱心的人，他在这方面不会和我们相差太远，对吗？”

一名水手拎着工具箱从他们身边走过。水手的白色连衣裤上有点点油斑。*基因贱民*。德托雷的话在脑中回响。在英国作家阿道司·赫胥黎的《美丽新世界》中，他们繁殖工蜂来做体力活。在未来的世界里，如果父母缺乏远见，在艰难的抉择面前缺乏勇气，没有改变孩子的基因，那这些孩子就注定要成为工蜂一样的人。

第十一章

娜奥米的日记

我们今晚从古巴起航了。约翰平常喜欢偶尔抽一两根雪茄，现在却不允许他上岸去买，所以他有点不开心。德托雷博士——我觉得他如果从政的话，肯定会是个伟大的政治家——今天邀请我们去他的私人餐厅和他共进晚餐了。我有种感觉：这是船上所有“病人”都会得到一次的礼遇。晚餐时大家无非是一本正经地闲扯，但晚餐上吃的东西给约翰留下了深刻印象。在通常情况下，约翰可不是这样。

今天，德托雷博士问约翰和我是怎么认识的。实际上，他问的不止这些。他问我们第一次见面时我对约翰的感觉如何。我们是在怀俄明州杰克逊霍尔认识的。我告诉他虽然我喜欢滑雪，但我总是恐高。奇怪的是，只要有约翰在身边，我就不怕了。我们在排队等着上山的缆索吊椅，后来坐的是同一辆缆车。我们一见如故，相谈甚欢。后来，那辆缆车在最陡峭的地方停了下来，我们的对面是一块岩石，岩石下面是两千英尺的深渊。缆车晃来晃去，真的快把人逼疯了。如果我是一个人，肯定早就吓得六神无主了，但约翰却把我逗得哈哈大笑。他让我觉得自信满满，觉得自己能飞，觉得自己无所不能。

我把这个告诉了德托雷，但别的我没说。

我没告诉他的是，直到哈雷死后我才第一次明白约翰和我们所有人一样，也是有局限的。我有点恨他。此前他让我相信他就是无所不能的神，但当危机来临的时候，他并不能创造奇迹，只是和你我一样，唯有以泪洗面。他只是和我们所有的普通人一样无助。现在我还爱他，但和以前不一样了。我还是觉得他很有吸引力，和他在一起的时候我觉得安全。我信任他。但他再也不能给我那种我能飞的感觉了。

我不知道是不是所有长久的夫妻关系最终都殊途同归，到达这一相同的境界：你和另一半相处的时候感觉自在，你的梦想变成了现实，你明白生活的秘密是日子过得舒适的时候要及时感知。

——知道自己是幸运的。

我有种感觉：德托雷博士想做的不止这些，他另有所图。在所有迷人的外表之下，他是不安分的，对现实是不满的。在通常情况下，我很擅长和人相处，但是，尽管他真的平易近人，我还是觉得很难和他产生共鸣。有时我感觉他对普通人的感情嗤之以鼻，他认为我们应该超越这些东西，上升到更高的平台。

我感觉他有什么事情藏着掖着。

第十二章

娜奥米的日记

很奇怪。在这条船上，我们的身边全是一些价值数百万美元的高科技产品，但就在今天，可怜的约翰不得不坐在实验室旁边的一个小隔间里，陪着他的是一只塑料杯、一盒面巾纸、几盒黄色录像带。希望卢克永远不会看到这篇日记。我还是愿意让他对自己的起源有个浪漫而美好的概念。对他来说，知道妈妈是在加勒比海上的一艘游艇上怀上他的，这多好啊。不能让他知道，为了怀上他，他爸爸把裤子褪到脚脖子上，坐在那里看《美女大战猛男》。

D博士为此用了一个很好听的词——采集。他告诉约翰，“只是要采集你的一点点精子”。

我和约翰都已决定了，但我老是想，我们也许应该把这件事抛之脑后，赶紧回家，看看能不能找到别的办法，解决我们的问题。领养，找人代孕生个孩子，用别人捐赠的精子怀孕，或者，干脆——别想什么孩子，把孩子这件事忘了吧！有许多夫妻都没有孩子。

我想也许D博士生气了，因为我们在他提供的清单上打的钩太少，在几乎有三千个框框中，我们只勾选了十来个。我们所做的就是答应去除我们体内的坏基因，确保卢克的身高达到六英尺，改进他的新陈代谢功能，以帮助他保持健康。

如果我们全部听德托雷的，最终的结果就是造出一个超人来！不行，我们不要，谢谢！

但我还是要为D博士说句话。他在解释那些复杂的东西时是一把好手。要知道，他用来萃取高质量精子的高科技，甚至约翰都看不懂呢。

今天真的是采集的日子。约翰的精子和我的卵子。D博士对采集的成果感到满意——采集了十二枚卵子。他告诉我，这样看来，我打针受的那些苦值了。他说起来倒轻巧，挨针戳的又不是他！

现在，他已经派人分析每一个胚胎所有的遗传密码，然后，他们将选取最强胚胎中的细胞。根据我的理解，他们将去除一些疾病基因。女性有两条X染色体，男性有一条X染色体和一条Y染色体。把Y染色体的精子从X染色体的精子中分离出来，D博士就能够保证孩子是男的了。

听上去是不是很浪漫？

两个星期后，如果一切顺利，我们就可以回家了。那时，我就怀孕啦。

不知到那个时候我是什么感觉。

第十三章

娜奥米从来不贪恋财富。约翰的那辆旧沃尔沃行驶在405公路上，从机场出发，向着家的方向驶去。她坐在车里，陷入了沉思。她的脚下有一堆杂乱无章的纸：复印的文件、传单、账单、口香糖和巧克力的包装纸、加油票据、停车单等。这辆车的里面既像个文件柜，又像个垃圾箱。约翰好像一点也不在乎车里的一片狼藉，这种乱象让人想起这里可能刚刚养过鸡。

约翰一边开车一边用车上的免提电话和一位同事通话。汽车开过一段破损路面时，娜奥米身下的轮胎轰轰作响。路上的其他车她一概不注意。她不会羡慕什么保时捷、敞篷奔驰跑车、私人定制的福特探险者。汽车对她来说只是交通工具而已。但是，在傍晚的薄雾中看着前方的好莱坞山，她明白了一件事：在洛杉矶生活了七年之后，她和大部分来到这里的人一样已经变了。

洛杉矶让你想要钱。你控制不住自己，你以前从来不想要的东西，现在突然间就觉得想要了；以前从来没有过的感受，现在感受到了——比如妒忌。

她热爱他们那座位于皮科大道南面的房子。房子只有一层，但前面有露台，后院有一棵橘子树，每年都结好多甜美的果实。房子里敞亮，通风也好。那里是他们的家，他们的灵魂栖息地。但有时候当她看见好莱坞山上或马里布海滩边上的那些豪宅，她总是情不自禁地想，如果能在那样的房子里生孩子，该多好啊。

她把手放在肚子上。卢克现在只是她体内的一个小不点儿，才两周大，但几年之后他就要上学了。卢克，对我来说你现在就是个人了。你感觉如何？好？我也是。

哈雷出生后，每个人都告诉她，最好的学校在比弗利山，那里才是任何一位关心孩子成长的父母应该考虑的地方，除非你希望你儿子长大后变成一个舞刀弄枪的毒贩子。但他们怎么可能买得起比弗利山的房子呢？

约翰的收入非常有限。他正在写一本他研究的那个领域的书。当然，有些深奥难懂的科学理论书的确成了畅销书，但他的上一本书虽然在学术圈子里反响很好，最后也只卖了两千本。约翰开心不已。他没想到能卖那么多！

她决定，她要重新全力以赴地投入事业了。自从哈雷死后，她一直是个自由职业者，只在自己体力尚佳的情况下偶尔接一些公共关系方面的活。从下周开始，她要连续工作两个月，参加奥利弗·斯通新片的宣传活动。但两个月后好像就没事做了。现在也该认认真真地去找工作，给电影工作室、大牌电影公司的朋友打电话联系了，也许等卢克出生后，她可以找到一份长期的工作呢。这工作说不定有上升的空间，可以和HBO或MTV这样的大公司搭上关系，这样她就有机会转移到制片人这个行当，然后开始赚大钱。

赚足够的钱，搬到比弗利山去。

在这个经济萧条期，至少还有一点希望在那里等着她。

当然，他们也不一定非要在洛杉矶待下去。约翰在南加利福尼亚大学的教职明年就要到期，他真不知道能不能获得续聘。如果能，他们就一心一意地在洛杉矶长期待下去，很可能一直干到退休，但如果不能，他们就不得不搬到另一座城市，甚至另一个国家去。虽然她喜欢美国，但梦想中一直希望有一天能再回英国生活，住在靠她妈妈、姐姐哈丽特近一点的地方。

在回来的路上总感觉怪怪的。他们在飞机上谁也不怎么说话。

她想看电影，但最后却总是定不下心来，一直在选来选去，不知道看哪一部电影。她在机场候机的时候买了一本书《未出生的孩子——关心你的胎儿》，但也看不进去。

他们两人都在经历着一个重新适应的过程。在那艘游艇上与世隔绝地过了四个星期之后，他们又回来了，成为这个平常世界的一员。在这里，他们要度过九个月的孕期，他们要对朋友绝对保密，他们要认真对待每一分钱，他们要处理方方面面的事情。

娜奥米怀着哈雷的时候，感觉还好，但也不是特别舒服。她的朋友中，有人一帆风顺地度过孕期，有人则经历了痛苦的挣扎。她的感觉时好时坏，早晨呕吐得厉害，在怀孕的最后几个月里人累得不行，而且，那年的6月初到8月突然变得很热。她曾在一本杂志上看到有人说，怀第二个孩子应该比上一个孩子要舒服些。希望如此。

约翰打完了电话。

“没事吧？”她问。

“没事，我想应该是没什么大事。我做的那个人类进化软件出了点故障，谁也弄不好。我明天得去一趟。”

“明天是星期天啊，”她说，“你非得去吗？”

“只要半个小时就行了。另外，我还有许多东西要发邮件给德托雷博士。对资助我们的研究这件事他好像是真的很上心。我的意思是，他的公司花了几十亿在科研上——他只要拿出一点小钱来，就足以维持我们这个系未来三十年的运转了。”

“我知道你的半小时有多长。那意味着你要在半夜左右才能回家。”

约翰笑笑，把手放在她的肚子上。“他怎么样？”

“到目前为止还挺好。好得不能再好了。”她咧嘴一笑，把手放在约翰的手上。“我明天不想一个人待着。我觉得有点无聊，又有点紧张。你知道——”她耸耸肩膀。“我们一起做点什么事吧。我知道你要处理工作上的事，但我们就不能一起做点什么吗？比如，到大峡谷去远足？我们可以去哈雷的墓地看看。已经有一个多月没去了，他该需要鲜花了。”

“好的，我们去。远足这主意听上去不错。找个硬实的地方走走，真的很好。在船上的那几天，脚下老在动。”

“我到现在还能感觉到船在晃动。”娜奥米说着，从手提包里掏出德托雷博士给她的小册子。

她刚打开小册子就觉得头晕目眩。她急忙闭上眼睛，做了一个深呼吸，拼命把这突如其来的呕吐感给压了回去。她真担心自己会吐在车里。

她瞥了一眼约翰，但什么也没有说。她想不通。才十四天，现在就有反应是不是太早了一点？

约翰的电话响了。他接了电话。是那个年轻的博士生莎拉·奈瑞打来的。她不久前刚刚加入约翰的团队。“对不起，您此前打电话来的时候，我出去了。”

“没关系。你查到任何信息了吗？”

“是的，有好多。有一家英国劳氏船级社的网站，我在那里找到了‘幸运玫瑰号’。在网站上的游艇部分，我还找到了它的姐妹船，您需要的所有信息都在游艇公司的网站上。我会把这些用电子邮件发给您。”

“现在把主要的东西告诉我。”

莎拉·奈瑞讲了一通之后，约翰挂了电话，在心里算了起来。

“幸运玫瑰号”重两万五千吨，安装了六千马力的引擎四台。

莎拉查到了燃油的价格。这艘游艇每天消耗约一万七千加仑的重质燃油。他考虑了游艇的维修保养、保险、港口停泊费、直升机的燃油费，然后就是德托雷、两名医疗助手、三名护士、两名实验室技术人员、保证游艇正常航行的所有船员了。每年所有的人员工资支出应该在两百万美元左右——这还是在假设菲律宾船员工资不高的情况下得出的数字。

他计算道，每天支出两万美元，而且这肯定是最保守的算法，实际支出应该远远大于这个数字。德托雷向他和娜奥米收取的全部费用是四十万美元。他们在船上待了三十天。一天13 300美元。他们在船上只看到“乔治”和“安吉丽娜”夫妇以及他们上船时离开的那对夫妇。在一开始的两个星期，德托雷每天中的大部分时间都和他们待在一起，在随后的两个星期，娜奥米已经怀孕之后，他们每天只能看到他一两次，大多数情况德托雷只是礼节性地拜访。因此，约翰觉得德托雷计划好了，确保船上在所有时候都有三对夫妇，这样的可能性还是比较大的。

因此，德托雷每天的收入是39 900美元。按照这样的价格，德托雷无法覆盖成本，无法获取利润。

怎么会这样？如果赚钱不是目的，那他想干什么？

“约翰！”

那声音把他吓了一跳，连忙瞥了一眼身旁的娜奥米。

“怎么了？”

“你开过了往我们家去的那个拐弯处。”

第十四章

十个星期之后，在位于希德斯-西奈医院七楼的妇产科医生办公室里，罗森加滕医生有些心不在焉。他正在和娜奥米说话，但心思完全在别的地方。罗森加滕医生穿着白大褂和橡胶底帆布鞋，让娜奥米想起了游艇上的德托雷博士。医生四十七八岁，个子不高，身材瘦削，说话时有很重的鼻音，头发花白，皮肤虽然也是小麦色，却微微有些发黄，这让娜奥米不禁怀疑他这肤色是不是南加利福尼亚的太阳晒出来的。

她谈不上不喜欢这个人，只是觉得他让她无法接近。此外，她觉得以这幢大楼所在的现代化背景，办公室里却摆着装饰华丽、金碧辉煌的路易十四风格的家具，挂着饰有流苏的帘子，桌上放着玛瑙或玉石制作的艺术品，实在是有点滑稽。这里给人的感觉不像是医生的检查室，而像是富家千金的闺房，而这恰恰是罗森加滕医生刻意想要达到的效果，她心想。毫无疑问的是，他的这种虚浮奢侈的风格确实给一些病人留下了深刻的印象。

让她感到奇怪的是，在船上的时候德托雷博士给了她一丝不苟的照顾和安排，但是，回来之后没有给她任何后续的指导，只给了她一本他写的《孕后指南》的小册子，一张推荐阅读清单，上面列了一些与胎儿相关的书和网站，所涉及的话题从营养到胎教，另外还有孕妇在日常饮食中要注意补充维生素和矿物质的指导说明。好像他们一旦在拉瓜迪亚机场爬出了直升机，就走出了他操心的范围，也走出了他的生活。德托雷博士对他们唯一的要求就是，卢克出生后要通知他，以便他做好记录，等到卢克三岁的时候，安排后续的会诊。

她不知道德托雷博士对他们这样了无兴趣，是不是因为他们在那个清单上选的东西太少了。虽然他对他们一直保持着彬彬有礼的态度，但她在最后还是能感觉到他的一丝冷淡和不耐烦。

他没有特别推荐洛杉矶的任何一位妇产科医生、儿科医生，只是告诉他们要服从他们自己医生的指导，这确实让她感到奇怪。娜奥米觉得，从他们花的那笔钱来看，她一直以为会有一个精心安排的后续保障呢。

他们自己的医生推荐的妇产科医生在圣莫尼卡，当初她生哈雷时就是他接生的。但她在洛杉矶最好的朋友洛莉·夏皮罗一听到那个医生的名字就否决了他，但其中的原因并不是这个医生让人想到了哈雷。洛莉和一位名叫欧文的放射科医生结了婚，欧文很有钱，他认识这个地区所有的医护人员。他说罗森加滕医生就是他们该找的人。洛莉的三个孩子都是罗森加滕医生接生的，欧文和洛莉信誓旦旦地对她和约翰说，罗森加滕是洛杉矶最好的医生，接着又说了一长串社会顶级名流的名字，这些人的孩子都是经过罗森加滕的手来到这个世界的。

能有别的地方可去，娜奥米和约翰还是挺开心的。和哈雷以及令人痛心的过去告别，他们觉得轻松了。约翰看着办公室里奢华的环境，不由得心怀感激起来：在大学工作的一个好处就是可以享受教授健康保险计划。

罗森加滕医生的秘书是个加州金发美女，丰乳、肥臀、杨柳腰，冷若冰霜的她打开门，贴着医生的耳朵说了句什么。

“我不得不请求你们二位的原谅啦，”罗森加滕医生说，“我的一位病人提前三个星期生产了。”他竖起一根指头，贴在嘴唇边上。“她是——显然，这个名字我不能说，你们在明天的报纸上会看到相关消息的。我一会儿就回来！”他做作地朝他们笑笑，第三次消失在门口。

约翰真想狠狠揍他一顿。娜奥米躺在检查床上，衣服解开了，肚子上抹了一摊凝胶。护士解释说：“罗森加滕医生今天压力很大。”

“好的，”约翰说着，握住娜奥米的手，盯着显示屏上那个灰中带白、缠绕不清的图像，“请告诉他，我替他感到难过。”

那名护士显然缺少幽默感。她说：“好，我会告诉他的。”

漫长的几分钟之后，妇产科医生回来了。“好的，现在我可以确认胎儿发育正常，科里森夫人，啊——还有科里森博士。一切看上去都是正常的，目前已经有十二个星期，胎儿健康，颈后透明层厚度[1]检查正常。”罗森加滕医生停顿了一会儿，让他们理解这句话的意思，接着又说，“你们想知道孩子的性别吗？”

娜奥米看了一眼约翰，约翰朝她诡秘地笑着。她淡淡地笑了一下，扭头看着别处。她的心情很糟。她心里忐忑不安。她已经有几个星期都是这个样子了。来这里之前，她刚刚吐过。她掏出手绢，揿了揿嘴角的唾液。这段时间她的嘴里老是泛水。

街上有人用风钻在工作，巨大的噪声穿过双层玻璃窗从七层楼下传进来。透过修路工人的风钻搅起的灰尘，她看见了窗外附近比弗利购物中心的水泥墙。她在心里暗自决定，这个周末一定要去那里，看看夏季促销还在的时候能不能买到一些新胸罩、宽松的衣服。虽然乳房已经变大而且还疼得厉害，但是到目前为止她还没有开始长胖。根据她怀着哈雷时的经验，再过一个月左右，增重就要开始了。

约翰捏了一下她的手。她扭头看着显示屏上那个模糊不清、灰

1　颈后透明层厚度是检测胎儿染色体异常的标志物，在欧美等国家作为常规的产前检查项目。

白色的细小物体。她能看出哪里是手，哪里是腿，如果有了罗森加滕医生的指引，她还能看出哪里是脚。

“我觉得至少要等到十六个星期之后你才能看出性别吧。”她说。

罗森加滕医生伤了自尊。他说：“用了我们的设备，十二个星期就行了。”他像个目中无人的孩子，猛地抱着双臂，看着他的“东方芭比”护士。“教科书，”他不屑一顾地说，“关于十六个星期的胡说八道，你肯定是从教科书上看到的吧。所有的教科书都是垃圾，不是吗？”

护士点头表示同意。

“如果你们有任何问题，可以问我，”罗森加滕医生说，“不要再浪费时间看那些垃圾教科书了。”

娜奥米看着约翰。不知怎么搞的，她突然紧张起来。约翰握着她的手，轻轻地捏了一下，像脉动一样。

再次怀孕的感觉真的很奇怪。在觉得开心的同时她也偶尔会有不安，有时还会恶心，但更让她惊奇的是她心中强烈的责任感。她知道约翰对卢克抱有很大的期望，她也是。

娜奥米盯着显示屏，问：“我能再听听心跳吗？”

“当然可以。”罗森加滕医生将探头在她肚子上涂了凝胶的地方移来移去，直到探头捕捉到了声音。娜奥米躺在那里一动不动，过了一会儿之后，她听到了那个让人安心的声音：咚——咚——咚。

等娜奥米听了一段时间，罗森加滕医生看了看手表，将探头从她肚子上拿开，说：“好了，科里森夫人，现在你可以起来了。”

护士走上前来，帮她擦去肚子上的凝胶。

娜奥米站起来的时候，突然觉得一阵恐慌。

我们都干了些什么？万一这中间出了什么岔子怎么办？

“孩子正常吗？”她问。

他那该死的秘书正站在门口，朝他招手。他抬起一根手指，表示自己已经知道了，然后心不在焉地转过身，对娜奥米说："当然正常。"

"你真的确定吗？"

"就目前这个阶段我们所能掌握的信息，孩子非常健康。你们不必有任何担心。恶心严重的情况——妊娠剧吐——很快就会过去的。你们放松，别紧张，享受妊娠。对你来说，这是一个伟大而美好的时刻。"

孩子健康！她想。我的孩子好好的，在我肚子里动着呢。她闭了一会儿眼睛，又一波恶心的感觉袭来，她连忙强忍住呕吐。我会做你的好母亲，约翰也会做你的好父亲，我保证。我们会尽最大的努力，给你美好的生活，充分利用德托雷博士给你的一切特长。你是个特别的孩子，你知道吗？太不可思议了。你是世界上最特别的孩子。

"嗯，"约翰说，"你没告诉我们呢。"

罗森加滕医生飞快地看了一下手表。给娜奥米检查的时间显然已经结束。他的话音里突然有了一丝不耐烦。"告诉你们什么？"

"性别。"

"你们真的想知道？"他挨个看了两个人一眼。

"是的。"娜奥米说。

"我们都想知道。"约翰确认说。他笑眯眯地看着娜奥米。"我们太想知道啦。"

"那好吧。恭喜你们，"罗森加滕医生说，"你们马上要添一个女儿啦。"

第十五章

娜奥米系着安全带，坐在车椅上，陷入了沉思。她只是隐隐约约地知道他们的车开上了一条坡道，知道是约翰在开车，知道他们在一个小亭子前停了下来。车里很热，好像空气不足，她动了动脚，下面的那堆纸发出哗啦哗啦的响声。约翰放下车窗，递给停车管理员一张免费停车票。那人像海关官员检查来自恐怖主义温床地区的护照一般，仔仔细细地看了停车票上的防伪标志，这才抬起了放行杆。约翰关上车窗。

娜奥米大汗淋漓。

他们正要出停车场，朝外面的大街上开的时候，一片棕榈树叶落了下来，从他们车前掠过，片刻之后，她就感到车身抖了一下。起风了。汽车两边高墙林立，他们好像开进了一座峡谷之中。她朝上瞥了一眼，突然有了一种陷入困境的感觉。他们的头顶上的云乌黑乌黑的，在狭窄的天空中推推搡搡，争夺着地盘。一滴雨打在挡风玻璃上，紧接着，大雨如注。

他们今天早上在谈论电视里的天气预报时说，7月的天气这个样子，真是不正常。他们在洛杉矶居住的这七年来，天气好像一直不正常。

全世界的天气模式让人捉摸不定，全球变暖是原因，这已经成了定论。都怪那些科学家，他们干扰了大自然的工作。科学家正成为新时代的异教徒。他们先是发明了原子弹，后来又造成各种污染，再后来又发明了转基因食物。下面呢？定制婴儿？

她心惊肉跳，恐惧不已。

那好吧。恭喜你们，你们马上要添一个女儿啦。

如果德托雷——德托雷博士（就叫我里奥吧）——这都搞不定，如果他连婴儿性别这一基本的东西都搞不定，那……上帝啊，我们都干了些什么？

约翰驾驶着那辆灰色的沃尔沃出了停车场，向左一拐，接着再一次左拐，在拉西埃内加大道的那个十字路口停了下来。他前面排着一串汽车。他打了右转向灯。那是朝着南面走。娜奥米从手提包里掏出手机，迅速扫了一眼她下午的安排。她现在已经从原先工作的奥利弗·斯通的公司跳到了“布赖特·斯帕克制作公司”，在那里有个为期六周的项目要做。这家公司拍了一部关于年轻制片人的系列纪录片，两个星期后，纪录片的第一集将在“精彩电视台”[1]播出。

两点半，她在加州大学洛杉矶分校电影学院约好了人。现在是12点20分。她的车丢在家里了，但她要先到办公室去取一些材料。如果交通状况不太糟糕的话，去办公室的这段路要花二十五分钟。到了办公室之后，她还要整理一下材料，这大概要花半个小时，然后，她还要留下半小时赶到电影学院。这样算下来，时间并不太宽裕。她工作的时候不喜欢迟到。

“那家伙真是个浑球！”约翰终于打破了沉默，怒不可遏地说。自从离开罗森加滕医生的办公室之后，他们就没说过一句话。“真他妈的浑球！”

娜奥米什么也没有说。5点钟她约了一名记者在四季酒店喝上几杯。这位朋友在《综艺》杂志[2]工作，所以她不能取消这次约会，但她这个下午怎么才能熬过去呢？她放下她这一侧的车窗。风的感

---

1 The Bravo channel，美国一家无广告付费的有线电视台。

2 *Variety*，美国历史最悠久的好莱坞专业杂志，内容涉及电影、电视、音乐等方方面面，在普通读者和业内订户中极具影响力，是掌握好莱坞信息的重要渠道。

觉真好啊，即便它带着浓烈的尾气味道。这空气比车内的味道好多了。车里尽是一股旧塑料味。约翰开着车慢慢往前挪。一辆重型拖车从他们身旁轰鸣而过。

约翰的手机响了。她心怀感激地看到他掐了电话。不一会儿，她自己的手机响了。她关掉手机，感到很愧疚，因为她知道这很可能是办公室里的同事打来的，可是，在目前的状态下，她怎么可能将一场和工作有关的对话进行下去呢？

“你在想着我想的那件事吧？”她终于开口了。

“他弄错了。”约翰猛踩了一脚油门，拐弯之急，连他自己都没有想到。他跑到了一辆大巴的前面，大巴差一点撞到他，把那司机气得猛按喇叭。

“他一定弄错了。”她附和道。

“十二个星期的时候，谁也不能确定性别，”他说，“他说他能确定，真是愚蠢透顶了。”

“他这个人傲慢。他一点不把我们放在眼里。我们是小人物。如果你我是超级名流，他不可能犯那样的错误。他不敢。”

他们穿过圣文森特大道和威尔希尔大街的时候，那辆大巴紧跟了过来，完全占据了约翰汽车的后视镜。“他的心思不在我们身上。”

“我们应该再找位医生看看。”

约翰一声不吭地驶上了奥林匹克大道，说：“我们会找其他医生看的。他是个浑球，他搞错了。要看出性别来，最早也要等到十六个星期，所有的书上都是这么说的。等你到了十六个星期，我们再去找人看。”

“我不想再等四个星期——我等不了那么长时间，约翰，我必须知道。我们必须知道。”

“网上有个叫胎儿游离DNA的血液检测技术[1]，可我不知道有多

---

1 这种产前检测技术仅需采取孕妇静脉血，利用新一代DNA测序技术对母体外周血浆中的游离DNA片段进行测序，将测序结果进行生物信息分析，可以从中得到胎儿的遗传信息，以检测胎儿是否患三大染色体疾病，也可检测胎儿性别。

可靠。不可能吧——不可能完全准确吧——除非等到十六个星期之后。我觉得我们不应该慌张。”

“我不放心，”娜奥米说，“如果性别他都搞错，那其他的基因也可能搞错。一定有什么办法，让我们不必等上一个月才能准确知道孩子的性别，对吧？DNA检测怎么样？为什么不能试一试呢？”

“如果不用这种胎儿游离DNA技术，其他方法都是有伤害的。那一天我在网上查过许多和胎儿检测有关的资料。胎儿检测有流产的风险。尽管风险很小，但是——你想冒险吗？”

她想冒险吗？想冒任何风险吗？她绞尽脑汁，希望能想个明白。如果是罗森加滕医生弄错了，那么，他们惊慌失措，乱了阵脚去冒险，岂不是疯了吗？但是——

“如果最后证实了，我们就飞回那家漂浮诊所去，找德托雷当面问个清楚。”

“你觉得德托雷会告诉我们真相吗？你觉得他犯了错误会向我们承认吗？”

约翰刚准备说点什么，但又沉默不语了。过了一会儿，他说：“他——他没有任何理由——”

娜奥米咽了一口唾沫，强行压制住心中的恐惧，说：“没有理由做什么？”

“没有理由给我们一个女孩，如果我们要的是男孩。”

“打电话给他，”她说，“你不是有他电话吗？现在就打。”

他们离家还有半英里不到的距离，但约翰还是靠边行驶，最后在一座小型购物中心的门前停下车。他在黑莓手机里找到号码，拨通了电话。

娜奥米注视着他的脸。过了一会儿，约翰说：“我是约翰·科里森，我要和德托雷博士通话。有急事。请叫他回话。打我手机。”他说了自己的号码，然后挂了电话。

“语音留言？”她问。

“是的。”约翰看看手表。“他们是东部时间——这就意味着他们比我们早三个小时。现在是12点20分，船上的时间是3点20分。也许船上的电话交换机出了故障。以前我打电话找他的时候，就出现过这样的问题。好几次。”

“约翰，我在船上没看到任何电话交换机。”

约翰将手机放回手机槽。“船上有好多东西我们都没有看到呢。”

她不说话了。

第十六章

十八岁的时候，约翰不得不做出一个影响他一生的决定。虽然他早已确立了以学术研究为职业的人生规划，但确定具体领域时还是颇让他犯难。他喜欢生物学，对数学、物理和科技也很痴迷，这让他难以取舍。

所有的数学难题对他而言都好像具有一种神秘意义。有时候，他觉得自己突破了时间限制，进入了一个未被人类发现的新空间，在那里迎接某种高等智能生物的挑战。他觉得每一道数学难题都是宇宙之谜的一部分，如果你能解决这些难题，也就掌握了理解人类生存的钥匙。

生物学也是人类生存的钥匙，但这一学科有着更大的局限性。遗传学的世界令他兴奋不已，但遗传学最终还是要回到机械领域来。在他眼里，遗传学似乎有助于人们理解关于人的一切，但还是有一个关键问题让约翰始终不得其解：我们为什么存在？他终于发现生物学的思维还是太过狭窄，相信上帝或其他高级智能生物的生物学家相对而言还是比较少的。他在数学家和物理学家当中看到了更加广阔的思想空间，这成了他选择计算机科学的根本原因。

但是当他在瑞典最好的大学乌普萨拉大学开始学习的时候，他没有意识到，尽管技术革新日新月异，大部分科研人员的生活并没有太多变化，后来，他进入真实世界的时候，他会长期面对资金缺乏的问题。如果你不是受雇于一家公司或研究机构，你所参加的那个研究项目很可能仅在一段时间内能够得到资助，而这个时间常常只有三年。这实际上就意味着你不可能一心扑在研究上，而是不得不把大量的时间和精力用在给各大公司、研究机构和基金会写信、填表格，为找到下一轮资金的注入而忙碌。

约翰现在再次忙于处理这样的问题。他在乌普萨拉大学读完了博士，然后又在那里做了博士后研究，但最终还是觉得瑞典太有局限性，另外，那里的冬天白天的时间太短，他也不喜欢。在他二十六岁的那一年，他抓住了一个机会，转移到了英格兰的萨塞克斯大学，在那里找到了一个讲师的职位，这样，他就能够作为认知科学研究团队的一员，在实验室里工作了。这支科研团队的负责人是卡尔森·迪克斯教授，约翰觉得他真的是一位有着远见卓识的人。迪克斯教授先前在乌普萨拉大学做过一年的访问学者，约翰曾在他手下工作过。

约翰喜欢自己在萨塞克斯大学研究的认知科学，也喜欢在卡尔森·迪克斯教授手下工作，所以，他不介意收入菲薄，但英国人对科研的那种冷漠态度让他沮丧不已。后来，三年时间过去了，迪克斯教授离开了萨塞克斯大学，去了一个政府研究机构任职。迪克斯教授离开后不久，约翰二十九岁的时候，南加利福尼亚大学提供了一个讲师教职，同时在布鲁斯·卡森伯格博士领导的系里可以拥有自己的实验室。卡森伯格博士也是一位他颇为敬佩的科学家，于是约翰赶忙抓住了这个机会。

约翰在南加利福尼亚大学的工作是研究、开发虚拟生命形式，这恰好结合了他在物理和生物两方面的兴趣，对他来说，不啻一个梦寐以求的项目。他在这里工作六年了，现在可以继续申请教职，这对他来说本应该如探囊取物般轻巧——如果那个系的主任还是卡森伯格博士的话。

但是，就在一年前，卡森伯格博士被猎头公司挖到硅谷的一家软件公司去了。卡森伯格博士非常抱歉地告诉约翰，软件公司给的条件太过优渥，恐怕上帝也不会不动心。现在，这个项目还有一年不到的时间就要结束，后续资金的前景暗淡，许多参加这个项目的其他同事获得教职的可能性也不大，于是，他们已经纷纷开始向别处投简历了。

约翰在厄勒布鲁长大。这座美丽的大学城位于瑞典中部，沿河而建，规模不大，城市的中心是一座建于中世纪的古堡。夏天，他骑自行车穿过一座公园去学校；冬天，地面上有厚厚积雪的时候，他就滑雪去学校。他喜欢步行，喜欢开阔的空间，喜欢那种自由的感觉。在洛杉矶，他有时会觉得自己好像被围困了。

和娜奥米相比，他更加怀念季节变换时那些明显的变化。他喜欢漫长的白天。夏天是个很好的季节，但是他真正渴望的是凉爽的秋天以及冬天渐渐走近的那种感觉。他最怀念的是瑞典的雪。是啊，他们周末可以开车到山区去滑雪，或者乘坐廉价的短途航班去科罗拉多州特莱瑞德小镇、犹他州的帕克城或其他任何一个滑雪胜地去，但是他怀念自家窗外的雪景，怀念那被白雪覆盖的花园和汽车，怀念那里的温泉。他怀念那种集体归属感。

也许在所有大城市生活都会像在洛杉矶一样吧。

他驶离了杰弗森大道，进入八号门，朝门口的管理员点点头，将车开进了停车场。他斜挎着笔记本电脑包，走回到杰弗森大道，穿过麦克林托克路。这里离杰弗森西大道665号的神圣大礼堂不远。白天这里还不错，但到了晚上，学生和老师或成群结队，或在保安的陪护下才敢步行到停车场。这个地方就这样，是那种比较危险的街区。

洛杉矶这座城市黑暗而暴力的一面从来没有发生在约翰或娜奥米身上，而他也很少考虑到这方面的危险。对他们两人造成伤害的是这座城市中和哈雷有关的一切，它们似乎无处不在，无时不在。其中，圣莫尼卡是最让他们伤心的地方。在那年的大部分时间里，位于圣莫尼卡的圣约翰医院已经成为他们的第二个家。他和娜奥米在哈雷的病房里支了一张小床，轮流陪夜。他们看着他的病情日益恶化，希望出现奇迹，但奇迹一直没有出现。

有时听到圣莫尼卡这个名字都会引起痛苦的回忆。他希望卢克出生后这种情况会有所改变，希望他们可以走出过去的阴影，走向前景光明的生活。但现在，罗森加滕医生的那句话搅乱了他们的心，他们希望有一个新开端的念头被冲击得七零八落。

上帝啊，我都干了什么，让我们如此狼狈？

他心事重重地走进四层高的大楼，坐电梯来到三楼。认知科学系就在这一层。几名学生在走廊里无所事事地走着，他看到熟悉的面孔，但只有几个人他能叫出名字。现在是午饭时间。在一般情况下，现在是他的休息时间，不会到系里来工作。

一名漂亮的华裔女生突然走过来，挡住了他的路。

“科里森博士，您好——我能和您谈谈吗？就一会儿时间。听了您上周四做的那场有关神经达尔文主义的讲座，我有个问题不明白，我想——”

“美玲，这件事能以后再说吗？”

“好的，我可以到您办公室去吗？”

“大概4点钟——这个时间点行吗？”他不知道今天下午有什么工作安排，但现在他就是不想和任何人说话。他想一个人待着。

他要好好想想。

他要找到里奥·德托雷博士。

“4点钟可以。”她说。

“好极了。”他继续往前走。铺着亚麻油地毡的走廊上，一边摆放着灰色金属文件柜，另一边是紧闭着的房门。

走廊左边的最后一间是机房，里面有十台电脑，四台被他的研究生或在他手下做博士后研究的人占着。坐在电脑后面的人当中，一人靠在椅子上，手里拿着一罐可乐，好像处于半昏迷状态；另一个趴在桌上，对着显示屏冥想。他那年轻的博士后学生莎拉·奈瑞有着一头红色的鬈发，眼睛距离显示屏只有几英尺远，正在研究几张图表。约翰的办公室在机房的里面。他蹑手蹑脚地走进自己的小天地，关上门。

办公室里的布置虽然毫无任何趣味可言，但面积还挺大，收拾得也算干净，窗户下面是一个四方形的院子。房间里所有的物件，包括访客坐的椅子、大部分地面、苹果显示器及其键盘，只要表面是平的，上面都随意扔着各种作业纸或表格。墙上挂着的白板上写满了他为一个学生讲解时写的计算过程、画的图表。

他没有脱下上衣就在办公桌前坐下，从包里拿出笔记本电脑，下载了他昨天晚上就在家里处理的那个文件夹，然后核查了一下他下午的安排。

“见鬼！”他大声喊道。

他把6点钟的一个会面忘得一干二净。《今日美国》的一名记者想写一篇有关他们这个系的报道。在通常情况下，这应该是索尔·哈兰切克的事。自从布鲁斯·卡森伯格走后，索尔就接替了他的工作，但索尔不在洛杉矶，于是他请约翰接受采访。约翰平时就不喜欢和媒体打交道，今天更不愿意，因为他想早点回家，早点回到娜奥米身边。

他又拨打了德托雷的电话，但还是被转到了自动应答机上。于是，他给制片办公室的娜奥米打电话。

娜奥米听起来情绪不好。“你试着找德托雷了吗？”

“试过了，我还会继续找他。”

“要不要找其他医生看看？”

“让我先找到他，和他谈谈。今天我恐怕要晚回去一点。我有个采访。”

“好的，我要去参加一个选角会。我完全把这事儿给忘了。我一点也不想去。我至少要9点钟才能回来。关于今天的晚饭，你有什么想法？”

“想出去吃吗？找个墨西哥餐馆？”

“墨西哥餐馆我目前恐怕吃不了。要不我们等到那个时候再说？”

“好的，”约翰说，“老婆，我爱你。”

“我也爱你。”

他心情沉重地挂了电话，打开了邮箱。他找到了德托雷博士的邮箱地址，写了一封言简意赅的信，说了罗森加滕医生的诊断结论，请他赶紧给他打电话。

他发完那封邮件，走到窗前。虽然外面有冷风，飘着小雨，还是有不少人在那里活动，有的坐在长凳上吃午饭，有的围成一堆闲谈，还有一两个人在抽烟。这些学生啊，虽然已经不是小孩子了，但还不能算得上是成年人，他们全部的生活还在前面等着他们呢。可是，他们知道生活的背后会突然冒出什么来呢？

他特别留意地看着一群嬉皮士。他们留着奇形怪状的发型，穿着肥大的衣服，嘻嘻哈哈，无所顾忌，无忧无虑。这些嬉皮士的父母谁也没有改过他们的基因，但是，轮到这些人做父母的时候，他们会怎么做呢？

他们知道自己是最后一代完全靠运气决定长相、性格等的孩子吗？他们意识到不管他们自认聪明绝顶，长大后却发现自己成了“基因贱民”吗？他们知道自己将面对选择，有机会把自己的孩子变得比他们自己更聪明、强壮、健康吗？

如果面对这样的选择，他们将如何决定？

他感到害怕，于是转身从窗前离开。罗森加滕医生当然可能弄错了，但万一他没有呢？如果德托雷弄错了，那他在其他地方还会弄出多少错误呢？

十二个星期。多长时间之前都可以流产？十六个星期？十八个星期？

4点半的时候，他又打了德托雷的电话，又给他留了言，这次的语气比上一次更加坚决。他还给罗森加滕医生打了电话，请秘书转告说他急着要找他。

到了6点，德托雷或罗森加滕都没有回音。他给娜奥米的办公室打电话，但那里的人告诉他，娜奥米在开会。他看看手表。如果德托雷在他那座漂浮诊所里，那里是大西洋时间，比太平洋时间要早三个小时。现在那里是晚上9点了。他气急败坏，正想拿起电话再打，这时电话却响了。他一把抓起听筒，但不是德托雷打来的。

打电话的人是《今日美国》的那名记者，一个嗓音动听的年轻女子，名叫莎莉·金伯利。由于交通堵塞，她被困在101公路上，估计十五分钟之后到。摄影师到了吗？

“我不知道还有摄影师来。”他说。

“他动作很快，就拍几张照片，以备不时之需。”

三十五分钟过去了，莎莉才敲响了他办公室的门。摄影师已经来了，正忙着收拾他的办公室。

德托雷还是没有回电话来。罗森加滕医生也没有。

第十七章

现在是鸡尾酒时间，这意味着宾馆酒吧的灯光变得暗淡，背景音乐换成了没完没了的肖邦的钢琴曲。这给人造成了一种错误的印象：在一排排棕榈树盆栽后面的某个僻静处，有位钢琴师正在现场演奏。酒吧里的空调太冷，但桌子、椅子的布局非常合理，是一个聊天的好地方。但约翰带那位记者来这里的真正原因是，离学校不远又卖酒精饮料的地方也就那么几家，这里是其中之一。

他跟着莎莉·金伯利进了旋转门。莎莉是个彬彬有礼、细声细语的年轻女士，三十岁刚出头，穿着一件保守的职业套装。她的体形稍显丰满，但脸蛋还是迷人的。和以前打过交道的记者不同，她的举手投足之间带着善解人意，这让约翰感到毫无压力。

约翰用不经意的眼神看了看她的手，想找到订婚戒指或结婚戒指。她手指上有几只光板戒指，但没有一只是戴在表示已婚的无名指上。约翰想，男人总有一种生殖的动力，这一奇怪的本能已经根深蒂固。拿他自己来说吧，每次他都控制不住，要做的第一件事就是看对方有没有戴结婚戒指。

莎莉挑了一张酒吧最里面角落里的桌子，而且不在喇叭的正下方，这样她的采访机就不会受到音乐的干扰了。她点了一瓶霞多丽经典干白，约翰点了一大杯啤酒。他太需要酒精来安抚紧张的神经了。白天得到的那个消息让他的心一直悬着，现在又要来接受这个倒霉的采访，让他的心情更加糟糕。

《今日美国》是大报，如果那上面能有一篇赞扬性的报道，这将大大提高他获得教职的机会，说不定还能吸引某个潜在赞助人的眼球，为他所在的认知科学系赢得一笔资金。但是，根据他以往不愉快的经历，他知道作为一名科研人员，和媒体打交道时必须一直保持小心谨慎，不能放松警惕。

莎莉·金伯利将小型采访机放在桌上，但没有打开开关。她问："你的妻子叫娜奥米吗？"

"娜奥米？是啊。"

"太好了！我现在终于搞清楚了！她在做电视台公关这一块，是吧？她叫娜奥米·科里森？"

"她做电影和电视方面的公关，是的。"

"太难以置信了！六年前，为'探索频道'的一部有关生物学的纪录片，我和她曾经一起工作过！"

"太巧了！"约翰说。他绞尽脑汁，努力回忆着娜奥米以前有没有提过这个人的名字。他能想起来的可能性几乎为零，因为他在记人名这一方面很不行。

"娜奥米不错，我真的很喜欢她。她当时怀孕了——"她猛然止住了。"我——对不起——我太口无遮拦了。我听说过你们儿子的事。真的很抱歉。对不起，我不该提这件事。"

"没关系的。"

短暂的沉默之后，她说："那个——娜奥米好吗？"

"哦——她现在很好，谢谢。她已经走出来了。"他本想说，*她又怀孕了！*但还是忍住了。

"她还在公关这一行？"

"嗯，对。她现在在一家名为布赖特·斯帕克的纪录片公司工作。"

"啊，好，我知道那家公司。太棒了！我一定要给娜奥米打电话，约她吃顿饭！她很会玩冷幽默！"

约翰笑了。

霞多丽干白和啤酒到了。他们从洛杉矶生活的方方面面谈到了不同品牌电子书阅读器的优点，畅快地聊了一段时间。莎莉·金伯利小口喝着霞多丽，约翰几分钟之内就喝光了啤酒，于是又要了一杯。和她独处让他有些兴奋，他喜欢和她聊天，尽管只是一小会儿，他也觉得自己从压力中解放出来了。莎莉身上有一种真诚，有一种对任何人都不设防的天真，约翰不禁想，在刀光剑影、血肉横飞的媒体行业，她是怎么生存下来的呢？

她是单身，要在这座城市找个低调有内涵的男人真是难啊，她告诉约翰。她的体态语暗示说——以一种非常微妙但又明白无误的方式——她觉得约翰挺有魅力的。

他觉得她越来越迷人，但立即又警醒过来。和娜奥米结婚已经有八年了，他从来没有迷失过方向。尽管他偶尔也会在聚会时和别的女人调调情什么的，但他从来没有越雷池一步。他要小心面对眼前的这个年轻女士。调情可以，但绝不能让她以为他喜欢她。

突然，他发现自己的酒杯又空了。“要不要给你再点一瓶干白？”他一边问，一边转过头找酒吧侍者。

记者看着眼前几乎还是满满的酒杯，说：“不用，不用，我够了，谢谢。”

啤酒让他的心情变得轻松，娜奥米怀孕的有关问题似乎变得容易理解，也容易解决了。在医学行业，大家一直都在犯错啊。罗森加滕医生急急忙忙的，他根本就没有把心思放在上面，再说了，他还是个傲慢的家伙，说什么他能在那么早的时间确定婴儿的性别。他真希望自己当时多问医生几句，问他为什么那么自信，但他和娜奥米在那种情况下都很震惊，所以几乎什么话也没说。

“好吧——我再来一杯——”他咧嘴笑着，用手敲敲太阳穴。“为了你，要给我的脑子加点火箭用的燃料。”他察觉到对方的眼神里有一丝不悦。是他的错觉吗？

“你说话有口音，”她说，“有那么一点点。”

“瑞典口音。”约翰说。

“是的。”她说。

“你去过那里？”约翰问。

“何止去过啊！实际上，我有可能会被派往斯德哥尔摩，和诺贝尔奖颁奖典礼有关——”

“你获得了诺贝尔新闻奖？”

她笑了。“希望吧。”

“斯德哥尔摩是一座十分美丽的城市，那里水很多。我告诉你几个必去的餐馆名——你喜欢吃鱼吗？”

“嗯。”

“那里的鱼很好吃，有世界上最好的海鲜。”

“比洛杉矶还好？”

“你在逗我呢？”

“这里的鱼很好啊。”她有点不服气地说。

“等你吃过斯德哥尔摩的鱼，再打电话告诉我这句话吧。”

她朝他看了一眼，那眼神分明是在说“那你带我去啊”。

约翰对着她笑，但又急忙移开眼睛。终于，他引起了侍者的注意。侍者走过来，他又点了一大杯啤酒。

莎莉·金伯利打开了桌上的采访机。“我想我们应该开始了，好吗？”

“好的，来吧，”他说，“我尽量不说对自己不利的话！”他知道刚才喝的啤酒已经开始上头。他喝得太快了。*要慢下来，等下一杯上来的时候，只能小口喝，而且到此为止，不再点啤酒了。*

她关掉采访机，倒带，放了一会儿。“我只是检查一下有没有录上去。”她说。约翰听见自己说……*尽量不说对自己不利的话！*

她放下采访机。“好的，科里森博士，我的第一个问题是，你受了什么影响，最终决定成为一名科学研究人员？”

“我还以为你想谈谈我们系，谈谈我们目前的工作呢。我没想到你会问个人的事。”

“我只是想先了解一点背景。”

“好。”

她朝他嫣然一笑，以示鼓励，接着问道：“你的父母中有人是做科学研究的吗？”

“没有，我们家没有人做科学研究。我父亲是一名推销员。”

“他对科学感兴趣吗？”

约翰摇摇头。“一点也没有。他喜欢钓鱼、赌博。关于鱼竿、鱼线、坠子、真假鱼饵、浮子、扑克牌的赔率、赌马，他简直称得上是活的百科全书。我家方圆三十英里的地方，在所有的水域中，一天的什么时间有什么鱼在活动；什么马在世界上的哪个地方参加比赛，这些他全知道，”他笑笑，“我想，他应该是钓鱼和赌博界的科学家。”

“你认为钓鱼和科学研究这两者的方法论之间有没有共通之处？”她问。

约翰很纠结。他既想让记者高兴，又想把她引到他想谈论的话题上去。“我认为我母亲对我的影响更大，”他说，“她是一名数学老师，对身边的一切她总是怀有浓烈的兴趣。她是一个非常务实的人。为了让我看看电机的工作原理，她会把它拆得七零八落；但是，她也会和我安静地坐在一起，讨论伊曼纽·史威登堡的宗教著作。我觉得她培养了我学习的兴趣。”

“听上去好像你身上的基因更多地来自母亲。”

这句话立即让他想到了德托雷。

“也许吧。”他心不在焉地说。

德托雷怎么会弄错呢？怎么会呢？怎么会呢？

“好，科里森博士，我想你能不能用几句话简要描述一下你的研究团队目前的工作？”

“好的，”他想了一会儿，“你对人脑的构造了解多少？”

她脸上的表情僵住了，虽然很快就恢复了正常，但这短暂的变化没有逃过约翰的眼睛。他收到了对方的信息：别以为我什么都不懂。

“我读博士时研究的是‘意识的性质’。”她说。

这给了他一记重击。“是吗？在哪儿读的？”

“在杜兰大学。”

“不错啊。”他略感吃惊。他没料到她这么博学，相关的科学知识远远超过了工作需要。

“我只是不想给你留下这样的印象：坐在你对面和你说话的人是一个白痴。”她说。

“我从来没有这样想过——”

她往椅背上一靠，大笑起来，脸上又变得热情洋溢了。“你这样想了！我看出来了！”

他举起双手，表示投降。“嘿，行了，行了！我今天辛苦了一天，你就别再为难我啦！”

他点的啤酒来了。侍者还没来得及往桌上放，他就一把接过来，喝了一大口。“好吧，现在回到你的问题上来。我们这个团队正在研究人体器官，其中的重点是人脑，希望能更好地理解人脑进化到目前状态所经过的路径，同时预测随着进化的发展，这些路径将产生怎样的变化。”

“你希望研究的结果将指引你们理解人类的意识是什么这个问题吗？”

“完全正确。”

“可以用神经达尔文主义来描述你们做的那个模拟程序吗?”

“那是埃德尔曼的术语,”他喝了一口啤酒,“不,不行,两者还是有相当大的区别的。”他右边眼镜的镜片上有一块污渍,这让他很不舒服。他取下眼镜,用手帕擦了擦。“你在杜兰大学一定看过这个领域的书吧。你造一个没有安装程序的机器人出来,这就和神经达尔文主义相关了。这样的机器人必须像人类一样,在实际经验中学习,这是朝着模仿人脑工作的某些方式,造出具有思维能力的机器这一方向迈出的重要的几步。但那不是我们的工作。我们的领域和神经达尔文主义不同。”

他把眼镜举在灯光下看看,还是不满意。他又擦了几遍,说:“我们的方法是用我们的电脑模拟出千百年进化的过程,做出原始人大脑的虚拟复制品,看看在复制自然选择这一过程后,我们能否得到一个接近现代人大脑的、较为复杂的模型。与此同时,我们还做了一件事:我们制作了现代人脑的虚拟模型,让它们不断进化,看看它们未来的样子。”

“有些地方我不太明白,科里森博士。”

“喊我约翰吧。”

“好的,约翰,谢谢。你说你们做出了原始人大脑的虚拟复制品?”

“是的。”

“有多原始呢,约翰?你们回到了多久前的人类?旧石器时代?侏罗纪?寒武纪?”

“还要在那之前。我们回到了太古代。”

第三杯啤酒开始起作用了。他惊讶地注意到第三杯已经快喝了三分之二。他知道他必须慢下来,但说真的,喝酒的感觉真好啊。

“当你最终真的知道了人脑的构成,就能理解意识是怎么回事吗?”

“那倒不一定——你这样说，跨的步子可就有点大了。”

“哦，对呀。”她咧嘴笑着，话音里带着怀疑。“有一天你会关掉电脑说，嘿，我终于知道了人脑的构成，现在我要回家喂猫了。会这样吗？”

约翰笑眯眯地看着她。

“以你的工作方式，如果你们知道了人脑的构成，电脑里就会有一个人脑的虚拟模型，接着，你们的下一步就是对之加以改进，对吗？在改进的过程中，你们会做些什么呢？是增强它的记忆力，还是让它和人类进行某种交流？”

“哇！你的思路太快了！”

“不快，科里森博——约翰，我刚才说的是从你三年前发表的一篇论文上引用而来的。”

他点点头。他想起来了。“啊，对，对，”他笑了，“你的准备工作做得不错啊，但是，那并不是这篇论文的主题——我在论文中写的那些都是假设。”他突然担心起来，因为这次采访正慢慢地偏离方向。他必须掌握主动，纠正方向。“我说，我的那些有关未来的假设——我很乐意谈论这方面的内容，但我说的那些话请不要公开报道。”

“你们好！二位还需要再喝点什么吗？”侍者突然在他旁边现身了。

约翰看见记者的杯子几乎已经空了。“当然，”他说，“莎莉——再来一杯？”

她迟疑了一下。“你有时间吗？我没有耽搁你太久吧？”

他瞄了一眼手表。7点半。娜奥米9点以后才会回家，她告诉过他。“我没事。”他说。

“好的，那我再来一杯霞多丽干白。”

约翰看着眼前自己的空酒杯，想了一会儿。原来在瑞典上学时，六七杯以上的啤酒也不在话下，而且比现在喝的要烈。“我也一样，再来一杯！舍命陪君子！”

莎莉按停了采访机。“这几分钟的话不见报——告诉我你对未来是怎么想的——我真的很好奇呢。”

他永远也想不明白自己当时为什么会说——是酒精的作用让他放松了戒备，还是想着如果他对她敞开了说，也许她会把他写得好一点？或者只是因为遇到了一个真的对这个话题感兴趣的女人，男人自然而然地想显摆一下？也许是因为他压抑得太久，想释放一下吧。不管怎么说，他觉得很放松：她是娜奥米的朋友，他可以相信她。

“定制婴儿是未来发展的方向。”他说。

“就像——克隆？”

“不，不是克隆。我的意思是，挑选你孩子身上的基因。”

“为了达到什么目的呢？”

“为了让人类从自然母亲手里夺得控制权，为了让我们掌控未来进化的方向，满足我们的需要。我们预见人类的寿命可以达到几百年，如果不是几千年的话。”

“你刚才说的定制婴儿这个概念让我难以接受，”她说，“我知道这势不可挡，但我又觉得这太可怕了。你觉得多少年后定制婴儿这种情况才会发生呢？我的意思是，你觉得多少年后才有这种可能呢？十年？”

“现在已经有了。”

“我不信，”她说，“根据我掌握的情况，我不相信已经有了。在那些和我打交道的人当中，我从来没有听说过这事儿。”

酒劲上来了。有美人相伴，他感觉很好。他觉得很放松，也许太放松了。守着这个秘密太难了，但是和娜奥米的朋友说说又有什么要紧的呢？他瞥了一眼采访机。那上面的工作指示灯没有亮。“我们现在的谈话不见报吧？绝对不见报，对吧？”

“绝对不见报。”

他面带微笑说：“那是因为你以前没有找对人。”

“那我应该找谁？”

他点了点自己的胸膛。“我。”

第十八章

房子在动。绝对在动。有那么一会儿，脚下的地板也在起起伏伏，约翰觉得自己是不是又回到了“幸运玫瑰号”上。接着，周围的墙也向他扑来，猛砸在他肩膀上，手上杯子里滚烫的黑咖啡溅到了手上、衣服上还有地板上。

他东倒西歪，踉跄而行，眼前的一切都模糊不清。他得想办法清醒清醒。在酒吧的时候他还是好好的。他在那里肯定是正常的，是到外面寒冷的新鲜空气中走了一下之后，酒才上头的。

有一段时间成了空白。从他走进酒吧到现在他沿着走廊朝办公室走，其间他干了什么？他毫无记忆。有没有和记者告别他也记不得了。

她什么时候走的？

我喝了多少酒？

酒并不算多，不是吗？不过是几杯啤酒——后来又继续喝了威士忌。加冰的威士忌。仅仅一两杯威士忌，完全是为了放松心情。天哪，空腹，这就是问题所在，他终于明白了。到罗森加滕医生那里去过之后，他没有吃午饭。现在是——他看看手表——天哪——几乎已经10点15分了。他和那名记者在一起待了三个多小时。*我不是在搞什么婚外情。我只是和那个女的说说话，想让她把我写好一点，这样有助于我获得资金——我只做了这些。*

但是，他总觉得一块黑乎乎的东西潜藏在心里的某个地方，它难以捉摸，飘忽不定，好像在和他打太极拳，不停地戏弄着他。这是一种不祥的感觉：什么地方出问题了，他犯了一个可怕的错误。他没有别有用心地向那名记者大献殷勤，没有做出那样的傻事，但他隐约记得曾送她去停车场，记得两人的嘴唇曾在不经意间短暂接触过，当时她突然就把头伸过来吻了他的面颊，他想是这样的吧。

但他担心的并不是这个。

他进了办公室，打开灯，将仅剩半杯咖啡的杯子放在桌上，重重地坐了下来。他没料到自己这么累，由于椅子脚上有轮子，被他这么一坐，椅子向后滑了一下。

他检查了桌上电话的语音留言，有一条是罗森加滕医生的。在这条7点差10分的时候收到的留言中，医生用那带有鼻音的声音告诉他，他给他回电了，现在他一天的工作结束了，正准备离开办公室。

罗森加滕医生至少还不辞辛苦地给他回电，而且是亲自回电，这让约翰的心情好了起来。约翰想，等明天早上再给他打电话吧。他又浏览了一下其他留言。有两条是今天早些时候收到的，他还没来得及听。那两条都发自瑞典，一条是乌普萨拉大学的一位朋友发来的，他今年秋天要到洛杉矶来；另一条是他妈妈的留言，她怪他不给她打电话，不把今天去妇产科医生那里检查的情况告诉她。现在是瑞典的清晨，给他们打电话都太早了一点。

他放下电话，查看电脑里的邮箱。他去酒吧之后，收到了十几封新邮件，但好像没有一封是重要邮件。他没有收到德托雷的邮件。

这个杂种。

他突然四下看了看。他觉得有些困惑。他感到这房间里有什么地方不对劲。好像少了什么东西，但他又想不出来。也许是因为那个摄影师挪动了办公室里的东西吧。

手机响了，把他吓了一跳。是娜奥米打来的。她听上去好像很害怕、很脆弱的样子。“你在哪儿？”

“办公室。在办公室。马上走。”是我给你惹的麻烦，他想。不管发生什么事情，都是我的错。“对不起——有事走不开——我必须接受那个采访——她认识你——现在还想出去吗？墨西哥餐馆？或者日本料理？”

他知道自己的舌头在打转，口齿不清，但又无能为力。

“约翰，你没事吧？”

“我当然，我当然没事——”

“你喝醉了？约翰——听你说话的样子，好像醉了。”

他无助地盯着手机，好像在等着从哪个地方冒出来一个人，给他指引。“不，没醉——我——”

“你和德托雷博士说上话了吗？”

约翰缓缓地、小心翼翼地斟酌着，每次只说一个字：“没——他——呃——我——早——上——再——试——”

啊，上帝。约翰闭上眼睛。她在哭。“我马上回来，亲爱的——我——这就回去。”

“别开车，约翰。我去接你。”

“我可以——叫——车。”

过了一会儿，她的声音似乎变得冷静一些了。她说：“我去接你。我们没钱去打车。我们可以找一家外卖店。我二十分钟后到。”然后挂了电话。

约翰静静地坐着。他有一种不祥的预感。心中的那个黑乎乎的东西还在，他觉得他办公室里肯定有什么不见了。到底是什么东西呢？

但办公室里丢东西并不是产生不祥预感的原因。此刻，罗森加滕医生的诊断、无法联系上德托雷，这些都不是他感觉不妙的原因。让他烦躁不安的是他对记者说的那些话。他努力回忆着，想记起自己到底说了什么。她是个好姑娘。她友善、富有同情心，和她在一起很有意思。他觉得自己当时好像有一点点冒失，说了一些不该说的话。如果他处于清醒状态，他是不会说的。

但这些话绝对不见报，不是吗？

第十九章

娜奥米的日记

我睡不着。约翰鼾声不断，像头猪。我已经好久没有看见他醉成这样了。他为什么要喝得烂醉如泥？是的，罗森加滕医生的话让我们都乱了阵脚，但喝成这样并不能解决任何问题呀。

他脸上有口红印。

我和我妈妈、哈丽特通过话了。她们都打电话来，想知道今天检查的情况怎么样。我告诉她们，妇产科医生很高兴，一切正常。哈丽特把她所有的积蓄都借给我们了，我还能对她说什么？说一切正常，只是——啊，对了，只有一个小细节不对，我怀的不是男孩，而是女孩？

性别基因是所有基因中最容易操纵的，这是真的吗？据我所知，女性有两个X染色体，男性有X、Y染色体各一个。把这两种染色体进行分离，全世界所有的实验室都能做，哪怕是最落后的实验室。如果德托雷博士连这么简单的事情都搞不定，我们此前和他讨论的那些还能放心交给他做吗？

好吧，就假设除了性别搞错了，其他一切正常，那么，我们选的那些基因放在一个女孩身上，会有什么问题呢？我们要求孩子身高六英尺的时候，心中想的是个男孩。我们选的身高和体型都是为男性设计的。

现在这些都错了。

约翰十分肯定地认为罗森加滕医生弄错了。这是有可能的——我不喜欢这个人，他对我们也没多少兴趣。约翰说，我们在他眼里只是小人物，我们不重要。

上帝啊，希望是他弄错了。

我还有其他烦心的事情。莎莉·金伯利。约翰说她告诉他，我们是好朋友。那是一派胡言。我们确实一起工作过，在通常情况下，我和大部分人相处得都好，但这个女人就是个垃圾。狡猾。狠毒。我们彼此厌恶，而且毫不隐瞒。

实际上，在我不喜欢的人当中，像莎莉·金伯利那样的没有几个。

现在，约翰脸上有她的口红印。

第二十章

娜奥米醒了。约翰能听见她眨眼时睫毛相碰发出的微小的沙沙声。床头柜上闹钟收音机的灯光似乎很亮，给整个房间都洒上了一层淡淡的蓝光，这让他烦躁不安。外面远远传来了熟悉的警报声，那是洛杉矶晚上不和谐的音乐。

他的脑袋痛。他想喝水，他要吃止疼药，他要睡觉。他太想睡觉了。他骗腿下了床，拿着空杯子走到卫生间，打开冷水龙头，吞了两粒止疼药，脚步沉重地回到卧室。

“我们怎么办？”约翰正要上床，娜奥米突然冒了一句。

约翰摸索着，找到她的手，捏了捏，但这次娜奥米没有反应，她没有回捏他一下。“我们是不是该考虑终止妊娠——去流产？”约翰问。

“约翰，无论是男孩还是女孩，我从来没有觉得这有什么要紧的，我只希望我们的孩子健康。如果像其他人一样不知道胎儿的性别，只知道胎儿正常，我本来应该是很快乐的啊。我不想流产。那不是很滑稽吗？你不能因为想要一个男孩，结果怀的是女孩，就决定流产啊！”

卧室里出现了一阵令人不自在的沉默。他们现在面临的问题远比流产不流产要严重得多，而两人其实都知道这一点。

“船上有时会出现通信故障，”他说，“他们靠的是卫星，有时会连接不上——我早上再试试。”

外面又传来警报声，接着是消防车特有的那种低沉的喇叭声。

“我不想你去流产，”他说，“除非——”

她等了一会儿，见他还是没有下文，于是敦促道：“除非什么？”

“美国现在有实验室可以做检测，他们可以了解到胎儿所有的情况。”

她打开床头灯，生气地坐了起来。“约翰，这不是什么可以随意丢弃的产品，不是培养皿、钟形玻璃容器中的试验品，不是果蝇之类的其他东西。”她掀开被子，两手护在肚皮上。“这是我的孩子——我们的孩子，正在慢慢长大。我爱这个孩子，不管男女。如果是女孩，不管她长到四英尺还是七英尺，我都爱她。不管她是天才还是智障，我都爱她。”

“亲爱的，那——”

她没让他把话说完。“这个主意是你先提出来的，然后你说服了我。我并不是在怪你。我这样做的时候已经想清楚了，我和你一样，要对这个决定负责。我想强调的是，我不会袖手旁观的。不管发生了什么——德托雷把性别搞错了，也许这是大自然母亲的主意，因为她想给这个世界留一点理智。我觉得，母亲们一看到孩子不是她们期望的那个性别就动手流产，如果这天到来了，那就意味着危险的下坡路开始了。”

约翰也坐了起来。“如果在哈雷出生前你就知道了他的情况，知道他将面对什么样的未来，你还会继续，还会把他带到这个世界上吗？”

她没说话。约翰扭头看她，只见一滴泪正顺着她的脸往下流。他用手帕帮她拭去眼泪。她痛苦万分，脸都扭曲了。

“对不起，我不应该说那些话。”

娜奥米没有反应。

约翰又下了床，套上毛巾睡衣，轻手轻脚地出了卧室，走过狭窄的过道，感觉比几分钟前还要糟糕。他走进自己的小书房，这里是他的天地。他小心翼翼地绕过纸堆、激光唱片盒、电线、照相机镜头以及一沓没有看过的杂志，打开桌上的台灯，坐了下来。他的笔记本电脑还在包里。他回家的时候，包扔在地上了。他从包里拿出电脑，放在桌上打开，连上了他在办公室里的电脑，查收电子邮件。

邮箱里一共有十五封新邮件，有一封来自他网上的棋友、布里斯班的格斯·桑迪亚诺。格斯来信的目的是责怪他。这家伙真好意思啊，他想。桑迪亚诺走一步棋，以前常常要花上一周的时间，但是，如果约翰这一方走棋的时间超过了一两天，这个澳洲人就会责怪他。你就只有等等啦，他一边想一边睡眼惺忪地看着其余的邮件主题词。突然，他清醒了。

里奥·德托雷博士：回信

这是一封自动回复邮件，发自里奥·德托雷博士的办公室。德托雷博士目前外出，去意大利参加会议去了，7月29日回来。

7月29日就是明天，他想。不，今天。

他连忙回到卧室。“德托雷博士不在船上，亲爱的。我收到邮件了。他明天回来！”

但是，娜奥米根本没有理会他，依然一动不动地靠在床上，默默地流泪。经过了长时间的沉默之后，她终于说话了，声音很小。

“莎莉·金伯利干起来爽吧？”

第二十一章

约翰9点刚过就到了办公室。他冻得浑身颤抖，各种不好的事情像走马灯似的在脑子里转来转去。他坐在办公桌前，倒了一杯黑咖啡和一杯凉开水，拿了两粒止疼药吃了。

雨下得很急，雨点啪啪地打在玻璃上。外面刮着大风。他的上衣潮了，休闲裤湿透了，紧紧贴在腿上。脚上的休闲鞋也灌满了水，因为刚才在人行道上时不小心踩到了一个深水塘里。

11点钟他要给三十名学生做个讲座，他准备谈谈医学取得的进步正妨碍着人类进化这一方面的问题。在过去的几千年里，从最原始阶段的牙科和粗糙的光学透镜开始，发展到器官移植、掌握了控制糖尿病等致命慢性病的新方法，科学和医学得到了长足的进步，因此，现在再也不是什么适者生存了。

曾几何时，因为无法进食，无牙人类的基因早就灭绝，同样，那些视力不佳的人更容易成为凶猛的野生动物口中的食物或敌人的刀下鬼，因此也早已灭绝，但是现在，这样的情况不会出现了。这些有缺陷的人活了下来，而且不停地繁殖，将缺陷传给了下一代。同样，那些携带内脏功能缺失或慢性病基因的人也存活并繁殖了下一代。每年，越来越多的人带着各种缺陷来到这个世界上。科学已经悄无声息地取代了自然选择这一达尔文主义原则，但这样做是明智之举吗？

约翰和他的学生曾在电脑上用进化模型做过实验，以探究医学进步的影响。如果没有任何外界因素的干扰，人类将自然进化成一个比现在更加强壮的物种。他告诉学生，他们将在下一阶段的实验中加入新元素：基因工程。医学给人类带来了渐进式的副作用，基因工程是抵消这一副作用的唯一途径。如果不采用基因工程干预的方法，电脑模型显示，在未来的一万年里——这只是三百世代的时间——那些生活在富裕社会中的人将变得十分虚弱，处境危险。

他本来一直盼着这一场讲座的到来，但现在不了。在过去的二十四小时中发生了那么多事情，他已经没有了热情。他只是拼命地想找到一条出路，解决所有的问题。

娜奥米的无端指责真的伤了他的心。他痛苦地抱着头。她现在情况特殊，以后会冷静下来的。他没有做什么坏事。他只是和记者说了几句话。他问心无愧。但他和记者到底说了些什么话呢？

那个记者说她和娜奥米是好朋友。她撒谎了。她为什么要骗他？是为了撬开他的嘴吗？

不见报。我说的话绝对不见报，不是吗？

他一边打电话给罗森加滕医生，一边打开自己的邮箱。电话那边有人接了。妇产科医生的秘书接了电话。罗森加滕医生一上午都在手术室，不来上班。她记下约翰的号码，告诉他她会让医生在有空的时候给他回电。

他扫了一眼邮箱中的新邮件。他试探性地给几所大学和研究所发了求职的邮件，但到今天早上为止，还没有收到任何回音。一年后，如果他在这里拿不到教职，就要面临失业的窘境了。他所有的积蓄都花在娜奥米怀着的孩子身上了。他一下子慌张起来。他手头上的这本书还要一年时间才能写完，而且，不管怎么说，光凭这本书的稿费他是没法生活的。他面对着一种可能性：他将不得不从高校这个领域退出，到硅谷那样的地方找家电脑公司，做做研究和开发工作。这样的前景他不喜欢。

9点20分，洛杉矶时间。东海岸时间要快三个小时。12点20

分。德托雷现在也该回来了吧。他拨了他的号码。

响了四声之后，电话又转到了语音留言："您拨打的是德托雷诊所的电话。请留下您的姓名、号码——别忘了国家区号——您想说的话，不久会有人给您回电。"

他又留了言，放下电话。他的秘书抱着一堆信件走了进来。他请她再给他倒杯水。他从钱包里掏出莎莉·金伯利的名片，拨打了上面的直通电话。

电话没有人接，很快他听到了她的录音："你好，你拨打的是莎莉·金伯利的电话。我现在不在，请留言或打我的手机。"

他留言叫她赶快给他打电话，然后又打了她的手机，但这次还是被转到了语音信箱，于是，他再次给她留言。

他放下电话，这时，他终于知道从昨天晚上开始一直啮咬着他的心，让他烦躁不安的那件事——他觉得办公室里少了东西——的结果了：娜奥米的照片不见了。那照片是几年前他们重游土耳其的时候拍的，也是他最喜欢的一张，通常放在他的办公桌上。照片上的娜奥米站在当地传统木帆船的船头，太阳镜推在额头上，模仿《泰坦尼克号》里的凯特·温斯莱特张着双臂。她的皮肤晒成了小麦色，在阳光的照射下，原本金色的头发几乎变成了白色。

他站起来四下张望着。一定是昨天晚上摄影师把照片挪了位置。摄影师当时移动了好多东西。但是，他到底把照片放哪儿了呢？

他的秘书进来了。他问她有没有看见照片，秘书说她没有，而且她从来没有动过它。他重新坐了下来，小口小口地喝着水，将心思转移到罗森加滕医生身上。

他现在需要搞清楚的是，如果罗森加滕是对的，娜奥米怀的是女孩，那么，德托雷把孩子的性别搞错是不是一件很容易的事？比他要改变那些基因更难，还是更容易呢？那只是德托雷不小心犯的错吗？或者，他们的孩子完全被他弄砸了？

他打开电脑里的地址簿，输入了一个关键词，一个名字和电话号码跳了出来。玛丽亚·阿南德医生。她是希德斯-西奈医院治疗不孕不育方面的专家，六个月前，德托雷博士要求他带着娜奥米去玛丽亚·阿南德医生那里做检查，然后才能接收他们。德托雷希望他们赶去见他之前有权威医生说娜奥米能够怀孕。

约翰拨打了那个号码。幸运的是，他在玛丽亚·阿南德医生即将出门赴约之前找到了她。

“阿南德医生，我很快，就问一个问题：如果要指定一个胚胎的性别，弄错的概率有多大？”

“你是说选择男性还是女性？”

“是的。”

“如果一个人携带了某种与性别有关的疾病基因，我们通常就会用到指定胚胎性别这种做法。这常常是在胚胎植入前通过遗传学来完成的，也就是说，在造胚胎的时候做。当胚胎分裂为八个细胞时，从发育中胚胎的胚泡中取一个细胞，这时胚胎是不受影响的。这样你就可以指定胚胎的性别了。很简单。”

“出错的可能性有多大呢？”

“我不明白你的意思。”她说。

“比如有一对夫妇，他们想要一个男孩。他们通过胚胎植入前遗传学选择了性别，但后来却发现怀的不是男孩，而是女孩。发生那种情况的可能性大吗？”

她用坚定的语气说：“这种可能性微乎其微。指定胎儿性别时发生错误的可能性极小。这是非常基本的操作。”

“但肯定发生过吧？”

“你看看染色体，看看数量，不可能弄错的。”

“科学上总是有这样那样的错误。”约翰说。

“好吧，好吧，实验室是会搞混的，这事儿最近就发生过。一家治疗不孕不育的诊所把一对黑人夫妇的胚胎和一对白人夫妇的胚胎搞混了，他们放错了胚胎，结果白人生了个黑人男孩。是的，的确有这样的事。”

“放错了胚胎?”约翰重复了一遍。

“嗯。”

“你的意思是，这是唯一可能出错的地方吗?”

“我要请求你的原谅啦，”阿南德医生说，“我来不及了——我赶时间。”

“哦，谢谢你，耽误你这么长时间。”

“如果你还想进一步了解相关情况，请晚些时候给我打电话吧。”她说。

“好，谢谢，我可能会打的。那么——我还是想弄清楚——放错胚胎——这是唯一可能出错的地方？把胚胎完全弄错了?”

“是的，在实际操作中，这种事情比弄错性别更加容易发生。”

第二十二章

约翰总算把那场讲座挨过去了。讲座结束的时候，面对学生连珠炮似的发问，他尽量简洁地做出了回答，匆匆忙忙地回到办公室，关上门。他坐到办公桌前，查看语音信箱里的留言。

信箱里只有一条娜奥米的留言。她听上去带着哭腔，同时有些慌张。"打电话给我，约翰，"她说，"你一听到这条留言就打电话给我。"

他放下电话。他该怎么对她说呢？

他给罗森加滕医生打了电话，对秘书说他必须马上和医生说话。

他听着话筒里意大利作曲家安东尼奥·卢奇奥·维瓦尔第的《四季》，等了几分钟之后，罗森加滕医生来接电话了。他听上去和往常一样急急忙忙的，话音里透着不耐烦。

"那天关于我们孩子的性别，你给的诊断——"约翰说，"你有多大的把握说孩子是女孩？"

罗森加滕医生又叫他等一下，说完去查他的检查记录，很快就回来拿起了电话。"科里森博士，我对此毫无疑问，您妻子怀的是女孩。"

"你就不可能弄错吗？"

长时间的沉默。令人不寒而栗的沉默。约翰等待着，但妇产科医生就是不说话。

"在你的诊断里，"约翰补充道，"有没有任何犯错误的可能？"

"没有，科里森博士，没有任何犯错误的可能。我还能为您和科里森夫人做点什么吗？”

“没有了——我——我想没有了。谢谢。”

约翰挂了电话。罗森加滕的傲慢令他火冒三丈。他忍住怒火，又试着给德托雷打了一个电话，结果还是被转到了语音信箱。接着，他打了莎莉·金伯利的两个号码，都没人接，但这次他没有留言。然后，他给娜奥米打电话。

“约翰。”她的声音听起来怪怪的，有些发抖。“啊，上帝，约翰，你听说了吗？”

“听说什么？”

“你没看见那条新闻？”

“我刚才一直在给学生做讲座。什么新闻？”

接下来的这些话他是断断续续听到的。他好像在收听某个电台，而这电台的信号很差，于是他只能听见新闻播报员的只言片语。

“德托雷博士。直升机。掉到海里了。坠毁。死了。”

第二十三章

“今天早些时候，这位目击者从纽约州近海的游艇上给我们发来了相关报道。”

电视上的那位新闻播报员穿着帅气的西装，神情严肃。约翰凝视着他。娜奥米坐在他旁边，紧紧抓着他的手。电视上的镜头切换成一张贝尔“漫游者号”喷气直升机的静止画面，这架直升机和带他们去德托雷诊所的那架一模一样。

画外音中传来一个男人时断时续的声音。男人是新英格兰地区的口音，因为用的是船用对讲机，声音时有时无，而且很不清楚。

“看到……”声音断了，紧接着又有了。“飞得很低，就在云层下面……”声音又没了。“突然冒出了一团火球，就像一颗飞弹……”声音没了。“然后它又出现了，啊，上帝……”他哽咽着说不下去了。“太可怕了。”声音没了。“残骸从空中坠落，离我们大约有三英里。我们赶了过去……”声音没了。“什么也没有。我们什么也没有发现。什么也没有。我们都很难过。我说，这真是可怕的一幕。就这么没了。没了。”

屏幕上的直升机画面换成了“幸运玫瑰号”，后来，“幸运玫瑰号”的照片逐渐缩小，变成了新闻播报员身后的背景。

“这名亿万富翁科学家在海上建立了漂浮诊所和实验室，为那些付得起六位数价格的人提供定制婴儿服务。德托雷在上周于罗马召开的‘忧思科学家联盟’大会上，宣读了一篇论文，直言不讳地谴责了梵蒂冈的做法。不久前，梵蒂冈号召世界各国制定法律法规，禁止人类胚胎实验这一反人类的犯罪行为。”

新闻播报员停顿了一下，身后的背景换成了德托雷的一张近照。德托雷站在讲台上，面前支着一大堆话筒。

“德托雷博士身上从来就不缺少争议，此前他曾将自己的工作和希特勒的优生计划相提并论，也因此上过《时代》的封面。”

约翰按了遥控器上的静音键，木然地盯着电视机，内心震惊不已。

“约翰，我们现在该怎么办？”

“我今天给漂浮诊所打了六次电话，希望能和别的什么人说上话，比如他的同事刘医生。后来，我收到了‘此号码已停机’的信息。我给他发过两封邮件，两次都被退回，根本发不出去。”

“我们得找其他人看看。”

“我今天和罗森加滕医生通过话了。”

“他说什么？”

“他坚持说自己不会错。”

“要他承认自己错了，这几乎是不大可能的，对吗？”

“是的，但——”他犹豫着，不知道该怎么说。娜奥米面色煞白，看得出来，她的心里极其难受。玛丽亚·阿南德医生对他说的那些话，他怎么能告诉娜奥米呢？难道他要告诉她，如果德托雷弄错了什么，也不会错在性别上，而是把整个胚胎搞混了？

她现在怀的可能是别人的孩子，这句话他怎么说得出口呢？

“约翰，直升机为什么会爆炸？”

“我不知道。也许是发动机发生了故障——喷气发动机有时候会爆炸。”

“那人说好像炸弹爆炸一样。”

约翰站起来，走过小房间，来到壁炉前，看着哈雷的照片。那上面的哈雷坐在一辆玩具警车里，开心地笑着。这是他短暂生命中为数不多的快乐瞬间之一。约翰突然气愤起来。他气的是德托雷怎么就死了呢——他知道自己的这种情绪是不理性的，但他不管。他气的是自己的科研失去了获得资助的机会——德托雷曾和他商量过这件事。罗森加滕医生也让他气不打一处来。还有，上帝带走了哈雷，这也让他气愤不已。他生活中所有的不如意都让他愤愤不平。

他听到娜奥米刚才的话了。她的潜台词非常明显。

炸弹。

这个世界从来不缺少疯子。有狂热分子痛恨进步，认为只有他们走的路是正确的；有一些不负责任的科学家认为整个世界都是他们的试验场，他们可以为所欲为——他们可以炸毁太平洋上的环状珊瑚岛，可以不断发明新一代的生物武器，可以篡改人类的生殖细胞系，所有这一切都是打着"进步"的旗号。

夹在中间的是那些普通人，那些只想安安静静地生活的普通人，当中有一些人像哈雷一样无辜，生下来的时候就已经死了。

科学可以避免悲剧发生在哈雷那样的孩子身上。科学进步总有一天会铲除哈雷所得的那种病。德托雷说，禁止科学家研究胚胎是对人类的犯罪，这是正确的。

"千万别忘了我们为什么要这样做，娜奥米。"他说。因为愤怒，他的声音有点大。无助、沮丧催生了这股怒气。

娜奥米站了起来，走到他身边，搂住他的腰。"你会爱我们的孩子的，对吗？不管发生什么，你都会爱她的，对吗？"

他转身轻轻吻了她的嘴唇。"当然。"

"我爱你，"她说，"我爱你。我需要你。"

她面带恐慌，显得那么脆弱。他心如刀绞。"我也需要你。"

"今晚我们出去吃饭吧。我们去一个让人快乐的地方。"

"你想吃什么？墨西哥餐？中国餐？日本料理？"

"我不能吃辣。去乡村餐厅怎么样？"

他笑了。"那是我在洛杉矶第一次带你去吃饭的地方。"

“我喜欢那里。我们看看那里有没有空位吧。”

“我来打电话。”

“你记得在那里你对我说过的话吗？我们当时坐在院子里。你说爱不仅是两人之间的纽带，爱是马车队，当全世界都与你为敌的时候，这支马车队将围成一圈，将你保护在中间。你还记得吗？”

“是的，我记得。”他说。

“从现在开始，那就是我们即将面临的情况。”

第二十四章

快到半夜的时候，娜奥米突然觉得非常难受，呕吐得厉害。约翰和她一起跪在卫生间的马桶旁，扶着她的头。小时候他呕吐的时候，妈妈就是这样照顾他的。

娜奥米几乎吐光了肚子里的东西之后还没有停下来，现在吐出来的就是胆汁了。她一边吐一边流泪。

“好了，好了。”约翰柔声说道，坚持着不被难闻的气味熏得也吐出来。“好了，亲爱的，马上就没事了。”

他用湿毛巾擦了擦她的嘴，又擦擦她的眼睛，把她扶到床上。“现在感觉好些了吗？”他焦急地问。

她瞪着布满血丝的眼睛，面无表情地点点头。“这样的呕吐还要持续多长时间啊？我还以为只会有晨吐呢。”

“也许是因为你吃了什么不洁的东西？”

她摇摇头。“不是。”

约翰关了灯，静静地躺着，只感到她身上依然在出汗。因为她呕吐的味道，他的胃里也在翻江倒海。

“你觉得那是什么呢？”她冷不丁地问道。

“觉得什么？”

“是什么让直升机坠毁的？你觉得是炸弹吗？”

两人很长时间都没有说话。约翰听着她的呼吸。她的呼吸声平稳起来，不像刚才那样局促，变得更加有节奏了。但是，正当他以为她已经熟睡了的时候，她又说话了。

“他有仇敌。”娜奥米说。

“好多科学家都有仇敌。”

“你有仇敌吗，约翰？”

“我还不够出名。我敢肯定地说，如果我是名人，会有一帮疯子强烈反对我的观点的。不管是谁，只要他成了出头鸟，必然会有仇敌。但是，从讨厌一个人的所作所为，到将他炸得粉身碎骨，这中间还是有一段距离的。”

过了一会儿，她问：“你觉得人们会怎么处理他的实验室——他的那条船呢？”

“我不知道。”

“那里一定会有人处理行政方面的事务，比如，他们将不得不取消那些新病人的预约。所以，你可以联系上那个处理行政事务的人，请他看一下我们的就诊记录，看看到底是怎么回事，对吗？”

“等天亮了我会再试试和那边联系的。我要找刘医生，他看上去挺能干的。”

他闭上眼睛，但脑子在转个不停。对每个胚胎做了什么，德托雷肯定保存着详细的记录，这些记录应该放在他的档案室里。刘医生应该知道，他应该知道。

“也许这是上帝的安排。”她淡淡地说，像个孩子。

“上帝的安排——你这是什么意思？”

“也许我们的做法——人们的做法——让他不高兴了。他是在用自己的方式纠偏，恢复平衡。”

“所以他就让你呕吐，杀了德托雷博士？”

“不，我不是这个意思。我想说的是——”

长时间的沉默。

约翰下了床。他想喝水，想吃止疼药，想睡觉。他太缺觉了。

“也许上帝决定我们应该生个女孩，不应该生个男孩呢。”娜奥米说。

“你怎么突然大谈特谈起上帝来了？我一直以为你对上帝不感兴趣呢。”

“因为——我在想——也许德托雷博士没有弄错，也许是上帝插手了呢？”

约翰知道，怀孕会扰乱女人体内的荷尔蒙分泌，荷尔蒙分泌紊乱继而又影响到大脑。也许就是这个原因吧。“亲爱的，”他坐在床边，“德托雷搞砸了。我觉得这不是上帝插手，而是德托雷作为一个科学家，他做错了事。”

“但我们不知道他错到了什么地步。”

“我们连他错不错都还不知道呢。我还是觉得罗森加滕是个傲慢的家伙，他可能弄错了，但拒不承认。我们要找其他医生看看。我认为，在目前这个阶段，我们不应该太担心。”

“我们为什么不到医院去，把孩子——女儿——的基因组测出来呢？”

“除了费用不菲这个问题，这件事也不像你认为的那样，测出基因组就行了，还要进行分析，而这才是最复杂的。人体中负责前列腺的基因有一千两百多个，负责乳房的基因有七百个，卵巢的基因有五百个。工作量太大了。”

“如果德托雷博士能做——他肯定能做，我想说的是，他领先了一大步，他是怎么做到的呢？而且还一直秘而不宣？”

“这在科学界是常有的事。有人把你远远地抛在后面，有时候你被抛得太远，以至于你无法理解或接受那个人的重大发现。德托雷这个人太聪明了。他有海量的资金，可以投入到科研上。”说到这里，他想，德托雷绝对有什么事情瞒着他们，但他没有把自己的疑虑告诉她，因为他不想让她担心。以德托雷的收费标准，运营那样的漂浮诊所是不够的，而且，这还没有算上德托雷自己的工资，另外还有他在诊所上投入的大量时间成本。

毫不利己，专门利人？为了全人类的福祉？或者——

他带着不安，昏昏沉沉地睡着了。

似乎才睡着了一会儿，电话铃就响了。

第二十五章

约翰猛地惊醒过来，只觉得头昏脑涨、晕晕乎乎的。现在到底几点了？

6点47分，闹钟告诉他。

娜奥米也醒了。“什么——？”

谁会在这个时候打电话来呢？很可能是瑞典那边的家人吧。虽然他在这里已经住了八年，他妈妈还是搞不清两地的时差。他们刚到洛杉矶的时候，有几次她在凌晨两三点打电话过来。电话铃又响了三声之后，自动应答功能开始工作了。

他闭上眼睛，很快又睡着了。

7点05分，电话铃又响了。

“上帝啊，妈妈，我们要睡觉！”他喊道。

“也许她有急事吧。”娜奥米含糊不清地说。

“我不管！”

电话切换成自动应答了。是他妈妈打来的吗？她出什么问题了？不管发生什么事情，都可以等，必须等。他9点钟在学校有个全系老师大会，现在，他太缺觉了，想多睡一会儿。他将闹钟定在了7点15分。他闭上了眼睛。

过了一会儿，电话铃又响了。卧室里充满了明媚的阳光，他紧闭双眼躺在那里。他觉得床动了。娜奥米起来了。电话铃不响了。

“我去看看谁打的电话。”她说。

“别管，亲爱的，你别管！”

她走出卧室，很快就又回来了。

“是KTTV的人打来的，”她说，“一共有三条留言。是一个叫鲍比的女人留的。”

“鲍比？我不认识叫鲍比的人啊。电视台的人想干什么？”

“她没有说——她要你打电话给她，说有急事。”

KTTV是洛杉矶的一家电视台，属于福克斯公司所有。几个月前，他曾接受他们的采访，当时电视台在做一期和进化有关的节目。“该死的，他们在这个时间打什么电话？”说这话的时候，他已经睡意全无，但因为疲倦和止疼药，他觉得脑袋里像灌了铅一样沉。

电话铃又响了。

“真不敢相信！”他一边说着一边抓起床边的无绳电话。

一个悦耳的男声说：“您好，我是KCAL[1]的丹·瓦格纳，您是科里森博士吗？”

“你知道现在几点吗？”约翰问。

“嗯——啊——是的，确实有点早，但我想请您接受我们早间新闻节目的采访，时间不长——”

约翰按了停止通话键，挂断电话，坐了起来。“到底是怎么回事啊？”

娜奥米穿着毛巾睡衣，不解地看着他。“有突发新闻！也许你研究的那个领域有了重大发现，这可是出名的好机会啊。你刚才的做法简直是疯了！”

约翰下了床，走进了卫生间。他穿上浴袍，看着镜子。镜中的那个人有着近乎疯狂、煞白的脸，严重的黑眼圈，头发杂乱无章地竖在头上，像刚收割完的麦秆。他有一个小时左右的时间调整好状态、洗澡、刮胡子、往肚子里灌咖啡、跳上车，赶到学校。

1　洛杉矶的一家电视台，隶属哥伦比亚广播公司。

该死的电话铃这个时候又响了。

“不要接！”他朝娜奥米吼道。

“约翰——”

“我叫你不要接！”

“约翰——接个电话有什么——”

“我没有睡觉，所以有关系，好吗？我没有睡觉，我三个月没有做爱，我妻子怀着一个不知是什么的孩子！你还想听我继续说吗？”

电话铃停止了，但立即又响了起来。

娜奥米没有理会约翰，接了电话。

“我是KNBC[1]的朱迪·帕克，请问这是科里森的家吗？”

“我是——你有什么事？”

“我可以和约翰·科里森教授说话吗？”

“你说有什么事吧。”她说。

“好的，我们打算派一辆车过去，把他接到电视台——我们做一个简单的访谈。”

“我把电话给我先生。”她说。

约翰用手指做了一个割喉咙的动作。

娜奥米用手捂住话筒，轻声说：“接电话。”

他摇摇头。

“约翰，看在上帝的分上——”

约翰从她手里抓过电话，按了停止键。

“你为什么要这样？”娜奥米问。

约翰气急败坏地看着她。“因为我累了，好吗？我很累。我9点在学校有个全系老师大会，我必须头脑清醒地参加。会上至少有两名德高望重的教授，我能不能拿到教职，他们有很大的发言权。根

1　洛杉矶的一家电视台，隶属美国全国广播公司。

据目前的情况，如果我拿不到教职，一年后我就得流落街头，弹琴卖艺，在红绿灯前替人家擦擦挡风玻璃，为孩子挣奶粉钱。你还有什么不明白的？”

她把他搂在怀里。因为经常呕吐，她觉得喉咙疼得厉害；处于忧虑之中的她昨晚几乎没怎么睡觉，现在也累得快要撑不住了。

打针的疼痛、商量选择哪些基因、屈辱、心痛、不菲的支出、德托雷博士突然死亡——在经历了这些之后，她比以前任何时候都要害怕。

一切都变了。她和约翰的生活、他们的这个小家庭、他们的共同世界、他们所有美好的经历、他们之间的爱，现在全变了，在突然之间全变了。

约翰在她眼里好像变成了陌生人。

她体内的孩子，她子宫里的那个小生命，有着小手小脚、脆弱不堪、离开她就不能活的小生命，难道以后也会变成陌生人吗？*我看见你在我体内，通过仪器看见你摆动着可爱的小手小脚。我不介意你是女孩，不是男孩。我不介意。我只希望你健健康康的。*

她觉得肚子里的孩子微微动了一下。她知道这一定是她的幻觉。这个幻觉只是为了让她自己安心。

“约翰，”她低声说，“不要让这件事破坏了我们——我们的这个——孩子——”

电话铃又响了。

约翰紧紧地抱着她。“亲爱的，我们一定要坚强。你和我。马车队，还记得吗？马车队围成一圈，记得吗？我爱你，在这个世界上，我最爱的就是你，请不要管什么电话，把它拔掉吧。拔十分钟。这次会议我不能迟到。没有什么采访有这次会议重要。”

娜奥米拔掉电话。约翰冲了个淋浴，刮了胡子，在她脸上亲了一下，抓起车钥匙和笔记本电脑包，匆匆出了大门。

那天早上的报纸躺在湿乎乎的草坪上。送报人早上扔过来的时候就在那里了。约翰拿起报纸，展开后扫了一眼头版。他的眼睛被一张熟悉的照片吸引了。太熟悉了。照片上是一个女人的特写镜头，她的太阳镜推在额头上，脸上挂着自信的微笑，似乎在说“我有钱，我怕谁”。接着，他明白了这个女人看上去为什么这么熟悉了。

那是娜奥米。

娜奥米照片的上方是他自己的照片，尺寸是娜奥米的两倍大。他正对着照相机，身后有一个DNA的螺旋结构。

报纸是他订的《今日美国》，每天早上送到他家。报纸头版的大标题是：

洛杉矶的教授承认说，

“我们有了一个定制婴儿”。

第二十六章

约翰急急忙忙赶到学校开会，快要到大门口的时候，只见那里已经停着四辆新闻采访车，那些车的前面站着一堆人，有的拿着摄像机，有的拿着话筒。他听见有人喊他名字，喊了一次之后又接着喊，但这次的声音更大了。

“科里森博士？”

他听见另一个声音说，“你肯定是他吗？”

“那是科里森博士！”

一个黑头发的矮个女人把话筒伸到他嘴边。女人颇有几分姿色，但表情严厉，似乎在哪里见过。哦，想起来了，他经常在一档新闻节目里见到这张脸。“科里森博士，你和妻子决定要一个定制婴儿，能告诉我其中的原因吗？”

另一只话筒几乎戳到了他的脸。“科里森博士，你们的孩子什么时候出生？”

又一只话筒伸了过来。“科里森博士，你和妻子预先选择了孩子的性别，这个消息确实吗？”

约翰彬彬有礼地在记者堆里穿行。他觉得自己太克制了。他说：“对不起，这样的私事，我无可奉告。”

电梯门终于关上了，他感到松了一口气，但接着又忍不住开始浑身发抖。

我们身上还保留着许多原始的本能，他想。他心神不宁地到达会场的时候，已经迟到了十分钟。人类在学会说话之前，对眼睛的依赖很大，因为要靠它们来观察对方的体态语言。人的站姿，坐姿，手臂和手摆放的位置，眼球的移动，这些都会透露出许多信息。

他觉得自己好像走进了一个微微有些歪斜的房间，所以走路的时候不太稳。十名和他肩并肩工作了两年半的同事，他自认为很了解他们，但现在他们的表情都是怪怪的。他好像贸然闯进了一家私人俱乐部，里面的人都在冷眼看着他。

约翰慌慌张张地为迟到道歉，手忙脚乱地在会议桌旁坐下，从口袋里掏出黑莓手机，从电脑包里拿出笔记本电脑，放在自己面前的桌上。他的同事们个个默不作声，等待着。约翰现在一点也不想开这个会，他想坐在自己的办公室里，给那名记者打电话。

莎莉·金伯利。

太棒了！我一定要给娜奥米打电话，约她吃顿饭！

这个女人把他给气疯了。

不见报。我说的话绝对不见报，不是吗？她无权把我说的话登出来，一个字也不行！

“你没事吧，约翰？”索尔·哈兰切克用他那浓重的费城口音问。

约翰点点头。

九双眼睛朝他投来疑虑的目光，但谁也没有说什么，而是继续开会。这次会议的议题是目前的课程设计。但是讨论课程设计的相关事项只进行了一会儿——在过去的几个月里，这是每次会议的常态——会议就转到了那个大家更为关心的问题上：明年年底的时候，整个系以及在座的每个人将何去何从？索尔·哈兰切克已经拿到了教职，但对其余的人来说，前途一片黯淡。他们联系过政府机构、研究所、慈善组织、公司和其他大学，但没有人对他们表示出任何兴趣。

约翰没有参加讨论。他上了今天报纸的头条，从同事脸上的表情可以看出，日后他在科学研究领域的前景堪忧。

他和娜奥米的婚姻前景同样堪忧。

9点半钟，他将手机放进口袋，拿起电脑和包，站了起来。“对不起，”他说，“请求你们理解我，我——”他没说完就匆匆走出了会议室。

他眼里噙着泪水，祈祷着千万不要遇到学生，朝自己的办公室走去。他开了门进去，随即把门关上了。

桌上有一堆信件，固定电话里有三十一条新的语音留言。

上帝啊。

电脑里有五十封新邮件。

电话响了。是娜奥米。她说话的时候有气无力。

“我受不了啦！电话一个接一个，轮番轰炸。你的新情人干得不错！她把我办公室的号码传出去了。”

“天哪，娜奥米，她不是我的情人！”他吼道，但紧接着又后悔了。这不是她的错，她不该承担这些后果。所有的问题都出自他这里，是他犯了错。“对不起，亲爱的，”他说，“我——”

娜奥米挂了电话。

妈的。

他拨打她的固定电话，但一直忙音。

他绝望地看看电话，看看电脑屏幕，看看办公室的墙。墙上没有挂什么东西。他的秘书把今天早上的邮件堆在他桌上了，放在最上面的是一个气泡纸信封。信封上的地址是用手写的，里面好像装着什么硬东西。他好奇地用银色拆信刀拆开了信封。拆信刀是娜奥米送给他的圣诞礼物。他掏出里面的东西。有两张用橡皮筋绑在一起的硬纸板，好像是为了保护中间的什么东西。

夹在硬纸板中间的是娜奥米的照片，是他办公室里丢失的那张照片，那张在土耳其拍的照片，那张登在《今日美国》头版上的照片。

信封里还有一张小纸条，上面简洁地写着：

你好，约翰！认识你很高兴，谢谢你把这个借给我！

祝一切顺利！

莎莉·金伯利

没有地址，没有电话号码。

你这个婊子！天哪，你这个婊子！

办公室门突然开了。索尔·哈兰切克走了进来。“我能——呃——打扰一下，约翰？”他站了下来，晃来晃去，同时还搓着手，一副犹豫不决的样子，好像他有一条关于世界末日的消息要宣布。

约翰看着他，没有说话。

“你是一匹黑马，”他说，“我——我们——都没有想到你和——”他又搓手了。“嗯，你的私生活不关我们的事，但我——有人把那张报纸给我看了——《今日美国》。”他紧张地摇摇头。“如果你不想谈这件事，那也没关系——只和我说说，行吗？”

“我不想谈这件事。”约翰说。

索尔·哈兰切克像机器人一样僵直地点点头，转身准备朝门口走。“好的，好——”

约翰突然说：“索尔——我不想那样的，但——我想——我是不是把自己的饭碗给砸了？是吗？”

他的电话又响了。

“你不想接电话吗？”哈兰切克问。

约翰接了电话。他想，说不定是莎莉·金伯利打来的呢。但不是她。是一个名叫芭芭拉·斯特拉顿的女人打来的。她问约翰愿不愿意做个简短的访谈。他非常礼貌地告诉她不行，礼貌到连他自己都觉得有些过分了，然后放下话筒。“我表现得像个白痴，索尔。”他说。

“我在报纸上看到的都是真的吗？你和娜奥米真的去找德托雷了？”

电话又响了。约翰没有管它。“是的。是真的。”

哈兰切克将手放在椅背上。“天哪。”

“你了解他这个人？”

“上个世纪80年代，他曾在这所大学工作过，可是我并不了解他。我只看过他写的东西。现在，他死了，对吗？”

“是的。对于他写的那些东西，你怎么看？”

“他是个聪明的家伙，智商高到爆表，但智商高不一定代表你是个伟大的人，说不定你连好人都不是呢。智商高只表示你可以做出一般人做不出来的坏事。”

约翰没有说话。

“你知道，这不关我的事，我问这些有失礼貌了，但真正的问题是，约翰，这篇报道对你——一名科学家来说毫无好处，对我们系所产生的不利影响也是可以想见的。”

“索尔，真相并非如报纸上说的那样。你知道他们是怎么以讹传讹，歪曲事实的。报纸就喜欢说科学已经发达到一定阶段，但事实上不是。”

他的同事狐疑地看着他。

“你想要我辞职吗？这就是你心里想要说的话吗？”约翰问。

哈兰切克摇摇头。“不是，绝对不是。我只是说现在发生这种事情，这个时机太不好了。我们静观其变吧。”

“对不起，索尔，”他说，“我还能做点什么，来挽救我获得教职的机会吗？”

哈兰切克瞥了一眼自己的手表。“我要赶回去开会了。”

“索尔，替我向大家道个歉吧。”

“好的。”哈兰切克关上门。

约翰再次看着莎莉·金伯利写的那张小纸条。虽然他恨这个女人，但更恨自己。他恨自己蠢。他对她那么好，对她敞开心扉，只希望她在报道中把他们系写得好一点。他怎么就不知道这个世界是不按规则出牌的呢？

他起身倒了一杯咖啡，刚坐下来电话就又响了。是娜奥米打来的。她声音很小，有些颤抖。“约翰，你看新闻了吗？过去这半个小时的新闻？”

“没有，”他说，“怎么了？什么新闻？”

“德托雷博士。他是被宗教狂热分子杀死的。那些人已经宣称对此事负责了。他们说德托雷是魔鬼撒旦的代言人。那些人自称‘新千年之子’。他们说直升机上的炸弹是他们安的，还说任何人胆敢篡改基因，必将成为他们的目标。我真的很害怕啊，约翰。”

第二十七章

娜奥米坐在狭小的剪辑工作间，观看新摄制的灾难幸存者系列片第一季的毛片。这家公司雇用她就是为了宣传这部片子。看完后，她开车回家。

她要静下心来，集中精力想想大事了。她必须千方百计，让自己不要去想德托雷博士被炸死的那条新闻，不要因自己体内生长的那个孩子而焦虑不安，不要疑神疑鬼地认为约翰和那个不要脸的记者莎莉·金伯利睡觉了。

另外，她还要努力对工作伙伴投来的各种眼神视而不见。她不知道他们中的哪一个看过或听说过那篇报道。有些人肯定是看过了，但谁也没有对她说什么，这样反而更糟。在所有的朋友中，只有洛莉·夏皮罗和她联系过。“亲爱的，这真是个令人惊喜的消息！”洛莉说，但说话的语调不一样。洛莉还是和平时一样开朗活泼，但今天活泼得有些过头，好像在演戏，好像尽量在掩饰自己的不悦，但演技不佳，所以掩饰得不成功。“你都没有告诉我们！”

刚过去的这两天里，她的整个世界似乎都被颠倒了。她怀的是女孩，不是男孩。德托雷死了。宗教狂热分子发出了死亡威胁。她的大头照出现在美国最大报纸的头版上。她再也不能信任自己的丈夫了。

她真希望自己是在英国。她真希望她现在正和妈妈、姐姐待在一起。约翰老是说什么爱是马车队，当全世界都与你为敌的时候，这支马车队将围成一圈，将你保护在中间，但他错了。保护你的那支“马车队”不是别人，而是你的家人，和你有血缘关系的家人。他们是可以信赖的人。别人都不行，哪怕是你的丈夫。

她记得很久以前看过一首诗，说家就是永远向游子敞开大门的地方[1]。

那里就是她现在想去的地方。她想回家。

她在英国的家。

她真正的家。

“见鬼！”她猛踩了一脚刹车，她的这辆老丰田在一个消防栓旁停了下来。她惊愕地看着眼前的景象。

在她家两边的街道旁，停满了小车、新闻采访车和新闻直播车，还有一群人手持照相机和话筒，站在她家草坪的边上。

她惊讶地看到约翰的那辆旧沃尔沃已经停在自家的小车棚里了。现在是6点20分。他一般从来不在8点前回家。

她将车开进了私家车道，在约翰的车旁边停下。那些记者如潮水一样朝她涌来。她打开车门，喊叫声从四面八方传了过来。

“科里森夫人！”

“娜奥米，这里！”

“科里森夫人，怀着世界上第一个定制婴儿，你有什么感受？”

“德托雷博士的死对你会有影响吗？”

“科里森夫人，对于德托雷博士的死，你有什么反应？”

她紧闭着嘴，推开众人，来到屋前的走廊上。她刚打开纱门，里面的门就开了。她走进去，见约翰只穿着短裤和背心。约翰嘭的一声关上门。

“把那些人弄走！”她气愤地说。

“对不起。”他想吻她，但她迅速扭过头去，结果，他连她的脸

1　这首诗的作者是罗伯特·弗罗斯特。

都没碰到。

星期四上午下过一场雨，到了下午，天变得很热，天气预报说这个周末将进入烧烤模式。约翰早已打开了空调，因此至少室内凉爽宜人。约翰在听音乐，放的是《马勒第五交响曲》。他音量开得很大，令人心神不宁。每当遇到烦心事的时候，约翰就喜欢让自己沉浸在音乐之中。

“别管那些杂种，”他说，“他们会觉得无聊，自己散去的。我们千万不能让那帮家伙得逞。”

“约翰，说起来容易啊。”

“我给你倒杯酒。”

“我不能喝酒。”

“好吧，那你想喝点什么呢？来点冰沙？”

他的嗓音和表情里有某样东西打动了她。那种东西很可能是孩子般的天真无邪吧。在她喜欢的他身上的众多优点之中，这点最能打动她。约翰能激怒她，但也能在极短的时间里让她消气。

他们就那样盯着对方看。这是一对迷失方向的夫妇。这是一对四面受敌的夫妇。发火不能解决任何问题。现在，他们不能争吵，他们不能分裂。他们必须找到共同面对危机的力量之源。

“好，”她说，这时她已经冷静多了，“去弄冰沙吧。不要放酒，否则我会失控的。我要改变自己。”

几分钟之后，她只穿了一件T恤衫，从百叶窗的缝隙中向外窥视。那些记者有的在聊天，有的在打电话，两三个在抽烟，还有一小簇人围在一只大打包袋旁，好像是在吃着汉堡之类的东西。你们这帮杂种，她想，你们就不能让我们清静清静吗？

约翰在客厅里放的音乐声更响了。除了音乐声，她隐约听见厨房那里传来了粉碎冰块的声音。她走了过去。

约翰光着脚，站在洗碗槽旁，操作台上放着一只鸡尾酒杯、一瓶伏特加、一瓶橄榄和一瓶马提尼。他正用力摇晃着银色的调酒器。他不知道娜奥米进来。

她看见地上有一个冰块，于是捡了起来，悄悄走到他身后，把冰块从他短裤的后腰塞了进去，然后紧紧顶着他的屁股。

他大叫一声，吓得手里的调酒器都丢下了，转过身来，结果和娜奥米撞了个满怀。“哎呀！”他说，“你吓死我了！”

她不知头脑里是怎么想的，反正她突然就想要他了。就是现在，就是这一刻，想得要发疯。她搂住他的脖子，慢慢把他往下拉，把他拉到地板上，拉到她身上。他们翻滚着，亲吻着，一方的激情燃起了另一方更大的激情。约翰皮肤、头发上的香水味令她有种眩晕的感觉。他们现在安全了，彻底安全了，完全被爱的马车队所包围了。他们现在不是两个人。他们已经合二为一。他们坚如磐石。她兴奋得发狂，情不自禁地咕哝着什么。她听见他喊了一声，于是急忙抓紧了他。他们渴望这一刻能够永恒，他们永远像一块石头，不可分割。

后来，他们躺在地上，笑嘻嘻地看着对方，摇摇头。太美妙了。

第二十八章

后来，房子里弥漫着木炭和胡桃木块烧着了的味道。约翰在房子旁边的木制平台上，手忙脚乱地烧烤。两片厚厚的金枪鱼排正躺在餐桌上的腌汁里。娜奥米在做沙拉，享受着难得的安静。她的内心也是宁静的，她所有的恐惧现在都被暂时封存在另一个地方。

我活过来了。

电话又响了。这大概已经是第十次了。约翰用烧烤叉戳了戳木炭，没有任何反应。她犹豫着，不知该不该让自动应答机接，但又突然想到，万一这是德托雷诊所打来的呢，于是拿起无绳电话，按了接听键。

"喂?"

回应她的是静电的沙沙声。

"喂?"她又说了一遍，希望是因为船上的电话信号不佳才出现这样的情况。"喂？喂?"

一个女人的声音传了过来。"是科里森家吗?"是美国人，态度生硬，带着浓浓的中西部口音。

"你是——?"娜奥米问。她一下子警惕起来。

"科里森夫人吗？你是科里森夫人吗?"

"请问你是谁?"娜奥米问。

对方变得更加急迫了。"你是科里森夫人吗?"

"请问你是谁?"

"你是恶魔，科里森夫人。你是一个女魔头。"

电话挂断了。

娜奥米盯着手里的电话，震惊不已。接着，她的手忍不住颤抖起来。她把电话放回墙上。她浑身发抖。刹那间她觉得天空中乌云密布，但透过窗户定睛往外看，只见西下的夕阳在自家的院子里投下了清晰的影子。

她正准备喊约翰，但临时又改变了主意。那个女人是个疯子，理会她干什么。

你是恶魔，科里森夫人。你是一个女魔头。

那个女人的话在她脑中回响。愤怒逐渐在她体内聚集。

十分钟之后，约翰说："好了。"他将烤好的金枪鱼放在娜奥米最喜欢的碟子里，端到了木制平台的桌上。桌上早已点好了蜡烛。

约翰切开金枪鱼，让娜奥米看。那正是她喜欢的样子：外表金黄，里面粉红，火候把握得正好。

"把金枪鱼从火上拿开之后，还有余温在继续加热，这是许多人都不知道的秘诀！"他自豪地说。

娜奥米笑了。她不想扫兴。她不想告诉他，这金枪鱼的味道突然让她觉得恶心；也不想告诉他，他那句有关金枪鱼烧烤秘诀的话已经说过不知多少遍了。

他坐在她对面，舀了一勺他秘制的芥末蛋黄酱放在她的碟子里，又帮她弄了一些沙拉。"干杯！"他举起杯子，像乐队指挥挥舞指挥棒那样在空中挥了一下。

她也举起杯子，然后放到唇边，正准备喝，这时剧烈的眩晕感袭来，她要呕吐！她连忙跑到卫生间。

当她回来的时候，看到约翰坐在那里等着她，面前的食物原封未动。

"你没事吧？"约翰问。

她摇摇头。"我——我——想——"

豌豆，她想。她突然想吃豌豆。

她站起身来。“我想吃点东西来压一压——”

她走进厨房，打开冰箱门，拿出一袋冷冻豌豆，回到外面的桌子旁。

“你想吃豌豆？要我给你煮一些吗？”

她撕开包装袋，掰了一粒豌豆下来，扔到嘴里，等冰化了之后，嚼了起来。味道好极了。她又吃了一粒，接着又吃了一粒，然后喝了点啤酒。“这些真好吃啊，”她说，“你吃你的金枪鱼吧，冷了就不好吃了。”

他伸出一只手，握住她的手。“记住，女人怀孕后常常突然很想吃某种东西，也许你现在就是这样。”

“这不是馋，”她说，口气比她预想的要冲，“我只是想吃几粒冻豌豆。就这么简单。”

电话铃响了。约翰站了起来。

“别接！”她说。

约翰好像吃了一惊。“也许是——”

“别接！别接他妈的电话！”

约翰耸耸肩膀，重新坐了下来。他吃着金枪鱼，娜奥米继续掰着豌豆，一次吃一粒。

“你今天过得怎么样？”约翰问。

“洛莉·夏皮罗给我打过电话了。她看过那篇报道了。”

“然后——？”

“约翰，你为什么要把这件事告诉那个女的？全城的人都知道了，全美国的人都知道了，说不定全世界的人都知道了。我觉得自己就像怪物一样。我们怎样才能像普通人一样把我们的孩子带到这个世界上来呢？”

约翰神情尴尬地看着面前的食物，没有说话。

“也许我们应该挪挪窝，搬到英国去，或者搬到瑞典去，反正不能待在这里。”

“事情会平息的。”

她紧紧地盯着他。“你真的是这么想的？你总不会认为莎莉·金伯利——还有这个国家的其他那些该死的电视台、电台，他们没有在工作日记上写上一笔，提醒自己六个月后孩子要出生吧？”

他无言以对。他的头脑里一直存在着这个问题：“新千年之子”是些什么人？

这个世上有各种各样的狂热分子组织，他们认为自己的宗教信仰赋予了他们杀人的权利。另外，他还想到了今天上午同事们脸上的表情。直到今天他才真正体会到事态的严重性。他和娜奥米做了一件事，但这个世界还没有做好准备，世人都觉得无法接受。如果他和娜奥米严守秘密，那也不会出什么乱子。

而现在，魔鬼已经从瓶子里出来了。

一辆汽车的车门重重地关上了。这本来没什么大惊小怪的，只是——

他们两人都听见了，他们都感觉到了什么。

极大的可能是，更多的记者来了。

他从桌边起身，穿过走廊，来到客厅，从这里不用开灯就可以看见街上的情况。透过窗户，他看见了几辆新闻采访车还停在那里，但其中有一辆车是刚来的。那是一辆淡灰色的面包车，车身上没有电台、电视台或报社的标志。灰色面包车就停在他家房子外面的路灯下面。面包车有些老旧，车身上布满灰尘，一侧还有碰撞后留下的凹痕。后面的门开着，有三个人站在门后面。是一个男人和两个女人，他们正忙着从车上搬什么下来，看上去像是木棍之类的东西。先前站在人行道上的那一小撮记者让到一旁，为他们腾出一些地方，然后神色警惕地注视着他们。

约翰猛然变得焦虑不安起来。

三人中的那个男人是个瘦高个，一头灰色长发梳成了马尾辫，身上的衣服破破烂烂的；两个女的穿得也很破旧，一人高个子、棕色长发，另一人矮个、粗壮，头发很短，几乎是平头。三人高举着木棍，现在约翰看清楚了，那是标语牌。

三人在人行道上组成了一个小团体，每个人的手里都举着一块标语牌，但约翰看不见上面的字。

他突然想起他书房里有一只望远镜。他在凌乱的书堆里翻找了一番，几分钟后，他找到了望远镜。他回到客厅，透过望远镜看那些人手里的标语牌。

一块上面写着：**坚决抵制遗传学！**

另一块上面写着：**信上帝，不要信科学！**

第三块上面写着：**孩子是上帝的礼物，不是科学的礼物！**

这时，他听见了娜奥米的声音。她就在他身后，声音在颤抖："啊，不，约翰，你快去！快报警！"

"别理他们。"他说，尽量让自己听上去很勇敢，因为他不希望让她看到他和她一样心烦意乱。"一帮疯子。他们想要的就是吸引公众的眼球。他们希望我们报警，造成冲突。别管他们啦，他们会走的。"

但到了第二天早上，举着标语牌抗议的人还在那里，而且又有一辆车和两个女人加入了他们的阵营。这辆车是绿色的福特旅行车，暗色玻璃车窗。由于已经非常老旧，车身的油漆斑驳。新来的两个女人举着标语牌，面相凶恶。

只有上帝才能创造生命！

立即打掉撒旦的崽！

第二十九章

约翰有位朋友名叫卡勒·阿姆托普，两人既是校友又是厄勒布鲁的同乡。目前，卡勒是瑞典驻华盛顿大使馆的一名随员。两人很少碰面，但一直有邮件联系。卡勒交际很广。

约翰给卡勒发了邮件，看看他是否知道有关德托雷博士之死以及那条船的进一步消息。他还问卡勒有没有听说过“新千年之子”这个组织。

今天早晨，约翰打开电脑，收到近两百封新邮件，另外，家里电话和办公室电话也收到了大量的语音留言。他们定制婴儿的报道流传到了瑞典以及世界上的其他国家，引发了关注，他们的家人和朋友纷纷给他们电话留言，还有三名公关人员留言请求他和娜奥米聘用他们做代理，保证把他们的故事卖给全球多家媒体，可以拿到一大笔钱。

有一封邮件是卡勒·阿姆托普发来的。邮件用的是瑞典语。他们一直喜欢用母语交流。

关于德托雷之死，除了约翰在新闻上看到的那些，卡勒并没有带来什么新消息。和“幸运玫瑰号”一样，那架直升机的注册地也是巴拿马，而且坠机发生在公海。但是，因为直升机飞行员和德托雷都是美国公民，美国联邦航空管理局正在关注此事，目前，正在进行全面的海空搜寻，而且已经派出了一艘救助打捞船前往出事海域。到目前为止，还没有任何与“幸运玫瑰号”无线电通信有关的报告，也没有人报告说看到过残骸。

至于那个自称“新千年之子”的组织，卡勒也没有打听到什么消息。他说，这可能就是一场骗局：一些疯子或者宗教狂热分子知道直升机坠毁后，宣称是他们干的。但是他建议约翰和娜奥米要保持一段时间的警惕，还说他一有新的消息就和他们联系。

约翰简短地给他回了信，对他的帮助表示感谢。接着，另一封信吸引了他的注意。是他在英国的导师写来的信。

约翰，

我知道可能性不大，因为我想你早已经完全被加州的阳光给俘虏了吧，但是，我在网上看到了你们定制婴儿的事引起的轩然大波，于是就想，说不定你们想挪个窝呢？我们这里有个很好的机会。英国政府出资，资金来源充足，萨塞克斯乡间，工作一辈子都不用愁。这是一家真正的研究机构，占地两百英亩，有六百名研究人员。有一台在建的粒子加速器，可以和欧洲核子研究组织里的设备相媲美。这里的微刻部有一台机器，可以在一根头发上刻三百行字……我刚被这家机构聘用，准备组建一个新的部门，目前正在四处搜罗虚拟生命科学领域有潜力的科学家。如果你来，我可以答应给你一间实验室，在提供优良设施的同时，实验室由你全权支配。

不管你来不来，给我回个话，告诉我你的近况，有没有什么新鲜事？

英国西萨塞克斯斯托灵顿

英国政府莫雷公园研究实验室

虚拟科学部教授卡尔森·迪克斯

约翰靠在椅子上，盯着那封信，陷入了沉思。如果他和娜奥米提及这件事，她会说什么他完全能够想得出来。她肯定会迫不及待地抓住这个机会，回到英国去，回到家乡去。

但这个机会对他来说并不那么诱人。萨塞克斯是他以前生活过的地方，他觉得那里还不错。它离伦敦不远，有海，有充满活力的度假胜地布赖顿，有风光迷人的乡下。

但那里毕竟是英国。天气阴沉沉的，连人们对待科学家的态度也是阴沉沉的。世界上许多重大发明都是英国人完成的，很难相信英国人对科研工作的态度不冷不热，有时甚至是苛责。由于莎莉·金伯利的那篇报道，南加利福尼亚大学的教职可能是个问题，但他还可以待在美国啊。他可以出卖自己的灵魂，在软件公司或制药企业找到一份工作。

他喜欢卡尔森·迪克斯，但想到要重返英国，他的心情就变得沮丧起来。但是，他又不得不承认，也许那是帮他们摆脱目前困境的唯一方法。

他字斟句酌地写了一封信，告诉迪克斯教授，收到他的信很高兴，他会认真考虑一下再做回复。

第三十章

娜奥米的日记

洛莉和欧文对我一直很好，但我还是觉得他们并不赞同我们做的事，只是他们没有表露出来而已。他们再三要求我们过去，到他们家住一段时间（是住在独立的客房里），直到事态平息。

他们在得克萨斯州的拉戈维斯塔有一处大房子，就在冷水大峡谷的边上。那处豪宅建在一个峡谷的上面，往下可以看见比弗利山酒店，朝西望去，可以看见大海，向东可以俯瞰整个洛杉矶市区。他们家的客房简直就是天堂——客房比我们家现在住的这座房子都要大！

住在那里就像住在乡村，到处都是自然生长的动植物。在那里可以看见峡谷对面有一个绝佳的住宅，欧文说那房子是艾伦·斯班林[1]建造的，但洛莉说她对此不敢肯定，她觉得斯班林的房子还在东面更远的地方。管他呢。这处住宅的占地面积肯定有五万平方英尺，里面有两块网球场。天哪！我早就在本子上记下来了，说有机会替他们问一下这房子到底是不是斯班林的——我知道该向谁打听这事儿——可我老是忘记。

知道德托雷博士死亡的消息已经有四天了，约翰和我登上《今日美国》头版也有三天了。日子真不好过啊。不管去哪儿我都觉得大家

1　曾两度赢得艾美奖的美国金牌电视制作人，《豪门恩怨》的制作人。

在盯着我看，哪怕是坐在车里等红灯变成绿灯的时候，我也看见旁边的人朝我看，所以我就想，他们是不是都看过那张报纸了。我拼命想啊想，要是我看过那篇报道，在时间已经过去了三天的情况下，我会记得那个女人长什么样子吗？人们是出于什么理由才记住事情的呢？这个答案每一位搞公关宣传的人士都希望知道的吧。我也许是多心了，得了妄想症，但我可以负责任地说，在和其他人见面的时候，我的确看到了对方投过来的那种怪怪的眼神。

约翰还没有接到“幸运玫瑰号”游艇的任何反馈。发去的邮件被退回，电话一直无法接通。约翰在瑞典驻华盛顿大使馆的朋友卡勒·阿姆托普说，美国海岸警卫队在直升机上没有发现任何残骸，也没有看到游艇的影子。有些时候我都不敢相信德托雷博士已经死了，因为他在我心目中的形象很高大，而且常常对我说些鼓舞人心的话。但是，在另外一些时候我又觉得我——我和约翰——是某种阴谋的受害者。

约翰的情绪很差。我很担心他，因为他一直是个积极乐观的人，总是知道下一步该怎么走，但是，目前他似乎茫然若失了。

我怀着哈雷的时候，从来没有突然想吃什么东西，但现在呢，我想吃这个冻豌豆都想疯了！我常常在半夜醒来，下楼到冰箱里拿一把冻豌豆吃。

昨晚欧文带我们到常青藤饭店，我花了好大劲才让服务员明白我不是在和他开玩笑。我真的要另外再点一份没有解冻的豌豆。豌豆端上来的时候，厨师还特别用心地在下面垫了一层碎冰块，好像那不是豌豆，而是牡蛎或者其他食材。

我是不是有病啊？

第三十一章

这个地方哪怕只来一次，死也值啦！娜奥米想。欧文和洛莉家游泳池旁的露台铺着大理石，她躺在一把躺椅上，望着万里无云的天空，温暖的阳光照在身上，感觉真好啊。

现在是星期天中午。欧文带约翰去他所在的俱乐部打高尔夫了。娜奥米很高兴，因为她觉得约翰需要到大自然中呼吸一下新鲜空气，远离眼前的烦恼，哪怕只有几个小时也行。约翰压力很大，整晚在床上辗转反侧，她在白天的时候也能看出约翰神情恍惚，精神不集中。他好像很迷惘，不知道该干什么，这让她很担心。过去约翰一直意志坚强，尽管有时他的这种意志坚强是他自己的一厢情愿，但不管怎么说，他掌握着主动权，但现在不一样了。

她注视着夏皮罗夫妇的孩子们。两个小女孩一个叫蔡斯，另一个叫布里特妮，正套着游泳圈在池子里打水玩，另外还有一个儿子库珀，正在露台边上的灌木丛中捉虫子。库珀六岁，比哈雷小六个星期。要是哈雷还在，可能会戴着一顶大帽子，拿着一根竹棍和库珀一起捉虫子玩吧，她伤心地想道。

洛莉喊道："我们十分钟后就要走啦！"

他们马上要去巴尼饭店吃午饭，同去的还有洛莉的另一名女友。娜奥米不情愿地从躺椅上爬起来，朝室内走去。当她走进宽敞的客厅时，朝电视机瞥了一眼。电视机一直是开着的。一名警察站在一座殖民时期风格的大厦外面，身前拉着黄色的警戒线，警戒线后面停着几辆救护车。警察正板着脸在和一名记者说话。

“太可怕了。”洛莉抬起头说。她正在和拉丁裔的女佣一起看一份清单。“你一直在看电视吗?”

“没有。出什么事了?”

“先换衣服吧，上车后我再告诉你。”

二十分钟后，他们上了洛莉的黑色奔驰敞篷车。在冷水峡谷的底部等红绿灯的时候，娜奥米问:“死了——那些孩子也死了?你说新闻里的那些人都死了?”

“是的，”洛莉说，“要不要从你家门口走一下，看看那些疯子今天还在不在?”

娜奥米看看手表，恐惧像乌云一样弥漫开来。“我们有时间吗?”

“当然有，玛丽莲总会迟到半个小时的。”

“好吧。”她迟迟疑疑地说。在洛莉家的这几天，她每天早上都开车过来，在这条街道的尽头远远地朝着自己家这边张望。让她恐慌的是，那五个举着标语牌的疯子没有消失，甚至好像已经在那里安营扎寨了。和洛莉一家待在一起，她觉得很安全。洛莉和欧文家有电动门和监控摄像头，房子周围只要是他们家的地盘，都竖着“禁止闯入，违者必杀!”的警示牌。“电视上到底怎么说的?”

现在是绿灯。洛莉拐了个弯，在日落大道上疾驰。“那个人，马蒂·波罗维茨，是个大富翁，”她说，“欧文和他还有过一面之缘呢。马蒂拥有多家购物中心和连锁汽车旅馆。一天，有人发现他与妻子以及一岁大的双胞胎被烧死在车里，汽车就停在他家的车道上，烧得只剩下空壳。警察说，他们遭到了汽车炸弹的袭击。太可怕了。”

“为什么呢?”娜奥米问，“有人知道原因吗?”

"他们没说。"

她们的车开上了达西尼南大道，经过了四季酒店，穿过威尔希尔大道、奥林匹克大道、皮科大道，娜奥米几乎一直没有说话，只是看着路上的车和人，看着前面的路，看着路旁的建筑，其实，她什么也看不进去。她只顾想着自己的心事。

这个世界上的暴力太多了，这个世界上的仇恨太多了。

你的儿子得了一种可怕的疾病，痛苦地死去。你竭力为下一个孩子创造美好的生活，但无论你怎么努力，总有人自认为他们有权杀了你，或者把你从家里赶出来，因为他们不赞成你的做法。

开着灰色面包车和旧福特旅行车来的那帮家伙还在人行道上，现在离他们只有几百米远。扎着马尾辫的那个疯子、不怎么说话的几个女人，他们自说自话地认为，他们就是信仰的卫士。

那些新闻采访车、转播车现在已经全部开走了，只有几辆小汽车还在留守，一辆车里的驾驶席上坐着摄影师，见她们的车渐渐靠近了，忙端起相机，啪啪地拍了几张照片；坐在另一辆小车里的女记者手持话筒，走了出来。

"你想到你家里去吗？"她们的汽车离娜奥米家不远的时候，洛莉一边减速一边问。

"不想。"

"我们应该昂首挺胸走进去，让他们看看我们不在乎。如果他们总是觉得是他们把你们从家里赶走了，就会认为自己赢了。"

"也许他们已经赢了，"娜奥米说，"我只是安静地做个妈妈，洛莉。我从来就不想成为一名斗士，更不想成为一名烈士。"

"如果你真是这么想的，那你最好赶紧预订一下，找个医生做人工流产吧，"洛莉说，"因为这不是你现在勇敢面对就能解决的问题。在未来的二十年或更长时间里，你将一直面对这个问题。在你的余生里，你将不得不和各种敌对势力做斗争。你知道吗？"

“把车开到停车棚里去。”娜奥米说。

洛莉照办了。

两人下了车。

“你好，是科里森夫人吗？我是安娜·马歇尔，来自——”

洛莉突然爆发了，娜奥米从来没看见她的朋友有那么恶毒过。

“滚开，母狗！”她朝那个女人喊道。对方没料到她的反应如此强烈，吓得后退了几步。娜奥米走到自家的邮筒前，掏出里面的信件，快步走进室内，关好了门。

娜奥米看着洛莉。“你这一招挺有效啊。”

“对他们就要来硬的，”她有些不自在地笑了笑，“宗教狂热分子一般不咬人。”

“他们很可能是素食主义者吧。”娜奥米说。她翻看了一下邮件，走到客厅的窗户前，朝外面看。她以前从来没有过仇恨的感觉，或者说，没有过真正意义上的仇恨，但讨厌、愤怒、狂怒的感觉是有的。现在，她有了仇恨的感觉，这是一种全新的情绪，但这就是她对外面那几个举着标语牌的人的感觉。她以前从来没有过这种深深的仇恨。

吃过中饭，和洛莉在罗德欧大道上逛了几家商店后，娜奥米再也没有兴致做其他的事情了，于是，两人下午5点就回头了。她们回到拉戈维斯塔的时候，约翰他们已经先到了。约翰在大门口迎接她们俩的时候，脸色煞白，没有一丝血色。尽管约翰和她们打招呼的时候一副兴高采烈的样子，但娜奥米知道出大事了。

几分钟之后，两人到了客房，约翰这才把事情告诉了娜奥米。

“我接到卡勒·阿姆托普的电话了。你知道被杀的那对夫妇吧？双胞胎孩子一起被杀的那对，你在新闻里看到的波罗维茨一家？”

“怎么啦？”

“卡勒说，联邦调查局正在进行调查，因为有一种说法是杀死波罗维茨一家和杀死德托雷博士的是同一伙人——‘新千年之子’，这条消息还没有对媒体公布。”

娜奥米坐在沙发上，双腿发抖。“上帝啊。”

约翰两手插在口袋里，好像有话要说，但后来还是默不作声。

“他……他这么说，到底有多大的把握？这消息准确吗？”

“准确。”他在房间里像困兽一样走来走去，后来，他走到娜奥米的背后，手放在她的肩上，然后又放在沙发的靠背上。“卡尔森邀请我去英国，那里有一个工作机会。”

“卡尔森·迪克斯？工作？到英国？”

“如果我接受邀请，他们很乐意我现在就过去。我想——发生了这么多事，也许我们应该考虑离开美国了。”

“对我来说，我考虑都不要考虑。”她说。

第三十二章

经过十一个小时的越洋飞行，娜奥米累了。到伦敦希思罗机场来接他们的是一辆宽敞的奔驰车，她躺在后排柔软的真皮座椅上，汽车的晃动让她昏昏欲睡。约翰打开了笔记本电脑，但其实并没有看着它，而是无力地靠在椅子上，闭目养神。

她很久没有回来了。她已经忘记，和洛杉矶相比英国居然如此葱葱郁郁。再次踏上英国的土地之后，心中巨大的压力烟消云散，她感到非常轻松。这里的一切看上去是那么平和，连高速公路上的汽车都比美国那边的汽车发出的噪声要小许多。

她恨不得马上见到妈妈和姐姐，另外她还想吃上一口又苦又咸的马麦酱[1]三明治——这是她在过去的二十四小时里才喜欢上的东西。

她想，维京航空的女乘务员当时一定觉得她疯了，因为她问女乘务员飞机上有没有冻豌豆，后来又向她要马麦酱。

来接他们的车是卡尔森·迪克斯安排的，娜奥米心中非常感激。他们现在的目的地是萨塞克斯。他们将住在布赖顿的一家酒店，明天，约翰将去英国政府莫雷公园研究实验室，和卡尔森·迪克斯以及未来的合作团队见面，结束后约翰就飞回洛杉矶，处理工作交接方面的事，收拾、打包家里的东西，运到英国来。

1　马麦酱由酵母菌发酵制成，富含维生素B，被称为“世界上最有营养的酱”，但它的口感很复杂，有人称它为英国最难吃的东西，有人却非常喜欢它。

与此同时，她也将开始寻找合适的地方安家。这一切发生得太快，她似乎有些跟不上节奏了。《今日美国》上的那篇报道是两个星期前的事，他们的生活被搅得天翻地覆也是两个星期前的事。

她妈妈总是说凡事皆由天注定，但娜奥米不信。她觉得人能够掌握自己的命运。她是个乐观主义者。你必须保持积极向上的心态，事情到最后总是会出现转机的。

比如现在。

你说呢，菲比？

他们到目前为止都没有另找医生确定婴儿的性别。时间又过去两个星期了。他们的心中现在已经默默接受了这一事实：他们的孩子是个女的。给这个孩子起名的事宜他们早就开始了，他们在一串串女孩名字中寻找合适的，到了昨天晚上，他们在飞机上的时候，终于确定孩子叫菲比。

菲比是希腊神话里的泰坦神之一，这些神体形巨大，力大无比，因此这名字好像挺适合的。

她坐了起来，从后面的车窗看着23号公路上的汽车。她想看看有没有汽车在尾随他们。在他们行驶的中间车道上，有一辆蓝色面包车紧跟着他们，但是，过了不长时间，面包车就打了转向灯，变换了车道，朝着下一个出口处的匝道驶去，面包车后面是一辆运动型轿车。在这辆车的后面，离他们很远的地方，还有一辆绿色的小汽车和一辆红色的路虎揽胜汽车，但很快就被他们甩得远远的，不见了踪影。

她知道自己这是妄想症。在飞机上的时候她也是这样。走在过道上，她不停地打量两边乘客的脸，想看看有没有人在跟踪他们。

“新千年之子”的信徒长什么样子呢？

她把车窗开了一条缝，外面的空气呼呼地往里吹。8月是英国的夏季，空气湿润，灰色的天空中偶尔露出一点蓝色。在她的记忆中，快要下雨之前，天常常就是这样，但她并不介意。在洛杉矶，一旦下起雨来那可就不得了，但在英国没关系。只要她和约翰能回到这里，随便下多大的雨都没关系，哪怕牺牲再多的阳光她也不觉得可惜。

他们正朝着南面行驶。她看见前方远处丘陵地带起伏的绿色山丘。这里是她和约翰一见钟情后不久就来过的地方。当时，她带约翰来到英国，先去了巴斯见她的妈妈和姐姐——她们两个都很喜欢他，接着，约翰带着她去了萨塞克斯，见了卡尔森·迪克斯和他大学里的其他朋友。他像凯旋的士兵带着战利品一样，自豪地把娜奥米介绍给他们，而她的心里也是乐滋滋的。当时两个人都高兴得要疯了。

现在，她觉得自己又感受到了那种快乐。不，应该是比那个时候更加快乐——

疼痛袭来，毫无预兆或警告。她只觉得好像有个弹簧人在自己体内突然打开，又好像有人在肚子里拳打脚踢，想要出来。她的每一块肌肉都在收缩，扭曲，张开。她挣扎着，身上的安全带此刻也像刀子在割一样。她尖叫了一声，接着又发出一连串的哼哼声，后来，因为疼痛的加剧，她的呻吟开始颤抖。她闭上眼睛，咬着嘴唇，但此时还能感觉到奔驰车猛地拐了一个弯，接着她似乎听到了约翰的笔记本电脑掉在地上的声音。约翰猛地醒了，惊惶地看着她，以为出了交通事故。接着，他看见了娜奥米的脸，听见了她的呻吟。

“亲爱的，你怎么了？”

肚子疼得更厉害了，好像有人在用一把烧红了的刀割着她的内脏。

“啊——啊——快——快——”

“快停车！”约翰吼道。

司机连忙急刹车，引得后面的车猛按喇叭。

“救——救——我……救——救——我……”

他们慢慢将车停到路边，一辆卡车轰隆隆地从他们旁边驶过。她苍白的脸上汗涔涔的，因为疼痛，脸都变了形，而且她的嘴里也开始流血。她像一只被关在笼子里的野兽，挣扎着，头发甩来甩去，可怕的呻吟一声接着一声。

嘴里流血了。啊，上帝，她要死了。啊，上帝，不，你到底对她做了什么，德托雷？

“亲爱的——亲爱的——娜奥米——亲爱的——”

呻吟停止了。

血来自她的嘴唇，不是嘴里面。

短暂的寂静。她的两眼并不聚焦，但她盯着他，好像在看着一个魔鬼，脸上的表情连他都看不明白。他不知道那是因为疼痛还是因为仇恨，或者，两者兼而有之。接着，她的声音突然小了，低成了耳语一般。

“救救我，约翰，救救我，我——我——不能——我——不能——”

她猛然向上一挺，两眼一翻，浑身抖动着，呻吟着。这次的呻吟持续了三十秒，不，也许有一分钟，甚至更长时间，约翰说不准，他只是拼命在想，他想弄明白一件事：她的体内到底发生了什么？她是要流产吗？啊，上帝。

他摸了摸她的额头，那里全是汗。

“亲爱的，”他说，“好了，你会没事的。”

她猛烈地摇着头，含混不清地说着话，但他不知道她在说什么，也不明白她那狂野的眼神里想要表达什么信息。

“亲爱的，”他说，“冷静一下，冷静一下，告诉我，你怎么啦？哪里不舒服？”

她想说，但喉咙里哽住了，她又开始说胡话，接着把手腕送到了嘴边，紧闭双眼，咬了一口。

约翰扭头对司机说："我们需要救护车——这里有医院吗？怎么去——"

"我们在克劳利。离我们只有十分钟——不到十分钟，那里有家大医院。"

"快！"约翰说，"能开多快就开多快！罚款我负责！请快开车！"

第三十三章

在一间白色的小房间里，娜奥米和急诊入院的病人之间隔着布帘，房间里的几台监测设备“嘀——嘀——”地响着，显示器上有娜奥米生命体征的重要数据。

她躺在一张长条形的台子上，约翰站在她身边，焦急地盯着脑电图仪。明亮的日光灯让娜奥米本已苍白的脸显得更白了。约翰这个时候已经不管她有没有流产，他只担心她的生命安全。他希望她没事就行。他觉得自己太无用了。

墙边的架子上整齐地摆放着大大小小的瓶子、塑料包装的注射器。房间里有一股消毒水的味道。一名身穿蓝色工作服的护士正在调节挂水的速度，另一名护士说：“收缩压80，正在上升。”娜奥米抬眼看着约翰，一脸茫然。她的脸色很糟糕，人也是一会儿安静，一会儿浑身发抖，疼得直叫唤。

求你了，让她平安吧，她可千万别出什么事，求你了——

又一名穿着蓝色护士服的女子走了进来。“科里森博士？”

“快叫医生来！天哪！”他对她喊道，“我妻子快要流产了——快把值班的妇产科医生叫来！”

那名女护士手里拿着文件夹，胸牌上写着：事故急救中心护士长艾莉森·西普莱。

“科里森博士，我可以问你几个问题吗？”

“看在上帝的分上，快把他妈的妇产科医生叫来！”

她不为所动，反而朝他微微一笑。“科里森博士，夏普斯·琼斯医生刚从手术室出来，正在赶来的路上，他几分钟后就到。”

“约翰。”

是娜奥米。她的声音如此安静，如此宁静。

他扭头看着她。

“我只是问几个常规问题。”护士说。

“约翰，请你冷静。”娜奥米说。她喘息着，几乎上气不接下气。“我现在好了，我没事，真的。”

约翰看看接在娜奥米胸口和手腕上的电线，在她大汗淋漓的额头上亲了一下。在这个世界上，其他什么都不重要，只要能让她不疼就行。“我爱你。”

她点点头，低声说：“我也爱你。”说着，她伸出了手。

他抓住她的手，她捏了捏他的手。“我没事，”她说，“真的，我没事。”

门帘突然被人拉开了，一个高高的男人走了过来。他穿着手术服，脚上是白色的厚底鞋，口罩在下巴底下晃悠。“你好，是科里森夫人吗？”他问。

娜奥米点点头。

他瞥了一眼约翰，然后继续看着娜奥米。“对不起，让你久等了。你现在感觉怎么样？”

“还好。”她说。

约翰想大喊，*你不是还好，而是在忍受着难以承受的痛苦，你根本不是什么“还好”，快告诉他你的真实情况！*但他没有喊出来，而是站在那里，什么也没有说。夏普斯·琼斯医生仔细给她做了检查。他先在娜奥米的肚子上这里按一下那里压两下，然后又不停地提问。他问了她的病史。有些问题娜奥米直接做了回答，有些问题是在约翰的提醒下她才回答了。

夏普斯·琼斯医生终于扯下手套，说：“嗯——好消息是你的宫颈没有张开，而且也没有流血，这说明你没有流——”

娜奥米的身体突然剧烈地扭动起来，把这位妇产科医生吓了一跳，他不禁后退了几步。娜奥米双手前伸，弓着背，眼珠滚来滚去，尖叫了一声，让约翰的心都碎了。

片刻之后——在约翰眼里可能只有几秒钟——一帮人就将娜奥米抬上轮床，将她推出房间，在走廊上飞跑起来。

“你们带她去哪里？”他蒙了，焦灼地问。

没有人理他。

约翰跟在那帮人后面跑，但才跑了一会儿，那名护士——那个名叫艾莉森·西普莱的护士长突然抓住他的手臂，让他停了下来。

“请在这里等。”她说。

“不行！”

约翰挣脱开来，继续跟在后面跑，但没过多长时间又被妇产科医生挡住了。

“科里森博士，请留步，我知道你心里很着急，但我不得不请你在这里等。”

这是命令，不是请求，毫无商量的余地。医生说这句话的时候，彬彬有礼中带着不可撼动的权威。

“你们要把她带到哪里去？”约翰问，“你们准备怎么办？”

“我准备给她做个超声波检查，然后再做决定。在不得已的情况下，我可能要剖腹，看看到底是怎么回事。你在这里等，这对所有人都好。”

约翰走到外面。他要给娜奥米的妈妈打电话，告诉她正在发生的一切。他需要有人和他共同承担这一突如其来的不幸。

一个小时后，妇产科医生夏普斯·琼斯回到白色的小病房，他还是像第一次进来时那样穿着工作服，口罩在下巴底下晃荡，但神情非常严肃。约翰战战兢兢地看着他，正准备站起来，医生却在他身边坐下了。

“刚才好险哪！”

约翰盯着他，睁大了眼睛。

“你是医学博士吗，科里森博士？”

“不，不是，我是其他学科的博士。”

“好吧，我们刚才做了一个紧急手术，”他抬起一只手，示意约翰不要紧张，“在她肚子上开了一个小口，是传统的下腹横切口。她没事，一切都很好。她刚才的疼痛是由右卵巢的囊肿引起。囊肿妨碍了卵巢的供血，于是出现了坏疽。这是一个皮样囊肿，早就有了，所以我觉得奇怪啊，刚才做超声波的时候怎么没有发现呢。你或者你妻子以前知道这个囊肿的存在吗？你知道她的生殖器官存在先天性异常吗？”

“异常？什么异常？”

“她有两个子宫。”

“两个子宫？那……那是什么意思呢？”约翰的脑子里乱成一团。德托雷博士怎么没告诉他们呢？他肯定知道。他肯定——他也许瞒着，没有告诉他们。罗森加滕医生为什么没告诉他们呢？这个问题比较容易回答——他做检查的时候急急忙忙的，没有用心。

“这还是比较常见的——每五百名妇女中就有一例，但你妻子的情况不太明显。不管怎么说，你妻子现在没事了，孩子们也没事了。”

“孩子们？这话是什么意思？孩子们？”

“她两边的子宫各怀了一个孩子。”

医生看见了约翰的表情，迟疑了一会儿说：“你妻子怀着双胞胎，一个男孩，一个女孩。你们是知道的，对吗？”

第三十四章

娜奥米的日记

双胞胎！

妈妈和哈丽特心里乐开了花，我还处于惊吓之中，没有缓过劲来。让人想不到的事情太多了，我不知道对双胞胎这件事该作何感想。我在考虑，有了双胞胎之后所产生的一系列反应。有一个网站以每周为单位，贴出了怀孕期间、生产后的第一年里要做的事情。我上过那个网站，看了之后的感觉是：真不容易啊。

上周末，哈丽特带了一张报纸过来，上面有一篇关于双胞胎现象的文章。作者说，现在到处是双胞胎，这都是因为生育专家往子宫里放的卵子太多了。我竭力向哈丽特解释说，在德托雷诊所里不是这样做的，应该只放了一枚卵子。但我觉得她没有兴趣听我的话。

我感觉她有点妒忌我。她三十二岁，在债券这一行干得风生水起，非常成功，但她还是单身。这些年来，在我和她的多次对话中，她一直说她对生孩子不是特别感兴趣，但我知道她有点妒忌我。也许她希望我生了双胞胎之后，妈妈逼着她生孩子的压力就小了！

夜里，我躺在床上，有时候会睡不着，于是就会想起哈雷，想起哈雷正躺在日落大道旁墓地里那小小的棺材中。他真孤单啊。洛莉替我们每个星期给他献一次鲜花。我想，现在我们搬到这么远的地方了，他不是更加孤单了吗？

怀着哈雷的时候，我非常享受怀孕的过程——直到生产。不管怎么说，生孩子确实很疼。但在生孩子之前，我觉得很兴奋，完全有信心。现在我丝毫没有那些感受。我只觉得身子沉甸甸的，整个人行动笨拙，老是犯恶心，人也特别虚弱。我真担心啊。我不知道我的体内正在发生什么。约翰想安慰我、鼓励我的时候，他是不是在隐瞒什么？他是不是知道真相？

我一直是信任约翰的。他和德托雷之间是不是有什么秘密约定？他一会儿表现得像我一样震惊，但紧接着他又兴奋起来了。

我只和一个人真正商量过这件事，那就是罗丝。我和她是十年的老朋友了。罗丝·米勒，现在是罗丝·魏泰克。她懂的东西就是比我多。如果约翰知道我告诉她了，肯定会发火。尽管我和约翰约定，谁也不告诉，但我需要找个人倾诉，否则我会发疯的。我必须承认，罗丝的反应让我吃惊。罗丝通常对任何事情都很热心，但我能看到她脸上的担忧。我们做的事情让她觉得担心。

德托雷博士，怎么会是双胞胎呢？是你搞错了吗？或者你是故意这么做的？

我会发现真相吗？

第三十五章

“这间主卧太漂亮了，我敢保证，这样的房子你是不会经常遇到的。”苏姿·沃克说。

娜奥米远远地跟在她姐姐和妈妈的后面，随着房产中介走进了一个大房间。房间顶上装饰着橡木条。中午的阳光从南面的窗户倾泻进来。朝南的窗户外面是一大片农田，农田的远处是丘陵。

“这样的美景，如果不是亲眼所见，你们肯定不敢相信!”苏姿·沃克说，“在未来的三十年里，有这样美景的房子打着灯笼也难找啊。”

“这里的风大不大?”哈丽特问中介，“这里很开阔，没有什么遮挡，对吗?”娜奥米从小就佩服自己的姐姐。哈丽特一直比她漂亮，今天，哈丽特乌黑的头发剪成了波波头，面色红润，看起来更加美丽动人。她上通天文，下知地理，有着和她年龄不相称的智慧；她知道在什么场合穿什么衣服。今天，她穿着巴伯尔牌风衣和牛仔裤，搭着一条粗花呢披肩，脚蹬一双绿色雨靴，好像她一直生活在乡下似的。实际上，她很少离开她在伦敦市区的家。

相比较而言，她们的妈妈安妮已经让生活弄得不知所措了。在十八年前那个可怕的晚上，她跑到娜奥米的房间说，爸爸再也不会回来了，因为他去天堂了。现在，妈妈安妮的脸上虽然还留着几分美丽，但在岁月的侵蚀下，那里已经有了许多皱纹，头发变得花白，发型也已过时。哈丽特知道如何穿衣，和周围的环境相配，而她妈妈一直很拘谨，喜欢穿正式的服装。今天，她妈妈穿的是一件优雅的黑色外套和黑色皮鞋，如果出现在鸡尾酒会上，她这身打扮也不会显得不得体。

“如果你想要景色优美，那就要做出一点牺牲。可能会有一点风，”苏姿·沃克说，“但是，有风好啊。风能吹干土地。当然了，这房子的地势高，根本不必担心会遭水淹。”

娜奥米喜欢这房子。她满怀期待地看看妈妈，又看看姐姐，希望她们也喜欢。她在心里暗自使劲，想运用自己的意志力，让她们也喜欢这里。她是家里最小的，在内心深处，她渴望得到她们的认可。

房产中介苏姿·沃克是个身材娇小的女子，长长的金发，衣着整洁。娜奥米看到她就想起了瓷娃娃。上个星期，她看了本地区八处可供出租的房子，结果是一处不如一处。苏姿·沃克开的那家中介公司规模不大，靠近东萨塞克斯刘易斯镇的古堡区。三天前，当她走进苏姿的中介公司时，已经快要绝望了。进去之后，她重重地坐在了沙发上。

苏姿神神秘秘地靠了过来，用一根手指挡在嘴边，说她手里有一处房产棒极了，虽然现在还没有正式上市，但她愿意带娜奥米去看看。她感觉这里会是娜奥米心目中理想的住所。如果马上就确定租下来的话，价格可以优惠。她觉得看到房子的人肯定会无一例外地爱上它——虽然这价格已经达到了娜奥米心理价位的上限。

迪恩农仓位于一条半英里长的碎石道路的尽头。这条碎石路穿行于大片的麦田之中，最后和刘易斯镇东面的一条僻静的乡间小道相连。这条乡间小道在刘易斯镇东五英里远的地方。这处房产包括一座木头做的仓库（现在已经改造成内含四间卧室的房子）、用燧石砌成的独立的谷仓（现在改造成车库了，可以停两辆车）。房产位于一座小山坡上，四周都是开阔的农田。离这里最近的社区是两英里外的一座小村庄。

这里有个缺点：荒凉。但是，在权衡这个地方的时候，这个缺点当中也有好的一面。先说缺点。最靠近这里的房子（一座农舍）有半英里远。她一个人在家的时候会不会紧张呢？到了晚上这里是什么样子呢？但是，好的一面是，住在这里，他们将远离纷扰，即使《今日美国》的那篇报道被人看到，或者又出来后续报道，也不会有邻居过来问一些不尴不尬的问题。这样的地方对孩子们来说，简直就是完美的避风港。

还有一个优点：这里风景太美了。娜奥米愿意和约翰一起生活在这里，一起抚养孩子。房子周围有一英亩半的花园，大部分地方都是草坪和一些灌木，但也有一个小果园，里面种着苹果树、梨树、李子树和樱桃树。她想，以后可以请朋友过来，在露台上烧烤；她想，在客厅的壁炉里可以烧木材；她想，如果遇到下雪天，她可以眺望四周白茫茫的风景。

这里真安静。想不到还有这样的地方。

这里安全。

她在电话里向约翰详细描述了所有情况，他对这里也很热心。他还要在洛杉矶待一个月，办好学校的离职手续，安排货运公司把他们的东西运到英国。他告诉她，他们在过去的六年里积累了那么多垃圾，真是难以想象。她说，只要是他不喜欢的东西都扔掉吧。

“好吧，这里的真正主人是谁?”哈丽特看着那张巨大的床问。这是一张印度风格的红木雕花床，有两根帷柱。

“我星期三向你妹妹解释过，房子的主人是罗杰·哈蒙德，所有的改造都是他做的。他刚刚去了沙特阿拉伯，要在那里工作三年。等三年的合同期满之后，他们打算搬到澳大利亚去，当然，这就意味着你们有机会买下这里。这肯定是很好的投资。车库那里可以改造成独立的住房。这样的房产千载难逢啊。”

“卫生间设计得很好，”哈丽特赞许地说，“有两个洗脸池。不错。”

中介领着她们来到走廊上。“卫生间隔壁的这个房间给双胞胎住，那是再好不过了！”

看完了所有房间之后，苏姿·沃克告诉她们，她有事要走，她们可以随便看看。说完，苏姿开着自己的汽车走了。

娜奥米坐在厨房的餐桌旁，看看哈丽特，然后又看看妈妈。“你们的意见呢？”她问。

她妈妈说：“这里好像可以放碗橱。嗯，可以放碗橱。”

“下雪的时候你怎么办？”她姐姐问。

“嗯——我们可能会被困在家里，几天都出不去。我觉得那真是太浪漫了！”娜奥米微笑着回答道。

“如果急着要看病，那就不浪漫了。”

“孩子上学怎么办？”她妈妈问，“这个问题你们要考虑考虑。”

“她要考虑的是这里太荒凉，”她姐姐说，“约翰整天都要上班，这里除了羊就没别的了，你要说话的时候找谁呢？”

“我喜欢羊。”娜奥米说。

“你还是养条狗吧，亲爱的。”她妈妈说。

“狗可麻烦了，”哈丽特说，“如果你们想出去，狗怎么办？”

“我喜欢狗，”娜奥米说，“狗不会对人评头论足。”

第三十六章

约翰觉得喉咙里卡着什么东西，又好像喉咙深处有东西在往里拽。可能是肌肉痉挛吧。他的肚子里的肌肉好像也在抽搐。他一刻也静不下心来。他希望这一切尽快结束，但同时又觉得畏怯。他为娜奥米感到畏怯，为她肚子里的孩子感到畏怯，为未来的生活感到畏怯。

他们拿了一把椅子，让他坐在手术台旁边。现在，他轻轻地抚摸着娜奥米的额头，盯着挡在她胸前的那块绿布帘。这块布将他的视线完全挡住了，他不知道手术台的那边正发生着什么。

他们在等着注射到娜奥米脊柱里的硬膜外间隙阻滞麻醉完全起效。约翰看了一眼挂在手术室墙上的白色圆钟。已经过去五分钟了。他微笑地看着娜奥米。

"亲爱的，你感觉怎么样？"

娜奥米穿着宽松的病号袍，手腕上扎着吊针，另外还挂着一个塑料名牌，显得那么弱不禁风。她的嘴角不知什么时候流出了一点点口水，约翰连忙拿了一张纸，给她擦掉。

"还好，"她轻轻地说，"我很高兴——"她对他挤出一丝笑容，然后紧张地咽了一口唾沫。她的眼睛睁得大大的，眼珠有时是绿色的，有时是褐色的，而这一刻似乎既是绿色又是褐色。她脸上的笑容很快消退殆尽，取而代之的是疑惑，像一支忽明忽暗的蜡烛那样飘摇不定。

"我也是，"他说，"我很高兴——"

高兴什么？他不知道。是因为漫长的等待结束了，还是因为孩子出生之后我们就能发现德托雷到底干了什么，就能知道我们所做的一切是多么高明吗？

“他们在干什么？”她问。

“等待。”

约翰站了起来。手术室里好像拥挤不堪，里面全是一些穿着绿色工作服的人，大部分人都在聊天，虽然他们都戴着口罩，好像他们在参加一场鸡尾酒会。他想记住这些人都是谁——妇产科会诊医生，妇产科注册医生，儿科会诊医生，麻醉师，助理麻醉师，护士，助产士。惨白的灯光从头顶上照下来，照在娜奥米鼓起的肚皮上。几台电子设备上显示着读数。

麻醉师是个名叫安德鲁·戴维的男医生，他一直很开朗的样子。他用棉球擦了擦娜奥米的肚子。“娜奥米，有感觉吗？”

她摇摇头。

接着，麻醉师用一个尖尖的东西轻轻地戳了她一下。

“现在有感觉吗？”

她还是摇摇头。

他拿起一只喷水器，先朝娜奥米的肚子上喷了一点水，然后又在她肚脐周围喷水。娜奥米没有任何反应。

“好了，”麻醉师扭头对妇产科医生说，“我很开心。”

萨塞克斯郡皇家医院的妇产科会诊医生戴斯·霍尔本四十五六岁，深色短发，戴着眼镜，身材结实。他的神情严肃，有点像一位心地善良的银行经理。和其他人一样，他对约翰和娜奥米找过德托雷博士这一背景毫不知情。在过去的这七个月里，他不断地给他们两人，特别是娜奥米鼓劲，让她不要害怕。

约翰觉得，在那七个月里，几位医生的办公室、诊所和医院已经成为他们生活中必不可少的一环了。

娜奥米在怀孕期间的日子可不好过。约翰一直认真地学习，想搞清楚双子宫意味着什么。他和娜奥米谈了一遍又一遍，最后都累得不想谈了：德托雷博士为什么从来没有和他们说过这一异常现象，他为什么植入了两枚卵子？

还有，洛杉矶的罗森加滕医生在检查时为什么没有看到她怀着双胞胎？他们和戴斯·霍尔本医生讨论这件事的时候，戴斯告诉他们，在怀孕早期，如果他不知道她有两个子宫；如果双胞胎中的男孩不在正常的位置上，从而很可能被女孩挡住；如果他赶时间（好像罗森加滕医生就是这样），那么，出现这样的情况是相当可能的。

约翰定期和他的朋友卡勒·阿姆托普联系。卡勒告诉他，杀死德托雷的凶手是什么人，联邦调查局在这个案件上毫无进展，另外，"幸运玫瑰号"也没有找到。他告诉约翰，可能是"新千年之子"——如果真的存在这样的组织——的人在杀死德托雷之后，把船沉到了海里，船上的人很可能无一幸免。尽管一开始有人说马蒂·波罗维茨一家的死同样是"新千年之子"干的，但联邦调查局一直没能找到凶手。"新千年之子"悄无声息地出现并发动攻击，现在，他们似乎又不声不响地消失了。

联邦调查局和国际刑警组织一筹莫展。卡勒告诉约翰，他的建议是，他们最好保持低调，避免所有抛头露面的活动，电话号码不要登记入簿，时刻警惕。卡勒认为，像他们这样从美国搬到英国去是明智之举。

到了英国之后他们决定，去过德托雷诊所这件事，除了娜奥米的妈妈和姐姐之外谁也不告诉。因为那篇报道在全球的多家报刊上发表过，约翰以前的同事、娜奥米的朋友中有人看到过媒体上的相关消息，但是都被约翰和娜奥米成功地掩饰过去了。他们说这些媒体就喜欢无中生有，编造一些有轰动效应的新闻。

怀孕十八周的时候，就像有人曾经告诉过她的那样，娜奥米的孕吐不仅没有消失，反而更严重了。娜奥米一直呕吐，虽然还是疯狂地想吃冻豌豆和马麦酱三明治，但胃里却存不下任何食物。因为严重脱水，电解质流失厉害，血液中的钠和钾不足，在随后的两个月里，她被送到医院四次。

在第三十周时，娜奥米被诊断出妊娠高血压。她的小便里蛋白质含量增加，引起了手和脚踝水肿，有时甚至严重到鞋都穿不进去的地步。

到了三十六周半，霍尔本医生建议说，娜奥米应该接受子宫下段剖腹产术，不要等到足月，因为他担心胎盘的功能受损，可能危及胎儿的生命或引起胎盘出血，但是，娜奥米和约翰都没有听从劝告。

手术室里交谈声突然停止了，穿着绿色工作服的医疗人员似乎听到了什么指令，一下子都围到娜奥米身边。约翰坐了下来，握住娜奥米的手。他觉得嘴里发干。他不由自主地颤抖起来。“现在就要开始了。”他对她说。

他听见工具碰撞发出的叮叮当当声。他从遮挡的布帘后面探出头来，看见医生们俯在手术台上，口罩上方的眼睛里神情专注，一丝不苟。霍尔本医生拿着手术刀，在娜奥米隆起的肚子的底部切了一刀，这一幕让他胆战心惊。他连忙把头扭开了，看着别处。

“你看到什么了？”娜奥米问。

霍尔本医生突然在帘子后面伸出头来。

“你们想不想看看孩子是怎么生出来的？”他乐呵呵地问。

霍尔本医生的自信语调给约翰壮了胆，他看着娜奥米，问：“你觉得怎么样，亲爱的？”

“你觉得呢？”她问，“你想看吗？”

“我……我想看。”他说。

“我也想看。”

过了一会儿，麻醉师取下布帘。

“你可以抬高她的头，这样她可以看得更清楚一点。”霍尔本医生对约翰说。

约翰轻轻地抬着娜奥米的头。他们看见了鼓起来的绿色被单，看见了医生的手在忙碌着。

好像才过了片刻时间，小小的菲比·安娜·科里森裹着黄色胎儿皮脂和血，被一双戴着橡皮手套的手，从她妈妈温暖的子宫里取了出来。菲比睁着眼睛，哭喊着，肚子上拖着脐带。和子宫里相比，手术室里可以称得上是冷冰冰的。里面的人都不说话，安静得有些奇怪。

约翰如痴如醉地看着，好像被人催眠了一般。菲比在变色。菲比由粉紫色变成了粉红色。这一切就发生在他眼前。

啊，那一声哭喊啊。那是动听的生命之音！那是他们的孩子！那是他们造出来的孩子！喜悦的同时他也觉得恐惧。哈雷出生时的样子在他脑子里盘旋。当时他是多么自豪、充满希望啊！菲比，请一定要好好的。你肯定会好好的。啊，上帝，你肯定会好好的！

妇产科医生举着菲比，另一名穿着绿色工作服的人用两只钳子夹住脐带，另一名医生在两只钳子中间的位置剪断了脐带。

霍尔本医生举着脐带和孩子，放到了助产士张开的绿色消毒床单上。他用床单裹好菲比，抱到娜奥米跟前。

“你女儿多可爱啊！”

菲比劲头十足地哭着。

“你听！”霍尔本说，“这是健康的哭声。”

约翰热泪盈眶。“干得好，亲爱的。”他对着娜奥米耳语道，但她只顾盯着女儿看，精疲力竭的她正处于狂喜之中，根本没有听见他在说什么。

妇产科医生将菲比递给助产士，助产士又将菲比抱到儿科医生跟前。儿科医生站在心肺复苏小推车旁，身边还有两张配有顶灯、可以移动的小桌子。

“现在取第二个孩子。”他说。

妇产科医生走回到娜奥米的肚子旁，说：“第二个孩子位于更加靠上、靠里面的位置，操作起来就不那么容易了。这是一个臀先露的胎位，婴儿的头在子宫的一角。”

约翰还在扶着娜奥米的头，他的心里又焦虑起来。他看着妇产科医生在专心致志地工作，手在娜奥米肚子里忙活。约翰突然注意到医生脸上的表情异常了。出问题了。医生的额头上冒出了汗珠。

手术室里的气氛好像发生了变化。每个人的眼里都露出了紧张的神色。妇产科医生的手还在忙个不停。他对护士说了句什么，因为声音很小，约翰没有听清。

妇产科医生额头上的一颗汗珠滴到了他的眼镜上。

麻醉师突然对约翰说：“我们有点小麻烦，我想，科里森先生，你还是出去一下吧。”

霍尔本医生点点头。“对，这样比较好。”

“出什么事了？”约翰问道。他慌张地看着娜奥米。她脸上原来还有一点血色，现在全没了。

妇产科医生说：“真的比较棘手。根据脐带脉动监测，你的孩子的心跳急剧下降，所以你最好到外面的房间里等着吧。”

“我想待在这里。”约翰说。

麻醉师和妇产科医生交换了一下目光。约翰焦急地看着霍尔本医生。孩子快不行了？

麻醉师重新装好布帘，挡住了娜奥米和约翰的视线。约翰在娜奥米的额头上亲了一下。“别担心，亲爱的，会没事的。”

她捏了捏他的手。他站了起来。戴斯·霍尔本走到娜奥米跟前说：“对不起，娜奥米，我一直想把刀口往下切，切小一点，不影响你以后穿比基尼，但现在恐怕不行了。我要竖切了。”

她微微地点点头。

“硬膜外间隙阻滞麻醉效果不佳。”麻醉师说。接着，他的助手突然大喊一声：“60！”

手术室里出现了一丝恐慌的气氛。

“我不能等。”妇产科医生说。

麻醉师抬高了嗓音，几乎是在喊叫：“我必须让她入睡！给我一分钟！”

约翰看着两个人，大惊失色。这时，妇产科医生说：“天哪，孩子缺氧了！”

麻醉师在一旁把一根针头插进针管里。

“如果要救孩子，我必须现在开始！”霍尔本声嘶力竭地喊道。

“等一下，看在上帝的分上，先让我给她插管，打麻醉针。”

妇产科医生大汗淋漓。他抬起绿色床单，折了几道后向上掀起，露出了娜奥米的肚子。

“你要多长时间？”妇产科医生问。

“几分钟。”麻醉师说。

“我们等不了几分钟，”妇产科医生又走到娜奥米跟前，“如果要救孩子，恐怕你要受一点苦了。能忍吗？”

“别让她疼，”约翰说，“求你了——”

“我可以忍，”她说，“只要能救孩子，你就尽力做吧。我没事。”

“请你不要让她受苦。”约翰说。

“我真的觉得你出去比较好。”妇产科医生说。

麻醉师挤出针筒里的空气，用棉球擦了擦娜奥米的手臂，给她注射了麻醉剂。

约翰惶恐不安地看着。几秒钟之后，他惊悸地看见妇产科医生把刀伸到了她的肚子上，从阴毛结束的地方开始，一直切到肚脐。

娜奥米疼得尖叫一声，指甲掐进了约翰手掌心的肉里。接着，她又尖叫起来，然后就不停地叫。约翰不知所措地站起来，只觉得体内的血液在飞快地流失，他张着嘴，头晕目眩，觉得自己无能为力。他深深地吸了一口气。

麻醉师往娜奥米手腕上的套管里接了一根输液管，她很快就开始安静了。几秒钟后，她似乎完全停止了呼吸，眼睛睁得大大的，眼神涣散。

麻醉师立即从助手手里拿过导管，给娜奥米插管，但是，他插了几次都没能将那根透明的塑料管插到她喉咙里去。

"插不进去。"他说。

他汗如雨下。他拔出导管，又试了一次，还是不行，只得又拔出来，好像一个钓鱼人在小心翼翼地取下梭鱼咽喉里的鱼钩。

约翰昏了过去。

第三十七章

约翰觉得脑袋里好像有一把剁骨头的大刀，他意识到自己是躺着的，右眼上敷着一个凉爽的东西。他睁开左眼，刚开始的几分钟里，什么也看不清，一片模糊。光线刺得眼睛生疼，他连忙又闭上了。

一个动听的女声说："你感觉怎么样啦？"

他重新睁开眼睛，努力看着。有一张脸。是一个年轻女人的脸。他隐约觉得自己认识她。她有着一头金色鬈发，长相可人。是助产士。她的名字叫丽莎。他突然想起来了。接着，其他所有的事情他都想起来了。

恐慌之中，他立即试着要坐起来。"我的上帝，我这是怎么了？"

"你就好好躺着休息吧。我要给你消肿。"

他盯着她。助产士手里拿着一样东西，好像是一只橡胶手套，里面装着冰块。

"我妻子——她怎么样了？她好吗？"约翰问。

丽莎高兴地说："她绝对没问题，你的两个孩子都出来了，也没问题。他们都很健康。"

"他们——他们在——？"

突如其来的轻松和兴奋让他有些发晕。房间在打转，脑袋里的那把大刀在搅动，他突然觉得头疼得难以忍受，他要吐。他拼命想站起来，哪怕是扶着什么东西也要站起来，但这一尝试让他更加难受了。他只好闭上眼睛，躺了回去。过了一会儿，他感觉到了眼睛上的冰手套，那简直就是让人浑身舒坦的神奇膏药啊。

“你妻子此刻正在术后恢复室里。她被全身麻醉了，还要几个小时才能完全醒来。你们的孩子在新生儿特护室睡觉。”

“是男孩吗？第二个孩子？”

“是的，是个可爱的男孩。”

他又想坐起来，但助产士按在他眼睛上的力气很大。“我妻子真的没事吗？”

助产士用力点点头。

约翰觉得浑身轻松了。他听见有人开门的声音，过了一会儿，他听见了妇产科会诊医生的声音。

“科里森博士，你马上就会有一个漂亮的黑眼圈啦！”他开心地说。

他拖着脚上的厚底鞋啪嗒啪嗒地走到约翰的视线里。他没有戴帽子、口罩，工作服也松松垮垮的。“你头上缝了四针，眼睛也青了，但是，在未来的几年时间里，你每遇到一个人都可以和他说，妻子生孩子的时候，你没有让她一个人受苦。”

约翰淡淡一笑，但笑得很勉强。“我真的——我——”

“不，听我说，兄弟，很抱歉当时手忙脚乱的，但你的妻子状况很好，孩子们也绝对健康。你现在感觉如何？”

“有点不舒服。”

“对不起，让你受累了，但这是没办法的事。你妻子给了我很大的支持。第二个孩子已经开始缺氧，我必须赶快把他抱出来，否则他就会有生命危险。”

“我能看看他们吗？”

“你的脑袋受到了剧烈的撞击——你倒下去的时候撞在了手术台的一角以及麻醉机上。他们马上会带你去拍X光，看看脑袋里面有没有什么问题。等你的检查结束了，娜奥米也将收拾得干干净净的，躺在病床上，等着你去看她，看你们的孩子了。”

约翰觉得医生的声音有点怪怪的，听得不大清楚，好像自己喝醉了酒一样。约翰说：“新生儿特护室——你们刚才说？”

医生点点头。

约翰紧张起来。他问：“为……为什么？”

“对于任何早产儿来说，这是完全正常的程序。你们的女儿两点六五千克，儿子两点四三千克，这对三十六周的双胞胎来说，已经是很不错的体重了。他们两个看上去都非常健康，实际上我应该说他们非常健壮。他们是自主呼吸。还有，妊娠高血压对他们没有产生不良影响。我们很幸运。”

他意味深长地朝约翰笑笑，约翰突然不自在起来。他想，霍尔本是不是知道有关他们俩所有的情况，他是不是看过报纸上的报道，记得他们俩的名字或者长相。

霍尔本转身走出了他的视线。“我恐怕要回手术室了。今天晚上我再过来，看看娜奥米的情况。”

约翰听见门关上了。

“在手术室昏倒，你不是第一个。”丽莎说。

“太残忍了——我——我不敢相信——”

“——但是至少你妻子没事了，孩子们也平安，这才是重点，不是吗？”年轻的助产士说。

约翰好久都没有说话。他在想，到目前为止，这一切都不像是真的。娜奥米已经被折磨了好几个月，两个孩子一直在她肚子里，他能想象这样的情景：一天早晨他们醒来后却发现她肚子上鼓起的包不见了，所谓的怀孕只是误诊，孕吐只是假象。然后，一切回到从前。

现在，他的脑袋在隐隐作痛，他终于想明白了，这一切都是真的，这一切是既成事实，不可逆转，再也回不去了。他们带了两个人来到这个世界，德托雷博士可能瞒着他们、以不被他们认可的方式修改了这两人的基因。他们除了祈祷这两个孩子平平安安，其他什么也做不了。

他看着年轻的助产士，迟疑地点点头，算是对她刚才那个问题的回答。

第三十八章

约翰的脑袋还在突突地疼。他隔着玻璃，注视着卢克和菲比。两个孩子插着管子，裹在白色的被子里，正躺着睡觉呢。他们比他想象中的样子还要小，粉红色的皮肤上布满了皱纹，细小的手像海星。

他们比他想的漂亮。

这太——太——不可思议了！

周围的高科技设备使有机玻璃箱中的这两个小人儿显得更小。凝望着这两个娜奥米和他的微型复制品，他哽咽着，激动得几乎要流泪。

虽然孩子们的脸上皱巴巴的，但他还是能看出他和娜奥米的影子。卢克身上娜奥米的特征比较明显，而在菲比身上他好像又看到了自己小时候的模样。从逻辑上来说，应该反过来才对，他想，但这有什么关系呢。现在，只有一件事是重要的，而这在孩子们的脸上已经表现得再明显不过了：

他们以前的那些担心是毫无根据的。

这两个是他们的孩子，是他和娜奥米的孩子，这毫无疑问。

他如释重负，闭上了眼睛。几个月来，这是他最大的恐惧，也是娜奥米最大的恐惧——尽管他再三劝说娜奥米不要害怕。

现在摆在他们面前的是另一个担心——德托雷会不会在其他方面犯错误呢？德托雷有没有瞒着他们篡改孩子们的其他基因呢？

但至少孩子们都健康！不，应该说是健壮。非常健壮，这是妇产科医生说的。

他又想到了哈雷，想到了哈雷出生之后他内心强烈的责任感，想到了自己对哈雷所抱有的期望——当然，这一切都是在他知道哈雷体内埋藏着一颗定时炸弹之前。现在，明明知道他和娜奥米面临着种种危险，他们还是把这两个孩子带到了世界上，因此，他感觉肩上的责任更重了。他暗自祈求，德托雷可千万不要把重要的基因给弄错了。

菲比闭着眼睛，稍稍抬起小手，张开手指，然后又合上。刚刚过了一会儿，卢克也做了同样的动作。他们好像知道他在这里，所以朝他挥手打招呼。

你好，爸爸！你好，爸爸！

他笑了。“欢迎来到这个世界，卢克和菲比，我的小可爱。你们是我们的未来。任何父母都爱自己的孩子，但我们会是最爱孩子的父母。”他低声说。

菲比和卢克虽然都睡着了，但他们再次做出了反应——先是菲比，接着是卢克，他们的小手抬高了一点点，张开手指之后又合上了。

约翰回到娜奥米的病房，安静地坐在床边。等她完全醒来之后，他会推着她去看孩子。

第三十九章

在这个星球上，山上的空气和你在其他地方呼吸到的空气不一样。山上的空气里没有那些乌七八糟的东西。

山下就是一个大阴沟，我的朋友。我现在说的不仅仅是空气。

当然，那里并非一直如此。总有一天，那里将回到过去的模样。你将能够在城市的大街小巷徜徉，听见鸟语，闻到花香。

说真的，上次在城市里闻到花香，你还记得是什么时候的事吗？

也许你是在公园里闻到花香了，但前提条件是这公园要足够大，花儿的香气要足够浓郁才行。而如果有了足够浓郁的香气，那么，这些花的基因很可能已经被人修改过了。

我们什么事情都要插手，是吗？我告诉你一件事。你走进一间大超市，那里的樱桃和苹果一样大，苹果和西瓜一样大。还有那些番茄，你知道我说的是什么番茄，我说的是那些变种的大番茄，它们有猪的基因，这样，这些番茄就会有猪肉的颜色，成熟期也比较长，但是超市的标签并没有做出相关说明。

我告诉你，我的朋友，你从这山上下去，走进山谷和平原那阴沟一般的世界，走进一个你认为你了解的世界，但其实不然，相信我，你对那个世界一点也不了解。比如这个——这里有一家大的汉堡连锁店，全国各地都有连锁店，他们的面包在和面的时候就加了聚酯，这样做出来的面包显得松软。他们让你吃聚酯，而你却一直在想，嘿，这么漂亮的面包肯定有益于我的健康！

我的朋友，科学家就是这么自私。

你知道到底什么是科学吗？科学家骗人说，科学和知识有关，但真相是，科学与权力和死亡有部分关系，它绝大部分都和虚荣、贪婪有关。人们发明了这样那样的东西，其目的并不是为了大众的福祉。他们发明东西是为了满足自我的成就感。

目前，每个人都受到了科学的诱惑，包括那些世界领袖。他们希望科学能够找到治疗艾滋病的方法。他们忘记了一点：这种病一开始就是科学造成的。科学家治好腺鼠疫，治好了天花，但这给人类带来了什么？人口过剩。

对于人口过剩，上帝有他自己的解决之道。上帝把大自然的平衡管理得好好的，直到科学家冒出来，把一切搞得乱七八糟的。

考虑一下吧，我的朋友，下次你去“阴沟”里走走，感受一下肺里充满了乌烟瘴气的滋味吧。谁该为此负责呢？上帝还是科学家？

记住圣保罗对提摩太说的话吧：“你要保守所托付你的，躲避世俗的虚谈和那似是而非的学问。已经有人自称有这学问，就偏离了真道。”

“新千年之子”第四级第十七篇布道到此结束。

丹佛北面三十英里处，落基山脉的一座高山上，在一所简陋如修道院的房子里，一名年轻的信徒正在进行为期四十天的孤独修行。他坐在木头凳子上，面前摆着一台电脑，一遍又一遍地看每一篇布道。他目前正在背诵的篇章是一小时之前刚通过电子邮件发来的。邮件很快就将被删除，但篇章里的那些话将不断在他脑子里重复。

所有的都要记在脑子里，不能留一点文字在纸上。这是规定的第四条。

他名叫提蒙·考特，姜黄色的头发剪成了寸头，穿着一件白色新T恤、灰色休闲裤和灰色凉鞋，戴着椭圆框眼镜。从山上到山下有一条两英里长的土路，每天他都在这条路上要往返两次，中途不停歇。他每天还要花两小时进行其他锻炼，以强身健体。按照要求，其余的时间必须花在学习《圣经》、祈祷和睡觉上。

他的内心充满了喜悦。

二十九年来，他第一次觉得生命有了意义。

他有了用处。他有了前进的方向。

启蒙教育结束之后他从山上下来，将被派去执行“入门大典”的任务。如果任务成功了，他将正式成为一名信徒。他将和劳拉结婚。劳拉有一头黑色长发，皮肤如丝绸般光滑，是他的梦中女郎。在上山的前一天晚上，他和她共度良宵。正因为那一晚，他才能够熬过这四十天的修行；也正因为那一晚，他的身心才备受煎熬。有的时候他没有学习《圣经》，也没有祈祷，而是在心里数着距离下次和她见面还有多少天。但随后他又拼命祈祷，请求宽恕——他总是这样。

“入门大典”之后，他将永远得到劳拉，那是上帝借以表达的永恒之爱。你必须理解被人需要、被人爱的感觉是多么美好啊，因为以前大家一直说他是个没用的家伙。他的哥哥那么聪明，垒球、足球以及生活中的其他方面都远胜他一筹，他父亲的眼里根本没有他。他没有从事母亲为他规划的任何一种职业；他曾在小店里偷东西被逮住；他吸大麻被休学六个月，于是，母亲冷落了他。

他个子矮，身体弱，从来没说过什么值得一听的话，同学们觉得他是个怪胎，都不理他；老师们觉得他以后不会有什么出息，每当他想表现的时候就对他横加指责，终于将他变成了一个说话一紧张就结巴的可怜虫，老师们也就放弃了他。

现在，这一切都变了。“新千年之子”爱他。耶稣爱他。劳拉爱他。

他要做的是学习“四十篇布道”，然后下山去执行“入门大典”的任务，即以上帝之名杀死撒旦的后代。他会被告知一个名字，这可能是一个孩子，也可能是一家人，甚至是几家人。

他所做的一切将使这个世界变得更加美好。

上帝将把劳拉奖给他，以示鼓励。他们将在上帝的庇佑之中度过余生，然后永远住在上帝的家里。

第四十章

娜奥米的日记

约翰发誓说菲比像他，卢克像我。嗯，好吧，对不起，我可一点儿也没有看出来。已经有五个星期了，我只看到“胖脸”和“瘦脸”、“烦躁先生”和“从容小姐”、“吵闹先生”和“安静小姐”。

现在我开始想，有些事情我们当初要求德托雷博士做了该多好啊，比如，修改基因，让孩子一天睡上二十四个小时，不吃不喝，直到他长大成人。

我累死了。自从四周前卢克和菲比回家之后，我觉得我每天都像爬了一座高山。我甚至连洗澡的时间都没有！真的！只有等约翰回来后，我才能抓紧时间冲个淋浴。我所有的时间都用在给他们洗脸、喂奶、换尿片、把衣服放进洗衣机、把衣服拿出洗衣机、熨衣服这些事情上。好像这些还不够好玩，卢克回家后得了疝气，不停地哭闹，折腾了一个星期。

开车把他们带回家的时候，我高兴得流下了眼泪。我记得上次护士把哈雷抱给我们的时候，我也哭了。我们突然意识到这就是我们的孩子，我们的孩子。

那种感觉真是奇妙啊。

妈妈在我们家，不管怎么说，有时总能帮上忙吧。哈丽特住了几天就走了，但她确实帮了不少忙。另外，来我们家的客人一拨接一拨。见到他们很高兴，但也给我们添了不少麻烦。见到双胞胎，大家好像都喜欢得不得了。

约翰的妈妈下周从瑞典过来，看孙子和孙女。她是个好人，但视力越来越差了，所以，她不添麻烦就不错了，可不能指望她帮上什么忙。在一个陌生的房子里，她不能一个人待着，哪怕一分钟也不行。要见到孙子孙女了，她很兴奋。上帝保佑她！

我们的经济状况本来就是捉襟见肘，有了两个孩子后，雪上加霜。什么都是双的。我真希望我能为这个家做点什么啊，但眼下我出去工作是根本不可能的。我忙着喂奶。喂完这个喂那个。他们长得真快啊，快得让人不敢相信。儿科医生对此也感到惊讶，但他说这是个好现象。

我绝对开始后悔当初的决定了。真不该住在这么荒凉的地方。我不要每天只看到羊和鸟，只看到树被风吹弯了腰。我还想看看其他东西。客人们走后，我安静了好一会儿，但紧接着我就开始盼着约翰回家了。

对于目前的这种状态，他倒没觉得什么。他每天都到现实世界中去，和同事们交谈、吃饭，回到家之后，他就玩他的“玩具”，逗两个孩子玩，和他的老婆说说话什么的。

有一个孩子在哭，这意味着另一个马上也会哭起来的。喂奶，换尿片。喂奶，换尿片。我的奶头疼死了。我现在就是头奶牛，是他们的仆人。我记不得哈雷有这么难伺候了。

我是不是太消沉了？是的，我很消沉。养双胞胎和养一个孩子，这两者之间的难度不是相差一倍，而是十倍。

第四十一章

她的声音刺穿了房间里弥漫着的新世纪音乐风格的竖琴乐曲，把约翰吓了一大跳。

“你在看什么，约翰？你想看什么？”

他关上百叶窗，转过身来，看着娜奥米。“菲比现在绝对就是你的微缩版！”

“你没有回答我的问题。”她不客气地说。

他尴尬地躲避着她的目光，看着房间里的其他地方。房间的顶很高，可以看见裸露的横梁；房间的西边有一扇窗户，这让房间里光线充足，空气清新，虽然今天早上天一直阴沉着脸。房间里的窗帘是白底条纹的，墙顶上装饰着丛林图案的饰带，所有的这些设计都是他们自己动手做的。

今天是星期六。约翰本来要像往常一样和卡尔森·迪克斯一起去打网球，但他取消了这个活动，因为他看到娜奥米已经累得不行了，他想趁着周末的时候多帮帮她。和娜奥米不一样的是，她的妈妈不会做家务，饭基本上不会煮，大部分厨房电器对她来说就是一座迷宫。

娜奥米的妈妈安妮·沃特斯过着一种古朴单调的生活，整天忙于操持她的那家画廊。画廊开在巴斯，专门销售当地那些默默无闻的水彩画师的作品。曾几何时，安妮·沃特斯受到了极大的关注，但在后来的大部分时间，她似乎只是一个人待在自己的世界里。

他放下手里的相机，抱住娜奥米。隔着软软的羊毛套衫，他能感到她的肋骨顶着他。这几个月她瘦了好多。

外面的树和灌木在3月的劲风中摇摆低头，雨点像小石子一样打在屋顶上。暖气片散发的热量使窗户的玻璃蒙上了一层水汽。他把她抱得更紧了，好像是要保护她。卢克和菲比睡在不远处的婴儿床上。他看着他们天真无邪的脸，看着他们小巧可爱的手，笑了。卢克发出细微的咕咕声，不一会儿，菲比也发出了咕咕的声音。

房间里有股香甜的奶味。他喜欢这味道。儿童爽身粉的香味，刚洗过的衣服、床单和尿布的香味，还有其他好闻的味道，充满了房间的每个角落。这种好闻的味道似乎来自孩子们的皮肤。这是他孩子特有的味道啊。

前来家访的护士对孩子们的体重以及其他方面的发育很满意。护士告诉约翰，从目前的情况看，孩子们很棒，漂亮、健康。

目前的情况。

担心像乌云一样笼罩在他心头。要过多久他们才能确定自己孩子真的是健康的？要过多久他们才知道德托雷干了什么、干错了什么？后果什么时候才会显现出来？孩子们的身上藏着什么定时炸弹？

他也知道所有的父母都担心自己孩子的安危，许多父母有着和他一样的恐惧，但是，那些父母不一样——毕竟，他们没有像他和娜奥米一样，去过德托雷的诊所啊。

他的头顶的横梁上挂着一件旋转木马玩具，在气流的吹动下，玩具上的那些小动物在微微摇摆。孩子们的小床上系着拨浪鼓。他曾在几本书里看到过，孩子一个月大的时候就应该知道听声音了。到目前为止，他的两个孩子还没有对拨浪鼓表现出任何兴趣。他知道，这并不能说明什么，也根本没什么好焦虑的。不管怎么说，孩子还小呢。

“你在寻找什么迹象吗？”娜奥米问。她的话音中有些不悦。

“你是不是等着他们的额头上冒出什么记号，告诉世界上的人，这两个孩子不是普通的孩子？”

约翰想吻她，但她挣脱了。

“亲爱的，我喜欢和他们在一起，无论多长时间都不厌倦。我喜欢和他们说话，我喜欢看着他们，就像书上描写的那些父母，就像我们以前有哈雷的时候。为他们放音乐，他们醒来后和他们玩，帮你喂奶、换尿布，我喜欢和他们在一起，真的！”他说。

“我问过我妈妈，问她我小时候睡在小床上的时候她有没有和我说过话，”娜奥米说，“她说她没有，而且也没有给我放音乐。但你瞧，我不是活得好好的嘛。我想那是我命大啊。”

菲比动了一下，接着卢克也动了。卢克伸出小手，约翰用一根指头碰了碰他的手，卢克张开小手，握住约翰的手指，紧紧抓了几秒钟。这是约翰一生中最惊喜的时刻之一。

“看到了吗？”他低声问娜奥米。

她微笑着点点头。

卢克松开他的手之后，约翰用两只手分别摸了一下两个孩子的脸。“爸爸和妈妈和你们在一起，”他说，“你们好，小天使。”

菲比突然睁开眼睛，在同一时刻，卢克也睁开了眼睛。他们好像总是同时睁开眼睛，他想，真是奇怪啊。两个孩子都在看着他。

“你好，卢克。你好，菲比。你们好，可爱的小天使。”他说。他变换了一下姿势，鼓励着他们，孩子们的眼睛紧紧地跟着他。他看见两个孩子的脸上露出了笑容，于是他也对着他们笑，接着，他探身过去，碰了一下卢克小床上的拨浪鼓。两双眼睛还是盯着他，但两个孩子脸上的笑容都停止了。

他碰了一下菲比的拨浪鼓，希望她也能伸出手来，做同样的动作。但是，和弟弟一样，她也躺在那里，一动不动，只是盯着他看。又过了一会儿，两个孩子好像觉得很无聊了，于是，同时合上了眼睛。

娜奥米转身走出了房间。约翰带上门，只留了一条缝，蹑手蹑脚地跟着她出去了。

他走在楼梯上，脚步声渐渐远去，这时，两个孩子同时睁开了眼睛，但过了一会儿，又一齐闭上了。

第四十二章

“约翰，恭喜你，”卡尔森·迪克斯举起酒杯说，“为你头几个月的成绩干杯。”

约翰中午吃饭的时候基本不喝酒。在通常情况下，他甚至都不到外面吃饭。他更愿意坐在办公桌后面吃个三明治。但今天迪克斯想和他谈一个实验的设计情况，于是，他们开车到了附近的一家酒馆。

五十岁刚出头的卡尔森·迪克斯个子不高，身材如水桶，软软的头发东倒西歪，蓬乱的胡子，眼镜的镜片有啤酒瓶底那么厚，这绝对是漫画家笔下疯狂教授的形象。

约翰举起酒杯。“干杯！”他说，“谢谢你。”

“干杯！”迪克斯用瑞典语说。

约翰咧嘴一笑，喝了一大口智利生产的长相思葡萄酒。

“好吧，你觉得在莫雷公园研究实验室怎么样？”

约翰将盘子里比目鱼的鱼肉和鱼骨分开，动作犹如外科手术医生那样一丝不苟。“我很开心。我有一个强大的团队，这里有大学的学术氛围，但似乎又没有大学里的钩心斗角。”

“说得太对了，而这正是我喜欢的。当然了，和所有的行业一样，这里也有一些不讨人喜欢的管理者，但他们对我们的研究并不横加干涉。这里的研究部门种类繁多，相互之间却很团结，大家都朝着一个共同的目标前进，有着很强的集体荣誉感。”迪克斯叉了一块海鳌虾肉放进嘴里，一边嚼一边说话。“我们的长远追求是促进人类健康、安全方面的科学研究，当然还有更为宏大、值得商榷的目标，比如——大众的福祉。”他朝约翰意味深长地看了一眼。

“你怎么定义‘大众的福祉’？”约翰问。他突然觉得有点不舒服。

迪克斯喝了一口酒，和嘴里的虾肉一起咽了下去。他的胡子上挂了一小块虾肉，随着他的咀嚼不停地抖动，约翰盯着那块虾肉，盼着它赶紧掉下来。

“这个问题我们以前没有讨论过。这里有许多人确实看过你在美国做的那篇不幸的访谈，但是，当然了，作为英国人，他们谁也不想当着你的面提起这件事，怕你尴尬。”

“那你以前为什么没有提起过这件事呢？”约翰问。

迪克斯耸耸肩膀。“我在等你主动提呢。我敬重你作为一个科学家的身份。我确信，如果没有经过深思熟虑，没有经过广泛调查，你是什么也不会做的。”他撕了一小块面包，涂上黄油。“当然，我知道这一定是媒体曲解了你的意思。定制婴儿不可能，至少目前还不可能，对吗？”他笑眯眯地盯着约翰，好像在等他的回答。

“是啊，他们误解我的意思了。”约翰说。他拘谨地笑了笑，那笑容很假，没有什么实在的内容。

“卢克和菲比好吗？”

“他们很好。”

“娜奥米呢？”

“带两个孩子可把她给累惨了，但她很开心，因为又回到英国了。”

两人默默地吃了一会儿，迪克斯说：“如果你想找我谈谈，不管什么时候，也不管是什么事情，你随时都可以来找我，我会绝对保密。这你是知道的，对吗？”

“我知道，谢谢你。”约翰说。

迪克斯又端起了杯子。“你记得爱因斯坦在20世纪30年代说过的那句话吗？为什么科学带给我们的欢乐是那么少？”

“对于这个问题，他有答案吗?”

“有。他说这是因为我们还没有学会理性地运用科学。”他朝约翰看了一眼，似乎要看透他的心思。

约翰连忙低下头，看着自己面前的盘子，接着又拿起了酒杯。他很想多喝一点酒，以消除自己的窘态，但他喝了第一杯酒以后就有点头晕，并且他早就下定决心，绝对不能犯与上次相同的错误，向任何人敞开心扉，哪怕是卡尔森·迪克斯这样值得信任的人也不行。

他提醒自己——他平时经常这样做——千万不能忘记他和娜奥米当初做出那个决定的原因。他想到了他们带给这个世界的两个可爱的孩子。如果没有科学，这两个孩子是无论如何都不可能生出来的。

“爱因斯坦在许多事情上都错了。”他说。

卡尔森·迪克斯笑了。

第四十三章

约翰的手插在口袋里，顶着3月的风，和自己的老板一起从车库往回走，他觉得走路的时候自己的重心有些不稳。

虚拟生命中心所在的红砖大楼有四层，被大家简称为B11，已显旧态。他走进了楼下的大厅。

他本来决定和卡尔森只喝一杯酒，但后来没做到。最后，他们两个人喝掉了两瓶酒，后来每个人又喝了一杯白兰地。虽然喝得迷迷糊糊，他们还是商定了实验的框架，在接下来的三个月里，约翰的任务就是这项实验。他不知道卡尔森是如何成功地把车开回来的，但他知道卡尔森的酒量一直不错，也许这点酒对他的影响较小吧。

“周末是卡洛琳的生日，”迪克斯说，“我们打算星期六举办一个小小的晚宴，你和娜奥米有空来吗？”

“好啊——我回去问一下我的社交秘书！”约翰说，“谢谢。”

在涂料已经开始脱落的墙上，贴着一排“健康与安全执行局”[1]的通知、一张防止辐射的黄色警示标志、一张音乐会海报、一张跳蚤市场的广告、一张前往瑞士欧洲核子研究组织参观的名单。

他们两人都没有坐那既慢又破的电梯，而是走了步行梯。走到楼梯顶端歇脚平台的时候，卡尔森·迪克斯像长者那样伸出一只手，搂住了约翰的肩膀。

1　英国一个非政府部门的公共机构，总部位于利物浦，主要负责监督英国境内工作场所的健康、安全，保障职业人士的福利，研究职业人士的健康风险。

“我是说真的，约翰，如果你有什么话要对我说，我随时有空。”

“谢谢，你是我坚强的后盾。”

“很开心你加入了我的团队。在过去的五十年间，从英国去了美国的科学家太多啦！现在，我们感到幸运的是，终于抢回来一个！”他拍拍约翰的肩膀，朝着自己的办公室走去。

约翰走到B111-404实验室。这是一个狭长的房间，里面摆着数台电脑，其中有七台被他所在团队的人占着。他们目不转睛地工作，没有注意到他进来了。

他走进自己的办公室，脱下外衣。不知怎么搞的，往门口的钩子上挂的时候他居然没挂上去。他惊讶地看着衣服掉在了地上，堆成了一个小堆。

“咦？”他一边自言自语，一边弯腰捡了起来。他觉得头昏眼花。这可不妙。他今天下午有很多工作，第一件工作就是分析一组极为复杂的计算程序。

像平常一样，他先给娜奥米打了个电话。这样的电话他每天要打几次。“你好，亲爱的！”他说，“你状态怎么样？”

她的语气听上去冷冰冰的，于是，他意识到若是等自己酒醒了之后再打这个电话就好了。

“卢克病了，”她说，“菲比在尖叫。你能听见她的叫声吗？”

“嗯。”

“——这就是我目前的状态。”

“好吧，”他说，“好的。”

“你说‘好吧’‘好的’是什么意思？”

他没有说话，想了一会儿。“我——我——只是想说——我今天尽量早点回家。嗯，卡尔森问，我们这个星期六能不能去他家吃饭——是卡洛琳的生日。”

电话那头长时间沉默。“好啊。”娜奥米说。

约翰从她的话音里听出了一丝不乐意，他知道娜奥米觉得卡尔森那位知识分子老婆难以相处。“亲爱的，我想我们应该去——如果你不介意的话？”

“我不介意。”

“太棒了。我6点左右回去。”

“6点？我看到你的时候才相信你说的话。”

“我是真的，亲爱的——”

他听到一声刺耳的咔嗒声——她那边挂了电话。

见鬼。

他放下听筒。酒精的作用正在慢慢消退，他觉得身子沉甸甸的，想睡觉，还有点头疼。他站了起来，走到窗前。这间办公室不大，但有足够的地方放下他的办公桌、文件柜、书橱，同时还有足够的地方容纳几名客人。

他紧贴着窗户朝下看，看见了一个建筑工地，一座大楼的框架已经基本建成。即将在那里拔地而起的巨大的钢铁大楼是英国最大的粒子加速器的安身之所。

他注视着两名戴着安全帽的工人将吊架上的一根钢梁勾到起重机的吊钩上。工人。工蜂。基因贱民。德托雷的话不断在心头回响。未来会繁殖出这样的人，让他们只干那样的体力活吗？为了满足人们的需要，未来会造出一批基因贱民——德托雷的这个预言正确吗？怎么现在就已经有了贱民呢？是什么样的人变成了今天的工人呢？基因劣质，缺少良好的教育——是这两种原因的结合吗？或者，只是随机的结果，是环境、自然选择的结果？

人为地造出这样一些工人，这是一种糟糕的做法吗？有人是这样认为的。但有那样的想法是不是真的非常可怕呢？如果你把所有人都弄成火箭科学家，那将是一个什么样的世界？科学有能力创造一个平衡的世界，却畏首畏尾，不敢这样做，反而采取了一种简单的办法，把每个人都变成聪明人，难道那不是一种不负责任的做法吗？也许有些理想主义者喜欢那样做，但现实世界将变成一场灾难。

可是，如果把一些人造成工人，把一些人造成科学家，大家对这种做法就满意了吗？

他走到椅子旁，坐了下来，想着要不要喝点咖啡。他在酒馆里已经喝了两杯双份的意式浓咖啡了。*我还是处理一会儿简单点的事情吧*，他想，*看看邮件，让酒劲过去*。

他看着在他刚才不在办公室的这段时间里收到的二十封新邮件。大部分都是内部人发来的，没什么新鲜的内容。接着，他看到了一封邮件，是卡勒·阿姆托普发来的，还带着附件。

约翰，

这是我刚刚知道的消息。对不起，我还以为一切都已经平息，但现在看来好像不是这样。

约翰打开附件。是今天的《华盛顿邮报》上的一篇新闻。

定制婴儿家庭之死和“新千年之子”有关

他紧盯着电脑，继续往下看。

宗教组织“新千年之子”宣称对华盛顿地产大亨杰克·欧洛克，他的妻子、社交名媛洁瑞以及他们的双胞胎孩子的死负责。费城警方正在对此展开调查。杰克·欧洛克一家在弗吉尼亚利思伍德僻静的豪宅中被人残忍杀害，其惨状令人想起莎朗·泰特惨遭查尔斯·曼森的手下杀害的事件。去年，“新千年之子”宣称，亿万富翁、遗传学家里奥·德托雷博士，佛罗里达商人马蒂·波罗维茨、妻子伊莲及其双胞胎孩子，都是他们杀的。虽然各国警方已经展开抓捕行动，但目前并没有发现这一组织的踪迹。

约翰看见一张照片的图标，就点了一下。过了一会儿，照片打开了，上面的两个人长得很好看，男的三十五六岁，女的二十八九岁。他一下子就认出了他们。

他在德托雷的船上看到过这两个人。他记得他们。他不会搞错的。这就是“幸运玫瑰号”游泳池旁边对他们不理不睬的那对夫妻，就是他和娜奥米戏称为“乔治”和“安吉丽娜”的那对男女。

第四十四章

"乔治"和"安吉丽娜"。约翰坐在办公桌前，盯着那两个人，陷入了沉思。

卡勒发给他的那张是"乔治"和"安吉丽娜"的结婚照。杰克·欧洛克身穿白色燕尾服，和他在船上遇到的时候相比，看上去就更像乔治·克鲁尼了；他的妻子洁瑞穿着时髦的白色长裙，留着长鬈发，人比以前瘦，看上去不那么像安吉丽娜·朱莉。和当初在船上一样，照片上的两人都很傲慢，好像他们知道自己漂亮、富有，知道自己有钱有势，不管什么，只要是他们想要的，都能用钱买到，包括完美的孩子。

他手机里还有一张照片。那是他在"幸运玫瑰号"上偷拍的，那两个人躺在游泳池旁边的躺椅上。显然，他们是同一对夫妇。

双胞胎孩子，他又看了一下新闻报道。

他们也有双胞胎孩子？

他突然觉得口干舌燥起来。他咽了一口唾沫，手不由自主地发抖。他双击了一下另一个照片图标。照片上拍的是一条车道，车道的尽头是一座豪宅，豪宅的大门口有很多高高的石柱。

"杰克·欧洛克和洁瑞夫妇为人友善，他们深爱着对方，也深爱着他们两个月大的孩子，"受害人的母亲贝蒂·欧洛克在她位于斯科茨维尔的家中说，"他们早就想要孩子，可爱的双胞胎出生之后，他们觉得非常幸福。"

约翰的门开了，他的秘书手里拿着一些需要他签字回复的信，走了进来。他手忙脚乱地点击了电脑上的另一个文件，将显示本周工作的文档放在屏幕上，然后，他根本没有看就匆忙在每封信上签了字，心里盼着她早点走，他可以继续看那篇新闻。

秘书关上门，走了。他将那篇报道看完之后，又看了一遍。

杰克·欧洛克是个能干的小伙子，经过数年的打拼，建立了价值亿万美元的房地产帝国。他的妻子洁瑞所在的家族是从“五月花号”下来的北美第一批移民。杰克和洁瑞在华盛顿政治圈中很活跃，为奥巴马提供了巨额捐款，同时也是民主党的重要捐款者。杰克·欧洛克是个有政治抱负的人。

他们的双胞胎孩子一个叫杰克逊，一个叫切尔西。

和他们的父母一样，两个孩子也被残忍肢解了。

凶手还用他们的血在墙上写了标语以及一些下流话。

约翰的双手控制不住地发抖，差点连电话都拨不出去。他好不容易才给娜奥米打了电话，娜奥米接了之后，他听见了尖叫声。

“是菲比，”她说，“她不停地哭叫。约翰，我也不知道怎么办。她怎么老是哭叫呢？她怎么就不能停歇下来呢？”

“也许你该打电话问问医生。”

“好，我试试。你打电话干什么？”

“干什么？”

“是啊，你刚刚打过，现在又打。”

“我……我想问问你好不好，亲爱的。”

“我不好，我不好！”她喊道，“我快要疯了！你在他妈的办公室里倒是自在啊！”

“也许菲比哪里感染了，或者有什么地方不舒服。”他嗫嚅道。过了一会儿，他接着说：“听我说，你——”

说了一半他停住了。给她打电话，让她担心，这样做很愚蠢。

“啊，天哪，”娜奥米哭喊起来，“卢克也不舒服了。约翰——

就这样吧，我回头再给你打电话。”

她挂了电话。

约翰回头再看电脑屏幕，一种莫名的孤独感席卷而来。

他给华盛顿的卡勒·阿姆托普打了电话。

卡勒·阿姆托普告诉约翰，一年前“新千年之子”宣称对德托雷的死负责，现在他们好像和过去一样神龙见首不见尾，谁也不知道这个组织中成员的名字，这个组织从哪里来也不得而知。

“我觉得你们要保持警惕。警方不知道这个组织是真的存在呢，还是有某些疯子在恶意模仿。但是，可以确定的一点是，遗传学这个话题激发了大众的强烈情绪。你现在不在美国，这是好事，但我还是建议你们要尽量把家里的安全保卫工作做好，保持低调，不要在媒体上抛头露面。”卡勒说。

“卡勒，帮我一个忙，好吗？能不能请你的秘书帮我找一个名叫贝蒂·欧洛克的女士的电话号码？她住在弗吉尼亚的斯科茨维尔。我有急事要找她。电话号码簿上也许没有登记她的号码。如果是这样的话，你能不能动用一下私人关系，帮我弄到她的号码？”

一个小时后，卡勒给他打来了电话。贝蒂·欧洛克的号码确实没有登记，但他还是搞到了。

约翰千恩万谢之后，拨打了卡勒给他的那个号码。

电话响了五声之后，他听到了一个成熟女人的声音。“喂？”

“请问贝蒂·欧洛克夫人在吗？”

“我就是。”那个声音带着一丝悲伤，警惕地问。

“欧洛克夫人，请原谅我的冒昧打扰，我是科里森博士，我人在英国。”

“你说你是科里森博士？”

“是的，我——我妻子和我——我们去年在一家诊所遇到过您的儿子。”

“诊所？对不起，你说的是什么诊所？”

约翰迟疑着，他不知道欧洛克夫人知道多少。“德托雷博士。德托雷博士的诊所。”

“德……德托雷博士？”这个名字对她来说好像没有一点印象。“你是记者吗？”

约翰觉得很难堪。“不，我不是记者。我是科学家。我妻子和我认识您的儿子——还有他妻子。听到那个不幸的消息，我们很难过。”

“对不起，科里森博士，我现在的状况不好，不能和人交谈。”

“这件事很重要，欧洛克夫人。”

“那我觉得你应该找警察，不该找我。”

“请让我提一个问题吧。就一个问题：您的儿子原来打算要双胞胎吗？”他突然意识到自己这样组织语言好像不太稳妥，于是急忙想挽回局面。“我想说的是——”

“科里森博士，你是怎么知道我号码的？”

“这和发生在您儿子身上的事有关。我知道，现在让您谈这件事很不容易，但请您相信我——”

“我要挂电话了。科里森博士，再见。”

电话断了。

见鬼。

他盯着听筒看了一会儿，接着又拨了过去，但电话一直是忙音。

在接下来的半个小时里，他打了一次又一次，可电话一直占线。

他终于放弃了。他从办公桌抽屉里拿出一本厚厚的黄页，翻到了“安保服务和设备”那一部分。

第四十五章

约翰在乡间的公路上开着车，绅宝汽车里的收音机正在播放肖邦的钢琴曲。现在是8点钟。雨刮器在工作，将挡风玻璃上的毛毛雨变成了模糊的水膜。一辆汽车的大灯从黑暗中突然冒出，直奔着他而来，接着，那辆车出现在他的后视镜里，很快超过了他，变成了远方红红的尾灯。现在，他的前面和后面都是一片漆黑。

他的心里也是一片漆黑。

他一直保持着每小时六十英里的速度行驶，大灯的灯光里不时可以看到熟悉的景色。他的脑子里乱成一团，一会儿想到这个事情，一会儿又想到那个事情，却怎么也想不明白。

他们从美国搬到了这里。再搬家还有任何意义吗？退一步说吧，如果要再搬家，搬到哪里去？瑞典？到了瑞典他们就安全了，就远离这些疯子的视线了吗？数年前，瑞典首相奥洛夫·帕尔梅在一条繁华的大街上被人枪杀。在这个世界上，你躲到哪里能躲得开疯子呢？

他的右边出现了一间灯火通明的酒馆，紧接着是一间农家直营店的店标。开过了这两家店之后，是一段长长的、没有照明的路，路边长着一排低矮的树篱。时间已经过了两个星期了，夏天马上就要开始了。他终于可以在天没有黑的时候开车回家了。白天会比黑夜安全，不是吗？

他的手机响了。他看了一眼来电显示。是娜奥米打来的。他将手机插到卡座上接听。“你好，亲爱的，我快要到家了。还有五分钟。”

“你太晚了，我一直在担心你。”她的语调怪怪的，好像有点紧张。

“对不起，我几次要打电话给你，但一直占线。”

“你说你6点钟到家的。”

“员工会议拖了时间——”

电话断了。

他骂了一句。这个地区的信号一直不好。他想给她打过去，但没有信号。几分钟后，他看见了一家店亮着灯，于是开了过去。

这里的花可供选择的范围太小，最好的花是红玫瑰。他买了一束裹着玻璃纸的红玫瑰，继续朝前开。五分钟后，他驶离了大路，上了那条通往村庄的小路。

凯伯恩在布赖顿以东十英里，距离萨塞克斯的历史小镇刘易斯四英里。凯伯恩是座小得不能再小的村庄。村里有座小酒馆，顾客大多是当地人而不是游客；有座教堂，但屋顶急需大修；有座邮政所，但它同时也是百货店、人气渐旺的小学、只有一座球场的网球俱乐部。村里人大多是农场工人和从事房产修理的工人，他们住在一些低矮的房子里。那是附近豪宅中的雇主提供的。

约翰驶过一排工人的房子，接着又驶过校舍和教堂。驶出了村庄一英里半之后，他拐上了那条通往他家的小道。一只兔子从他前面的路上一跃而过，他急忙刹车，那小东西却又跳了回来，在他前面蹦跳着，最后，它看见路边的铁丝网上有个窟窿，这才钻了过去，跑到了一片犁好的农田上。他车灯照不到的地方黑漆漆的一片。

屠杀。

肢解。

这是发生在第二对夫妇身上的事情。

网上有大量关于德托雷的传闻，其中最令人关注的是某个匿名博客上贴出来的一系列帖子。匿名博主宣称自己是德托雷诊所的前雇员。天知道从这家诊所里泄露出了什么信息。

如果这个组织——邪教组织、一帮疯子——控制了德托雷的诊所，如果他们掌握了足够的信息，找到了“乔治”和“安吉丽娜”夫妇、波罗维茨一家，那么，几乎可以确定的是，他们手里就应该有足够的信息，可以找到其他所有人。

他向右拐了一个急弯，现在可以看见前方几百米远处他家的灯光了。他驶过一处牛栏，上了石子路，将车停在娜奥米的斯巴鲁汽车旁边。

他刚从汽车上下来，娜奥米就打开了大门。她面色苍白。他从后排座椅上抓起自己的电脑包和玫瑰花束，关上车门，大步朝她走去。娜奥米对玫瑰花基本上没有反应，只是紧紧地抱住他。

“对不起，”他说，“我给你打电话了，但——”

她的脸上湿乎乎的，眼睛已经哭得通红。

“亲爱的，怎么啦？”他问，虽然根据她的表情他能猜到大概是怎么回事。

两人走进家里。娜奥米关上大门，反锁好之后又挂上了防盗链。“洛莉打电话来了，从洛杉矶。”

约翰听见厨房的电视机那里传来一阵大笑。他把电脑包丢在地上，脱下外套，挂在维多利亚风格的红木柜后面的钩子上。室内弥漫着肉香。“洛莉他们好吗？欧文好吗？”

她看着那束玫瑰花，但什么也没有说。

两人来到厨房。供孩子们在里面玩耍的护栏还在地上放着，护栏旁边横七竖八地摆了一些玩具。约翰看见餐桌上有一瓶红酒和一只酒杯。瓶子里的红酒喝掉了一半，酒杯里还有一点酒没有喝完。“卢克怎么样了？你打电话给医生了吗？”

“我约了医生明天来。他说他觉得没什么可以担心的，但如果卢克明天早上还不舒服，就把他带过去。”

“卢克还在吐吗？”

“不吐了。”

她将玫瑰花放在洗碗槽里，打开水龙头。“谢谢，”她说，“这些花太美了。以前我们刚约会的时候，你一直给我买花的。记得吗？”

他心里像被什么扯了一下。他觉得很内疚。“是吗？”

“是的。”

他走到婴儿监护器旁边，侧耳听了听。没有声音。“他们睡着了吗？”

“好像是的。”

“我上去看看。”他一溜小跑上了楼，但脚踩在楼梯上的时候却小心翼翼，尽量不发出声音。他来到孩子们的房门口，轻轻推开门，只见卢克的大拇指含在嘴里，菲比双手握拳，嘴边流着一道细长的口水。两个孩子都睡得很香。

他对每个孩子来了一个飞吻，下楼回到厨房。

娜奥米又给自己倒了一些红酒，转过身来，睁大了眼睛，惶恐不安地说："洛莉说又出大新闻了——所有的媒体都在报道这件事。又有人被杀了。又有一对曾经找过德托雷博士的夫妻以及他们的双胞胎孩子被杀了。我们和他们一样，找过德托雷博士，生了双胞胎，约翰。”

“卡勒给我打过电话了，”他说，“他告诉过我了。我打电话给你就是为这件事。”

她缓步走到窗前。“卡勒有没有建议我们该怎么做？”

“他说，保持警惕。”

他突然觉得自己真的很想喝点酒，于是他从冰箱里重新拿了一瓶白葡萄酒。“我们要装一套和警察局联网的报警系统。如果有人靠近我家房子，它就会亮灯。另外，窗户上要加锁。卡勒说我们也许可以考虑养一条狗来看家护院。他还说——”他欲言又止。

“他说什么了？”她紧追不放。

“他觉得我们应该在家里放一把枪。”

“这里是英国，不是美国，约翰。”

“我想我还是去申请一张猎枪的持枪证吧。这里的野兔子活动猖獗，猎枪能压一压它们的势头。”说着，他打开了酒瓶塞。

“你平常就是个心不在焉的人，所以，我觉得家里放把枪不是个好点子，特别是家里还有两个孩子呢。也许等孩子们稍微大一点了，养条狗还可以考虑考虑。我们可以养条看门狗。”

等孩子们稍微大一点了。她的话在他心里回响。等孩子们稍微大一点了。她的话那么天真，那么不谙世事，让他觉得她有着很重的孩子气。都已经有两家人被屠杀了。有一帮疯子就在那里，就在暗处，这帮疯子也许在美国，但也有可能就在萨塞克斯。他们等不起，他们不能等到卢克和菲比长大一点再采取措施。

“我明天请假了，”他说，“我找了几家保安公司，请他们上门来看看，给我们提供安保方面的建议，然后报价。”说着，他给自己倒了一点酒。

娜奥米点点头。“好，就这么办吧。对不起，我有点紧张，因为孩子们，因为这个电话。我想待在这里，约翰，我想在英国生活。我们不能总是东奔西跑，颠沛流离，一辈子就这样躲躲藏藏的啊。”

他吻了她。“我刚才在开车回家的路上也是这样想的。”

“这些人会被抓住的——他们干了坏事，不可能一直逍遥法外，对吗？”

约翰心里暗想，到目前为止，他们已经逍遥法外一年多时间了。但他没有说出来。他搂住她，把她抱得紧紧的，说：“是的，他们不可能一直逃脱惩罚。卡勒说美国联邦调查局正在投入大量的人力和物力，决心破了这个案子。这些疯子跑不了的。”

她抬头看着他，眼里是毫无保留的信任。“卡勒这么说的？”

“是的。”他撒谎道。

“卡勒是个好人。”

“是的。”

约翰把她抱得更紧了。他用鼻子在她耳后蹭着，低声说：“卢克和菲比都睡着了。我们为什么不利用这个机会呢？”

她握住他的手，领着他朝卧室走去。

第四十六章

一声凄惨的尖叫打破了夜晚的宁静。娜奥米躺在床上，眼睛睁得大大的，睡意全无。这声尖叫让她心惊肉跳。她开始胡思乱想了。

卧室的窗帘是开着的，皎洁的月光倾泻而入，房间里好像变成了一个超凡脱俗的世界。他们没有邻居，所以从来不用拉上窗帘。

“是狐狸逮住了兔子。”约翰静静地说。他伸手搂住她，把她往身边拉了拉。

“这声音也太恐怖了。”

“这是大自然在工作的时候发出的声音。”

她翻了一个身，盯着他看。外面又传来尖叫，这次是一长串的尖叫，然后陷入无声。

“你的工作是研究自然的，”她说，“你用电脑程序模拟自然。你的电脑里有兔子尖叫吗？”

他笑笑说：“没有啊。”

她吻了他。“你是个好心人。我知道你不会伤害其他生物，哪怕那是一只虚拟的兔子。我不想看到你买枪。我不希望我们生活在恐惧的氛围之中，好像我们遭到了敌人的围攻。我们千万不能忘记我们这样做的初衷，约翰。我们并没有做什么错事，也没有做什么不道德的事，我们没有做什么见不得人的事，对吧？”

“是的，我们没有做。”他说。

“我怕。自从知道德托雷博士死了的消息之后，我没有一天不是在担心中度过的。我做噩梦，醒来后不知所措，筋疲力尽。有时候阳光照进室内，我听见鸟在歌唱，或者听见你的呼吸，这时我才会有短暂的安宁。但用不了多久，所有的担忧就又卷土重来了。我想，在那条农场小道的尽头会不会停着一辆车，里面坐着一小撮宗教极端分子，他们手持刀枪棍棒，却心如止水，他们的心中没有一丝仇恨，因为他们认为自己在做一件伟大光荣正确的事，他们是在执行上帝的意旨。约翰，你害怕吗？”

“我的心里也一直在想着这样的情景呢。”

“你还相信人应该控制自然，对吗？”

“是的。到目前为止，还没有发生什么事情，改变我的想法。”

短暂的沉默之后，娜奥米说：“你爱卢克和菲比，就像爱……”她没有说完。

“就像爱什么？”

“算了，不说了。”

他抚摸着她的头发。“是的，我爱他们，我当然爱他们——爱得连我自己都不敢相信！我以前不知道我居然会这样爱他们。我——”

“如果你不得不在救他们和救我之间做出选择，”她说，“你会怎么办？”

“这样的情况不会有的。”

她的语气变得急切了。“假设这样的情况真的有了——假设你不得不在我和他们之间做出选择，你会救谁？救卢克和菲比，还是我？”

约翰认真思考着。他完全没有想到她会提出这个问题。

“救谁？”她催促道。

“你，”他说，“我会救你。”

“为什么？”

“因为如果他们遭遇不测，我们还可以再生孩子啊，但你在我心中是无法替代的。”

她吻了他。“你这么说让人听了很感动啊，但你是真的这么想的吗？”

“是的。”

“好，”她说，“我再问你一个问题：如果你必须在救你自己和他们之间做出选择，你先救谁？”

他几乎不假思索，脱口而出：“他们。”

她似乎松了一口气。“这么说你是真的爱他们啊，对吧？”与其说这是一个疑问句，不如说它是一个陈述句。

“你为什么总是放心不下呢？”约翰问。

“我有时候总会胡思乱想。我想，如果你觉得你能让时光倒流，你会不会——”

“绝对不会，”他耸耸肩膀，“这么说吧，如果能回到从前，我不会接受那该死的采访，但是——”

“——你还是会去找德托雷博士？”

“是的，你呢？”

“是的。”

“亲爱的，”他说，“纵观历史，那些试图挑战既定思想的人总是受到迫害。虽然那些挑战的人不一定都对，但如果没有人做出尝试，人类就不会发展到今天，我们也不可能活这么长时间，我们肯定现在还生活在混沌之中吧。”

“难道我们现在不还是在混沌之中吗？”娜奥米说，“这些人，这些‘新千年之子’的信徒，他们可能正躲在某个地方蠢蠢欲动，他们认为自己有权为了信仰而杀人，认为别人无权阻止他们这样做。这表明，我们所标榜的文明仅仅是一层薄薄的遮羞布。”

“那正是我们现在努力要改变的局面。我们去找德托雷就是为了这个目的。”

“是吗？我还以为去找他就是为了生一个健康的孩子，让他到了四岁的时候不会因为某种遗传疾病而死呢。你去是为了别的事情？你是不是有什么瞒着我？”

“绝对没有什么瞒着你。我什么都告诉你了。”

她安静了一会儿，思考之后说：“你会告诉我的，如果——”

“如果什么？”

“如果你和德托雷商量过别的事情——关于我们孩子的别的事情。”

“别的事情——你这么说是什么意思？”

“我指的是他给我们看的那些选项，那些我们必须打钩的选项。我不知道你和他有没有背着我决定一些事情。”

“绝对不可能！”约翰说，“我绝对不会那样做，亲爱的。难道你不相信我吗？”

“是的，我相信你，我当然相信你。都怪德托雷。每次我看着卢克和菲比的时候就想——你知道，我经常瞎想——德托雷到底干了些什么，孩子们体内是什么样子的，有什么出人意料的事在等着我们。如果我们能对他们的全部基因进行测序，那不就好了吗？那样至少我们就会知道了。”

“如果你发现一些不喜欢的东西，你怎么办？”

她不说话。她不知道怎么回答这个问题。

第四十七章

我的朋友，在这暗无天日的阴沟里，只有一丝亮光，那是他的光。他为追随者指明道路，但如果你决定不跟随他，悉听尊便。

你死定了。

你，称恶为善，称善为恶，以暗为光，以光为暗，以苦为甜，以甜为苦。《以赛亚书》5：20。

我的朋友，我已经在纸上记下了你的名字。我已经在我电脑里记下了你的名字。我已经在我头脑里记下了你的名字。今天你无处不在，你扬扬自得，自以为是。但是，我的朋友，你死定了。你不仅在地球上死定了。我只能杀死你的肉体，不能杀死你的灵魂，所以，不要怕我。你怕上帝吧，他能在地狱里摧毁你的肉体和灵魂。

欧洛克先生，欧洛克夫人，还有你们的两个崽——杰克逊和切尔西，地狱里的感觉怎么样？你们忏悔了吗？别担心，你们有的是时间，世界上所有的时间都是你们的。世界上发生的一切都是按照上帝的旨意，他希望什么时候发生就什么时候发生。上帝选择了你们，欧洛克先生和欧洛克夫人。其他人很快就要来和你们团聚了。

在修道院自己的小房间里，“新千年之子”的那名信徒坐在那张硬木凳子上，盯着窗外的菜园。菜垄上已经有细嫩的绿芽冒出来了。他种了西红柿、西兰花、西葫芦、莴苣、土豆。全是有机蔬菜。真正的蔬菜。和超市里卖的那些破烂东西完全不同。这里的麦田和修道院以外的麦田也不一样。你可以看见长着真正小麦的田，也能看见魔鬼种的麦田。真正的小麦在阳光下泛着金黄色光，因为它们得到了上帝的祝福。那些转基因小麦是灰暗的褐色，好像永远见不到阳光似的。

一记响亮的敲击声打破了温暖上午的宁静。这是在召集人们去做中午的祷告。他站了起来，把黑色的面纱蒙在头上。

修道院院长任命他为助理客座师傅，这一头衔所承担的职责对他的思想以及未来的计划几乎没有什么影响。在这艾奥瓦州的荒凉地带，他们并没有多少前来朝觐的信众。和他肩负的上帝交给他的任务相比，作为助理客座师傅的责任就太小了。

完成“入门大典”。

然后，他将得到上帝的祝福。

我看着手上的名单。我看到了你们所有人。我读出你们的名字。我在心里看到了你们的脸。我看见了你们的家。我看见了你们的孩子。我一刻不停地想着你们，一个一个地想着你们。上帝不允许我停下来。

我看见你的名字了，科里森博士。加利福尼亚洛杉矶的约翰·科里森博士和娜奥米·科里森夫人。我此刻正想着你们呢。不知道你们此刻有什么感觉。你们的小崽子应该已经生下来了吧。科里森夫妇，小崽子们怎么样啊？

对于你们做的这些事情，你们有什么想法？

你们自豪吗？或者，你们已经醒了，看见了上帝的光，心里有愧？

你们不用担心太久。我很快就会将你们从罪恶的桎梏中解救出来的。

我会将你们交给上帝，他不会像我这样慈悲的。

提蒙·考特走在修道院的石头台阶上，穿过一处不大的草坪，经过喷泉，来到举办宗教仪式的房间门口，和其他信众兄弟站在一起。

众人列队进入室内，立即被沁人心脾的香火味道所包围。教堂正厅里灯火通明，提蒙·考特沐浴在金色的光线里。这是一个信号。

在他祈祷的时候，上帝认可了这一信号。上帝告诉他，他可以开始“入门大典”的下一步了。

第四十八章

娜奥米的日记

今天认识了一位新朋友！她叫桑德拉·泰勒。她过来（她开的是一辆绿色的路虎揽胜）问我，我们愿不愿意订阅这里的教区杂志。一年三英镑。太便宜了！桑德拉有三个小孩，有一个才八个月——和卢克、菲比一样大。村庄里有好几个年龄差不多的婴儿，孩子们的妈妈每个星期三聚会。我要好好研究一下这件事。

今天妈妈过来了，于是我溜出去买婴儿推车。没想到商店里有那么多造型各异、供双胞胎使用的婴儿车。售货员说，两个座位并排的那种婴儿车有很多优点：两个孩子的视野是相同的；这种车的轴距小，可以拐急弯……但是，这种车也有个问题：有些超市的过道比较窄，它过不去。

我担心的事情太多了，其中一项是婴儿猝死。孩子们睡着的时候，我不停地听着婴儿监护器里发出的声音。有时因为听不到他们的呼吸声，我会在夜里惊醒。

我担心的另一件事是卢克和菲比两餐之间的间隔好像比书上说的时间长。负责家访的护士梅根说，这也正常。儿科医生和我一样，也觉得有点奇怪，但他坚持认为，孩子们的身体是完全健康的。他说，我的这两个孩子绝对比同龄的其他孩子要高大。明显要高大很多。我记得德托雷博士和我们说过，他们要比一般的孩子长得快，成熟得快，因此这不是什么大问题。

医生告诉我们，要给孩子们单独的身份，不要笼统地喊“双胞胎”。这很重要。一定要在他们一岁生日时（很快就要到了）准备两个生日蛋糕，两份生日礼物。

我在想，人真是奇怪的动物啊。有了两个这么可爱健康的宝宝，我知道我应该心怀感激，但是，那句老话怎么说来着：这山望着那山高……洛杉矶的生活似乎是很久以前的事，已经离我远去了。我现在还有生活吗……

第四十九章

早晨7点30分，娜奥米站在厨房的窗前，注视着约翰驾车离去。他的车开到那处牛栏跟前时，她看见他的刹车灯亮了，听见车轮发出咔嗒咔嗒的声音。

今天是星期三。

今天是幼儿小组活动的日子。幸福啊！确实幸福——相对来说。

她在每个星期里值得一提的事情不多，星期三的这个幼儿小组活动应该算是一项吧。她已经带着卢克和菲比参加过几次了。活动地点在村庄里的一座大房子里，她和别的孩子的妈妈在那里碰面，听她们讲些村里的闲话。其他值得一提的事情还有：她的朋友或者她的妈妈偶尔会到她家来玩；她和家访的护士一起喝杯茶；每个星期五的上午，那个世界上最烂的花匠罗恩会上门来——这是在当初的租房协议里写好了的——在花园里东一剪刀西一铲，花上大半个上午的时间瞎捣鼓一通，直到离开。罗恩已经七十多岁了，他说他腰不好，不能挖土。因为同样的原因，他也不能修剪草坪。罗恩不说话，他身上有股湿家具的味道。娜奥米已经给远在沙特阿拉伯的房主写信抱怨这件事了，目前在等回信。

菲比在用汤匙敲盘子，打断了她的思绪；过了一会儿卢克开始尖叫，完全淹没了电视机里的音乐声。卢克打翻了碗，碗里的麦片和牛奶洒了一地。

娜奥米盯着地上，咬着下嘴唇，火冒三丈。本来就忙得不可开交——她要洗尿布、床单、睡衣，还要做其他家务，现在又多了一件事：把地上和墙上的麦片擦掉。

她想以牙还牙，也对卢克尖叫，但她忍住了。她找了一只磨牙用的橡皮环，想放到卢克的嘴里，却被他用双手拨到一旁，他不但没有停止尖叫，反而叫得更响了；几乎在同时，菲比把手中的汤匙扔到地上，也尖叫起来。

娜奥米抓起遥控器，按着声音控制键，将音量调到最大。"我在听采访呢！"她生气地对孩子们吼道，"我喜欢这个家伙，好吗？他是我最喜欢的演员之一。现在是妈妈娱乐的时间，行不行啊？"

孩子们的尖叫声听不见了。她站在电视机前，看完了访谈节目。因为音量很大，当她把音量调低之后，耳朵里还在嗡嗡作响。

她转过身看两个孩子。让她惊讶的是，卢克和菲比全都不作声，张着嘴，瞪着眼，盯着她看。

娜奥米咧嘴笑了。"好啦，现在你们知道谁是家里的老大了。"说完，她在每个孩子的脸上亲了一口，重新为卢克做了一碗麦片，用汤匙喂他。卢克默默地吃着，没有任何反抗。好，太好了。"很好！"她说。

卢克面无表情地看着她。

"你自己全把它吃了？乖女儿！"说着，她擦去了菲比嘴角的麦片。

好像为了和她弟弟步调一致似的，菲比也面无表情地盯着她。过了一会儿，两个孩子都笑了。后来，她把他们抱到卫生间，放在地上，她抓紧时间，匆匆地洗了个澡。在一般情况下，这两个小家伙会把头伸到浴帘后面看她，但今天他们很老实。

她回到厨房，将第一批要洗的衣服放到洗衣机里，孩子们依然默不作声。通常他们会在地上打闹，滚作一团，有时是卢克，有时是菲比，会爬到另一个人的身上，但今天什么也没有发生。

她开始有点紧张不安了。

9点30分，她给他们换了尿布，后来，她躺在床上给他们喂了奶，小睡了一会儿。当她醒来的时候，孩子们还像刚才那样盯着她，没有发出任何声音。

她抱着孩子来到他们的卧室，在婴儿床上放好，回到楼下的厨房。她拿出洗衣机里洗好的衣服，放到烘干机里，然后倒了一杯茶，听了听婴儿监护器里传来的呼吸声，在餐桌旁坐了下来，看《每日邮报》。现在是10点钟。如果运气好的话，她可以享受一个小时的闲暇时光。

烘干机完成操作之后，她听见监护器里传来了孩子们咯咯笑、互相喊叫的声音，好像在玩什么游戏一样。一开始是卢克发出咯咯的声音，接着菲比发出了同样的声音，然后菲比又发出了一连串的咯咯声，随后，卢克呼应一般地也发出了一连串的咯咯声。

她朝楼上走去。该给他们喂奶了。喂过奶之后，她将给他们穿戴整齐，去参加幼儿小组的活动。当她走进房间的时候，指望着还能听见他们闹腾的声音，但是，让她没有想到的是，迎接她的是一片安静。两个孩子都盯着她看，和刚才在厨房里盯着她的方式相同，只是神情更加专注。

她吓呆了。在那一瞬间，她真的觉得她成了孩子，盯着她看的两个孩子是她的父母。

第五十章

娜奥米为约翰打开大门的时候，她脸上的表情让约翰深感不安。她面色苍白，神色焦虑紧张。

“孩子们好吗？”

“好，在楼上睡觉呢。”

“幼儿小组的活动怎么样？”

“丢脸，令人难堪。”

约翰听见婴儿监护器里传来了咯咯声，接着又是一声，好像是在应答。

“丢脸，令人难堪？”

“是的，太丢脸啦，约翰。我的孩子——我们的孩子——我们的定制婴儿让我丢脸。”

他将一根手指放到嘴边，示意她别这么说。

“你这是什么意思？”她问，“隔墙有耳？”

“我们已经说好了，永远不提这件事。如果他们在场的话，这样说是很危险的，等他们再大一点了，说不定会跟在你后面说。”

“上帝啊，你怎么这么紧张兮兮的？”

他惊讶地看着她。“紧张？”他想到了德托雷的死，想到了波罗维茨一家的死，想到了欧洛克一家的死。*我能不紧张吗？*他想，*不紧张会丢了性命，我们疏忽不起啊。*

绝对疏忽不起。

他又听了一会儿婴儿监护器。“我没有听见音乐——你没给他们放音乐？”

“是的，我没有给他们放音乐。我太累了，没力气给他们放音乐。你为什么不上楼去给他们放呢？你为什么不把伦敦爱乐乐团的全套音乐买回来，放给他们听呢？”

“亲爱的——”

“我觉得给他们放音乐，放这些新世纪音乐，没多大用处。你好像把卢克和菲比当作温室里的西葫芦了，只要给他们浇灌音乐和文字，他们就会从婴儿床上跳下来，跑到我们的房间，把柏拉图的《理想国》背给我们听。”

约翰走到厨房。他想喝点什么。他知道娜奥米这段时间很难熬，但一切都会过去的。他的工作进展顺利；他们借了娜奥米妈妈和姐姐的钱，现在已经开始还了，虽然她们两人都坚持说不用还；他们很快就能有足够的经济条件接收一名互惠生[1]了，约翰的妈妈已经推荐了一位好友家的女儿，但目前时机还不成熟，而且娜奥米坚持认为她不用别人来帮她带孩子。

昨天晚上喝过的鸡尾酒调酒器还在架子上放着。他从冰箱里拿了一盒冰块，掰了六七块放到调酒器里。“幼儿小组活动的时候发生什么难堪的事了？”

“哦，你说这个啊！”她装出一本正经的样子，“我们的朋友德托雷博士好像忽略了什么，他没给他们基本的社会礼仪基因。”

“你说他们不懂规矩？”

她摇摇头。“不，不是他们不懂规矩，而是他们和其他孩子互动的方式有问题。不，他们没有互动。他们完全无视别的孩子。那些孩子多可爱啊。我们家的两个根本不想认识别的孩子。还有一件很奇怪的事——如果其他孩子走过来找他们玩，卢克和菲比就会冷

1　互惠生是最早起源于英、法、德等国的自发的青年活动，旨在给来自全世界的青年提供一个在别国的寄宿家庭里体验文化和学习语言的机会，互惠生以帮做家务等换取食宿。

冷地盯着他，那孩子立即放声大哭，或者吓得尖叫起来。”

“亲爱的，卢克和菲比才九个月，他们还小，不能指望他们会和其他孩子交往。我觉得幼儿小组活动的意义就在于让妈妈们有休息的机会，妈妈们可以相互交流，了解这个社区的情况。”

“他们让别的孩子哭了，约翰。他们比别的孩子大很多，这是一部分原因。”

“孩子不就是会哭嘛——”他犹豫了一会儿，还是从架子上取下了鸡尾酒杯，接着从冰箱里拿出橄榄，说，“我记得上周他们的表现还行，对吗？”

“如果说他们的表现还行，那是因为他们其实什么也没有做。我还以为他们是害羞了呢。”

“其他孩子呢？他们一起玩吗？”

“不，不能算是玩吧，但他们是有互动的。他们和卢克与菲比之间没有任何互动，好像过了一会儿之后，别的孩子都怕他们了。”

“别的孩子可能是胆怯了，因为卢克和菲比他们是两个人。娜奥米，他们这么小，不能指望他们和别的孩子有互动。我觉得你对他们的要求太高了。还有，我们别忘了他们是双胞胎，”约翰说，“我们所了解的信息都说，双胞胎喜欢他们两个人在一起，因为这是他们习惯的状态。”

“给我也搞一杯，”她说，“一大杯。”

他疑惑地看着她。“你知道那本书上说过，母亲在喂奶的时候喝酒，酒精会进入母乳——”

他没想到她的反应那么强烈。

娜奥米一只手抓起伏特加，另一只手抓起味美斯酒，像抓着木棍一样在空中挥舞。她气急败坏地喊道：“约翰，我不管，好吗？那些书上、网站上说怎么才能有个聪明的宝宝，我才不管呢！你这个可怜的家伙，过你自己的生活吧，开始新的生活吧，同时也给你妻子一条活路！”

他一脸茫然地看着她，突然发现自己手里多了两只酒瓶——她将酒瓶塞到他手里了。

“一天一次，我现在每天喂他们一次。我要喝一大杯，约翰，我要喝两杯甚至三杯，满满三杯，给我放四颗橄榄。橄榄没事吧？橄榄不会影响母乳吧？我的酒里放四颗橄榄，不会把我们的孩子变成智障吧？”

婴儿监护器里传来一阵笑声，约翰和娜奥米都扭头看着监护器。这笑声来得太诡异了，卢克和菲比好像在嘲笑他们两个人。

约翰在调制鸡尾酒，监护器里孩子们的笑声不断。那是快乐的声音，咯咯的声音，好像在互相召唤。听着孩子们的笑声，喝了一口鸡尾酒之后，娜奥米好像平静下来了。

他们端着鸡尾酒来到楼上，在孩子们的房间门口停了下来。里面的笑声、咯咯声在持续，但当约翰打开门的时候，声音戛然而止。

菲比侧躺在婴儿床上，大拇指含在嘴里，周围摆着一圈她喜欢的玩具，有北极熊、蛇、斑马和狮子，看那样子睡得很香。卢克也侧躺在床上，嘴里咬着磨牙用的橡皮环，眼睛闭着，呼吸均匀，睡得正香着呢。

娜奥米和约翰对视了一眼，娜奥米用眼神示意约翰，赶快出去吧。

两人来到外面的走廊上，约翰轻轻地关上门。“他们怎么会在这一刻还吵闹个不停，下一刻就酣然入睡呢？”

娜奥米好长时间都没有说话。她想不出任何解释，只是隐约觉得卢克和菲比这两个孩子比他们表现出来的要聪明得多。“我不知道。”她说。

婴儿床上的卢克在呼唤菲比。这呼叫声的音调很高，比狗哨[1]的频率还要高，人耳完全听不到。

菲比用同样的高频音调回应他。

1　澳大利亚牧羊人呼唤牧羊犬使用的一种高频口哨，其声音人听不到，只有牧羊犬能够听到。

第五十一章

洛朗德·塔尔博特医生的诊所位于维姆波尔大街上。他为约翰和娜奥米夫妇打开门，欢迎他们的到来。约翰和娜奥米牵着孩子们的手。“科里森博士，科里森夫人，”医生说，“见到你们很高兴。”接着，他对卢克和菲比说：“你好，卢克！你好，菲比！”

卢克已经长成了一个天使般的可爱儿童，有着蓝色的眼睛和金色的头发。娜奥米给他穿了一件黄色的衬衫。菲比同样美丽可人，她穿着一件红色的连衣裙和白色的衬衫，脚上的袜子和鞋子也都是白色的。她的头发颜色稍稍深一些，也比她弟弟的头发长。

两个孩子对塔尔博特医生的反应和他们对其他人的反应无异。那是一种无声的凝视，既带着好奇，又带着敌意。

塔尔博特医生没有灰心，仍然面带笑容，领着他们来到一张摆满了玩具的直角沙发旁，沙发前有一张咖啡桌。医生坐在沙发对面的一把安乐椅上。

心理医生塔尔博特是个瘦高个，面相和善，头发稀疏，身上的橄榄球衫好像大了几码，褐色的灯芯绒裤子稍微短了一点，没有遮住脚上的旧运动鞋，椅子上的他每次向后躺的时候，就能看到他的脚脖子和松垮垮的黄色袜子。虽然已经快四十岁了，塔尔博特医生身上穿的可能还是他哥哥穿过的旧衣服，娜奥米想。他看上去像个傻乎乎的大孩子。

“孩子们很棒。”他说。

“谢谢。”约翰说着，自豪地看看卢克，然后又看看菲比。

然后，医生皱着眉头说："十九个月了，对吗？"

"十九个半月。"约翰说。他朝娜奥米笑笑，娜奥米也对他笑笑，只不过有些紧张。他们确实很棒，每天都在长。

"如果让我猜，我肯定会说比这个年龄要大。"心理医生说。他抱着双臂，探身过来，问："好吧，请告诉我，我能为你们做点什么？"

娜奥米和约翰面面相觑。"要我先说吗？"娜奥米问丈夫。

"是的。"

"那好吧。"她说。她把他们的担心告诉了心理医生。她说在婴儿监护器里经常听到卢克和菲比用他们孩子能听懂的话聊天，而且聊得很欢，但只要他们走进房间，孩子们就不说话了，好像还在装睡；她还说孩子们似乎不喜欢和别的孩子一起玩，也不喜欢和别的孩子交流，更重要的是，已经十九个半月大了，他们没有一点要说话的迹象，连"爸爸""妈妈"都不会说。

塔尔博特医生的一番话让他们悬着的心放了下来。"这在双胞胎当中很正常，"他说，"因为双胞胎比较容易相互关注，和单胎生的孩子相比，他们要经过较长的时间才会与周围的世界建立联系。有许多双胞胎孩子过了两岁之后才开始说话呢，所以，这件事你们不用着急，至少在目前不用着急。他们的饮食正常吗？"

约翰和娜奥米相互看了一眼。说到这个话题，他们都不大自在。他们不知道德托雷在孩子们的饮食方面做了什么动作，产生了怎样的影响。

"他们好像对食物不是太感兴趣，"娜奥米说，"他们更小的时候好像很饿，但现在的饭量只有我们的儿科医生以及书本上说的一半。"

塔尔博特医生看看卢克，又看看菲比。"在我看来，他们好像没有营养不良的迹象。孩子能够找到适合自己生长的营养水平。他们的健康状况如何？"

"到目前为止，我们的运气很好，"娜奥米说，"他们一直很健康。"

“从来没有感冒过。什么病都没有！”约翰自豪地说。

“说句不客气的话，”娜奥米说，“他们看上去很壮实。”

“这十九个半月以来，一次感冒没有？”

娜奥米点点头。

“太了不起了！”

塔尔博特医生和卢克对视了一会儿，然后又和菲比对视了一会儿。医生低头看着咖啡桌，坐在安乐椅上晃来晃去。“我看到了他们的好奇心。所有的孩子都会有好奇心。他们看着我，想知道我是什么人，想知道这是什么地方。这是一个很健康的迹象。”

“有一件事我——我们——都注意到了，”约翰冷不丁地说，“他们两个孩子对动物很感兴趣。”

娜奥米用力点点头。“是的，是的，我们昨天在花园里玩，邻居家的猫翻过篱笆，跳了下来，他们咯咯笑着，都跑了过去。上周的某一天，花园里有一只野兔，那个该死的东西在啃我们家的玫瑰，但孩子们觉得兔子很好玩。”

“也许等他们稍微大一点之后，你们应该考虑给他们买个宠物。他们可以分享欢乐，共同照顾宠物。要培养孩子们的责任感，养宠物很有帮助。”

“你是说像金鱼这样的宠物吗？”娜奥米问。

塔尔博特医生板起了脸。“金鱼很漂亮，但没什么意思。我通常建议养一些可以触碰的宠物，孩子可以和宠物接触、互动，比如仓鼠、沙鼠、小狗、小猫，哪怕是小兔子也行。”

“我们想过要养一条狗。”娜奥米说。

心理医生点头赞许。“狗是不错的。好，如果你们愿意的话，下面我想和他们做几个小测试，看看他们解决问题的能力。这些小测试由几个小目标组成。嗯，我想单独做小测试，所以，你们要先带一个孩子出去。我们先从女生开始，好吗？”

约翰带着卢克走到外面的大厅里，坐在椅子上。娜奥米看着洛朗德·塔尔博特医生先在咖啡桌上放了两块布，然后，他举起一只塑料奶牛，用手捏了一下，奶牛发出哞的叫声。他看见菲比瞪大了眼睛，伸手过来要抓奶牛。他连忙向后一缩，不让她拿。他将奶牛放在一块布上，离菲比远远的，她的手够不着。

"让她来拿。"他对娜奥米说。

菲比靠近了桌子，几秒钟之后，她就抓住了那块放着奶牛的布，往自己身边拉，然后拿起奶牛，用手一捏，奶牛哞地叫了一声。

"你真棒，亲爱的！"娜奥米表扬道。

接着，塔尔博特医生重复了这一试验，但这次他在布上放了一条塑料栅栏，将奶牛挡住了。布仍然放在菲比够不到的地方。要移动栅栏，只有抓住栅栏上的把手才行。

菲比只用了几秒钟时间就将栅栏移开，把奶牛抓在手里，兴奋地捏着。

在接下来的十五分钟里，心理医生给菲比设置了一系列的任务，在娜奥米看来，任务一个比一个难。后来，心理医生在卢克身上进行了同样的试验。

卢克完成最后一个任务之后，心理医生将娜奥米和约翰一起叫到房间里，请他们在沙发上坐好。他看上去有些忧心忡忡。菲比这时候突然对娜奥米的头发来了兴趣，开始用手绞来绞去地玩；卢克很不开心，因为他想伸手去够此前一直在玩的积木，但约翰拉着他，不让他去。

心理医生双手枕在脑后，靠在安乐椅上。"好啦，约翰和娜奥米，你们是遇到烦心的事儿了，我只能告诉你们，来我这里解决不了问题。"

"你这么说是什么意思？"娜奥米问。

"你们担心卢克和菲比发育滞后，对不对？"

约翰和娜奥米踌躇了一会儿，点点头。

“我可以告诉你们，他们一点也不滞后。如果他们是我的孩子，你们知道我担心什么吗？他们太聪明了，我会担心再过几年我怎么能赶得上他们。”他看着约翰夫妇，让他们体会一下他说的话。

约翰和娜奥米相互看了一眼。

“这两个孩子掌握的技能已经高级到和他们的年龄不相称了。我想说，在我的职业生涯中，这样的事是绝无仅有的。他们依靠视觉学习，依靠听觉学习，这两种学习途径他们都掌握得很好。我的一名同事正在做一项与智力超常儿童有关的研究，如果你们愿意的话，我想——”

“不，我们不愿意。”娜奥米打断了他的话，语气坚定，同时朝着约翰投去警告的目光。“我不希望我的孩子接受那样的研究。”

约翰想起了卡勒·阿姆托普的话。卡勒提醒他们要低调。约翰说：“对不起，我们绝对不希望接受那样的研究。”

目前他们已经有一年时间没有听到“新千年之子”的任何消息了，但这并不意味着他们可以放松警惕。在确定这些人的身份并将这些家伙关进监狱之前，他们绝对不能掉以轻心。也许即使这些人被抓起来了，他们还是不能放松，因为这个世界上对他们做的那件事极度反感的疯子总是层出不穷。

洛朗德·塔尔博特医生举起双手。“别紧张，千万别紧张，你们这样做我能理解。”

“谢谢。”约翰说。

“但我还是觉得你们要做好准备，”心理医生补充说，“等卢克和菲比到了上学的年龄，他们可能很快就会觉得无聊啦。你们可能将不得不给他们提供特别的教育，否则就妨碍了他们的发展，他们会因此恨你们的。”

约翰看着卢克和菲比，心想，医生的这番话两个孩子听懂了多少呢。卢克和菲比没有任何反应。

约翰和娜奥米带着孩子们离开的时候，约翰搂着娜奥米的肩膀，捏了捏，充满了强烈的自豪感和信心。也许，只是也许，他们所经历的那些痛苦和折磨都是值得的。他们的孩子健健康康的，现在有一名高级心理医生也确认他们很聪明，智力远远超过同龄的孩子。

他笑着在娜奥米脸上亲了一口，但她立即躲开了。她的脸色很不好，好像有很多烦心的事情。

第五十二章

“科里森夫人?”

女人站在门口，手里抱着一个流着口水的孩子，神情憔悴，一脸的不耐烦。“什么科里森?”女人反问了一句。

她看上去不像他心中牢记的那张照片上的女人，一点也不像。“您是娜奥米·科里森夫人吗?”

他得到的回答是一个茫然的表情。

他彬彬有礼地说:“我在找科里森家。您不会就是娜奥米·科里森夫人吧?”

“娜奥米·科里森？不，不，我不是，你地址搞错了，先生。这里没有什么娜奥米·科里森。”

女人身后的客厅里，有个小男孩骑在拖拉机玩具上，电视开着，声音很响。女人三十多岁，身材娇小，脸上肉嘟嘟的，黑色的头发没有经过认真打理，乱糟糟的。

“也许是我跑错地方了。我在找斯迪恩大道南1526号。”

“这里就是。”女人说。

女人盯着那个一脸认真、身材精瘦的男人。男人二十几岁，中等身高，黄色寸头，穿着一件蓝色西装，黑色皮鞋，拎着只黑色的公文包。街上停着一辆蓝色汽车，看上去很干净。看他这身打扮，像是个推销员，但他又缺少了推销员特有的那种自信。也许他是摩门教的教徒，或者耶和华见证会的人?

男人皱着眉头说:“我是联邦西北保险公司的，科里森夫人名下有一辆丰田汽车，登记的地点是这里。她和我的一名客户发生了碰撞事故，我们此前和她联系过，但一直没有收到回音。”

“我不知道是怎么回事。”女人说。

女人手里的小孩脸涨得通红，接着，孩子又猛吸了几口气，好像马上就要放声哭了。女人看看孩子，晃了几下。“科里森？”她又说了一遍。

“科里森。”他说。

“哦，科里森，科里森博士！”她突然喊道，“是的，我明白了。他们几年前租住在这里，我以前老是收到寄给他们的信。”

提蒙·考特点点头。“约翰·科里森博士和娜奥米·科里森。”

“他们不住这里了。他们搬走了。早就搬走了。”

“您知道他们搬到哪里去了吗？”

“你可以去公司问问。房产中介公司。罗克思伯里的布莱恩特·摩利根中介公司。”

“布莱恩特·摩利根中介公司？”

孩子终于哭了起来，而且声音越来越大。“你去那里试试吧，”她说，“说不定他们知道呢。”

“布莱恩特·摩利根？”他一边说一边写了下来。

“嗯。”

“谢谢。”他说。

女人关上门。

“新千年之子”的信徒回到车里，用手机拨打了411。他问接线员布莱恩特·摩利根中介公司的电话号码是多少，接着给这家中介公司打了电话。

但布莱恩特·摩利根中介公司不知道科里森一家后来搬到哪里去了。

第五十三章

这是一个温热的周六下午，距离他们去塔尔博特医生那里已经过了三天。几乎可以肯定地说，这是今年夏天为数不多的最后几天了，娜奥米想。

她站在果园里的活动梯子上摘李子，手里的塑料篮已经装了一半李子。透过果树的枝叶，她能看见不远处草坪上的卢克和菲比。刚才他们和约翰在充气水池里玩水，现在他们又拿出了芭比娃娃以及几乎所有的长毛绒动物玩具，摆成半圈，正在给它们喝下午茶。

正在倒茶的菲比是妈妈，卢克正忙着用橡皮泥做蛋糕。两个孩子聊得很开心，他们也和玩具聊得很开心。看到这一幕，娜奥米心情舒畅，因为以前他们通常只在卧室里互相说话。

一只马蜂在她脸上飞来飞去，她挥手将它赶跑，伸手去够一大串已经熟透了的李子。自从和塔尔博特医生见过面之后，她一直烦躁不安。心理医生说孩子们很聪明，约翰为此欣喜不已，但她却没那么高兴，因为这反而增加了她的疑虑：约翰瞒着她和德托雷博士达成了某种协议，也许，生双胞胎这件事也是他们事先商量好的？

还有一件事也让她的焦虑与日俱增：孩子们看上去比实际年龄要老成许多，大家会怎么说？这不能怪德托雷博士，因为他事先提醒过他们。

不管真相是什么，我爱你们，我将永远爱你们——只要你们愿意。

如果运气好的话，今晚可以在室外喝酒了。他们邀请了卡尔森·迪克斯和卡洛琳·迪克斯夫妇，来品尝约翰做的瑞典风味小龙虾。约翰一直喜欢坚持传统，她觉得在一个如此坚信未来的男人身上，这一点非常不容易——如果不能说这两点自相矛盾的话。

她从梯子上下来，蹲在地上捡被风吹落的果实。她喜欢这里，喜欢这里斑驳的阳光，喜欢这里的树荫。在果园里的时候，她觉得自己好像置身于一个隐秘的世界之中。这让她想起了孩提时代。那时的她喜欢躲在家人找不到的地方，一躲就是好几个小时。

她又赶走了一只马蜂，拎着几乎满满一篮果实，朝约翰和孩子们走去。

约翰坐在露台的木头桌子旁，面前摆着一本《自然》杂志，正看着卢克和菲比，脸上的表情怪怪的。他手里拿着一样东西，她原以为是他的照相机，但再看的时候才知道那是一台录音机。他正用录音机对着卢克和菲比。他就是热衷于用文字、声音、图像记录孩子们的每一个瞬间，她想。

“看，卢克！看，菲比！”她得意地说。

两个孩子似乎都没有注意到她的到来。卢克正在对菲比说着什么，听上去比平时更加流畅，更加自信。菲比的回应也同样流畅、自信，然后看着自己面前的粉红色大象玩具。

“Obm dekcarh cidnaaev hot nawoy fedied oevauoy.”

娜奥米皱皱眉，以为自己的耳朵出了问题。

卢克回答道：“Eka foe eipnod hyderlseh deegsomud.”

接着菲比说：“Olaaeo evayeh gibra snahele.”

娜奥米看着约翰，约翰朝她举起一根指头，示意她不要打扰他们。

孩子们完全无视娜奥米的存在，继续用这种奇怪的语言说了几分钟。他们相互说话，又和那些玩具说话。娜奥米突然觉得自己再也听不下去了，就走进室内，来到厨房，把篮子放在桌上。她心神不宁，但又不明白自己为什么会这样。

这不是孩子之间的那种语言，不是儿语。他们好像在用一种规范的语言进行交流，而且语调流利。这种语言好像将卢克和菲比的交流技巧提升了一个台阶。

她从窗户里看到孩子们还在一边玩一边聊天，但她听不见他们在说什么。

约翰的声音把她吓了一跳。不知什么时候，约翰已经站在她身后了。“你以前听他们这样说过话吗？”

“从来没有。”

他按了录音机上的一个键。

“Obm dekcarh cidnaaev hot nawoy fedied oevauoy.”

“Eka foe eipnod hyderlseh deegsomud.”

“Olaaeo evayeh gibra snahele.”

他按了暂停键。“我一点也不知道这是什么语。”他说。

“这是不是瑞典语的变体？”

“不是。”他又放了一会儿磁带。

“孩子有时会自编语言，”娜奥米说，“我看过的那些书里都这样写着呢。双胞胎经常这么做，他们会编一些像暗语那样的语言。”

“自语症。”约翰说。他好像有些心不在焉。

“自语症？”

“就是指自己编造语言。”约翰说。

她拿起一张餐巾纸，重新折叠之后放在桌上。“约翰，他们这样做是在做游戏吗？他们是在做一种无害的游戏吗？还是——”

“还是什么？”约翰问。

她又拿起一张餐巾纸。“他们这样做的目的是不想让我们知道他们在说什么。”

他笑了。“他们才二十个月，我觉得他们还小呢，不至于这么狡猾吧。”

“是吗？你敢肯定？”

两人四目相对，陷入了令人尴尬的沉默。

第五十四章

在一阵大笑中，四个人的杯子碰在了一起。

“干杯！”约翰说。

“干杯！”娜奥米说。

“干杯！”卡尔森·迪克斯说。

卡尔森的妻子卡洛琳好像有点不好意思了，连忙也说了一句：“干杯！”

桌子上的主菜是一大盘红色的小龙虾，上面装饰着小茴香的叶子。小龙虾盘子的边上插着一面塑料的瑞典小国旗，还点了几根蜡烛。桌上的另外两只盘子里放着烤面包和奶酪。每个人面前都摆着荷兰产杜松子酒、啤酒、葡萄酒和水这几种饮品。桌布是纸做的，上面印着小龙虾图案。在各人面前的餐巾纸上、在各人的围裙上，小龙虾这一主题也得到了体现。

在酒精的作用下，约翰觉得浑身舒坦。娜奥米把桌子布置得棒极了。她那么绰约多姿，他为自己能有这样一位妻子感到无比自豪。眼下，和最喜欢的朋友在一起，空气中弥漫着一股芳香的味道——在这样的夜晚，你怎么能不快乐呢？

他站了起来，举起酒杯。“亲爱的，我想敬你一杯。你是好妻子，好母亲，我爱你。”

卡尔森和卡洛琳也举起了杯子。娜奥米腼腆地说：“谢谢。”

“为娜奥米干杯！”卡尔森说。

“为娜奥米干杯！”卡洛琳说着，举杯过来和娜奥米碰了一下。

约翰给卡尔森加满杜松子酒，但卡洛琳用手挡在自己杯子上。

“我开车。”她说。

约翰看着她，好像她的神经出了问题一样。“来参加小龙虾宴会，哪有开车的道理。你们应该把车放在这里，坐出租车回家！”

他站了起来，摇摇晃晃地走到婴儿监护器旁。他只听到微弱的静电声。十分安静。好。他希望他们没有打扰到孩子。可是，这一年一度的小龙虾聚会不也应该成为卢克和菲比未来生活的一部分吗？这是他们瑞典文化的重要基石啊。

“我说约翰，你觉得莫雷公园研究实验室怎么样？生活习惯吗？”卡尔森的问话打断了他的思绪。

约翰点点头。“好，很好，很高兴你劝我过来了。我很开心。”说完，他看着娜奥米。

“我要好好地谢谢你啊。你让我们又回到英国啦！”娜奥米说。

“我们也很开心啊，”卡尔森看着他们两个人说，“约翰加入我们的团队，我们感到很幸运。大家合作非常愉快。娜奥米，你找的这个男人很优秀。”

卡洛琳端起酒杯。“是谁说的来着——每个成功的男人背后都有一个惊讶的女人？”

听了这话，大家都笑了。

约翰笑眯眯地看着卡尔森。他喜欢他的老板。为了参加今晚的小龙虾宴会，他穿着一件蓝黄相间（那是专属瑞典这个国家的颜色）的条纹T恤衫、肥大无比的裤子、露出脚趾的凉鞋。他看上去傻傻的，却又那么可爱。约翰突然举起杯子，又站了起来。“卡尔森和卡洛琳，你们是我们的贴心朋友，你们帮了我们很多忙，我想说谢谢你们。我觉得娜奥米和我很幸运，因为有了你们这样的朋友。”他喝完了半杯酒，坐了下来。

卡洛琳脸上露出了一点尴尬的表情，笑了笑。卡尔森举起了酒杯。“约翰，你知道什么是真正的朋友吗？”

约翰摇摇头。“不知道，你说。”

“真正的朋友是一个人了解你的一切，却仍然喜欢你。”

约翰哈哈大笑。“我想，你就是我真正的朋友！”

“约翰，你不觉得在我们的生活中，有许多机缘巧合吗？”卡洛琳说，“有时候有些事是命中注定的。”

“我想那是一种逃避的说法吧。”娜奥米说。

约翰觉得一场争论即将发生，连忙站起来打圆场。“好啦，我们唱歌吧。卡洛琳，你来一首！”

卡洛琳尴尬不已。她红着脸站了起来，拿着歌词纸，勇敢地唱了一首瑞典歌曲。

卡洛琳唱完之后，约翰和卡尔森大声欢呼、热烈鼓掌，接着又喝完了杯中的杜松子酒。

约翰给两人的杯子加满酒，正要坐下，婴儿监护器里的声音吸引了他的注意。他原以为那还是静电造成的噪声，但他仔细地听了听，听到了刺耳的嗡嗡声。娜奥米抬头看着他的眼睛。

“有什么问题吗？”她问。

约翰又听了听。没错，是响亮的蜂鸣声。“我去看看。”

他抬起一只手，叫大家别慌张，踉跄着朝客厅跑去，来到楼上孩子们的卧室。他刚打开门，立即吓得头一缩，因为一个黑色的小东西嗡嗡叫着，朝他冲了过来，先在墙上停了一会儿，然后又很快地飞到旁边去了。

夜灯昏黄，他看不清那是什么。

他眨眨眼睛，视线有些模糊。见鬼。

他打开房间里的大灯。不一会儿，他看见那个虫子在婴儿床上方飞来飞去，然后又朝他飞来，最后又朝着天花板那里飞去了。那是一只很大的黄蜂，可能是蜂王，也可能是大马蜂。

天哪。

卢克和菲比都醒着，他们没有发出什么声音，只是盯着他看。

“没事，别紧张。”他说。他四下看着，想找个什么东西拍那虫子。他看到地上有一本图画书，于是急忙抓到手上，然后到处找那虫子。

虫子不见了！

他朝四面墙壁、天花板上看看，又检查了窗帘上面，还是没有找到。

他在唇边竖起一根手指，“嘘——没事的，爸爸在这里。”

他摇摇晃晃地走着，在空中挥舞着图画书。他朝窗户那里走了一步，那虫子朝他飞来，他用力一拍，可是打偏了。虫子飞到了他后面的墙上稍作停留，又飞到了婴儿床的上方。

——这时，卢克的手啪地往上一举，约翰只见他的大拇指和食指像钳子那样一夹，不一会儿，那虫子无声地掉了下来，在地上抽搐着。

约翰看着这一幕，简直不敢相信自己的眼睛。他跪了下来。那只大马蜂的头没了，尾巴上的刺伸伸缩缩。它正在死亡线上挣扎。

他连忙走过去，在马蜂身上踩了好几脚才停下。此时他仍然不敢相信自己刚才看到的一幕，连忙走到卢克的婴儿床边。他的儿子睁大了眼睛，依然举着手，伸着拇指和食指，好像在向父亲展示战利品。

卢克的拇指上有个小黑点，食指上有个大黑点，那是马蜂被挤扁的头，绝对错不了。

约翰颤抖着用指甲刮去卢克食指上的马蜂头，不知道该说什么。“卢克——这——”

卢克面无表情，菲比也一样。两人都盯着他看，好像他才是那个令人惊讶的对象。

他亲了两个孩子。他似乎看到两人的嘴角荡漾着一丝笑容。也许他们正慢慢学会表现自己的情感吧。他关掉卧室的大灯，退到门外，却不由自主地在想，刚才那一幕是不是他想象出来的呢。

第五十五章

在夜色的掩护下，“信徒”隐藏在密密匝匝的灌木丛中，听着房子那边传来的笑声。楼下窗户里倾泻出来的灯光可以照到草坪上，但是，那灯光在照在他身上之前，就已经被黑暗吞没了。

可是那笑声却传到他耳朵里了。这激怒了他。

这些人根本没有资格笑。

通过他的小望远镜，他可以看见他们，清清楚楚地看见他们——一个男人和一个女人，他们的脸和他口袋里那张照片上的人脸一样。另外两名男女是他们的客人。他们是开着一辆灰色的切诺基吉普车过来的，此刻正停在房子的前面。

我指嬉笑说，这是狂妄。论喜乐说，有何功效呢？《传道书》2：2。

他穿着黑裤子，黑色风雨衣，黑色橡胶底鞋，房子里的人绝对看不见他。在那些衣服的外面，他还穿了一件全身袜，只把脸露在外面，这样，他就不会留下任何毛发、纤维之类的东西，让法医有迹可循了。但他现在有些后悔，不该穿那么暖和的风雨衣了。他原以为今晚会很冷，但实际上并非如此，只是湿度比较大而已。

在风雨衣的多个口袋里，他携带了一副薄薄的皮手套，一套撬锁工具，一只气瓶[1]，一只防毒面具，一罐泡沫塑料快干胶，一罐液态的

1　这里是指气枪用的气瓶，内装高压空气或氮气、氩气、二氧化碳等惰性气体。高压气体突然释放后的能量可以推动子弹发射。

丙烷气[1]，一只工具包，一把设计精巧、折叠起来像三脚架的高压气枪，一个夜间瞄准器，一支手电筒，一只打火机。当然，口袋里还有那两个罪人的照片。他的脖子上挂着一副夜用望远镜，皮带上别着一个小型的氧乙炔切割器。

从他现在的地方他能看到有四个人坐在桌旁，吃饭、聊天，正开心着呢。楼上某个窗户后面的帘子里透出一点微弱的亮光，不知那是不是双胞胎睡觉的地方。

一粒汗珠顺着脖子往下滚。他闭上眼睛，开始祈祷。祈祷完毕，他站了起来，静静地等着另外那对夫妇离开——虽然他想，既然这两个人和那两个罪人搅和在一起，他们无疑也是魔鬼的同路人，杀了他们也未尝不可。

他没有接到命令，杀掉那对夫妇。

倘若你们不这样行，就得罪耶和华，要知道你们的罪必追上你们。《民数记》32：23。

现在是10点钟。他有点紧张，但上帝是站在他这一边的，想到这里他就安心了，同时也有了力量。让他更觉得自己有力量的是，通过今晚的行动，他可以向上帝表明他的爱，展示他对上帝的绝对忠诚。

光来到世间，世人因自己的行为是恶的，不爱光倒爱黑暗，定他们的罪就是在此。《约翰福音》3：19。

11点零几分，一只狐狸从花园里溜过，触发了外面的泛光灯和喷淋装置。在明亮的灯光下，喷头扫过草坪之后，又将他周围的灌木丛浇了个透。他一动不动。罪人中的那个男的出现在窗前，他朝外面看了看，然后走开了。他什么也没有做。三分钟过后，灯灭了。

1　丙烷气有单纯性窒息及麻醉作用。人短暂接触1%丙烷，不引起症状；10%以下的浓度，只引起轻度头晕；接触高浓度时可出现麻醉、意识丧失；极高浓度时可致窒息。

又过了一会儿，四人从餐桌旁站了起来，走到另一边的沙发的侧边坐下。他从望远镜里看到罪人中的那个女的正在倒着什么，好像是咖啡。他现在听到了音乐声。他在这里都觉得声音很大，因此室内的声音一定更大，他想。

是科尔·波特的歌。堕落的音乐。

现在是好机会。他打开气枪，装好夜视镜和气瓶，将子弹放进弹仓。

接着，他利用一根硬树枝做依托，架好气枪。透过夜视镜，他看见了淡淡的绿光中那帮人所在房子的墙壁。他很快瞄准了第一只泛光灯泡。灯泡现在应该还是热的，正散发着明黄色的光，让他几乎睁不开眼睛。

在科罗拉多州那座山顶上的农场里，他独自一人待了一个月，这让他有足够时间来练习瞄准，但要让子弹命中目标，还得靠上帝的指引。他扣动扳机，听见了气枪击发的闷响，接着是轻微的叮当声，人耳几乎听不见。他在夜视镜里看到玻璃碎片像雨水一样泼洒开来。

过了一会儿，上帝指引着他打掉了第二只灯泡。和刚才一样，他也是一枪命中，干净利落。在他制订的宏大计划中，两只被打碎的灯泡、两颗气枪子弹被人发现的可能性不大。

一个小时后，音乐声停了。屋里的四个人站了起来。他看见他们好像在道别了。四人走出客厅，离开了他的视野。

不一会儿，他听到了汽车引擎发动的声音。应该是那辆吉普吧，他想。切诺基吉普车开走了。那两名罪人回到室内，开始收拾桌子。

终于，两名罪人离开客厅，关掉了灯。不久，楼上的一扇窗户亮了。他看见了那个女人的剪影。女人在朝外面看，这时她的丈夫走到她身后，搂住她，两人开始耳鬓厮磨起来。

别碰她，杂种，快去睡觉。把灯关掉。你太自私了。你让我等

得太久了。

丈夫放开妻子，走到旁边去了。过了一会儿，妻子也走了。终于，灯灭了。

“信徒”穿过草坪。借着嘴里咬着的一支小手电筒，他没费多大事就撬开了厨房门。但是，他并没有打开它，而是绕到房子的另一端，顺着落水管爬到了屋檐下面，因为那里藏着警报器。他在警报器的盒子上钻了一个小洞，往里面喷了一些泡沫塑料快干胶，这才回到地上。

他在房子周围转了一圈，花了几分钟时间，找到了电话线。线的外面包着一层不锈钢管。他用打火机点着氧乙炔切割器，只花了几秒钟就割断了不锈钢管和电话线。这时，他听见室内传来了“滴——滴——”的警示音，提醒主人电话线路出现了故障。

他快速打开厨房门，闪身进入室内，这时，除了刚才的“滴——滴——滴”的电话故障警示音，一个更大的声音响了起来。是防盗报警器。外面寂然无声。他从口袋里掏出丙烷气罐，戴好防毒面具，朝楼上跑去。

他刚冲到卧室跟前，门就开了，那个男人光着身子站在他面前。他举起气罐朝他脸上喷去。那男人一声不吭地倒在地上。他从他身上跨了过去，跑进卧室里，看见那个女的正从床上坐起来，在摸索着找电灯开关。他朝那个女的猛喷了一阵丙烷气，她倒在枕头上不动了。在半小时里他们是不会醒过来的。这个时间足够了。

他回到厨房，丝毫不理会那“滴——滴——滴”的警示音。他觉得室外根本听不见这么细微的声音。他很快就找到了电水壶。太好了。

他拆开电水壶的开关，将里面的温控器弄坏，然后重新装好电水壶。他将水壶里的水倒空，打开开关，从架子上拿了两条干抹布包住电水壶的底座，后退了几步，等待着。

几分钟后他就闻到了塑料烧焦的味道。又过了几分钟，他看见一缕青烟袅袅升起，接着，电水壶起火了。

他后退几步，走到紧闭的卧室门后面，从口袋里拿出丙烷气罐，旋开阀门。一股气流朝着电水壶喷去，大火立即冲向了房顶。

他打开门，走到外面的夜色之中。才过了片刻工夫，在气流的带动下，那间卧室就已经变成了一个火球。

他躲在灌木丛中，取下防毒面具，看着大火越烧越旺。他很快就闻到了木头和油漆烧焦的味道。他听着火苗在噼啪作响。但是，紧接着，他听到了一个更加悦耳的声音：两名婴儿的哭喊。

他翻过一道篱笆，沿着上帝两天前给他指引的安全通道撤退，穿过一片田野，来到一座小店后面的停车处。他租来的汽车就放在那里一个不起眼的地方。

第五十六章

发件人：瑞典驻美国华盛顿大使馆卡勒·阿姆托普

收件人：约翰·科里森

主题："新千年之子"

约翰，

我想你应该知道"新千年之子"可能又出来了。

两天前，有人发现艾奥瓦州的一对博士夫妻劳伦斯·莫里森和帕蒂·莫里森以及他们三十个月大的双胞胎内森和艾米，被烧死在牧场的家里。他们也曾去过德托雷的诊所。火灾相当严重，警方目前还不知道起火的原因是什么，但我想这事儿应该让你知道一下。

目前已有三对生有双胞胎的夫妇死于非命，他们都去过德托雷的诊所，虽然这似乎还不足以证明什么，但我觉得你应该继续保持警惕。

当然了，一有什么新消息，我就会告诉你。确定"新千年之子"成员的身份，寻找背后的主使者，都没有取得任何进展。这些人依然是谜一样的存在。

希望你能收到这封邮件，祝你和娜奥米以及两个孩子健康快乐。我今年年底将从华盛顿调到马来西亚的新岗位上去，但我会尽力替你们打探情况的。

卡勒

第五十七章

想知道电影导演心目中古怪的英语教授的典型形象，看看语言学研究中心的雷吉·切特怀因德–康宁翰的样子就行了。语言学研究中心位于莫雷公园的B4大楼，他坐在拥挤的办公室里那张小办公桌后面，戴着一只单片眼镜，眯着眼睛看着约翰，活像一只盯着猎物的老鹰。

这位语言学家六十岁刚出头，穿着一件灰头土脸的绿色粗花呢西装，肘弯处有一块真皮补丁。他扎着颜色鲜艳的涡纹花呢领结，穿着一件格子衬衫，饱经风霜的脸上布满红血丝，头发凌乱。办公室墙上挂着几张古代英国地图，一张他和菲利普王子握手的照片，还有一句装裱在相框里的格言：**语言是一种拥有了军队的方言。——约翰逊博士**[1]

"好，"他说，"哎呀，对，嗯。"他的樱桃木办公桌上本来就散落着一些饼干屑，现在他伸出手去，将一袋消化饼干递给约翰，于是，更多的饼干屑像雪花一样落下。约翰拿了一块饼干之后，他自己也拿了一块，在咖啡杯里蘸了一下。"很有趣啊！"

约翰特别喜欢莫雷公园的一点就是：在他以前工作过的大学，那里的平均年龄是二十岁左右，这让他痛苦地意识到自己已经老了，而这里的平均年龄接近五十岁。被归类为年轻的工作人员，这种感

1　某种方言能够成为通用语言，这在很大程度上受到政治、经济等方面的影响，这句格言幽默地指出了语言和方言之间差别的主观随意性。另外，这句格言的主人是意第绪语言学家马克思·魏因赖希，原文有误。

觉真好啊——虽然他比那些年老的只有几岁之差。他嚼着饼干。

多年之前，因为在保卫国家安全方面有过贡献，雷吉·切特怀因德–康宁翰被封为骑士。在来这里之前，他曾在政府通信总部[1]工作过，开发了一种特殊的电脑程序，在已经确认某人是恐怖分子的情况下，这种程序可以在数千万的固定电话和手机通话中辨识出此人的声音。现在，他在莫雷公园担任语言学研究中心的领导，负责研究如何通过语音或思想控制机器。

“把磁带再放一遍！”

语言学家身后一台复杂的高保真音响系统立即有了响应，一会儿，卢克和菲比清晰的声音充满了整个办公室。

首先是菲比的声音："Obm dekcarh cidnaaev hot nawoy fedied oevauoy."

然后是卢克的回应："Eka foe eipnod hyderlseh deegsomud."

接着又是菲比："Olaaeo evayeh gibra snahele."

“停！”雷吉·切特怀因德–康宁翰喊道。他笑嘻嘻地看着约翰。“太了不起了！”

“这是什么语言？你知道这是什么语言吗？”约翰问。

语言学家摇摇头。“实际上我昨天就听过了，同时还叫了几名年轻同事过来一起听，其中有一个女的，她也有小孩。大家都认为这些话具备了明显的语言特征，但谁也不知道这是什么语言。为了确保万无一失，我们用电脑程序对孩子们说的话进行了检查。这种程序能够辨识世界上所有已知的语言——一共有6 270种，”他不无自豪地说，“但就是没找到对应的语言，恐怕将来也找不到啦！”

“为什么找不到呢？”约翰喝了一小口咖啡，谢绝了语言学家再

1 英国秘密通信电子监听中心，相当于美国国家安全局，是英国从事通信、电子侦察、邮件检查的情报机构，与军情五处和军情六处合称为英国情报机构的“三叉戟”。由于它的总部设在伦敦西面的切尔特南镇，所以又称“切尔特南中心”。

次递过来的饼干。

“嗯，你肯定听说过有的孩子刚生下来就会讲其他语言的例子吧。人们说起这些事情的时候，好像是在用它们来证明人是有前生的，”他不屑一顾地说，“但我从来没有亲耳听见哪个孩子刚生下来就会说外语——我从来就没相信过这个。有时，就像你和你妻子这样的情况，如果孩子的父母来自不同的民族，孩子会说父母的语言，但也仅限于只言片语。”

“我们刚才听到的录音中有瑞典语的成分吗？我妻子和我想——”

语言学家猛烈地摇摇头，打断了他的话。“没有瑞典语成分。没有丝毫瑞典语成分。”他又拿了一块饼干，举在咖啡杯上方。“当然了，在双胞胎，特别是同卵双胞胎中，你常常会看到这个现象，即双胞胎创造一种属于他们自己的语言，以此来排斥父母以及外面的世界。好像你的两个孩子就属于这种情况。”

“他们自己的语言？”

雷吉·切特怀因德-康宁翰点点头。

“你能听懂他们在说什么吗？”约翰问。

“啊，一旦你掌握了规律，那就简单了，就和所有的代码一样了。”

“代码？”

语言学家扭头对电脑说：“在屏幕上显示录音带上的词！”

一会儿，那些词出现了。

Obm dekcarh cidnaaev hot nawoy fedied oevauoy.

Eka foe eipnod hyderlseh deegsomud.

Olaaeo evayeh gibra snahele.

约翰认真看着，想找到其中的规律。显然，语言学家已经看出来了。但是，几分钟之后，他不得不承认自己失败了。“我看不出其中的规律。”

“好，嗯，这也不奇怪。你看看第一行。”

约翰盯着第一行看。

Obm dekcarh cidnaaev hot nawoy fedied oevauoy.

语言学家对电脑发布了第二道命令：“调转次序，组合成英语！”

过了一会儿，屏幕上又出现了一行单词：

You ave o deide f yo wan to hve a andich r cke, Dmbo.

这下约翰开始有点看明白了，但他还是不太确定。语言学家又对电脑说：“插入缺少的字母！”

屏幕上又出现了一行单词：

You have to decide if you want to have a sandwich or a cake, Dumbo.

约翰皱着眉头。“天哪！”他说，“这是在一次茶话会期间——他们——”

雷吉·切特怀因德–康宁翰输入命令，让电脑将下面两行也翻译出来。约翰看着屏幕上的那两行单词：

Dumbo’s greedy, he’s already had one piece of cake.

Elephants are big, they have to eat a lot.

“你说他们说这些话的时候都是自然而然的吗？”语言学家问，“他们没有提前准备，想好了再说出来，约翰？”

“他们还不到两岁，”约翰说，“我觉得他们没有这个能力。我的意思是——”他耸耸肩膀，不知道该如何表达自己的想法。

“他们能够在脑中计算好，想好怎么即时翻译，这种能力非同寻常。如果只有一个孩子具备这样的能力，人们也许会认为这孩子的大脑出现了异常，因为孤独症或颞叶癫痫引起了神经系统的故障。但是，从概率上来看，不可能两个孩子都有这样的毛病啊。”

办公室里的两个人很久都没有说话。约翰继续盯着那些单词，正想着孩子们怎么会说那样的语言呢，这时，语言学家打断了他的思绪。

“如果他们没有经过准备，在非常自然的状态下说出了那些话，那么，约翰，我认为你家出天才了！他们的这种能力是独一无二的。我以前从来没有听说过这样的事。”说完，他看了约翰一眼，那眼神本该让约翰充满自豪的。

但是，约翰心里忐忑不安。

第五十八章

“我觉得我们应该再带孩子去看心理医生塔尔博特，你说呢，约翰？”

约翰坐在餐桌旁，手里捧着马提尼酒。语言学家雷吉·切特怀因德–康宁翰的一番话让他心神不宁，卡勒·阿姆托普的那封邮件让他寝食难安。

去过德托雷诊所的三对夫妇被害了。

天哪。

去过德托雷诊所的三对夫妇都有双胞胎。

所有的谋杀都发生在美国，这倒是个好消息——离他挺远的。

确实有点距离。

“孩子们那样说话，你那位语言学家朋友是怎么解释的？他们将英语倒过来说，而且每三个字母就少一个。”娜奥米问。

约翰摇摇头。“他没有解释。”

“我们一直在等他们两个对我们说出第一个单词，喊我们爸爸妈妈，他们没有，却又相互用代码说出了完美无缺的英文。难道这不让你感到紧张吗？反正我紧张。”

他心事重重地盯着前方。“是啊，太奇怪了。”

“你觉得德托雷是不是干了什么？他会不会弄错了某个重要的基因，所以他们脑子里的神经搭错了？”

“我想现在下结论为时过早。如果他们一直这样说话，我们就该带他们去找神经科的医生了。”

“你觉得我们现在就该带他们去吗？”

约翰走到婴儿监护器旁听了听。“他们醒着吗？”

“是的，我刚才在等你回家，我们好一起给他们洗澡。”娜奥米说。

她面色惨白地坐了下来。约翰望着她，心情极为糟糕。她用手捂着脸说：“我们经历了那么多风风雨雨。上帝啊，生活为什么这么不公平？”

“亲爱的，我们有两个可爱的孩子。”

“两个可爱的怪胎。”

约翰走回到她身边，把手放在她的肩膀上，在她的脖子上亲了一口。“千万别这么想。卢克和菲比就是我们要的孩子。他们很聪明。他们比其他同龄的孩子聪明得多。我们必须学会适应这个现状。”

“他们为什么用这个代码说话啊？只有那些心怀不可告人秘密的家伙才用代码说话。他们为什么要这样呢？是他们的神经出了问题，还是他们比我们想的要聪明得多？”

“我不知道。”他无助地说。

娜奥米看着他。“我们犯了一个错误，是吗？”

“没有。”约翰说。

“我只希望——我们——有——一个正常的生活，有——正常的孩子。”

“像哈雷那样正常的孩子？”

漫长的沉默。约翰看看静默无声的婴儿监护器，端起了酒杯。

“我不是那个意思，”她说，“而且你是知道的。”

约翰摆弄着酒杯里的橄榄，若有所思地看着，好像那些橄榄是神秘的古代北欧文字，他想看懂它们是什么意思。

“他们有时会盯着我看，”娜奥米说，“好像……好像我什么也不是，好像我只是一台机器，一台存在的意义就是为了喂他们吃、伺候他们的机器。”

他们朝楼上走去。快要走到孩子们的卧室时，娜奥米说：“我觉得我们很快就应该考虑给他们分房间睡觉了。塔尔博特博士也是这么说的——帮助他们培养自己的身份。”

“他说等他们再大一点的时候。”

“我知道，但我觉得现在就应该把他们分开，也许这样要好些。”

约翰做了一个“嘘”的动作，叫她不要说话，然后站在了房门口。他听见卢克和菲比在里面聊得正欢，用的还是他们的语言代码。

他打开门，孩子们立即不吭声了。

“卢克，你好！菲比，你好！”他说。

两个孩子抬眼看看他。他们正在地板上玩积木。卢克穿着条纹衬衫和宽松的牛仔裤，脚上穿着运动鞋，金色的头发趴在额头上。菲比穿着紫色运动服，脚上没有穿鞋，头发整整齐齐的。两人眨着蓝色的眼睛，完全是天真无邪、乖宝宝的形象。约翰朝娜奥米看了一眼，只见她和自己一样，都被看到的一幕惊呆了：孩子们用积木摆出的图案十分精致，简直就是完美的曼德布洛特分形图案！

“Ebohph eklih.”[1]约翰看看卢克，又看看菲比。但是，孩子们没有任何反应。

“这图案太美了！”娜奥米说。

约翰出去了一会儿就拿着相机急匆匆地回来了。

“现在该洗澡啦！”娜奥米开心地说。

约翰赶忙拍了几张孩子们作品的照片。“太美了，卢克。太美

1 正常的英语应该是“Hi，Luke & Phoebe！”，但此处约翰模仿了卢克和菲比的特殊语言，将英语倒过来说，同时每到第三个字母就将其省略。

了，菲比。你们一起设计的？”

两个孩子还是一声不吭地盯着他。接着，他们好像事先约好了似的，又朝着爸爸妈妈笑了起来。这真是难得啊。

“太美了！”娜奥米说，“你们俩真聪明！”她看着约翰，似乎希望能从他那里得到什么解释，但约翰没有说话。

“妈妈马上带你们去洗澡！”

说完，她走了出去。约翰留在孩子们的卧室里，又拍了几张照片。孩子们一动不动地待着，静静地盯着他看。过了一会儿，他听见了娜奥米在往浴缸里放水的声音。他将相机放进裤子口袋，跪下来抱起菲比，亲了她一口。“乖孩子！”

“Mittab.”她笑着说。

“Mittab.”约翰回答道，然后抱着她走到卫生间，将她交给娜奥米，接着又回去抱卢克。到了儿童卧室，他看见卢克正盯着积木的图案，好像陷入了沉思。

“卢克，那个图案是你还是姐姐设计的？”

卢克指指自己，笑了。

约翰抱住他，在他额头上亲了一口。接着，他看着儿子深邃的蓝眼睛说：“太了不起了，知道吗？太了不起了！”

卢克露出笑脸，就在刹那间，约翰的心中乐滋滋的。他紧紧搂着儿子说：“你是个聪明的孩子，妈妈和爸爸为你自豪！”

约翰抱着他来到卫生间，只见娜奥米已经挽起了袖子，正在用手指试浴缸里的水温。菲比身上的衣服脱了一半，正坐在地上看着妈妈。约翰给卢克脱了衣服，等到娜奥米对水温满意了，这才将卢克放进了浴缸。卢克开心地用手打水，接着又想把浴缸里的一只塑料小黄鸭和一条小船沉到水里。娜奥米脱掉菲比身上的紫色运动服，把她抱到浴缸里。

电话铃响了。

“你去接一下好吗？”娜奥米对约翰说。

约翰走到卧室里，拿起电话。

是罗丝。罗丝·魏泰克。

“你好！”他说。

“我那天和娜奥米一起吃了一顿饭，觉得她的气色很不好，”罗丝一如既往，直言不讳地说，“你要带她出去散散心，让她休息一下，要不然她会崩溃的。”

“我想我和她都快撑不住了。”他说。

“出去度个假吧，带她去一个风景优美、阳光明媚的地方，好好爱她。她是好女人，约翰，她值得你珍惜。给她呵护，给她关爱，这样做肯定没错的。”

“没那么简单。”

“你错了，这很简单。你把孩子丢给我们，我们照顾他们几天，你把娜奥米带走。”

就在这时，他听见了尖叫声。

天哪。

“约翰——”

“我一会儿再打给你。”说着，他丢下电话。

他冲进卫生间，卢克在尖叫。娜奥米惶恐地瞪着眼睛，脸上、衣服上溅满了血。她抱着菲比，几乎处于歇斯底里的状态了。浴缸里的水呈猩红色，血正顺着菲比的腿往下淌，滴落在浴缸里。

“帮帮我！”娜奥米喊道，“约翰，看在上帝的分上，帮帮我！”

第五十九章

“没关系，亲爱的，”娜奥米说，“没关系的。”

在儿科医生的办公室里，菲比一边尖声哭喊，一边死死地揪着妈妈的衣服，好像那是汪洋大海中的救生筏。

克莱夫·奥特曼医生个子不高，永远皱着眉，那样子总是让娜奥米想到巴斯特·基顿。他站在检查床旁边，一副不紧不慢的样子，好像世界上所有的时间都是他的。

娜奥米搂着菲比，亲了她一下之后说：“乖孩子，他是好人，你以前看见过他好多次啊，他不会伤害你的。”

菲比还是哭叫个不停。娜奥米看着约翰，约翰站在一边，束手无策。为了带菲比看医生，他们将卢克丢在了家里。他们请了娜奥米的妈妈过来，照看卢克。

奥特曼医生背着手，面带微笑，站在一旁耐心地等待着。不管孩子有什么样的举动，他都见怪不怪了。

“他不会伤害你的，妈妈保证！”

菲比听了这话，哭得更凶了。娜奥米一筹莫展地看着约翰。她想对着约翰尖叫。*你是她爸爸，看在上帝的分上，你总要做点什么吧！*

但约翰只是耸耸肩膀，他也无计可施。

娜奥米抱着菲比来到检查床前，想把她放下来，在床上躺好，但她紧紧地揪着她的衣服，哭得更响了。这件套头衫已经被她扯得变了形。

“乖孩子，”娜奥米说，“这个好医生就看你一下！”

菲比还是哭。娜奥米绝望地看着儿科医生。医生的眉毛向上一扬，露出了微笑。喂，你是专家，你应该知道怎么对付这样的熊孩子！

奥特曼医生像变魔术一样，不知从哪儿拿了一只粉红色的芭比娃娃，高高地举在手里，让菲比看。效果立竿见影。菲比伸出双手，医生将娃娃放在她手上。菲比突然咧嘴一笑，说："芭比！"

娜奥米不敢相信自己的眼睛，更不敢相信自己的耳朵。她盯着约翰，似乎希望从他那里得到求证，这一切都是真的。但是，约翰也盯着她，和她一样诧异。

菲比说话了！这是她的第一句话。

约翰开心地笑着。

"芭比？"奥特曼医生说，"你喜欢芭比吗，菲比？"

"芭比！"菲比说，接着咯咯笑了起来。

原本焦虑不安的娜奥米现在只觉得自己被兴奋冲昏了头。她说话了！她的孩子说话了！她会正常说话了！太不可思议了！她看着约翰，高兴得真想一把搂住他。

"你喜欢芭比娃娃吗？"奥特曼医生问，"你喜欢和芭比娃娃一起玩吗？"

"芭比！"娜奥米对菲比说，"乖孩子，芭比！"她扭头看着医生，开心不已。"她说话了！这是她说的第一句话！"她恨不得在医生脸上亲一口。

"芭比！"约翰对菲比说。

"芭比！"菲比又说了一遍，咯咯笑着，好像这是世界上最好玩的事。"芭比！芭比！"

娜奥米热泪盈眶。约翰搂住她的肩膀。

"太不可思议了！"娜奥米说。

"我说过吧，他们没问题，"约翰说，"他们没问题！"

娜奥米点点头，说："是的。"

菲比咯咯笑着，儿科医生在娜奥米的协助下脱掉她的衣服，她没有任何反抗，只是不停地说着“芭比！芭比！”，好像发现了人生中最为重要的东西。

奥特曼医生认真检查了她体外的情况之后，抽了血样，然后又进行了腹腔镜检查。让娜奥米奇怪的是，菲比也没有哭闹。腹腔镜检查结束之后，他拿了一张纸，在菲比的两腿之间轻轻地擦了一下，娜奥米看到纸上有血点。

“芭比！”医生对菲比说，好像这是他们之间的暗语。

“芭比！”菲比说。

儿科医生脱下手套，洗了手，和娜奥米一起给菲比穿上衣服，走到办公桌后面坐下。

他写了几行字后放下水笔，眉头紧锁。过了一会儿，他又拿起笔，向后靠在椅子上。

“科里森博士，科里森夫人，”他说，“昨晚的内出血——是在洗热水澡的时候吗？很烫的热水？”

“和平常一样，是温水啊。”

“我将把血样送去化验，结果要几天后才能出来。”

“你觉得她得了什么病？”娜奥米问。“严重吗？我是说她内出血严重吗？你觉得这是因为洗澡水太热引起的，还是因为——？”

医生的脸色突然变了。“我想我们应该等血样化验有了结果再下结论。”

“什么结论？”娜奥米慌张地说。

奥特曼医生站了起来。“我真的不想让你们白担心一场。我一拿到结果就通知你们。”

“但你觉得可能是什么病呢？”约翰问，“你的看法是什么？”

“内出血不是什么好事，对吗？”娜奥米问。

“内出血可能有多种原因——我们还是等验血结果吧。”奥特曼医生说。

"还有一件事——"约翰说,"菲比和卢克说的那种话——对此你有什么看法?"

儿科医生举起双手。"我也想不明白是怎么回事。"他低头看着病历。"几个月前,你去看过心理医生洛朗德·塔尔博特了,对吗?"

"是的。"

"他认为孩子们是天才,我想我不能让你们对孩子天赋异禀这件事有太多的关注,但我还是要说,他们在房间的地上搭的积木图案确实是很了不起的数学成就。关于人脑工作机理的研究,我们目前还处于初级阶段。以前曾有不少研究报告,记录了双胞胎之间非同寻常的交流方式。数学有时候和自闭症有关——"

娜奥米打断了他的话。"自闭症?你认为他们是自闭症儿童?"

"他们可能在自闭症的边缘游走。虽然我希望这不是真的,但总要考虑这种可能性。"他停顿了一会儿,继续说道,"他们的神经系统出现了异常,因此他们具备了这种特殊的技能。在我们眼里,他们做到的事好像令人难以置信,但在他们看来这是再自然不过的事了。在胚胎期和七岁之间,我们的大脑形成、发育。他们目前的状态可能只是发展过程中必经的一个阶段。也许再过一两年左右,他们就将失去这一能力。如果到时候没有变化,在布赖顿有一位很好的心理医生,此人是专门研究儿童行为的,我会建议你们去找这位医生。但是,我觉得不会有那个必要的。"

"希望你是对的,"娜奥米说,"我只是觉得这比较怪。"

儿科医生将两人送到门口。"我一知道结果就打电话给你们。另外,请你们不要着急。"

两天后,奥特曼医生打来了电话,那语调令娜奥米胆战心惊。他建议她和约翰一有空就去找他,如果可能的话,不要带孩子。

第六十章

和他们三天前来的时候相比，诊所似乎变样了。上次来的时候是星期一上午，黄色墙壁和大窗户让诊所显得很敞亮；现在，诊所里光线暗淡，令人压抑。娜奥米和约翰坐在儿科医生的办公桌前，奥特曼医生正在外面回答他的助手提出的问题。风把窗户上的玻璃吹得啪嗒响。此时是深秋，娜奥米看着大风裹挟着大雨，在街上肆虐。

一阵凉风吹过她的全身，她不禁打了个冷战。大自然用来教训人类的手段真是层出不穷啊。飓风、龙卷风、地震、火山、海浪、洪水、陨石、小行星、疾病。

她伸出手，握住约翰的手。他捏了她一下，微微转过身来，好像有什么话要说。这时，奥特曼医生回到办公室里，关上门。“对不起，让你们久等了。”他说。

儿科医生不紧不慢地在办公桌后面坐下，约翰和娜奥米都紧张地看着他。医生坐下后，朝电脑屏幕瞟了一眼，从黑色笔筒里抽了一支笔，在手指间摆弄着。“谢谢你们到这里来，”他说，“我觉得还是当面和你们说比较好，因为——嗯——情况很特殊——没有生命危险，但必须引起足够的重视。”

娜奥米和约翰等着他继续往下说。

“这个——嗯——我该怎么说呢——世界上所有的孩子中，这种情况很少见。虽然我们还需要做脑电图以进一步确认，但我觉得应该没有什么疑问了。”

悲剧重演了，娜奥米伤心地想道。哈雷身上发生过的悲剧又要重演了。做各种检查。在大小医院之间奔波。做更多的检查。见更多的专家。在更多的医院间奔波。

医生将笔放回笔筒，思考了一会儿，又拿了出来，眼神在娜奥米和约翰之间飘移。“出血——在没有百分之百的把握之前，我不想说出我的诊断结果。现在，我拿到了病理检测结果，但这并不是最终的结论。菲比的症状是麦–奥尔布赖特综合征的某种变体。”

约翰和娜奥米相互疑惑地看了一眼。约翰说：“对不起，我从来没有听说过这种病——你说的是麦–奥尔布赖特综合征吗？”

“是的，”奥特曼医生不安地说，“是的，麦–奥尔布赖特综合征。”他的脸红了。“也叫青春期早发。”

“你说青春期？”娜奥米问。

医生点点头。“这是一种先天性的缺陷，孩子身上会出现多种形式的性成熟以及其他生理变化。”

娜奥米提高了嗓音。她不敢相信自己听到的话。“性成熟？你在说什么？菲比两岁还不到！你是说她已经性成熟了吗？”

儿科医生用一种爱莫能助的表情看着娜奥米。“恐怕我就是那个意思。尽管这听上去匪夷所思，但菲比的初潮已经来了。”

第六十一章

娜奥米和约翰回到汽车上之后，很久都没有说话。约翰将车钥匙插进点火开关，但没有发动引擎，而是把手放在腿上。汽车被风吹得微微晃动。

青春期早发。

娜奥米盯着被雨水弄得一片模糊的车窗，摇摇头。

骨龄将变老，血清雌激素将达到性成熟或成年人水平。雌激素停止增长。患有这种综合征的许多孩子很可能长不高。胸部提前发育。如果不治疗，五岁的女孩将达到十三至十九岁的女孩那样的性成熟。

“吃药会有用的，”约翰说，“别担心。”

“他说可能有用。这些药也许会使综合征的发展速度变慢，但无法根治，约翰，他是这么说的。这些药有时候有用，他是这么说的。有时候。”

“至少这病没有生命危险，”过了一会儿，约翰说，“还有——所有人都说孩子们比实际年龄要大，如果菲比生长迟缓，不会长这么大。”

“卢克呢？他为什么长这么大？”

“我不知道。我不知道他们为什么都这么大。”

“奥特曼医生说孩子们的生理机能不是接近于两岁，而是三岁——甚至是四岁儿童。”

“但他确实也说过，孩子的生长速度很可能会慢下来。”

“如果不慢下来呢？”她问。

“我敢肯定会慢下来的。”约翰说。

“约翰，是什么给了你这样的自信？是德托雷医生的人格吗？是他正直的人格给了信心，对吗？”

他没有说话。

“我想带孩子们去接受所有可能的检查，”娜奥米说，“我想知道未来还有什么意想不到的事情在等着我们，我想知道那个疯子还对他们做了什么。”

约翰发动了引擎，将汽车驶出了停车场。他轻声说：“奥特曼医生说这不会影响她，她会过上正常的生活。”

“约翰，对大部分女人来说，过上正常的生活意味着要生孩子。当她到了十几岁、她的朋友们刚刚进入青春期，你知道她会有什么样的感觉吗？她几岁就将开始约会？她恋爱之后会发生什么？二十年后，她怎么向别人解释？难道她说，*啊，顺便说一下，我不到两岁的时候就来月经，十四岁就停经了？*”

“亲爱的，医生没有那样说。他说这种情况不会对停经产生影响，也不会过早停经。”

“约翰，他不知道。他说等做过脑电图之后他才能知道更多。他说没有两种病例是完全相同的。”她在包里翻找着，拿出一包纸巾之后，开始擤鼻子。“长不高。太好了。告诉德托雷我们希望儿子是个高个子，结果，我们的女儿却是一个侏儒。”

“你目前要担心的是她的个子高得和年龄不相称。她不会是侏儒的。”

“你怎么知道的呢？”

“在未来的二十年中，医学上一定会有许多突破，到时候如果我们发现——”

“好的，就算你说得对，”她打断了他的话，“这么一来，菲比就成了他们的试验品。啊，我们的女儿是怪胎，于是成了他们的小白鼠，真是太好啦！”

“‘怪胎’这个词太过分了。她不是怪胎。”

“那她是什么？你喜欢用什么委婉语？说她在成熟问题上受到了挑战？说她身高上受到了挑战？我那个词也许是有点太直接了，但那是现实。她就是怪胎，约翰，那是我们必须面对的现实。多亏了德托雷博士，我们花了毕生的积蓄，加上从家人那里借来的钱，得到了一个怪胎。你感觉如何？”

“你后悔生她了吗？后悔生下他们两个了吗？”

“我不知道。我不知道我的感觉是什么。你说说你有什么感觉——我从来不知道你心里在想什么。”

“我想的是——”他没有说完就默不作声了。

“约翰，是什么？你在想什么？告诉我，我在听着呢。你应该打开雨刮器，这样，也许就能看清我们前面的路了。”

他打开雨刮器，开到大街上。“我不知道，”他过了一会儿说，“我不知道我到底想什么。我想，我希望我们的孩子好，我努力为我们创造美好的未来。”

“那是你心里所想的吗？”

“你这么说是什么意思？”

“你真的想为我们创造美好的未来吗？还是你想满足你作为一名科学家的渴望？”

在街道的尽头，他猛踩了一脚刹车。他根本犯不着用那么大的力气。“你不信任我，是吗？”

“我不知道我信任不信任你，约翰。”

“你这样说很伤人的心。”

她耸耸肩膀。

“娜奥米，我对你从来不讲假话。我一知道德托雷博士的相关消息，就把我掌握的情况全部告诉你了，我提醒过你，去找他有一定风险。我们两个当初意见一致，都愿意承担风险。”

“也许你当初没有大声告诉我，这件事有风险。”她气愤地说。

“也许是你没有认真听我说话。”他不紧不慢地说。

她转身气冲冲地盯着他，盯着这个她曾经深爱的男人，这个她曾经疯狂爱过的男人，这个和她一起经历过风雨的男人，这个在他们失去儿子时给她活下去的力量的男人。

她怀着强烈的憎恨，盯着他。要是她手里有把刀，她觉得此刻自己会一刀捅过去。真的。

第六十二章

圣母马利亚花园修道院的一天开始了。修道院位于爱琴海的一座岛上，在希腊本土南边二十公里处。这天早晨和过去一千一百年里的每个早晨并没有什么区别。凌晨两点半的时候，在布满繁星的天空下，修道院里传来了木头相互敲击的声音。这是在召集人们起来晨祷。

在惨白的月光下，沉重的敲击声由慢变快，由弱变强，听上去像萨满教的宗教仪式。修道院里散落着几座摇摇欲坠的房子，周围是一圈高大的围墙。木头的敲击声被磨得光溜溜的石板、已经斑驳和有裂缝的围墙反射回来，在院子里回荡。

在简陋的房间里，修道院院长央尼·阿诺波里斯从窄小的床上起身，点亮床头柜上的油灯，站在圣母马利亚的画像前，在胸前画了个十字，然后迅速穿好黑色长袍。

在这与世隔绝的大院里有一条锈迹斑斑的铁链，下面吊着一块年代久远的柚木板。六十四年前，当他作为一名年轻的修士进入这家修道院的时候，每天第一个起来，拿起木槌敲打柚木板，召集其他修士起来祷告，这是他的任务。当时他才二十二岁，是个潜心侍奉上帝的小伙子。

现在，他的膝盖、他的腿都遭受了病痛的侵袭，身体状况一天不如一天。修道院的房子日渐破败，里面的修道士也越来越少。他的视力和精力每况愈下。他不知道上帝还会让他在人世停留多长时间，但他至少知道这座修道院的未来不用他担心了，这让他略感宽慰。

央尼院长将头巾盖在头上，拄着拐杖，沿着石头台阶，走到院子里。海风潮湿而刺骨，教堂门廊里的油灯散发出的油烟味闻上去让他觉得很温暖，但这不足以消减海风的威力。他听见身后传来三四名修士的脚步声。他刚到这里的时候，修道院里有一百九十名修士。

央尼院长走到教堂里面，又在胸前画了一个十字，在圣母与圣婴的画像前，虔诚地默默伫立了一会儿。圣母马利亚！她一直庇护着这座小岛上的众生。作为对他毕生奉献的回报，圣母马利亚派了那名美国人来到这里，挽救他们。

央尼院长想，那个美国人会不会和他们一起晨祷呢。有些时候，那个美国人晨祷时就坐在他身边，当然，通常还会有其他年轻修士的陪同；还有的时候，那个美国人告诉院长，他愿意在他自己的房间里单独祷告。

这些年轻修士个个举止文雅，毕恭毕敬，看到他们，央尼院长心里很高兴。他们祷告的时候虔诚有加，充满了激情，这是年轻人才有的力量啊。

这个美国人名叫哈拉尔德·加特沃德，是个好人。央尼院长对他的其他情况知之甚少。他只知道他是圣母马利亚派来的。他只需要知道这么多。

作为阿陀斯山修道院[1]的一个分支，圣母马利亚花园修道院建于九世纪，是希腊东正教修道士的避风港。这里的修道士清心寡欲，过着艰苦生活的修行。任何世俗享乐都被严厉禁止，因为这是来自魔鬼的诱惑，其目的是使人意志涣散，道德败坏。这里禁止闲聊，

1　阿陀斯山位于希腊海岸的哈尔基季基州一个长四十英里、宽四英里的险峻难达的半岛上，其一端伸进爱琴海。传说圣母马利亚曾在阿陀斯山休息，其他女性被禁止进入，因此，阿陀斯山自古以来就是女性的禁地。这里的修道院是东正教最早的修道院之一。

任何交谈只有当这些话已经到了非说不可的时候才准许发生，因为闲言碎语会导致怨恨和罪恶。

央尼院长是岛上唯一会说英语的修道士，但他的水平很有限，而且他掌握的大部分词汇都已经过时。他觉得这个美国人一定很有钱。圣母马利亚花园修道院只有五人，希腊东正教理事会认为，这样维持下去成本太高，于是将这座小岛放到市场上出售，希望能够吸引开发商前来将之变成旅游休闲的胜地。那位美国人出价最高，击败了其他竞争对手。这个杰出的男人请院长放心，说院长和他的四名修道士应该安心在这里生活，直至终老，因为这是上帝的意志。

当然，因为这个美国人的到来，岛上也发生了一些变化，其中最大的变化是岛上新建了几座房子，另外就是有女人上岛了。但是，女人们住的地方离修道院很远，而且从来没有哪个女人靠近过修道院，更不要说进入其中了。

哈拉尔德·加特沃德的小房间里只点了一根蜡烛，设施比央尼院长的还要简陋。哈拉尔德跪在床边，把脸埋在双手里。从昨晚11点开始他就一直在守夜祈祷，和上帝交流，其间仅有的一次休息是为了查看邮箱。

哈拉尔德·加特沃德是个脖子短粗、步履蹒跚的高个子男人，长着一张娃娃脸，其实他的真实年龄是五十八岁。他头顶上没有头发，但周围一圈灰色头发很长，像马鬃一样披落下来。加特沃德曾任第五十一空降师上校，因为越南战争中的英勇表现获得过勋章。

就在他获得表彰的那一年，他捧着未婚妻被烧焦的尸体，站在了他获得勋章的那个战场上。一架好大喜功的美军直升机在疏忽之中将一枚燃烧弹投在了美军野战医院。他去那里本来是为了接未婚妻佩蒂下班。

燃烧弹落地后，佩蒂的衣服、头发、手、腿、脸上全部烧着了。她哭喊着向他奔去。他抱着她在地上打了几个滚，脱下自己的衣服包在她身上灭火，但那些火刚被扑灭就又重新燃起，好像生日蛋糕上那种吹不灭的搞怪蜡烛。

后来，等火终于灭了之后，她胸口、手臂上的皮肤开始大面积脱落，好像他在给她脱衣服一样。

“亲爱的上帝啊，”哈拉尔德·加特沃德跪在床边，“您按照您的样子创造了人。”稍稍停顿之后，他又说了一遍同样的话：“亲爱的上帝啊，您按照您的样子创造了人。”接着，他又说了一遍。

哈拉尔德·加特沃德认为，任何人都不应该像佩蒂那样悲惨地死去。那些化学制品害死了她。在这个世界上，瞎捣鼓化学制品的人引发了诸多问题。这是万恶之源。撒旦将行动方案灌输到那些人的头脑中。现在，一些愚蠢、傲慢的家伙已经不满足于仅仅捣鼓化学制品了，他们变本加厉，开始捣鼓生命了。他们开始做各种各样的实验，篡改人类的基因。

在哈拉尔德·加特沃德的一生中，上帝一直在教导他。哈拉尔德的父亲在亚洲开了一家汽车配件厂，赚了不少钱。上帝告诉哈拉尔德，如何将他从父亲手里继承的财产变成了价值数亿美元的全球商业帝国。上帝告诉哈拉尔德，去越南为国参战是正确的。多年来，上帝和哈拉尔德分享了许多秘密，也分享了许多独特的见解和美好的愿景。为了拯救那些修士，上帝指引着哈拉尔德来到圣母马利亚花园修道院。这一点很重要，但那只是他来到这里的次要原因。

上帝解释道，哈拉尔德·加特沃德来到这座岛上的真正原因是，他必须以它为基地开展工作，从科学家手里拯救这个世界。

你的日头不再下落，你的月亮也不退缩。因为耶和华必作你永

远的光，你悲哀的日子也完毕了。你的居民都成为义人，永远得地为业，是我栽的种子，我手的工作，使我得荣耀。至小的族要加增千倍，微弱的国必成为强盛。我耶和华要按定期速成这事。

你将成为新千年之子。

第六十三章

娜奥米和罗丝·米勒吃过午饭后，两人只顾着讨论已经发生的那些事，结果忘记了时间。她现在已经迟到十分钟了。见鬼。

让她松了一口气的是，当她的车在瓢泼大雨中开进凯伯恩村的时候，她看到她并不是最后一个到场的人。两辆越野车在她前面开进了停车场。那里已经有一排汽车停在那里了。她们每两周一次的幼儿游戏组在村教堂旁边那座微微露出破败相的房子里聚会。

她胡乱停好车，一只轮子在人行道上也顾不上了，顶着大风打开了驾驶室的门。正要关门的时候，她好像想起了什么，急忙回头到车里拿了一块口香糖放进嘴里，以掩盖自己的酒气。她不喜欢迟到。守时是约翰作为瑞典人所具备的特质，经过多年的熏陶，她已经被同化了。

她真不该喝酒，因为她开车了，但是她转念一想，嘿，在过去的这两年半里，在卢克和菲比出生前，我过的简直不是人过的日子啊。现在两个孩子慢慢大了，我也该享受生活了。不就是两杯酒嘛，我又不是空腹喝的，而且喝了两个小时呢。这不能算是鲁莽之举吧。

在通往聚会活动房的那条小路上，仓促奔跑的妈妈、推推搡搡的孩子在急风暴雨中纠缠在一起，因为这些人都打着雨伞，场面于是更加混乱。娜奥米看到几张熟悉的脸，匆匆和他们打了招呼，低头迎着风雨快步走，终于跑进了室内。

大厅的墙上挂着孩子们的绘画作品和一些荣誉证书之类的东西，因为不甚牢靠，好像随时都可能掉下来。几位妈妈挤在一起，想给孩子们穿上外套，娜奥米好不容易才从他们中间挤了过去，走进了那间大游戏室。一个小女孩戴着随身听耳机，在一张破旧的沙发上蹦蹦跳跳；另一个女孩坐在一张桌子旁，全神贯注地玩爬虫玩具和史前怪物玩具；两个小男孩，一个戴着绿色的帽子，另一个歪戴着棒球帽，正在地上玩多层停车场里停车的游戏。

她没有看到卢克和菲比。

当她从人群中挤出来，重新回到拥挤的大厅时，娜奥米看见了一位她以前碰过面的妈妈。这人对她一直很友好，此刻正忙着给她儿子尼克穿外套。

“你好，露西！”娜奥米说，“这天气！9月通常就是这倒霉的天气！”

露西戴着塑料雨帽，身上的巴伯尔风衣已经湿透了。露西朝她漫不经心地点点头，然后拖着她孩子朝大门口走去。娜奥米还没来得及反应，幼儿游戏的组织者帕特·巴里就站到了她面前。

帕特是个整天喜洋洋的矮胖女人，比娜奥米矮一点，头发像布丁盆一样扣在头上。

“科里森夫人，您好，”她说，“我们简单聊几句，您介意吗？”

“好的，当然可以——卢克和菲比到哪里去了？”娜奥米说。帕特用这么正式的语气和她说话，让她感到有点奇怪。

随后，她立即看出帕特脸上的神情有些不自然。

“他们在那间小游戏室里，从这里走。”帕特说着，指指另一个门。

娜奥米朝小游戏室里面看去，只见卢克和菲比一声不吭，并肩坐在沙发上，茫然地盯着前方。

“你好，卢克！你好，菲比！”她喊道。

两个孩子没有任何反应。

她和帕特·巴里交换了一下眼神，帕特示意她跟她走。

她们穿过人群，走进了一个小房间。房间中央有一张长条桌，桌上摆着一些被颜料泼洒过的纸、装颜料的塑料杯、涂着颜料的小面人。一个小女孩穿着蓝色塑料围裙，一名工作人员正在给她擦脸上的红色和黄色颜料。

“您知道，科里森夫人，这话我很难说出口。”帕特·巴里说。她绞着手指，盯着地面，眼神游离。“请不要误解我的意思，但我不得不告诉您，我们接到了其他家长的投诉。”

“投诉？”娜奥米所有的好心情一下子蒸发了。

“恐怕是这样，”帕特·巴里似乎要把手指里挤出水来，“您知道，我的难处是现在的父母太敏感了。我不是对您个人有什么意见——”她欲言又止。“唉，我真不知道怎么开口啊。我知道您到我们这里来的时间不长，我们真应该想尽一切办法，让您不至于有陌生的感觉。但问题是我……我……接到不止一两位家长的投诉，您知道……实际上已经有五六位家长了。”

“投诉卢克和菲比？”

“是的。”

“投诉什么？”

帕特·巴里很久没有说话。那名工作人员脸上的表情虽然是傻傻的，但显然在偷听她们俩的谈话，这更让娜奥米很难堪。

“嗯，我想那是因为卢克和菲比在与其他孩子交流时的方式有问题吧。他们是游戏小组里年龄最小的，但无论从长相还是行为举止上来看，他们都不像是最小的。他们看上去比实际年龄大，表现得相当老成，根本不像这个年龄的孩子。我想找个合适的说法，但找不到，只能直说了——他们恐吓其他孩子。”帕特·巴里说。

“恐吓？你这么说太可笑了！”娜奥米说。

帕特·巴里点点头。“是的，我知道这听上去很可笑，但确实是这样。我今天一直在观察他们，我不得不说，他们的行为相当不友好。他们一到这里就直接走到电脑跟前，然后就再也不让别的孩子靠近了。只要哪个孩子想朝电脑这里走，卢克或者菲比就会对着他们吼叫，凶狠的样子把大部分孩子都吓哭了。我估计上一次接到投诉也是这个原因。卢克和菲比不愿意和别人分享，他们似乎认为别的孩子没有权利玩这些东西。”

“我会和他们谈谈这件事的，”娜奥米说，“他们必须学会慷慨，学会分享，不能自私——我真的很抱歉，我会——”

帕特·巴里摇摇头。“对不起——目前的情况是，因为卢克和菲比要来，今天有两位母亲没有带孩子过来。其他几位母亲也说，如果卢克和菲比来的话，她们就要退出了。”她突然有些不好意思了。“我真的很抱歉，我知道这样做不好，但恐怕我将不得不请求您离开这个游戏组。也许您可以试试给他们报名参加那些大孩子的游戏组——真的，他们能适应五岁甚至六岁的年龄组。真的很对不起，但这里不欢迎他们了。”

第六十四章

在回家的路上，娜奥米不停地从后视镜里观察他们的脸。卢克和菲比默默地坐在后排。每当娜奥米看着他们的时候，那两双眼睛也会盯着她看。她觉得难以集中精力观察前方的道路了。

“你们的表现让妈妈不高兴。”她说，心里像打翻了五味瓶，“他们说你们对其他孩子不友好，是这样吗，卢克？菲比？”

沉默。

她加速超过了两名骑自行车的人。“卢克？”她不客气地喊道，“菲比？我在和你们说话呢！我问了一个问题！我希望得到回答！”

孩子们继续沉默。她将车开上了自家的车道，在大门口猛地将车停下了。她下了车，说：“你们想和我斗？好，你们两个小浑球，来吧！”

她关上车门，按了车钥匙上的按钮，将车锁好，朝家走去。走到门廊的时候，她回头看了看汽车。雨不依不饶地下着，和刚才一样大，从侧面的车窗看去，隐约可以看见菲比一动不动地坐在那里。

她走进屋里，重重地关上门。*你们就在那里等着吧，看看到底谁厉害。一定要给你们一个教训，让你们知道规矩是什么，要不然长大后你们就会变成令人讨厌的家伙。*

她将湿透了的外套挂在衣架上，捡起门口脚垫上的教区杂志，慢慢朝厨房走去。她的脑子里乱哄哄的，根本没有心情看杂志。她往电水壶里灌上水后，打开了开关，又往杯子里舀了些咖啡，一屁股坐了下来，抱着脑袋，不知道接下来该干什么。

妈的，被人从小托班的游戏组赶出来了。

她给约翰打了电话，但被转到语音信箱了。“回电，”她说，“我们有麻烦了。我要和你谈谈。”

水开了，电水壶自动断了电，但她还是坐在那里，思考着下面该怎么办。行为心理医生塔尔博特博士认为他们很聪明，是不是该再带他们去他那里？一定要找什么人帮帮他们，这个事情可耽搁不起啊——

电话响了。她希望那是约翰打来的，于是站起来，拿起墙上的电话。“喂？”她毫不客气地说，知道自己的声音里还有怒气，但她不在乎。

“是科里森家吗？”

“是的。”

“我要找科里森夫人。”

“我就是。”

“是娜奥米·科里森夫人吗？”

她隐隐地觉得有些不安。她稍稍犹豫了一下，说：“请问你是谁？”

“你是娜奥米·科里森夫人吗？”

“我想知道你是谁。”

对方挂断了电话。

娜奥米盯着电话看了一会儿，心中的怒气迅速变成了恐惧。她拿起电话，听到了拨号音之后，拨打了“1471”这个号码。不久，她听到自动应答的声音：

“今天15点11分您接到了来电。我们没有来电的号码。”

她突然想起约翰在书房里有来电显示装置，急忙跑了过去。来电显示装置上的红灯在闪，她按了一下按钮，在液晶显示屏上出现了下面的字：

15：11 国际长途

她不禁打了一个寒战。

她觉得好像有一棵鬼怪般的藤状植物从大西洋的那边蔓延过来，抓住了她的灵魂。

你是娜奥米·科里森夫人吗？

你是谁？你想干什么？

信徒？"新千年之子"的信徒？

她步履匆匆地回到客厅，抓起车钥匙，跑出大门，按了一下钥匙上的解锁键，冲到汽车跟前，打开后面的车门。

卢克和菲比不在车里。

时间在一刹那停止了。她木然地盯着空空的儿童座椅。突然，她惊慌地四下张望着。她看看车库，看看房子，又看看在风中摇摆的灌木丛。"卢克！"她大喊着，"菲比！"

雨点像小石子一样打在她身上。

"卢克！"她又喊了起来，这次声音更大，也更加恐慌了，"菲比！卢克！菲比！"

她跑到牛栏那里，看着长长的车道。那里没有人。树篱上挂着一只白色的塑料袋，在风中哗啦作响。她没有看到孩子们的踪影。她绝望地转过身，朝家走去。"卢克！菲比！"

她磕磕绊绊地跑着，不停地喊着孩子的名字，在房子周围转了一圈，又到草坪那里看了。最后，浑身湿透的她停在厨房的后门口，又冷又怕。

他们就这么消失了。

"啊，上帝，请不要这样对我。他们在哪里？求你告诉我，他们在哪里？”

她冲进屋里。电话在响。她跑到约翰的书房，拿起电话。“喂？”

是约翰。

“他们不见了！”她对他吼道，“我接到一个电话，然后他们就不见了。啊，上帝——”

“亲爱的，你什么意思啊？不见了？”

“他们不见了，约翰，他们不见了！我把他们留在车里——啊——上帝——”

“娜奥米，告诉我，好好说！你在说什么啊？他们不见了？”

“他们消失了，你这个蠢货！我就是这个意思。不见了，消失了，有人把他们绑架了。”

“有人绑架他们了？真的吗？”

“我不知道。他们不见了。”

“什么时候？在哪里？你都找过哪些地方了？”

“所有地方都找了！”

“家里找了吗？”

“他们被我锁在室外的车里！”

“你在家里找找。你找过家里吗？”

“没有。”她一边哭一边说。

“娜奥米，亲爱的，看看家里有没有，在家里好好找找。我电话不挂。你检查一下几个房间。”

她跑到客厅看了，没有人。接着，她又跑到楼上。孩子们的卧室门关着。她推开门，立即呆住了。

卢克和菲比坐在地上，正心满意足地玩着乐高玩具。他们在搭一座高塔，完全沉浸其中。

她盯着他们，难以置信的同时也松了一口气。

她悄悄地关上门，跑到楼下。“我……我找到他们了，”她说，“他们没事。我找到他们了。”

“他们没事？”

“是的，他们没事。”

“你在哪里找到他们的？”

“在他们的卧室，”她说，“他们的卧室。”

“两个人都好好的？”

“卢克和菲比？是的，约翰，他们都好好的，他们绝对好好的。他们被赶出了游戏组，现在，他们又知道怎么从我的车里出来！他们对我一声不吭。如果你所说的好是这个意思，那么他们的确好得很！我们的定制婴儿好得很！他们身上的基因都是好基因。”

“我马上取消会议，这就回来。我半小时后到家。”

“你去开会吧，别取消。我们的麻烦有一大堆呢。你去开会吧。”

“我直接回家。”

“你去开会！”她吼道，“约翰，你的孩子不需要你。他们也不需要我。他们不需要任何人。”

第六十五章

约翰坐在孩子房间的椅子上，准备像往常一样给他们读故事书。在过去的这几个星期里，他已经给他们读了《咕噜牛宝宝》《小熊维尼》《灰姑娘》《侏儒怪》等故事了。

孩子们闭着眼睛，静静地躺在床上。他不知道他们有没有在听他读。他读完了一篇故事，但孩子们没有做出任何反应。

他亲了他们，祝他们晚安，然后心情沉重地下了楼，在厨房里倒了一杯鸡尾酒。娜奥米正在和她妈妈打电话。

他突然有了一个奇怪的想法。孩子们这样做，是在惩罚他们吗？因为他们修改了他们的基因？可是他立即打消了这一想法。他端着酒杯，来到书房，在笔记本电脑前坐了下来。

他看到有几封新邮件。一封来自他的棋友、布里斯班的格斯·桑迪亚诺。

妈的，这家伙走棋之后肯定至少有一个星期了！他心怀歉疚地打开了邮件。

你这个杂种！你怎么会走出那样的好棋？你上周是不是吃药了？是不是找人辅导了？找了加里·卡斯帕罗夫？我认输，伙计。该你去重开一局了。

约翰皱着眉头。这家伙是不是喝醉了？他在说什么啊？格斯·桑迪亚诺是不是还在其他地方和别人下棋，他把他和其他人搞混了？

他给他回了邮件，说他不明白他在说什么。

让他惊讶的是，十分钟后就收到了回信，而且这封回信还有一个附件。

约翰，你一定是得了老年痴呆症——早期的。附件中是你这周走的几步棋。

约翰打开附件。他诧异地看到附件里有他发给桑迪亚诺的六封邮件，日期是刚过去的这周里的每一天，每封邮件里都有他走的一步棋，同时还有桑迪亚诺的回复。

不可能！如果他下了棋，不可能一点印象没有！绝对不可能！

他打开国际象棋程序，键入指令，调出了最近几天走的几步棋。他看到，格斯·桑迪亚诺认为是他走的那几步棋确实很高明，非常高明！

但其实不是他走的。

他又看了一遍那几封邮件。所有的邮件都是他发的，发自他的这台电脑，可是，没有别人用他的这台电脑啊。邮件不可能是娜奥米发的，她不会下棋。

他大惑不解地从酒杯里拿了一颗橄榄放进嘴里，一边嚼一边思考。走了六步棋。是黑客干的吗？有可能，但是他在家以及办公室都没有把电脑连上网啊。

他打开“已发邮件”看了一下。那六封邮件确实在里面。接着，他将其中一封标记为“星标邮件”，查看了一下它的来源。他看到这封邮件发自这台电脑，时间是上周六夜里2点45分。下一封的时间是周日夜里3点，再下一封是周一夜里2点48分。剩下的三封是在周二、周三、周四，也就是今天发出，几乎都在同一时间。

我疯了吗？我不但梦游，还在梦游的时候下棋？

他一口将杯中酒喝掉一大半，如果是平时他就醉了，但今天没有。有人在深夜用他的电脑，替他下棋。不是黑客就是——？

他抬头看着天花板。约翰，你两岁半的儿子和女儿在夜深人静的时候摸到楼下来，替你下棋，打败了去年澳大利亚昆士兰州国际象棋公开赛半决赛的选手，你觉得可能吗？

他觉得不可能。他无法解释。他感到困惑。

第六十六章

“我不想让你担心，可是——现在有一件重要的事情要告诉你。我今天下午接到了一个奇怪的电话，”娜奥米踌躇再三，还是忍不住说，“不过，也许是虚惊呢。”

约翰嘴里吃着鳕鱼。在娜奥米烧的所有东西里，这是做得最好吃的东西了。约翰一边听着电视机里的新闻，一边回答道：“怎么个奇怪法呢？顺便说一下，鳕鱼的味道美极了。”

“谢谢，这是我在尝试的一种新做法。你不觉得蘑菇汁太腻了吗？”

“不，蘑菇汁很好。是谁的电话？”

“一个美国人，先问是不是科里森家，又问我是不是娜奥米·科里森。是个男的。后来就挂了。”她说。

约翰看着她。他终于把全部注意力放在她身上了。“是什么时候的事？”

“今天下午3点左右。”

“他没有说自己的名字？”

“没有。”

约翰看着窗外，心中的不安像池塘底的沉渣被搅动起来了。“3点？你知道他是从哪里打来的吗？”

“我查了来电显示，那上面只说是国际长途。你问这个干什么？”

他在头脑里计算着。东部时间。中部时间。太平洋时间。

他昨天在办公室里也接到过一个类似的电话。打电话的是个年轻人，美国口音，问他是不是约翰·科里森博士。他回答是之后，电话就断了。办公室里当时还有一位同事，所以尽管他有点担心，但当时手上还有工作要做，也就没有多想。

现在，他突然忧虑起来了。

打给他的那个电话是在下午2点45分。西海岸时间就是早上6点45分，东海岸时间很可能是9点45分。打电话的人也许是在纽约？不，什么地方都有可能。这个人是记者，想要跟踪报道德托雷那件事？有可能。希望如此。

但是，那人如果是记者，肯定会再打电话来的。

他拨弄着盘子里的鳕鱼，用餐刀切了一小块，蘸上蘑菇汁，不知道要不要把自己也接到神秘电话的事告诉娜奥米。最后他决定，现在不告诉她，因为小托班的游戏组这件事已经够她烦心的了。而且，和格斯·桑迪亚诺下棋的事现在也不能说。

于是，他问："菲比去年长了多高？"

"六厘米左右。"她说。

"和卢克一样，对吗？"

"是的。"

"她有过几次月经了？"

"一次。"

"那些药好像起效果了。"他说。

"目前来看是这样。"

"是的，这就意味着那些药可能继续有效果，对吗？如果是这样，她就能正常长高了，对吗？"

娜奥米不情愿地点点头。

"我们要保持乐观。"

吃过饭之后，约翰又回到他的书房。他一直懒得给笔记本电脑设置密码，但现在他不得不这样做了。他进入"控制面板"，设置了密码。

设完密码，他打开国际象棋程序，重新开了一局，并且先走了一步，将棋局发给了格斯·桑迪亚诺，然后就忙起了自己的工作。

夜里12点过了几分钟，他关掉电脑，来到厨房，聆听着婴儿监护器的声音。他只听到了有节奏的呼吸声。他悄悄上了楼，轻手轻脚地来到卢克和菲比的房门口，打开门，朝里面看去。

借着微弱的夜灯，他看到卢克和菲比都处在熟睡之中。他给他们来了一个飞吻，关上门，来到自己的卧室。娜奥米已经睡着了，床灯没有关，被子上有一本翻开的书。他进来的时候，她被惊醒了。

“现在几点？”她睡眼惺忪地问。

“刚过12点。”

“我刚才做梦了——卢克和菲比跟在你我后面追赶，他们开着汽车，我们俩骑着自行车，他们不停地告诉我们，他们不想伤害我们，因为他们爱我们，但如果我们不拼命骑自行车，他们就会把我们轧死。”

他贴过来吻了她。“好像是个很常见的梦。”

“太诡异了。我不停地说，你们是我们的孩子，你们该爱我们，不能轧死我们呀。”

“他们说什么？”

“他们就知道咯咯傻笑。”

“睡吧睡吧。”他轻声说。他脱了衣服，换上睡衣，走到卫生间刷牙。

但是，当他刷好牙回到卧室，他没有立即上床，而是从床头柜的抽屉里拿出手电筒，关掉了娜奥米那边的灯，悄悄地下了楼，来到了书房。

他借着手电筒的光，打开先前从衣橱里拿来的睡袋，钻了进去，蜷缩在小沙发旁边。

夜间他断断续续地睡了几个小时，在早上5点的时候，腿脚抽筋把他给疼醒了。他只得放弃蹲守，上楼睡觉去了。

第六十七章

“信徒”很开心。接电话的那个女异教徒语带惊恐，这种感觉太好了。只要终日敬畏耶和华。《箴言》23：17。

她的恐惧像燃料一样在他体内流淌，赋予他能量，赋予他力量。这样的感觉真好啊，他忍不住想再给她打电话，再听听她惊恐的声音。但是如果这样做了，那就是贪得无厌。贪婪是一种罪恶。上帝领着他找到了异教徒居住的地方，对他恩宠有加，他可千万不能放纵自己，用这样的方式来报答上帝。

于是，他沉浸在娜奥米·科里森女士恐惧的喜悦中，坐在桌前，打开电脑，上网打开了谷歌地图。他看见了蓝色的地球。

他移动光标，输入“萨塞克斯”，找到这个地方后，他点击“放大”，直到萨塞克斯地图占据了整个屏幕。他迫不及待地看着异教徒家周围几座小镇的名字。

沃辛。布赖顿。刘易斯。伊斯特本。

他从来没去过英国。美国也有一个地方叫布赖顿。他想起来了，布赖顿海滩。如果不是因为手上的任务，这些名字对他来说毫无意义。现在，这个地方，萨塞克斯，还有这些小镇，它们的名字出现在屏幕上，那么清晰，那么真实，他觉得自己完全能将它们牢记在心里。

他输入了“凯伯恩”。

凯伯恩。他盯着这个词，心里默念了一遍，然后又说了一遍。凯伯恩。此时此刻，这是世界上最好听的声音了。

他将地图放大到能看清一群群房子的比例。在这群房子中就有约翰和娜奥米的家。他输入约翰家的邮政编码，找到那个区之后，再次放大。

“信徒”兴奋地朝空中挥起了拳头，接着，他的脸上因为羞愧而变得通红。像这样被情绪牵着鼻子走，不是一件好事情，他必须约束自己。从现在开始，必须禁止一切情感和情绪，至于喜悦嘛，那要等到胜利之后。

流泪撒种的，必欢呼收割。《诗篇》126。

但是，少量的快乐总不至于成为罪恶吧？

在这间上帝为他找到的单间公寓里，在这座房客主要是闭门不出的老年人的公寓楼里，在纽约州罗切斯特市一个僻静的郊区，提蒙·考特这样想着。

上帝的快乐。

从科罗拉多的山上下来，进入山谷以及远方的平原这一大阴沟，已经过去很长时间了。他先去科罗拉多波尔得小城的一家网吧去下载指令，那也是两年半之前的事了。他从指令里得知要杀的那第一对夫妻以及孩子叫什么名字，前往何处接受下一条指令。

现在他还要完成一次“入门大典”行动，才可以成为一名真正的信徒，此后上帝将把美丽可爱的劳拉交给他，以示奖励。然后，他们将在天堂里，在上帝的护佑下度过余生。劳拉已经耐心等了他两年半，她还将继续等下去，只要任务需要，时间再长也没有关系。

时间在流逝，但也有停滞的时候。他还是像以前那样留着短发，和所有的信徒一样穿着简单的衣服。他上身是一件宽松的白色T恤，下面穿着灰色休闲裤，脚穿一双塑料凉鞋。他吃粗茶淡饭度日，每天都是在祈祷、看《圣经》、背诵“四十篇布道”中度过的。

他有一套西装、一件衬衫、一条领带、一双黑色皮鞋，在混入人群的时候会用得着。除了这些衣服和《圣经》，他还有一台结实耐用的笔记本电脑，他和师傅保持联系要靠这台电脑，了解“拯救世界”这一伟大任务的进展情况也要靠它。

电脑里包含的高科技给了他力量。上帝之手就在这台机器里。上帝知道，和撒旦作战离不开武器。

我要预备行毁灭的人，各拿器械攻击你。他们要砍下你佳美的香柏树，扔在火中。《耶利米书》22：7。

娜奥米·科里森来自英国。英国是那两名异教徒共同生活开始的地方，现在，那里也将成为他们的葬身之地！

他们将葬身于萨塞克斯郡，葬身于凯伯恩。

他们将葬身于这座房子里，他正盯着的这座房子。

提蒙·考特跪在地上，双手紧握，心中默默祈祷。他的眼里满是喜悦的泪水。

“主啊，谢谢您，谢谢您把他们的住处指给我看。”

他使君王归于虚无，使地上的审判官成为虚空。他们是刚才栽上，刚才种上，根也刚才扎在地里，他一吹在其上，便都枯干，旋风将他们吹去，像碎秸一样。《以赛亚书》40：23，24。

第六十八章

约翰脖子上挂着照相机的空盒子，站在中间。卢克穿着翻毛厚夹克，站在他的左侧，菲比穿着粗呢外衣，站在他的右侧。他们身后是两只长臂猿，在笼子里蹦来跳去。

约翰紧紧握着卢克和菲比戴着手套的小手。为了抵御11月刺骨的寒风，他们都穿得暖暖的。雪花像草木灰一样在他们身边飞舞。空气中有股动物粪便和饲料混合而成的酸味，间或也会飘来洋葱和汉堡的香味。

娜奥米头戴羊毛帽，拿着相机，喊着："好，笑一个！卢克，菲比，大家说'茄——子'！"

从取景框里看去，她看到约翰在咧着嘴笑。卢克和菲比迟疑了一会儿之后先说了一句什么，然后，令她高兴的是，孩子们也笑了。她按下快门。过了一会儿，她放低了相机，一脸困惑地瞧了瞧。"不知道有没有拍下来，"她说，"好像声音不对。"

"亲爱的，再拍一张试试。"

"好的，大家注意，再拍一次，准备好了吗？"

尽管天气寒冷，看到动物们被关在笼子里也让她感到不舒服，娜奥米这个下午还是非常开心的。孩子们真的对着相机笑了！这可能是有他们笑脸的第一张照片！

她取好景，调整好距离，叫他们看着相机。"好！"她说，然后将相机交给了约翰。

约翰按了显示键，把照片给卢克和菲比看。"看到那两个小家伙了吗？”他说，“他们是谁啊？”

卢克仔细看了一会儿图像，菲比则转过身去，因为她对长臂猿更感兴趣。

“看到了吗？”约翰问。

卢克抬头看着他，那眼神似乎在说，是的，我看到了，不就是一张照片嘛，有什么好大惊小怪的呢？

“亲爱的，你来和他们站在一起，我替你们三个拍照。”

“我们找个不同的背景吧。”娜奥米说。

“好。”

卢克和菲比挣脱了他的手，朝长臂猿的笼子那里走去。

“亲爱的，别走太近了。”娜奥米说着，连忙跟了过去，追上孩子们之后，她一只手搂住一个，站在笼子跟前。长臂猿的动作逗得孩子们咯咯笑，卢克和菲比说了一句话，但娜奥米没有听懂，好像是他们常用的那种暗语吧。

又过了几分钟，她看到他们的注意力已经开始不集中了。“你们下面想看什么地方？”娜奥米问。

“猫头鹰怎么样？”约翰说，“你们想看猫头鹰吗？晚上我们有时候会听见它们叫。你们要不要看看它们到底长什么样子？”

几乎是同时，卢克和菲比点点头。他和娜奥米相视一笑。

约翰一只手抓住卢克的小手，另一只手抓住菲比的小手。娜奥米抓住菲比的另一只手。风很大，但约翰几乎感觉不到，他只知道心里涌动着一股快乐的暖流。过了那么久，他终于慢慢开始觉得孩子们和他及娜奥米变得亲近了。孩子们好像终于走出了阴影，走出了他们以前所处的那个奇怪的状态，对动物园有了感觉，喜欢在这里玩。

他们朝猫头鹰馆走去。经过狐獴馆的时候，卢克和菲比兴奋地拽着他的手，朝笼子那里走去。四个人在笼子前停下来，盯着可爱的狐獴看。娜奥米凑近了笼子上的标牌，大声读了出来：

“家庭的其他成员在挖洞、晒太阳或玩耍的时候，总会有一只狐獴担任哨兵，负责警戒。”

娜奥米对孩子们说：“看到那只了吗？它正朝我们看呢，卢克，菲比！它是哨兵。”

卢克咯咯笑着。菲比也咯咯笑着，指着狐獴说：“胡猛！”

“狐獴！”娜奥米纠正道。

“胡猛！”菲比又说了一遍。

“胡猛！”卢克说。

看过猫头鹰之后，他们又到了树懒馆。两个孩子看着一只树懒吊在树上睡觉，看了好长时间。

“卢克，你想不想像它那样睡觉啊？”

菲比哈哈大笑起来，对卢克说了句什么，卢克也哈哈大笑。

约翰和娜奥米交换了一下眼神。*太好啦！真是太好啦！也许我们的担心、我们的恐惧都毫无根据！*

他们走出树懒馆，看了美洲驼、骆驼、熊之后，来到了昆虫馆，在装着两只毛蜘蛛的玻璃箱前停住了。卢克和菲比刚贴近玻璃箱就吓得往后缩，两人都紧握着约翰的手。

“不喜欢它们？我也不喜欢。”

“我也不喜欢。”娜奥米说着，不禁打了个冷战。

四人继续往前走，在东非大黄蜂的玻璃箱前停了下来。约翰蹲下来对卢克说：“告诉我，你喜欢虫子吗？爬虫？看这些虫子。它们比你去年夏天打死的那只大多了。你还记得吗？”

他盯着卢克的眼睛看，卢克将目光移开，好像在回避这个问题。

“你们饿了吗？要不要吃点什么？来个冰激凌怎么样？想去玩泡泡浴吗？去坐旋转木马？”

“——激凌。”菲比说。

“——激凌。”卢克说。

约翰给孩子们每人买了一个冰激凌蛋筒，上面撒着巧克力薄片。没过几分钟，约翰和娜奥米就忙活起来了，因为孩子们吃的时候脸上有许多黏糊糊的冰激凌，他们要不停地给他们擦。约翰搂着娜奥米，娜奥米也搂着他，两人站在风雪中，心里充满了快乐。约翰想，他终于过上了近乎完美的生活：他有一个漂亮可爱的妻子，两个可爱的孩子，前景光明的职业。

只要看着嘴边沾着巧克力的卢克、看着娜奥米忙着给菲比擦鼻尖上的冰激凌，他就开心不已了。作为一个人，最大的快乐莫过于此了吧。

紧接着，重重阴影从他的心头掠过："新千年之子"，那个替他下棋的神秘黑客，他和娜奥米上周接到的从美国打来的奇怪电话。

但是，此刻他和任何一个正常的家庭的父亲一样，正在享受这难得的快乐时间，于是，他决定暂时不去想那些不愉快的事情。

第六十九章

星期一早上，“信徒”把自己穿得暖暖和和的。外面寒冷刺骨，夜间的温度是零下九度，白天的温度只会上升两度。他穿着厚厚的牛仔裤、棉靴、保暖运动衫、厚实的套头毛衣、有羊毛衬里的厚夹克，戴着羊毛帽、羊毛手套，背上双肩包，离开了住处。

他踩在冰冻的路面上，走了十个街区，来到灰狗汽车站，买了一张去纽约的单程票。对于“新千年之子”的所有信徒来说，他们有一个规矩：绝对不买往返车票。如果你不幸落入敌手，尽量不要让他们得到什么信息。

下午4点，天黑得越来越快了，提蒙·考特在时代广场下了车，买了一张街道地图，找到了百老汇。他不紧不慢地走着，尽量减少呼吸的次数，因为他现在正走在阴沟里。他不到十分钟就到了那家网吧。昨天他在网上已经找好这个地方了。

在网吧登录之后，他要做的第一件事是用假名以及其他虚假信息开设一个Hotmail的账户。他决定借用《旧约》和《新约》上的名字来组合成新的名字。约珥·提摩太。他输入了这个名字。

他选了一串邮箱地址中的第一个，准备发出一封邮件。这封邮件将经过十几个匿名服务器层层转发，在世界各地兜上一大圈，以隐藏自己的来源，最终，这封邮件将到达其目的地。他打出了如下内容：

我若展开清晨的翅膀，飞到海极居住，就是在那里，你的手必

引导我，你的右手，也必扶持我。[1]

发完这封邮件，他付了上网费之后离开了网吧，迅速将自己融入人群之中。走在路上，他每隔几分钟就回头看一下。他以前从未感到过紧张，因为他笃信上帝一直陪伴在他的左右，但也许是因为希望这是他最后一次执行任务吧，他觉得内心的平静受到了干扰。

干完这一次，就能和劳拉在一起了。

就剩这一次了。

距离上次见到劳拉，距离上次两人相拥，已经过去很久了。有时候，虽然他得到了上帝的帮助，但他还是记不清她的容颜，为了激活记忆，他不得不从钱包里拿出那张皱巴巴的照片。每次这样做的时候，他都会心痛，那种疼痛几乎让他无法承受。

但现在他必须让自己不去想劳拉。他要集中精力，注意周围的情况。

四周的嘈杂声让他心神不宁。黄色出租车一辆接一辆地呼啸而过，似乎永远没有尽头；各种汽车的喇叭声此起彼伏；一家唱片店、一辆厢式货车都在高声放着音乐；人行道上高跟鞋发出咔嗒咔嗒的声音；人们的衣服摩擦发出沙沙的声音。他甚至听到周围人咚咚的心跳声。

他用手捂住耳朵，上了一辆大巴。引擎在轰鸣。他听见身后不断传来头戴式耳机里发出的那种音乐声。他转过身，只见一个大块头黑人正一边听音乐，一边自言自语。黑人对他怒目而视。黑人的额头上文着T形十字章[2]，这是魔鬼的象征。他只好转身对着前方。他闭上眼睛，将一切挡在外面，但他无法摆脱大巴的摇晃。他在心

1　这是《诗篇》139：9的内容。提蒙·考特在利用《圣经》的内容传递信息。

2　古埃及生命的象征。

里默念着主祷文，直到他到达了目的地。

在中央公园，他走在一条小路上，远离了阴沟的臭味和喧闹，也看不见那个文着T形十字章的家伙，他觉得舒服一些了。他们把这地方叫作城市！他们怎么敢这样？世间只有一座城市——上帝之城。

有审判众人的神，和被成全之义人的灵魂。有新约的中间人耶稣，以及所洒的血。这血所说的比亚伯的血所说的更美。《希伯来书》12：23—24。

第七十章

四十岁刚出头的谢拉·迈克尔里德斯医生上身穿着奶油色衬衫，外面还有一件针织套衫，下穿一条棕色的宽松裤。她淡褐色皮肤，戴着有框眼镜，一头浓密的黑色直发，长得小巧玲珑，是个自信的女人。

谢拉医生的诊室在一座红砖小楼的背面。这座维多利亚风格的小楼气势不凡，被分割成了几位医生的办公室。谢拉医生的诊室很宽敞，有一扇落地窗，可以俯瞰楼下的小花园。诊室有着高高的天花板，装修的格调轻松而现代。谢拉医生的办公桌上摆着一台电脑和几只相框，照片上两个孩子正开心地笑着。办公室里还有一张咖啡桌，桌子两旁都有沙发，约翰、娜奥米以及这位儿童心理医生就坐在沙发上。

娜奥米想，是不是所有的儿科医生都必须把孩子们开心一刻的照片放在办公桌上。

约翰在和医生讲述卢克和菲比以前的事——当然，他省去了和德托雷博士有关的背景情况。约翰讲了马蜂事件，讲了孩子们说的那种奇怪的语言，讲了雷吉·切特怀因德–康宁翰高度评价他们的语言能力，讲了他们星期六在动物园里的兴奋劲儿，还讲到了昨天（也就是星期天）他们去宠物店给孩子们每人买了一只豚鼠的时候，卢克和菲比就更加兴奋了。娜奥米时不时地插上几句，补充一些细节。

约翰丝毫没有提到自己的怀疑——他觉得孩子们可能在夜深人

静的时候偷偷用他的电脑下棋，因为他还没和娜奥米提过这件事。

两人说完之后，谢拉·迈克尔里德斯医生原本平静的神色似乎发生了一点变化。她带着怀疑的表情，先看看约翰，又看看娜奥米。“你们说他们讲那种语言——你们真的是这么认为的吗?”

“是的，他们绝对讲了那种语言。”约翰说。

“你们和我说的这种情况绝无可能。”

“好吧，”娜奥米说，“他们会不会得了自闭症——?”

心理医生摇摇头。“尽管你们有一个孩子游走在自闭症的边缘，而且这个孩子还有一种奇怪的数学能力，但是，两个孩子都这样，这是不可想象的。”

“哪怕是同卵双胞胎也不可能?”娜奥米问。

“菲比和卢克不是同卵双胞胎。”医生说。

“那你怎么解释呢?”约翰问。

医生歪着脑袋说:“你们确信这不是你们一厢情愿的胡思乱想?”

“你这话是什么意思?”娜奥米不悦地问。

心理医生瞥了一眼自己的手指甲。“从你们谈论自己孩子时的样子来看，我认为你们是一对野心勃勃的父母。科里森博士，你是搞学术研究的，科里森夫人，你是一个聪明的女人，你们给我的感觉是，你们对自己的孩子期望值太高。我说得对吗?”

“我没有任何期望。”娜奥米抢在约翰前面说。

“我们只期望他们能够成为正常的人。”约翰补充道。

“成为健康的人。”娜奥米强调说。

心理医生咬着手指甲，思考了一会儿说:“你们在哈雷四岁的时候失去了他。你们非常喜欢这个孩子。你们是不是希望在双胞胎身上找到一样东西，让他们超过哈雷，从而获得某种心理补偿?”

“你这么说太可笑了!”娜奥米终于忍不住了。“太可笑了!”

“是的，”约翰附和道，“你知道我们过来是想知道我们的孩子怎么了，可你却好像在责怪我们！”

“不，我不是在责怪你们。我想说的是，你们刚才告诉我，孩子们将英语倒过来说，而且每三个字母就少一个，这是不可能的！现有的模型中没有哪一种可以解释这种现象！这个地球上的任何一个人都不可能具备他们拥有的那种语言技能，可你们说孩子们有。另外，你们想想啊，这种语言还需要具有一定的数学能力。”

“那你给我们解释一下？”约翰说。

“我没有任何解释。我真希望我有，相信我，可是我没有。”医生目光如炬地看着他们。

娜奥米觉得自己好像是受审的犯人。她怎么也想不明白她为什么会受到这样的待遇。

“语言学家和我们这么说，你却那么说，怎么会这样呢？”娜奥米问。

心理医生默默地点点头，思考了一会儿说：“‘认识的有限性’这个短语，你们知道是什么意思吗？”

“‘认识的有限性’？不知道。”娜奥米摇摇头说。

“我知道。”约翰说。

“你能向你的妻子解释一下吗？”

约翰耸耸肩膀，似乎犹疑了一会儿，才对娜奥米说：“它的基本意思是，人类的智力水平是有天花板的，人类的大脑结构决定人类的智力只能达到一定的水平。除了智力，人类在其他方面，比如生物体能方面，也存在一定的局限性。”

约翰看着心理医生，好像在等着她认可一样。医生点点头，示意他继续说。

“例如，四分钟内跑完一英里[1]。我们知道这样的纪录可以打破，

1　约等于一千六百米。

运动员可以在三分多钟里跑完，但只能比四分钟少几秒而已。没有人能够在一分钟内跑完一英里，甚至在三分钟里跑完四英里也不大可能。”说完，约翰有些不自在地看了娜奥米一眼。

德托雷博士制造出来的孩子也许能，从娜奥米脸上的表情来看，她的心里似乎是这么想的。

“人类的身高也一样，”约翰接着说，“大部分人的身高都在一定范围之内，也许偶尔有例外，但七点五英尺[1]大概就是上限了。你绝对看不到有人长到十五英尺高。”他看着心理医生。“如果我没有理解错的话，你的意思是，卢克和菲比的那种语言技能就像一分钟跑完一英里、一个人长到了十五英尺吧。”

“完全正确。”医生说。

约翰看着娜奥米的眼睛，然后又将目光移向别处。此前他还没有完全意识到卢克和菲比二人行为的重要性，现在，他知道了。但是，他该做何感想呢，他不知道。

“雷吉·切特怀因德–康宁翰为什么没有那么说呢？”娜奥米问。

约翰看着妻子，又看看心理医生，最后还是把眼睛停在了妻子身上。

“他说了，他那么说了。我原以为他在夸大其词，但现在我知道他没有。”约翰说。

“你是说我们的孩子所表现出来的数学才能超过了任何一个活着的人类？”娜奥米问。

“科里森夫人，我想，任何一个人都没有这样的才能，”心理医生狐疑地看着约翰和娜奥米，“我觉得下一步我该见见卢克和菲比了。理想的状态是，我在他们和游戏组的其他孩子一起玩的时候进行观察。”

1　约等于两点三米。

娜奥米觉得脸上发烫。“我们来这里的主要原因——主要原因是——”她瞥了一眼约翰，想寻求他的支持，然后又看着谢拉·迈克尔里德斯医生。“他们叫我不要再带孩子去游戏组了。”

心理医生点点头。“哦，可我想我可以和游戏组的负责人沟通一下，请她帮个忙，看能不能让孩子们先回去，我在一旁暗中观察——这事我干过好几回了，通常不成问题。”

“不管你能做到什么地步，我们都很感激你。”娜奥米说。

约翰和娜奥米离开后，心理医生在电脑里写诊疗笔记。在这之前，她看了一下心理医生洛朗德·塔尔博特发给她的笔记。

傲慢、心比天高的家长，她写道。

父亲给孩子自己心目中的快乐时间，想以此来弥补工作长、不能陪伴孩子的内疚感。

高智商的人。科里森博士是个典型的知识分子。比他老婆要好，但不谙世事。他说的有关孩子们讲奇怪语言的事，简直是胡说，这明显表示他们对卢克和菲比有着太高的期望。他们的这种态度很可能会潜移默化地影响孩子们的成长。其实，孩子们的行为已经证明了这一点。孩子可能对学校产生畏惧感。

双胞胎内向的行为举止是否表明他们受到了虐待？父母显然有所隐瞒。他们的体态语言太明显了。

第七十一章

和阿陀斯山半岛上的其他修道院一样，圣母马利亚花园修道院也是由一些风格迥异的建筑组成，一道围墙将修道院和外面的世界隔离开来。在中世纪，穷苦的修士住在主楼的小隔间里，而那些有钱的后来者则用他们喜欢的材料——主要是木头或石头，按照他们喜欢的颜色搭配，建造自己的房子。

哈拉尔德·加特沃德从自己房间的窗户往下看去，铺着石子的院子旁边是高高的圆顶教堂，院子的一侧是一排相互连接的房子，如果放在圣弗朗西斯科或波士顿的某些区域，这些房子也不会显得突兀；院子的另一侧是锯齿状的高墙，墙上建有塔楼。哈拉尔德·加特沃德想——他在冥想的时候经常这样——夜幕降临之后，这个地方就像一个被弃用的停车场。

但是，这里从来就没有被遗弃过。上帝之灵一直在这里，上帝的天使、圣母马利亚一直注视着这里，守卫着这里。

修道院有着高高的木门，央尼院长基本上不让任何来自外面世界的人从那里闯进来。当然，修道院一直是好客的，院长也按照这一传统欢迎所有前来朝圣的信众。但是，院长猛然想起，有朝圣者从大陆乘船走上二十公里来这里，那已经是二十年前的事了，说不定还不止这么长时间，他得查查登记簿。偶尔有大小游艇从阿陀斯山半岛附近海域驶过，但它们都谨慎地保持一定的距离。院长想，这么做好像是不想打扰修士们清静的生活，实际上是担心这片水域有四处未设警示标志的暗礁。

但“闯入者”还是有的，笔记本电脑就是其中之一。现在，哈拉尔德·加特沃德房间里简陋的木桌上就有一台，和《圣经》并排放在一起。当初这个美国人提出要带电脑进来的时候，央尼院长就觉得这是一个奇怪的要求，但这个美国人是圣母马利亚派来拯救他们修道院的，他怎么可以拒绝他的任何要求呢？

距离修道院围墙不远处的那座小村庄里，摩登世界所有其他的诱惑和圈套一应俱全。那里的信徒和他们的女人住在一起。那些信徒可以在修道院的教堂里做礼拜，可以和央尼院长以及另外四名修士一起在食堂里默默地吃饭，但女人不行。为了尊重修士们的习俗，哈拉尔德·加特沃德一直没有同意让女人进入修道院内。

午夜时分，哈拉尔德·加特沃德像往常一样中断了守夜祈祷。信徒们的工作表现让他很满意。目前已经除掉了五组撒旦的后代，其中三组都搞成了世界新闻，但第四组是在意大利的一起车祸中被干掉的，第五组死于新加坡的一起直升机事故，因此都没有引起世人的注意。即便如此，他还是认为必须谨慎从事，于是把信徒们召了回来，等事情平息之后再做打算。

此刻只有一名信徒还在外面执行任务。这名信徒满怀激情，真心信仰上帝，是个好苗子。很快就该召他回来，给他奖励啦——劳拉在下面的村子里耐心而虔诚地等着他呢。

邮箱中有一封邮件，是这名信徒提蒙·考特发来的。

我若展开清晨的翅膀，飞到海极居住，就是在那里，你的手必引导我，你的右手，也必扶持我。

哈拉尔德·加特沃德闭上眼睛，请求圣母马利亚给他指令，该如何给提蒙回信。

第七十二章

卢克和菲比跪在厨房的地上，看着两只豚鼠，完全忘记了周围的世界。

他们给豚鼠起了名字。“乳脂软糖”身上有米黄色和白色的条纹，“巧克力”是深褐色和白色条纹。两只豚鼠有着光滑的皮毛、黑色的耳朵和细小的爪子，时不时地发出吱吱的叫声，非常可爱。

娜奥米充满爱意地看着卢克和菲比在和豚鼠玩。孩子们拿着胡萝卜在喂它们。这是她第一次看到孩子们身上表露出来的柔情，但是她也有点担心，可能要不了多久他们就会玩腻了豚鼠。

还有五个星期就是圣诞节了。她喜欢过圣诞节，喜欢装饰圣诞树，喜欢把家里打扮得漂漂亮亮的，喜欢为节日准备各种美食，喜欢为孩子们买礼物、包礼物。今年卢克和菲比已经懂事了，他们真的开始知道过节是怎么回事了。

她希望下雪，这里的白色圣诞节肯定景色优美，美得令人惊艳。她妈妈和哈丽特在圣诞前夜的那一天会过来，在他们家一直待到节礼日[1]；约翰的妈妈也会从瑞典赶过来，和他们共度圣诞周。卡尔森和卡洛琳以及他们的孩子会在圣诞前夜过来，在他们家过一个瑞典风格的狂欢夜。罗丝和她的先生高登以及他们的孩子也会来。到时候肯定非常热闹——家里将一片混乱，但热闹！

她静静地坐着，上午从儿童心理医生谢拉·迈克尔里德斯那里

1　每年的12月26日，圣诞节次日或是圣诞节后的第一个星期日。

回来之后，怒火一直在心里燃烧，但现在已经开始渐渐熄灭了。

她觉得那个女医生藐视她。在回家的路上，约翰一边开车一边说她太敏感了，但她不同意他的看法。她觉得自己和约翰在那个医生面前好像是受审的犯人一样。好吧，就算他们没有把自己找过德托雷的事告诉她，她也不能——

约翰满头大汗地回来了，打断了她的思绪。他刚刚在不远处的小山丘上慢跑了很长时间。从迈克尔里德斯医生那里回来之后，他下午就一直待在家里，没去上班。看到他出去跑步，她很开心。最近他像疯了一样不停地工作，锻炼比以往少多了。

"你好，卢克！你好，菲比！你好，'软糖'！你好，'巧克力'！"约翰一边喘气一边和他们打招呼。孩子们没有理睬他。

"跑了多远？"她问。

"六英里！太舒服了！"他擦擦额头上的汗，嗅了嗅鼻子。因为刚刚剧烈运动过，他的脸上泛着红光，头发也是乱七八糟的。娜奥米就喜欢他这种不修边幅的样子。"我跑了五十二分钟，但其中有半英里以上的路程是陡坡。"

"不错啊！"她说，"有三个电话找你：一个是卡尔森打来的，另外两个是你办公室打来的，我都记在纸上，放在你办公桌上了。"

"谢谢。"他看了一下手表，然后又看着孩子们。"'软糖'怎么样，菲比？"长时间沉默。然后，卢克头也不抬地说："'软糖'是我的豚鼠，菲比的叫'巧克力'。"

"好吧，是爸爸把它们搞混了。'软糖'怎么样，卢克？"

卢克正在逗豚鼠玩。他用一根棉线绑着豚鼠的食物，先靠近豚鼠，等它快要抓到的时候突然向上一提，让它够不到，豚鼠急得吱吱叫，那声音活像有人在用报纸擦玻璃。卢克被逗得哈哈大笑。

约翰推开地上的一本书，在他身边蹲了下来。"你不能总是这样啊，也该在有的时候让它吃到东西，否则它会觉得无聊，不和你玩了。”

豚鼠靠近了食物，但卢克完全没有理会他爸爸的建议，还是再次提起了棉线。接着他又这样重复了好几次。菲比也像卢克那样用棉线绑着食物逗她的豚鼠“巧克力”。

约翰觉得自己完全是个局外人。孩子们砌了一道墙，将他和娜奥米挡在了外面。

“亲爱的，该让豚鼠睡觉了。”娜奥米说。

卢克和菲比没有任何反应。

“卢克和菲比，让它们睡觉，然后你们俩也可以睡觉了！”娜奥米说。

菲比把手伸到笼子里，拿出豚鼠的水槽，走到洗碗池旁，站到椅子上，打开水龙头。她先用食指试了试水温，等热水变成了冷水，这才往豚鼠的水槽里装水，然后把水槽放回笼子里。

虽然几分钟前还在生气，但约翰看到了菲比刚才的举动之后，心中又充满了自豪。这是他的女儿，她在照顾宠物，而且不需要大人的帮助！

卢克拿起豚鼠的食槽，往里面倒了一些吃的，接着，他蹲了下来，用手托起“软糖”，将它放到笼子里的麦秆垫子上。菲比又用吃的逗了一次“巧克力”，这才把它抓起来亲了一口，轻轻地放在麦秆垫子上，好像手里的不是豚鼠，而是一件价值连城的瓷器。

约翰和娜奥米一起给孩子们洗了澡，然后，约翰把他们带到楼上去睡觉。

“请你替我和‘软糖’说声‘晚安’，好吗？”卢克说。

“没问题。”

“请你替我和‘巧克力’说声‘晚安’，好吗？”菲比说。

“当然没问题，宝贝。”

约翰离开他们的卧室，面带微笑地关上门。他们请他做事情了！太好了！伟大的进步！

他三步并作两步下了楼梯，来到厨房，蹲在笼子旁。两只豚鼠蜷缩在一起。

“卢克和菲比祝你们晚安！”

厨房里飘来一阵香味。娜奥米站在电磁炉旁边，翻炒着什么。她呆呆地看了他一眼。

“我饿死了，”约翰说，“我们吃什么？”

“今天有道特别的菜——炒豚鼠和荞麦饼，副餐是油煎儿童心理医生的杂碎，”娜奥米说，“我本来想清炖她的脑子，但原料不够，烧不成一道菜。”

约翰搂住她，说：“别说这么难听啊，至少她会去做些沟通的工作，让孩子们有机会再次加入游戏组吧。”

“她是个坏女人！”娜奥米说。

“你设身处地想一下，如果你是她的话会怎么做？”

她盯着他问：“你说什么？！”

“我们有事情瞒着她。”

“约翰，她说孩子们这个样子都是你我的责任。她并没有像我这样明明白白地说出来，但看她的那个意思是说，卢克和菲比身上所有的问题，其根源都在我们这两个不合格的父母身上。她这样说不客观，而你是知道的。”

“孩子们正变得越来越好，而且也开始说话了。也许我们根本不需要去找心理医生，我们需要的只是时间。你看他们——他们和豚鼠玩的时候，多开心啊。他们真喜欢豚鼠。对不对？”

“看到他们这样，真好啊。如果他们对我们也表露出这样的感情，那才让人舒心呢。我知道，随着年龄的增长，他们正变得越来越好。他们不怎么笑，真是遗憾。他们的笑容真可爱啊。”

第七十三章

“信徒”在鲍厄里的一家青年旅舍过的夜。他像入住时那样悄悄地退了房，走进了早晨的严寒之中。几个星期之后，这里的人就会将他忘得一干二净了。

他在一家生意红火的咖啡店里简单吃了点东西，权当是早饭，然后坐地铁来到西村，融入了大街上的滚滚人潮之中。千奇百怪的气味和各种嘈杂的声音一齐向他袭来，他像喝醉了一样，觉得有些晕乎乎的。天上不知什么时候开始下雪了。洁白的雪花飘落下来，很快就被踩成了灰色的烂泥。

他只用了几分钟时间就找到了清单上列出来的第二家网吧，但是走进去一看，每台电脑都有人在用，他只好坐下来排队等候。一个衣着邋遢的女子和他搭起讪来。女子告诉他，她叫伊莲，但朋友们都叫她爱丽。她问他住在哪里，他告诉她自己住在新泽西。女子得寸进尺，变得讨厌起来，又追问他是干什么工作的。他告诉她自己替上帝打工。

女子继续喋喋不休，缠着他说话，还盯着他看，那样子让他很不舒服。女子慢慢朝他身边靠过去，向他发出了信号。她在勾引他。你一眼就能看出这是撒旦派来的，撒旦想摧毁他对劳拉的爱。

终于有一台电脑空出来了。他在心里默默地感谢上帝，因为上帝让他摆脱了那个女子的纠缠。他坐到电脑前面，输入用户名“约珥·提摩太”和密码，登录进了他的Hotmail账户。

有一封新邮件在等着他。

耶和华必保全他，使他存活。他必在地上享福。求你不要把他交给仇敌，遂其所愿。[1]

“信徒”删除了邮件，退出邮箱，离开了网吧。他面带微笑，快步走回地铁站。他不在乎他呼吸了多少肮脏的空气，也不在乎周围的嘈杂声，他的头脑里只有重要的事情，比如他的行程安排。他以前从没去过美国之外的国家。

现在他要去英国了。

1　这是《诗篇》41：2的内容，原文为The Lord will protect him and preserve his life. He will bless him in the Foreign land and not surrender him to the desires of his foes。其中的bless him in the Foreign land，这就是给“信徒”的指令，即指示他去英国。

第七十四章

圣诞节的装饰物还没有撤下。有一面墙上挂着孩子们画的“三名智者”的招贴画，为了保证政治正确，三名智者被画成来自不同种族的三个人。谢拉·迈克尔里德斯在远处观察着。娜奥米帮卢克和菲比脱下外套，挂在衣钩上，然后就离开了。

娜奥米一走，谢拉就注意到那两个孩子的行为有了变化。妈妈离开之后，他们好像反而变得精力十足。菲比跟在卢克后面，走进了那间大游戏室。为了看得清楚些，谢拉连忙走到门口，随后看到的一幕令她满心恐惧。

那间大游戏室里大约有十几个孩子，大部分孩子都三五成群地在玩。游戏室里还有一名三十几岁的女子，穿着牛仔裤和羊毛衫，看样子是指导老师。卢克和菲比进来之后，游戏室里所有的动作和声音立即停止了，好像有人触动了开关一样。没有哪一个孩子敢抬头看卢克和菲比，而且，虽然大家都没有动，但似乎都在退缩。空气凝固了。

心理医生盯着那个指导老师，只见她用厌恶的眼神看着卢克和菲比。

有两个小男孩在桌子上玩马背上的小骑士。卢克直接走了过去，一言不发，从他们手里抢了过来，那两个小男孩谁也不敢直视他。卢克鄙夷地看了看玩具，又丢回桌子上。菲比跪在地上，看两个小女孩玩布娃娃，谢拉注意到，那两个小女孩一下子就僵在那里，一动也不敢动了。

卢克又走到另一张桌子旁。四个孩子正在玩乐高玩具。卢克出手了，他的动作如此之快，心理医生根本无法看清他手上的动作。她只看到了彩色乐高玩具模块的快速移动，看到了目瞪口呆的指导老师，看到了面带惊惧、呆立不动的孩子们。然后，卢克就走开了。

心理医生不由自主地用手捂住了嘴。她不敢相信自己的眼睛。一分钟前，乐高玩具塔还是歪歪扭扭、摇摇欲坠，现在变得笔直，而且塔四面的颜色也不尽相同，就像一只尖顶魔方。

过了一会儿，卢克和菲比朝外面的走廊走来，谢拉急忙躲到一旁。游戏室里的孩子好像从冬眠中苏醒过来一样，一个接一个地扭头看着门口，似乎要确认他们真的走了。

谢拉·迈克尔里德斯觉得脖子后面的汗毛竖起来了。

她看着卢克和菲比走到一个小男孩身旁。男孩正在玩电脑。他们在男孩两侧站定，然后说了句什么。

那男孩立即从椅子上下来，惊恐地瞪着眼睛，落荒而逃。帕特·巴里从一个小房间里走出来，她忧虑地看了心理医生一眼，一把搂住那个小男孩。

“马修，怎么啦？怎么啦？”

男孩像只受惊的小动物，一边尖叫一边往她怀里钻。

男孩的恐惧感染了谢拉，她浑身都起了鸡皮疙瘩。她认真听着，想听清男孩在说什么。孩子咿咿呀呀地说着，根本不知道他想表达什么。这时，她看了看卢克和菲比。这对双胞胎正聚精会神地玩着他们刚刚抢到手的电脑。

他们对那小男孩说了什么？

几分钟后，帕特·巴里才抽身出来，在大厅里找到了心理医生谢拉。她向医生使了个眼色，示意她们找个离双胞胎远一点的地方说话。

“小马修说什么了？”谢拉问帕特，“卢克和菲比说了什么话，让他那么害怕？”

“我不知道——每次都是这样——他们总是把其他孩子吓得不轻，我觉得其中的原因倒不是他们说了什么，而是他们说话的方式。另外，他们看上去比实际年龄大好多啊。”

“我以前见过好多孩子，他们在行为方面的问题相当令人吃惊，”谢拉压低了声音说，“有的孩子有暴力倾向，有的行为失控，有的严重内向，可是，我从来没有见过几分钟前看到的情况。”

“我也没有见过，哪怕和他们有一点点相似的情况也没见过，”帕特·巴里说，“相信我，我以前经历过比较恐怖的事情。”

“这两个孩子使用过暴力吗？他们有没有攻击过别的孩子？”谢拉问。

“没有，至少我没有看到过。他们使用的方法是心理上的，他们操控别的孩子。如果我想和他们交谈，他们不是一句话也不说，就是叽叽喳喳，说些我根本听不懂的话。”

“感谢你让我来这里观察他们。”谢拉说。

“也许你现在能理解我要赶他们走了吧？”

“是的。”

两人又默默地观察着卢克和菲比。从背后看，两个孩子和其他正常的儿童一样，正在快乐地玩耍。帕特·巴里说：“他们长大后会成什么样子，只有上帝知道啦。”

第七十五章

娜奥米的日记

下雪啦！四英寸厚，放眼望去，到处都是银装素裹！为新年开了一个好头！约翰出去买雪橇了。我带卢克和菲比去小山坡了。卢克很开心，可菲比不高兴。她怎么会不喜欢雪呢？小孩子怎么会不喜欢雪呢？

他们下周就要到一个新地方去了。按照谢拉·迈克尔里德斯的建议，我们找了一个专门为特殊需要儿童而开设的小托班。

至少在我心情郁闷、为我们——准确而言是德托雷——所做的事情而焦虑的时候，我能说服自己，人这种生物其实并没有什么伟大或特别之处。说生命宝贵，生命神圣不可侵犯，全是骗人的鬼话。对我们这些生活在第一世界的人来说，那样的话也许能站得住脚，但德托雷是怎么说的？这个世界上，能看书写字的人只有20%不到？如果我白天踩在水稻田里干活，晚上带着九个孩子挤在铁皮房子里，我是不是就觉得生活特别了呢？我觉得那甚至都不能叫生活，那应该叫活着。

他们很快就三岁啦。给他们什么呢？我和约翰商议过，是不是开个生日晚会，请其他小朋友来玩。我们不知道有多少家长会送孩子过来。人少的话，场面可能会很尴尬，而且，卢克和菲比在晚会上还有可能不理其他小朋友。

第七十六章

卢克坐在客厅的地上，手里抓着PS游戏机的操纵手柄，完全沉浸在游戏中，菲比蹲在旁边盯着电视屏幕，和卢克一样专注，还不时地说上几句，给她弟弟下指令。

屏幕上一个穿着长披肩的人正在爬楼梯。这个哥特式建筑里的楼梯似乎永远没有尽头。一扇厚重的木门不停地开开关关，门里有各种奇怪的人，有的恐怖，有的美丽，有的怪模怪样。有时，卢克在菲比的敦促下按了一个键，那人就会将头一缩，做出闪躲的动作。在其他时候，那人会突然来个一百八十度的转身。

娜奥米说不准，也许是她自己的想象吧，谢拉医生对她和约翰的态度似乎有所缓和。这位心理医生此刻正站在客厅后面一个不显眼的地方，观察着一切，偶尔还在一个小本子上记着什么，但医生什么话也不说。谢拉医生已经在那个专门为特殊需要儿童而开设的小托班里观察了两天，现在又像一只歇在墙上的苍蝇，在她家里不动声色地观察卢克和菲比。

娜奥米想，不管是不是她的想象，这下孩子们至少可以得到一个准确的评估吧，希望谢拉医生能够提出一些明确的建议，告诉他们该怎么做。

心理医生站在卫生间门口，观察娜奥米和约翰给双胞胎洗澡、擦身子。卢克和菲比似乎已经接受了她的存在，就像他们接受大部分东西的时候那样——他们完全无视她的存在。对孩子们来说，她可能就是隐形的。

他们下了楼，坐在餐桌旁。谢拉将笔记本放在跟前，看上去很不舒服的样子。她搅了搅咖啡，娜奥米将一只装着姜汁饼干的盘子递过去，她拿了一块饼干，说："科里森博士，科里森夫人，我不得不告诉你们，我很担心卢克和菲比。我觉得你们作为父母，在某些行为上还存在改进的空间，但根据我的观察，这并不是问题的根源。"

"你说的是哪种类型的改进呢？"娜奥米不客气地问。

"你说'问题的根源'，这是什么意思？"约翰也追问道。

"嗯，怎么说呢，"她将饼干放在盘子里，忧心忡忡地看着咖啡杯里冉冉升起的热气，"我需要一定的时间来思考我看到的情况，然后还要和同事商量一下。有一点我可以现在就说出来，那就是——和正常情况不同，你们从孩子那里没有得到父母应得的喜爱之情。确实，和单个的孩子相比，双胞胎之间在情感上通常更容易做到'自给自足'，但卢克和菲比现在已经三岁了。"她犹豫了一会儿，看着娜奥米和约翰，补充说道："他们对你们好像不亲热，表现得很孤僻，通常这是父母的问题——"

"我们的问题？我们有什么问题？"娜奥米问，"你这么说是什么意思？"

"父母可能虐待孩子了。"谢拉说。

娜奥米张着嘴，正要发作，约翰急忙抓住她的手说："亲爱的，冷静！冷静！"

"但是，就你们的情况而言，我绝对没有这个意思。在我观察到的所有情况中，没有丝毫迹象表明你们虐待孩子了。我想，你们两个都是具有爱心的父母，十分关心孩子。"

谢拉快速翻看着笔记本，似乎在找什么东西。厨房里出现了难堪的沉默。

"作为父母，我们的行为有什么可以改进的地方呢？你能不能说具体点？”娜奥米问。

“好吧，我们举个例子吧。我来这里的第一个上午，在去小托班之前，你走出厨房，让我一个人和他们待在一起。他们没有表现出丝毫怕我的迹象。注意，对他们来说，我是一个完全陌生的人。和父母关系紧密的孩子比那些和父母关系疏远的孩子更怕陌生人。”

“可我们一直在努力啊——自从他们出生之后！”娜奥米说。

心理医生点点头，眉头皱得更紧了。“在这方面，我想我可以给你们一些指导。但是，在其他方面还有一些更大的问题，我觉得它们并不是由于你们和孩子的关系不紧密造成的。”

娜奥米看着她。谢拉医生的体态语言让她担忧。他们第一次去见谢拉医生的时候，她看上去极度自信，几乎到了傲慢的地步，而现在呢，医生皱着眉头，一会儿玩饼干，一会儿又玩玩手指，似乎有些紧张，每隔几分钟脸就绷得紧紧的，好像在和心里的恶魔做斗争。

“卢克和菲比在一起以及分开的时候，我都见过了。他们解决问题的时候，我也观察过了。在无法和他们进行语言交流的情况下，我已经想尽办法来测试他们的记忆力和推理能力了。我发现，他们的智力和各项技能远远超过了同龄的孩子。他们似乎在不时地试探、检测周围的一切。大部分时候他们表现得很孤僻，但在有的时候他们又试图掌控那些和他们有接触的人。他们想掌控小托班的其他孩子，想掌控你们。他们在掌控豚鼠的时候没有遇到任何困难，于是就戏弄它们，看看到什么时候才能激怒它们。他们好像一直在测试身边人或动物的忍耐程度。我遇到一个难题。我一直搞不清楚他们的思维倾向——对于完全不同的信号或暗示，他们的反应居然没有变化；他们有不同的交流方式。所有这些彻底超出了我的知识经验范畴。”

“你说的交流方式不同，指的是他们用的那种奇怪语言吗？”约翰问。

“那只是其中的一个部分。你们一开始告诉我这件事的时候，我是持怀疑态度的，但现在我开始相信了。”

“那你怎么解释呢？”约翰问。

“他们互相关注，对你们的语言或行动几乎没有反应，从来不和其他孩子互动，他们还具备一些独特的技能——以上这些症状是自闭症的表现。我以前觉得不是自闭症，但现在我觉得有这种可能，我打算深入研究下去。我想提个建议：给他们做脑部CT检查。”

“自闭症？”娜奥米惊愕地问，“你真的觉得他们可能是自闭症吗？”

“恐怕有这种可能性。他们的大脑里显然有些活动，我们需要诊断一下。”

娜奥米看着约翰。约翰捏了一下她的手。

心理医生继续说：“人的大脑里有一些非常原始的认知系统，它们能够辨认出社会行为模式并做出反应。我给他们做过一个实验，结果发现在卢克和菲比身上，这种能力不是缺失就是有别于常人具备的相同能力。”

“这句话是什么意思呢？”约翰问。

“正常的社会行为由哪些方面构成，恐怕你们的孩子无法做出明确的区分。”医生说。

约翰用力捏着娜奥米的手，注视着心理医生。“我们怎么办呢？”

“我需要时间来认真思考这个问题，”谢拉说，“目前你们能做的也许就是好好休息一下，把卢克和菲比送到一家天才儿童心理健康疗养院住上一段时间，以便观察。”

“这绝对不行！”娜奥米说，扭头看着约翰，希望他也认可她的立场。

约翰面露迟疑，但很快就点头表示同意了。

“你们作为孩子父母，我这么说丝毫没有贬低你们的意思，”谢拉说，“如果你们的孩子超级聪明，却在平时的生活中受到的刺激不足——我认为他们可能就属于这种情况——让他们在天才儿童待的疗养院里住几天，也许有益于他们的健康。我可以推荐一家条件非常好的疗养院——”

“对不起，”娜奥米说，“那样做我们不予考虑。完全不可能。我们是他们的父母，不管他们有什么毛病，我们都会和他们在一起，不惜一切代价，共渡难关。”

“嗯，好吧，那我也不勉强。不去疗养院的话，那你们在家里要改变一下他们的活动方式。也许，你们可以给他们重新设计一系列新的活动方式。”

“比如——？”约翰问。

“把适合大孩子玩的玩具给他们，和他们玩适合大孩子玩的游戏。我想你们可以给他们买台电脑。他们对电脑太着迷了，所以才会在小托班里霸占电脑。”

“谢拉，”约翰说，“和我们说老实话吧。如果你处在我们这个位置上，你会怎么办？如果他们是你的孩子，你怎么办？”

“这我要好好想一想，”谢拉说，“我要和同事商量商量，当然是悄悄地商量。我要好好研究研究。我真希望我能给你们一个奇迹般的解决之道，但我做不到啊。世界上没有这等好事。你们未来的日子恐怕不会舒坦。”

第七十七章

大门在打开。“信徒”把手指放在秒表的开始键上。现在是晚上7点32分，天已经黑了。有人撑着一把大雨伞，从房子里出来了。从夜视镜里看去，他看到那人是这家的男异教徒。过了一会儿，感应器捕捉到了男异教徒的运动，外面的灯亮了。

快!

“信徒”按了秒表上的开始键。

他穿了好几件保暖的衣服，站在潮湿的田野里，那是灯光照不到的地方。脚下的这双靴子曾伴着他在罗切斯特和纽约市区布满积雪的人行道上艰难行进。他头戴黑色棒球帽，帽檐拉得很低，这样可以挡掉一些刀一样的寒风、针一样的冷雨。

这雨没完没了地下着，没完没了地变成天上的云，然后变成雨落下来。这雨是阴沟里的水蒸发上去，变成雨落下，然后又蒸发的，如此循环往复。不管你在这个世界的什么地方，你都永远无法逃脱。阴沟里的水变成的雪下在你身上，阴沟里的水变成的雨下在你身上，你无处可藏，除非你彻底消灭阴沟，消灭城市，消灭这大大小小的山谷和平原，将它们的每一个原子都消灭干净。

他看了一下秒表。表针在走。他又拿起夜视镜，那个人的影子在夜视镜中成了火红的颜色。男异教徒护送一名中年女子走到一辆日本汽车旁，为她打开车门，等她上了车之后，又替她关上车门，然后跑回门廊。这时，“信徒”终于看到女异教徒长什么样子了，因为她就站在门口。汽车开走了，两名异教徒朝汽车挥手告别。他没有看到狗。这样就少了一件麻烦事。

他不知道刚走的那个女人是谁。他看着车灯扫过树篱，沿着农场小道，驶向黑夜深处，驶向另一处阴沟。他举起夜视镜，在雨中观察那座房子。两名异教徒已经关上大门了。

他放下夜视镜，手指又放在秒表的开始键上，等待着。外面的灯过了很久才熄了。

他立即按下按键，然后看了看秒表。这些感应灯设定的时间是三分钟。

“信徒”穿过了田野。用不着等到第二天早上，雨水就会把他留下的痕迹消除干净的。他看到楼下窗户后面的一盏灯亮了，连忙举起夜视镜，关掉红外线模式。是那个男异教徒。他坐在一张办公桌后面，桌上有一台电脑。他打开了台灯。他拿起了一样东西。是杯子，一只高脚杯。他把高脚杯举到嘴边，喝了一口。

你当默然倚靠耶和华，耐心等候他。不要因那道路通达的和那恶谋得逞的人而心怀不平。当止住怒气，离弃愤怒；不要心怀不平，以致作恶。因为作恶的必被剪除，惟有等候耶和华的必继承乐土。《诗篇》37。

在休闲旅游城市布赖顿，“信徒”找了一家旧旅馆，这里的房间很小，而且到处漏风。在房间里可以看到一条光秃秃的马路，一座破败凋零的码头，一片波涛汹涌的黑色大海。他到这里三天了，这段时间里他的心情就如同这片大海。

事情本来可以易如反掌：等房子里的灯熄了立即采取行动，完成任务之后离开，今晚开着租来的那辆车上轮渡，穿过英吉利海峡。明天晚上他就能够在劳拉以及上帝的怀抱里睡觉了。

但不行。和约伯一样，他的耐心必须接受进一步的考验。师傅哈拉尔德·加特沃德发来一封邮件，命令他再等几天，准备得更加充分一点，等到时机成熟再下手。上帝警告说，此时行动有危险。

我要教导你，指示你当行的路；我要定睛在你身上劝诫你。《诗篇》32。

“信徒”放下夜视镜。他聆听着夜晚的声音。冬草在沙沙作响，不知哪里的门嘎吱响着，远方的火车哐啷哐啷地驶过。他体验着雨水打在脸上的感觉，那种潮湿凉彻骨髓，但他心里却暖暖的，好像有一把火在烧着。科里森博士和科里森夫人以及他们的崽就在那些墙的后面。

在师傅下达指令他完成任务之后，别人还没发现那家人的尸体，他就已经在劳拉和上帝的臂弯里了。

第七十八章

发件人：瑞典驻马来西亚吉隆坡大使馆卡勒·阿姆托普

收件人：约翰·科里森

主题："新千年之子"

约翰，

希望你收到这封邮件的时候一切都好！我想你肯定在和英国的糟糕天气做斗争吧。虽然一下子很难适应这里的炎热天气，但在马来西亚生活还是挺舒服的。不知道你过得怎么样。娜奥米以及卢克和菲比都好吧？

我写这封信的目的是告诉你一个好消息。我在联邦调查局的朋友告诉我（这是机密！），他们在调查"新千年之子"方面取得了进展，尽管只是一点点线索，但有证据表明这是一个邪教组织，其总部在欧洲的某个荒僻地区。这些人的资助可能来自美国某顶尖富豪家庭的公子。我知道，他们目前所掌握的证据非常有限，调查只是处在初级阶段。

一有更多消息我就联系你。希望能收到你的回信。时间过得真快啊。快得可怕。我们上次见面是多少年前的事了？

卡勒

约翰挥拳高喊道："好！"

他将鸡尾酒中的最后一颗橄榄放进嘴里，一边嚼着一边喝光了杯中的马提尼。

雨点敲打着办公桌前的窗户。这天气真糟糕啊，但外面的风似乎让人神清气爽。这消息太好了！他们可以抓到这些狗杂种，然后他们就彻底安全了。

他们终于安全了。

谢拉医生半个小时左右之前刚刚离开。在听了她说的那些令人沮丧的话之后，他太想喝点东西来提振自己的精神了。

他拿起酒瓶，将里面的最后几滴酒滴落到了嘴里。然后，他又想到了一个现实的问题：他们现在该怎么办？

他们只有等。他们要等心理医生谢拉再来找他们。他们目前只能这样做。

为了让娜奥米也高兴高兴，他走到厨房，把卡勒·阿姆托普说的那个好消息告诉了她。他对消息稍稍加了修饰，告诉她说联邦调查局过几天就要抓人了，把那帮该死的邪教教徒一锅端。

再过几天，他们就会过上无忧无虑的生活了！

但娜奥米可不像他那样，已经喝了超量的马提尼，她很清醒，也很冷静。她一点不像他那样兴奋，也没有被他那酒后的盲目乐观所感染。

她告诉他，生活真没劲。

第七十九章

谢拉·迈克尔里德斯行色匆匆地朝着位于布赖顿市中心的维多利亚风格的排屋走去，手中的雨伞丝毫挡不住迎面吹来的风雨，当她到了楼下大厅的时候，身上早已湿透。她脱下潮湿的衣服，换上牛仔裤和毛衣，倒了一杯咖啡，从冰箱里拿出超市买来的金枪鱼意面沙拉，端着一个盘子走到书房里，在办公桌前坐下，打开了电脑。

她把叉子伸进面条里的时候，脑子在飞速运转着。因为焦虑，她心里堵得慌。她一天都没吃，现在必须吃点东西了。她慢慢地嚼着，每吃一口都像是在斗争。她的喉咙发紧，嗓子发干，但她强迫自己咽下去。雨抽打着窗户，她从后院透过黑暗看过去，隐约能看到邻居家房子的剪影。

她突然站起身来，探身向前，解开钩子上的拉绳，放下百叶窗。

她浑身发抖。发抖是因为这种恐惧她说不清道不明。

以前的她总是很自信，因为一切尽在她的掌握之中。现在，她第一次觉得心里没底了。卢克和菲比身上有一种她从未见过的综合征，想到这里，她越来越害怕。

她开始打字。

卢克·科里森和菲比·科里森观察记录。第三天。

这两个孩子完全不是我们所理解的人类。他们工于心计，常常陷入沉思，那种样子完全不像正常的人类。他们明显有反社会行为，但情况并没有这么简单……

她停下来想了一会儿。她要找别的心理医生谈谈，可是找谁呢?

在她办公桌和墙之间那块不大的地方，摆着一盆干酪藤。这植物严重缺水，看上去已经半死不活了。她来到楼下，往水壶里装满水，回到书房，一边给干裂的土浇水，一边思考着。

思考。

她又打了几个字。

自闭症？他们之间的言语交流又怎么解释呢？

怎么解释?

她勉强往嘴里叉了一口意面，一边嚼一边想……什么地方肯定有类似病例的记载，是在某一篇论文里还是在某本书里呢?

她是网上儿童心理新闻组[1]的成员，这个新闻组每周都会向它的成员发送病例汇总、新的治疗方法、新药物和一些常用信息。新闻组很有用，因为它的成员是来自三十多个国家的心理医生，以前不管她提出什么问题，总能得到可靠而详尽的回答。

她写了一封电子邮件，将自己观察到的有关卢克和菲比的情况进行了总结，询问其他人有没有接诊过类似的病人。

令她惊讶的是，第二天她就收到了十名心理医生的回信。五名医生来自美国，一名来自阿联酋，一名来自巴西，一名来自意大利，一名来自德国，一名来自瑞士。

有四名医生在各自的邮件中告诉她，他们接诊过的、具备类似

1 新闻组，英文为Usenet或NewsGroup，简单地说就是一个基于网络的计算机组合，这些计算机被称为新闻服务器，不同的用户通过一些软件可连接到新闻服务器上，阅读其他人的消息并可以参与讨论。新闻组是一个完全交互式的超级电子论坛，是任何一个网络用户都能进行相互交流的工具。

特征的双胞胎有一个共同点：他们都是在美国遗传学家里奥·德托雷博士的海上诊所里怀上的，此人已经遇害。

她连忙到谷歌上搜索“里奥·德托雷博士”。

在第一批符合条件的搜索结果中，有一个是：

报纸。《今日美国》。2007年7月。科里森博士。

洛杉矶的教授承认，“我们有了一个定制婴儿”。

第八十章

菠萝头先生穿着条纹裤和巨大的鞋子，安了一个假的红鼻头，头戴一顶菠萝状的皮帽，来参加卢克和菲比生日晚会的四个孩子非常喜欢他，一直笑个不停。约翰和娜奥米、娜奥米的妈妈以及姐姐哈丽特、罗丝都觉得菠萝头先生的滑稽表演十分有趣。

——除了卢克和菲比。

他们坐在地上，板着脸，一声不吭地盯着那个人，无论他怎么逗他们，请他们和他一起表演魔术，他们都不理不睬。

经过一场激烈的思想斗争之后，约翰和娜奥米才决定请别的小朋友来参加聚会。娜奥米在这座村子里的朋友简·亚当森接受了邀请之后，不辞劳苦地把儿子查理送了过来。查理一只手上紧紧抓着生日礼物，另一只手死死抓着他妈妈不放，紧张地看着双胞胎。显然，他不想来参加这场聚会。

娜奥米还邀请了一个腼腆的女孩贝坦妮，她和父母这个星期刚刚搬到这里来，举目无亲，也谈不上认识什么人。罗丝把自己的小儿子以摩根带了过来，约翰的一个同事带来了她那活泼可爱、四岁的儿子本。

菠萝头先生的表演进行到一半的时候，卢克和菲比冷不丁地站了起来，走出了房间。

约翰本来正站在一旁忙着给孩子们拍照，娜奥米见此情景，连忙和约翰交换了眼色，然后紧跟着孩子们来到外面，顺手关上了房门。“卢克！”她喊道，“菲比！你们去哪儿？”

两人不理她，继续朝楼上走。

娜奥米提高了嗓门：“卢克！菲比！立即给我回来！把朋友晾在那里，这样做很不礼貌！你们绝对不能这样！”

她一边喊着他们的名字，一边气急败坏地追上楼。她看见他们走进了储藏室，就跟了过去，只见她和约翰送给他们的生日礼物——电脑正摆在地上。今天上午她和约翰拆开电脑包装之后，就临时放在这里了。孩子们在电脑旁蹲坐下来。

“卢克！”娜奥米喊道。

卢克没有理睬她，而是用手碰了一下键盘，显示器亮了，上面有一个Word空白文档。

菲比对她弟弟说了句什么，连续而飞快地敲击着键盘，那速度简直就像专业的打字员在盲打。娜奥米惊呆了，她忘记了自己正在生气。后来，她回过神来，走到墙边，一把扯掉了插头。

两个孩子都没有看她。

“卢克，菲比，这是你们的生日晚会，”她说，“你们的朋友在这儿呢。妈妈和爸爸特意为你们请来了菠萝头先生，你们这样离场是很粗鲁的表现，把朋友丢在那里不管也是粗鲁的表现。快起来，回到楼下去！”

孩子们没有任何反应。

娜奥米怒不可遏，她抓住卢克和菲比的手，把两人拖得站了起来，可是他们还是没有任何反应，就那么气呼呼地站着。

“快到楼下去！”娜奥米喊道。

孩子们纹丝不动。

她想把他们朝门口拖，但是，令她震惊的是，她发现自己居然拖不动他们了。他们反抗着，那力气比她大多了，她根本不是对手。

她松开菲比的手，使出吃奶的劲来拖卢克。她集聚了全身的力气猛拉卢克，原以为凭着自己的力气，至少可以让卢克打个趔趄吧。

但卢克只是在地毯上滑了一点点距离，然后很快重新站稳了脚跟。

娜奥米再也忍不住了，她吼道：“如果你们不立即给我下楼，那就睡觉！谁也不许玩电脑！什么也不许玩！听明白了吗？”

约翰拿着相机，走了过来。“你们这是怎么啦？”他问。

“谢拉·迈克尔里德斯医生说得对，”娜奥米说，“我们应该把他们送到该死的精神病院去！这两个小东西！”

她松开卢克的手。约翰蹲下来，看着卢克。过了一会儿，他紧紧抓住卢克的双手。“听着，小家伙，你和姐姐的生日聚会正在进行，你们要照顾好前来参加聚会的朋友，另外，别忘了还有那个为你们表演的小丑。希望你们下楼，拿出主人的样子，好吗？”

娜奥米看着卢克。卢克穿着海军蓝裤子，白色衬衫和领带，黑色球鞋，一脸严肃，看上去不像孩子，更像个小大人。菲比穿着蕾丝边的花裙子，脸上的表情冷冰冰的。你们不是孩子，想到这里，她不由得打了个寒战。你们是小大人。

天哪，你们到底是什么人？

约翰站了起来。卢克和菲比对视了一下，外人根本看不懂那眼神是什么意思。过了一会儿，卢克犹豫了一下之后才跟着父亲下了楼，菲比紧随其后。

他们进了客厅。卢克和菲比板着脸，走到那群小伙伴跟前，在地板上坐下，抱着双臂，盯着菠萝头先生。此时的小丑正在本的帮助下，用木棍玩着转盘子的杂耍。

“一切都好吧？”哈丽特低声问娜奥米。

*不，不好，一点也不好。*这是她的真心话。但是，她没说出来，而是微笑着点点头。*好，太好了。*

那天晚上，妈妈和姐姐睡觉之后，娜奥米在厨房里把洗好的餐具从洗碗机里取出来，递给约翰，由他放到碗橱里。她累得都快站不住了。“软糖”和“巧克力”却精神得很，它们毫无睡意，在笼子里探头探脑，发出吱吱的叫声。

娜奥米倒了一大杯红酒。“迈克尔里德斯医生提到的那个心理健康疗养院——也许我们是该认真考虑一下了。约翰，对他们我已经无计可施。我不知道下面该怎么办。让不认识的人来管管他们，说不定会有用呢。也许几个星期之后他们就懂道理了。”

她端起酒杯，一口就喝掉一半。“我从来没想到从我的嘴里会说出这样的话啊，但这是我的真实感受。我真的就是这么想的。我实在是没办法了。”

“他们今天觉得无聊，”约翰说，“我觉得这是问题的症结所在。哈丽特也是这么想的。”

“哈丽特不懂孩子，她一点也不懂，”娜奥米毫不客气地说，“她宠溺他们。”

“她有没有和你说过这两个孩子的事？比如，孩子们对她是什么样的态度？他们理她吗？她觉得孩子们正处于特殊时期。”约翰在碗橱里收拾了一会儿，腾出一块地方来放饮料杯。“孩子们需要更多智力方面的刺激——希望迈克尔里德斯医生说得对。我们请小丑来，也许这样做就错了呢。我们或许该请一名天体物理学家来谈谈火箭燃料的分子结构，或者谈谈气候变化。”

娜奥米朝他淡淡一笑。“那好像还有点意思，嗯？”

第八十一章

尽管昨天晚上没睡好，但在早上6点的时候约翰就完全醒了。娜奥米在床上辗转反侧，老是睡不着，两次撕开扑热息痛药片包装的时候都把他弄醒了。现在，她睡得很香，占据了床上的大部分地方，几乎要把他挤到床边上去了。他轻手轻脚地下了床，尽量不惊醒她。他走到窗前，外面黑乎乎的，但天很快就要亮了。

他穿上浴袍，套上鞋子，蹑手蹑脚地摸黑下了楼。

他听见了电视机的声音，看到客厅门下面有灯光漏了出来，知道有人已经起来了。他想，可能是娜奥米的姐姐哈丽特起来了吧，虽然她通常都喜欢睡懒觉。

他打开门，朝里面看去——

是卢克和菲比。两人穿着浴袍，背倚着沙发，坐在地上，完全被电视节目所吸引，但是，他们看的不是娜奥米通常让他们看的那种儿童节目，而是适合成人看的科学讲堂节目，好像是某所开放大学提供的内容。一名教师站在原子结构的三维模型前，讲述卤素的形成。教师正在解释汽车上石英卤素大灯的工作原理。

"早上好，卢克，早上好，菲比。"他说。两个孩子对他几乎视若无睹，甚至还觉得他打扰了他们。他们朝他漫不经心地看了一眼之后，立即又盯着电视。

"想不想吃早饭？"

卢克抬起一只手，示意他安静，不要再打扰他们。约翰看着他，有点摸不着头脑。星期天早上6点，他家三岁的孩子坐在电视机前，聚精会神地看一个人讲卤素气体。

他退出客厅，走到厨房，打算泡杯咖啡。他一边走一边想，他们该有多么聪明啊——进入他的电脑，帮他和格斯·桑迪亚诺下棋的也是他们吗？而且他们还打败了他？

他觉得有必要让心理医生对他们进行检测了。他要和娜奥米商量一下，把他们送到特殊教育机构去。这些特殊学校不一定都招收住校生，这样，他们还是可以每天回家，和父母一起享受家庭生活。他和娜奥米可以与孩子们一起做一些有趣的事，比如共同学习卤素气体的分子结构。

他往水壶里灌了一些水，打开开关，接着他舀了几勺咖啡放进杯子，又从冰箱里拿出一瓶牛奶。

他觉得有些不对劲。这里太安静了，好像缺少了一种什么声音。同时，他觉得自己好像闻到了一种不好的味道。

肉坏了的味道。

他皱皱鼻子，打开冰箱门嗅了嗅。是正常的冰箱味道，这里没东西坏了，那种难闻的味道不是从这里传出来的。他关上冰箱门，用力嗅着，百思不得其解。他又检查了一下冰箱冷冻室的门，那门关得好好的，也没有异常的味道从那里传出来。

水壶里的水翻滚起来，然后自动断电了。他将开水倒进咖啡杯里，加上牛奶，搅拌起来。

然后，他端着杯子转过身，看到了。

手里的杯子滑落下来，在地上摔得粉碎，瓷片和咖啡四下飞溅，但他丝毫没有注意到这些。他的眼睛只盯着地上那两张报纸。报纸在豚鼠笼子旁边，其中的一张上面有斑斑血迹，“软糖”四脚朝天躺在上面。它被开膛破肚了，体内的器官整齐地摆在一旁。在另一张报纸上，“巧克力”也遭遇了同样的下场。

约翰顿时有些恍惚。有那么一会儿，他想，是不是有猫溜进来干了这坏事。但当他走过去细看时，他知道自己的想法完全错了。

每只豚鼠的身边都有一小堆盘曲的肠子，另外，豚鼠的肾、肝、胰腺、心脏、肺也整齐排列着，头颅的顶端被切开了，刀法精准得像外科医生，豚鼠的脑组织被取了出来，放在脑袋的旁边。有些内脏被切成了两半，肠子的某些地方也被切开了。

他觉得要呕吐，连忙转过身去。伤心和震惊交织在一起，他的心里乱成一团。如此可爱、友好的小动物，谁会对它们下毒手呢？看着卢克和菲比逗它们玩，亲它们，照顾它们，真是一种享受啊。

到底是谁干的呢？

那个绕不开的答案就在他心里，但他仍在坚持。他拒绝接受这个答案。他只想在娜奥米看到这一幕之前收拾干净。她肯定受不了。他也不想让哈丽特以及娜奥米的妈妈看到这一幕，他不想让任何人看到。

他打开洗碗槽下面的柜子，抽出一条黑色垃圾袋，屏住呼吸，小心翼翼地拿起报纸，放进袋里。他打了个死结，将垃圾袋放进室外的垃圾桶里，盖上盖子。

回到厨房之后，他浑身颤抖。他坚持着将咖啡杯碎片等收拾干净，朝客厅走去。他打开客厅门。电视已经关了，客厅里的灯也关了。两个孩子不在客厅。

他朝楼上走去，想看看他们是不是回卧室了。走到楼上的时候，他看到储藏室里的灯亮着。他疾步走过去，推开门。孩子们的新电脑开着，他看到显示器上有一个网页。他凑近了电脑，去看个仔细。

那网页是《格氏解剖学》上的一页。《格氏解剖学》是医学解剖界的《圣经》。这一页上显示的是肾的解剖示意图，旁边列了一些观察要点，供人在解剖时参考。

第八十二章

约翰心情沮丧，却有些不甘心。他想好好整理一下思绪，弄明白刚才到底发生了什么，于是出去跑步。他是不是该揪住那两个孩子，把他们拎到死豚鼠跟前，好好教训一番？但这样做有用吗？

孩子们到底中了什么邪，会到那个网页上去看解剖，做出了那样的事？

这是一个晴朗的早晨，初升的太阳照在白霜上闪闪发光，结了冰的小水坑在脚下发出破裂的声音。他沿着一条小路朝着山上跑。

到半山腰的时候，他停下来喘口气，朝山下以及远处的山谷回望。他看到了农舍、马路、街巷、远处山坡上一幢房子的塔楼。现在是星期天早上7点半，大部分人还没有起床，四周弥漫着一种不可思议的静谧。他听见很远的地方传来羊的叫声，然后，从同样遥远的地方又传来了母牛低沉的叫声。在前方的天空中，他看见一架喷气式飞机朝英吉利海峡方向飞去，留下了一条蒸汽尾巴。

他可以看见他自己的家。那房子位于他和村里教堂这两点连成的一条线之间，显得那么小。其实，从他所在的位置看过去，所有的东西看上去都小，就像进入了一个玩具世界。田野是小的，羊、牛、住宅、马棚、汽车、马路、路灯、信号灯、尖塔，所有东西都是小的。因为小，所以显得那么微不足道。

豚鼠也是小的，所以也就微不足道了。它们的内脏小，有些小得不能再小了，你得仔细看才能分得清它们是什么，但是……

任何一个生命都不是微不足道的。也许你会打死一些虫子，比如蚊子、孩子房间里的黄蜂，因为它们构成了一种威胁；也许你会打死一些不请自到的脏虫子，比如蟑螂。你还会杀死一些野生动物，因为它们对你或你的农场构成了威胁；你会杀死那些你养殖的动物，因为那是食物，你要吃它们。

但是，出于好奇杀死它们，行吗？

当然可以，如果你是在实验室里的话。果蝇、老鼠、青蛙，各种生物在实验室里被解剖——在教育和医学研究的名义下。为了学习，一直都有生物被杀，对此他毫无意见，这不是因为他喜欢看到生物被杀，而是因为那样做事出有因，虽然这一原因的合理性有待商榷。

而且，说真的，如果他回想一下自己的童年，他也曾有过用弹弓打鸟或其他动物的经历。一天，他打中了一只麻雀，而且一击毙命。他看着麻雀从树枝上掉到草地上。他飞奔过去，看到麻雀的喙边有几滴血渗了出来。他握住麻雀温暖的身体，想让它站起来。他动动麻雀的翅膀，想让它飞走，过上幸福的生活。后来，他哭了。他把麻雀放到树上，这样野猫就吃不到它了。他希望它能好起来，飞到远处去。

但到了第二天早上，他发现麻雀还在那里，身体冰冷而僵硬，好像一簇羽毛被胶水粘在石子上。他懊恼不已，将麻雀拿到树林里，用手掏了一个浅浅的坑，将它埋了，然后在那个小坟墓上放了一块石头和一些树叶。

他知道，孩子杀死小动物，这不足为怪。这是成长的必然经历，是人生不可缺少的仪式，这也许和人类身上潜藏的猎人基因有关吧。但是，他杀死过宠物吗？他杀死过自己捧在手里精心呵护、与之玩耍、祝它晚安的宠物吗？卢克和菲比就是这么呵护“软糖”和“巧克力”的，可是，他们却杀死了这两只宠物。

迈克尔里德斯医生的话在他心里回响。

正常的社会行为由哪些方面构成，恐怕你们的孩子无法做出明确的区分。

她是在以一种隐晦的方式告诉他们，这两个孩子是变态吗？

第八十三章

约翰回到家里的时候，家里静悄悄的。其他人还都没有起来。好。因为做了坏事，这两个孩子该接受惩罚，但怎么惩罚呢？怎样才能让他们知道自己做错事了呢？该怎么做才能让他们明白呢？

约翰穿着汗湿了的运动衫，把娜奥米的早餐和报纸放在托盘里，送到楼上。娜奥米坐在床上看电视，首相正在接受记者的采访。他拿起遥控器，调低音量。尽管他很不愿意破坏娜奥米早上的好心情，但还是把豚鼠的事说了。

娜奥米脸色变得苍白了，她好久都没有说话。后来，她抓住他的手说："我们别告诉哈丽特，还有我妈妈，好吗？我们谁也别告诉，好吗？"

他在床边坐下，瞥了一眼《星期日泰晤士报》上的标题。"我也是这么想的。我不想让她们知道。"

"我们可以这样告诉她们——孩子们忘记关笼子门，豚鼠跑了，好吗？"

"我把笼子放到外面就行啦，"他说，"反正你妈妈也不会注意到。如果哈丽特说什么，我就告诉她，是我把豚鼠放在外面，没有把门关好。"

"我们要和卢克与菲比谈谈。我们要解释给他们听，他们所做的事情是错误的。约翰，我们必须让他们明白事理，而且，他们必须为这件事接受惩罚。"

"你说我们该怎么实现你说的那些目标呢？因为我不知道。迈克尔里德斯医生说——"

"她说的话我记得清清楚楚，但我们是他们的父母，我们把他们带到这个世界上，我们有责任教育他们。看在上帝的分上，他们才三岁！等他们到了四岁，五岁，还会干出什么样的事情来？会不会把你我都解剖了，看看我们的重要器官长什么样子？"

她走进卫生间，关上门。约翰翻阅着报纸，但一个字也看不进去。几分钟后，她裹着浴袍出来了，头发梳理得整整齐齐，嘴里带着一股薄荷味牙膏的清香。她阴沉着脸，气冲冲地穿上拖鞋，朝着储藏室走去。卢克和菲比穿着睡衣，紧紧靠在一起，坐在电脑前，心神专注地玩着象棋游戏。娜奥米不由分说地抓起菲比的手，将她往外拖。

"菲比，我们好好谈谈，哪怕谈上一整天，我也奉陪到底。你爸爸负责和卢克谈心，哪怕谈上一天一夜也行！"娜奥米说。

"卢克！"约翰喊道。

卢克丝毫不理他，自顾自地抿着嘴，移动着鼠标。

不知道是娜奥米的怒气传染了他，还是他压抑已久的怒火终于在此刻爆发了，约翰一把揪住卢克，力道之大，动作之粗暴连他自己都感到吃惊。他拖着卢克出了门，跟着娜奥米和菲比下楼。

约翰拉着儿子。儿子一言不发。他们走过过道，穿过厨房，出了后门，跟着娜奥米和菲比，来到垃圾桶旁边。

娜奥米一只手抓着菲比，一只手揭开桶盖，拖出一只黑色垃圾袋。她举着袋子，盯着约翰。"是这个吗？是这个吗？"

约翰耸耸肩膀。"可能是吧。"

娜奥米松开菲比。菲比面无表情，一动不动地躺在草坪上。娜奥米解开垃圾袋，倒出了里面的东西。血肉模糊的"软糖"、"巧克力"以及它们的内脏一起掉落在草地上。

娜奥米强忍着眼泪，狠狠地看着两个孩子，说："这些是你们的宠物，你们喜欢它们。你们亲过它们。我指望你们会好好照顾它们。你们看上去好像很喜欢它们，可为什么又杀死它们呢？你们为什么要这么做？为什么？你们难道不明白自己都干了些什么吗？”

卢克说话了，他的语气简洁、冷静，约翰和娜奥米以前从来没有听他这样说过话。卢克回答道：“它们是一种很低级的生命形式。”

娜奥米看着约翰。儿子突如其来的简洁回答也让约翰惊诧不已，但他竭力保持镇定，不动声色地询问道：“卢克，你们有什么权力杀死它们，难道就因为它们是低级的生命形式吗？”

“爸爸，它们是你送给我们的。”他说。

约翰哭笑不得。卢克在和他们说话！卢克对他们的话有反应了！这是一个难以置信的突破，但是到目前为止，这一突破却让他们高兴不起来。他看了娜奥米一眼，娜奥米的眼神里也有着同样的困惑。“卢克，我们把它们送给你们，是让你们照顾它们，而不是杀了它们。”约翰说。

“反正豚鼠只能活五年。”菲比插话说。

这时，约翰和娜奥米不得不对这两个孩子刮目相看了。他们会和人交流！光这一点就是很了不起的成就，但是，这并不能减轻他们的罪责，也没有让眼前这件怪异的事情变得正常起来。

“所以，你不会认为它们只有活五年的权利吧？”约翰说，“你是人类，人类能活八十年。”

“‘巧克力’的肝比‘软糖’的小。”菲比说。

“不管怎么说，‘软糖’会在两岁的时候死于肾衰竭，它的肌酐值不正常。”卢克一本正经地说。

那语气不容置疑。

约翰和娜奥米简直不敢相信自己的耳朵。

娜奥米浑身发抖。“真的吗？”她问，“肌酐值是什么东西？”

“是新陈代谢的产物，由肾排出体外。‘软糖’的肌酐值很高，这意味着它患上肾衰竭的风险很大。”菲比说。她盯着娜奥米，好像她是个弱智。

“‘巧克力’呢？”娜奥米问，“它的肌酐值高吗？”

“它的肌酐值还行。”菲比轻描淡写地说。

“那你为什么要杀死它？”娜奥米问。

“我没有杀死它。”菲比愤慨地说。

“我明白了，”娜奥米说，“你剖开它的肚子，取出它的内脏，但你没有杀死它，对吗？”

“是的，是它自己死了。它不听话。我们没有说它可以死，我们没有允许它死。”

第八十四章

约翰跟着娜奥米走进屋内，径直走到储藏室，拔掉孩子们的电脑插头，拿起电脑。他记得自己小时候顽皮的时候，父亲经常没收他的自行车以示惩罚。那可是他的心爱之物。父亲那样做让他很难过，因为这样一来他就没法出去玩，不得不困在家里，就像被关了禁闭一样。现在，他们没收了孩子们的电脑，说不定这样东西能够影响他们呢。他们太需要一件能够制伏这两个孩子的东西了。

他把电脑放在自己书房的地板上，接上电源，打开电脑。他很想看看孩子们到底从网上下载了什么。

屏幕上出现了命令：**输入密码**。

你们还设定了密码，两个小东西！尽管不愿意，他心里还是佩服他们的。

他正准备去找卢克和菲比问密码，但一想又改变了主意。他重又蹲了下来，思考了一会儿，键入了一串字母：

ebohpkul

一条信息出现了：

密码错误，请重新输入。

约翰又想了几分钟，将他俩名字的顺序颠倒了一下。

eklebohp

他点了回车键。几秒钟后，他进入了电脑。太棒了！他露出了胜利的微笑。这两个孩子用的是他们的那种秘密语言，把他们的名字连在一起，调整顺序，然后将第四个字母省略。

但接着他就笑不出来了。*太可怕了。我在和自己家三岁大的孩子们较劲，和他们比智力，看谁更聪明，这有什么值得高兴的呢。*

接着他打开了电脑的网络设置。这里应该什么都没有。但他似乎早已预料到事实并非如此。卢克已经注册了一个MobileMe账号，菲比也注册了一个Hotmail账号。他们居然自己设立了免费的邮箱！

刚才他还不敢相信，但现在他改变主意了。他不知道自己该作何感想。他真希望这一切都是一场梦，醒来后发现他和娜奥米有两个快乐、正常的孩子，他们在星期天早晨会爬到父母的床上，他们不会坐在电视机前痴迷地看卤素气体的节目，他们不会杀死自己的宠物。

但有的时候他又竭力往好的方面想，他想到了卢克和菲比的种种未来。无论那个德托雷做了什么手脚，这两个孩子对知识的渴望以及他们所具备的技能都令人难以置信。也许他们需要的只是一只强有力的大手，一个强有力的指引，一颗更加包容的心？他和娜奥米迫切需要转换思维，认识到自己的孩子异常聪明，并将这一点看成是好事，而不是坏事。

他双击了一下网页浏览器，在等待网页打开的时候，他回想着自己童年时期。他希望能记得他曾经有过这样一个阶段，知道杀死别的生物是不好的。是他的良心让他明白过来的吗？直到今天，打死那只麻雀的罪恶感还没有完全消失。你不必教育孩子杀生是不好的，任何一个正常的孩子都应该知道，这是本能。

那他们为什么不知道呢？

他打开了浏览历史记录，想看看卢克和菲比访问过的网页。现在他真的不敢相信自己的眼睛了。这台电脑交到他们手里才过去了二十四小时，但他们浏览过的网站很多，约翰翻过一页又一页，所有的网站都是教育类网站，大部分和科学有关，有些是专门针对孩子的，有些是针对青少年，还有的是针对成年人。那些科学网站有医学、生物学、物理、数学、化学、生物化学等方面的内容，另外还有一些网站是关于人类学、历史和人物传记等方面的。

他蹲在那里忙着摆弄电脑的时候，门口有两张严肃的小脸在观察着他。他对此浑然不觉。

基础生物学。熵的定律。拟核蛋白的形成。高级逻辑。微积分。他看着网站列表，只觉得背脊发凉。三岁大的孩子绝不可能看这些东西！

娜奥米在楼下喊他，说早饭好了。他只好匆匆结束。

他为电脑设置了一个新密码，以防孩子们溜到这里来用电脑。这时他才注意到自己还穿着湿乎乎的运动衫呢。他急忙脱掉衣服，三下五除二地冲了个淋浴。几分钟后，他穿上套头衫、牛仔裤和真皮休闲鞋，一边想着心思，一边往楼下跑去。

家里的其他成员已经在橡木餐桌旁坐定。桌上摆着谷物早餐包、水果沙拉、瑞士果蔬燕麦片、酸奶、奶油蛋卷、烤面包、煎鸡蛋、培根、香肠和番茄。卢克在往碗里倒脆米花，一粒也没有漏出来。菲比像个小公主一样，正在用勺子吃着巧克力酸奶。

约翰向岳母、哈丽特道了早安。哈丽特正认真地看着《金融时报》。

“昨晚你们睡得怎么样？”约翰一边说一边坐了下来。

他的岳母穿着两件套正装，好像马上要去教堂似的。这些年来，约翰注意到一个规律：她在星期天的时候总是穿得很漂亮，那是因为她从小在一个清规戒律比较多的宗教环境里长大。她用柔弱的声音说：“谢谢，睡得很好。我在这里睡眠一直很好。”

哈丽特穿着毛衣，黑色的头发没有梳理。她从报纸上抬起头，手指在轻轻地弹着报纸。

“你们看过阿尼·威尔森的专栏吗？我觉得他写的滑雪方面的文章是最好的。”

“没有看过。”约翰说。他心不在焉地笑笑，自己动手拿了些水果沙拉，看着卢克舀了一大勺糖，倒进碗里的谷物早餐上。

“我想那糖太多了，亲爱的。”娜奥米说。

卢克没有理会她，将勺子伸进碗里。

娜奥米生气了，一把夺走了他的碗。“我说糖太多了！”

卢克傲慢地盯着她。厨房里出现了令人尴尬的沉默。

“你们昨晚睡得好吗，卢克和菲比？”约翰的岳母问。

两个孩子没有理她。

“回答外婆的话。”娜奥米说着，往卢克碗里倒了些牛奶。

菲比舔干净勺子，举在眼前，好像在认真检查一样，说：“睡觉是件愚蠢的事。”

卢克嚼着嘴里的谷物早餐，说：“我不睡觉。”

“真的吗？”外婆问，“你不睡觉？”

他又舀了一勺放进嘴里，慢慢嚼着。嘎吱嘎吱的咬嚼声是厨房里唯一的声音。约翰和娜奥米相互对视了一下。约翰的意思是，嘿，至少他们说话了，这是一个突破，这是一个进步！不管怎么说，这都是一个进步……

哈丽特翻了一页报纸。“卢克，你为什么不睡觉呢？”

“因为只有死了的东西才睡觉。”他说。

这次约翰不敢看娜奥米的眼睛了。他叉了一片芒果，味同嚼蜡地吃着，他的眼睛现在放到了哈丽特身上。他观察着哈丽特的反应。

“我昨晚睡觉了，”哈丽特说，“但我觉得我没有死啊！”

“我也睡了，”外婆说，“但这并不能说明我死了，亲爱的，是吗？”

卢克将勺子伸进碗里，冷冷地说：“快了，外婆。”

第八十五章

娜奥米的日记

我不断将卢克、菲比和哈雷进行比较，这样做是不是错了？我可爱的哈雷啊。好吧，大家都知道孩子们经常会说些让人摸不着头脑的怪话，我妈妈听了之后也不以为意，但是……感谢上帝，妈妈和哈丽特都没有发现豚鼠不见了。您瞧瞧，我的家人真够细心的啊！

哈雷，我的小可怜，我非常想你。这话听上去也许有些疯狂，可是我们当初去德托雷博士的诊所时，你知道我心里想的是什么吗？我希望你能回来，我们能够得到一个全新的你，一个更好的你。我希望我们的新孩子和你一模一样，只是更加健康。但是，在卢克和菲比身上没有你丝毫的影子，至少我没有看出来。你是那么文雅，那么可爱，那么有爱心。你有时会冒出一些好笑的话，但我无法想象你会说出卢克今天早上对外婆说的那句话来。我想你绝对不会杀死什么动物。

你也许会觉得我这么说挺奇怪的，但我有时确实真的感觉到你的存在。你就在我身边，抓着我的手，告诉我别担心。如果不是那样的感觉在支撑着我，真的，我想我会崩溃的。约翰比我坚强得多。我希望我能像他那样冷静，像他那样内心强大，像他那样对未来充满信心。你出生的那天是星期天，离开我们的时候也是星期天。好多人都喜欢星期天，但我不喜欢。我在星期天有时很沮丧。今天我就很沮丧。这本该是一个美丽的早晨，但全因为“软糖”和“巧克力”的不幸遭遇给毁了。

现在到了下午，外面刮着风，还下雨，外婆在看阿加莎·克里斯蒂的小说改编成的电影，哈丽特姨妈回家了。菲比就在我眼前厨房的地上玩三维拼图，约翰在客厅和卢克下棋。现在是4点，天已经黑了。6点半的时候，他们在村里的教堂做晚祷。每个星期天他们都会做晚祷。我有时心里痒痒的，也想去。现在就是这样。是你在希望我去吗?

我是不是像个落水的人，想抓住一根救命稻草?

第八十六章

和儿子下棋，约翰输得一塌糊涂。

正当他闷闷不乐的时候，娜奥米说："约翰，这就是你想要的，难道不是吗？他们刚生下来没几个月，你就给他们进行各种早教。你在他们房间一待就是几个小时，没完没了地放'新世纪音乐'，给他们讲故事，讲下棋的技巧。你希望他们是天才，好了，你的愿望实现了。"

现在是星期天晚上，厨房里只有他们两个人。娜奥米的妈妈头疼，早早上床睡觉了。星期天晚上一般都是约翰做饭，在大多数时候，他做的晚饭简单而清淡，他们常常端着盘子，边吃边看电视。今晚他做的是小蘑菇蛋饼和希腊风味的沙拉。

"不，不，"他说，"我从来没想到会是这样。"

"我反对你那样做，当时你还笑我呢。现在，你下不过卢克，不高兴了吧。"

娜奥米说到这里，突然看到豚鼠的饲料盒还在地上，连忙拿起来，放到橱子里。

"娜奥米，他才三岁！许多孩子还不知道下棋是怎么回事呢！他不仅打败了我，而且还让我输得心服口服。他下棋的速度——太快了！"

"几年前，魔方流行的时候，大人常常玩不起来，可小孩子能够在几分钟里完成。我记得有人说过，这是因为没人告诉过他们这是不可能做到的！对于那些谜题，孩子们有一种与生俱来的解决能力，但这种能力在他们长大后就消失了，对吗？在某种程度上，下棋也是解决谜题，对吗？”

约翰站在炉子前，专心做着蛋饼。他马上就要做好了。他平常很喜欢闻油煎小蘑菇的香味，但今晚他的心里不舒服，或者说有些焦虑，所以一点胃口也没有。“之所以会出现那样的情况，是因为那个年龄段的孩子心无旁骛，只知道专心做一件事。”

“也许下棋也是同样的道理？谁也没有告诉卢克，说他不可能打败你，于是他就打败你了，你觉得呢？你说过你七岁的时候曾经打败过你爷爷，你爷爷也算得上是棋王了，是吧？”

“是的，我的确打败过他一次，”约翰说，“可那是我和爷爷下了几个月之后啊。嗯——”他耸耸肩膀。“谁知道呢？也许爷爷是故意输给我的吧。”

他用铲子将蛋饼切成两半后盛到盘子里，将煎锅从炉子上移开，盖上煤气灶的保护板。“做好了。”

他们把盘子端到客厅后，约翰又去了一趟厨房，回来的时候手里端着两杯葡萄酒。他们坐在电视机前吃蛋饼，谁也不说话。电视上正在放《鉴宝》节目，音量调得很低。

“你做的蛋饼绝对棒！”娜奥米说。她好像突然又变得开心了。“也许我们应该经常带孩子出去玩玩。迈克尔里德斯医生也许是对的，我们对他们约束太多，总是把他们限定在儿童的世界里。去动物园玩的那一次，他们是很开心的。”

“是的，动物园之行真的让他们喜欢上了动物，不是吗？”约翰不无嘲讽地说。

娜奥米不说话，默默地吃着。

“对不起，亲爱的，”约翰说，“我不该那样说。”

娜奥米耸耸肩。他们看着电视，里面有个大胡子男人站在一只盘子前面，盘子里装着维多利亚时代的外科手术工具。

“也许我们应该带他们去看看尸体解剖，”约翰说，“我敢肯定，他们会觉得这要比菠萝头先生好玩得多。或者我们带他们去医学院解剖系的肢解展示厅。”

“你在说什么蠢话！”

“我觉得不是。这才是问题所在啊——他们说不定真的喜欢那个呢。我认为他们想看看大人的东西。”

“哎，你工作的地方可是英国高科技最集中的地方之一，你为什么不带他们去莫雷公园参观一下呢？你可以给他们看看粒子加速器，看看冷聚变实验室。”

约翰将手中的盘子放在地上。

“怎么啦？”

“我不饿。我吃不下。我——我也不知道——我只是不知道我们该怎么办，我们该从哪里着手。”

约翰盯着电视机看了一会儿，《鉴宝》节目上的专家正在给一个戴着天鹅绒帽子的小个子老年妇女讲述用镶嵌细工制作而成的木盒，它的价值在哪里。

“这是一件做工精致的坦布里奇木盒，”专家说，“你知道它的历史吗？”

“你有没有注意到，”娜奥米说，“在这档节目里，他们很注重物品的历史，强调它的来源？假设我们上了这档节目，对于卢克和菲比的来源，我们又能说些什么呢？”

“我认为，如果我们上了节目，他们会介绍说我们是古董，”约翰说，“我们是21世纪早期人类这一已经灭绝的物种的遗骸。一个是美丽的英国女性，保存状态完好；另一个是干枯的瑞典男人，脑萎缩，急需修复。”

娜奥米咯咯直乐。她转身在约翰脸上亲了一口。

“我们会渡过难关的。我们会找到办法的。我们会把这两个孩子变成好人，因为我们是好人。你是好人。一个人的某些方面是天生的，但也有些方面是后天培养的，我们必须找到正确的方法，引导他们，潜移默化地影响他们。”

约翰笑了，但脸上的表情却是伤心和困惑。“卢克今天下午真的把我给吓坏了。我真的是这个意思。他吓死我了。我的对手好像不是孩子，甚至不是人类。我好像在和机器下棋。我下着下着，居然觉得和他下棋一点意义也没有，因为一点也不好玩。”

娜奥米喝了一口酒。“我们是不是考虑送他去参加象棋比赛，看看他遇到真正的对手时会有怎样的表现呢？”

“——让他上报纸的头条？亲爱的，一个三岁的象棋天才会轰动全国的，这不是把他送给‘新千年之子’的那些信徒吗？我们不能这样做。我们需要认真考虑的是给他们特殊教育，选一所特别的学校。”

“哪里有可供机器学习的学校呢？”娜奥米半开玩笑半当真地问。

约翰一只手搂住她，捏了捏她的肩膀。“你觉得十年后他们会是什么样子？”

“十年？我们还是想想三年后他们会是什么样子吧！他们现在就已经像个小大人了。你觉得他们此刻在自己的房间里干什么呢？是在无所事事，等到我们睡觉后再上网，上个通宵，还是在设计新的导弹推进系统，或者重新起草英国宪法？”

她吃完了自己盘子里的蛋饼。“明天早上你准备打电话给迈克尔里德斯医生吗？你会告诉她豚鼠的事吗？我想听听她对这件事的看法。”

他点点头，站起身来。“我去书房了。”

“今晚要工作吗？你看上去很累了。”

“我要看书稿的校样。我必须在下周末之前将校样寄回美国。”

他一到书房就打开了自己的电脑，开始上网。他打开浏览器，从孩子们拥有自己电脑的前一天开始，看了自己的电脑在过去几个月里的上网历史记录。

他看到了一页又一页的网址，但是，这些网址他本人从来没有浏览过。和他在孩子们的电脑中看到的一样，他再次看到了大量与数学、物理以及其他相关学科有关的网址。他还看到了历史、人类学、地理、地质学等方面的网址。到底有多少不同的学科，他实在数不过来了。

没有一个和玩耍有关。他的两个三岁大的孩子用他的电脑上网，一不去普通孩子们常去的游戏网站，二不去聊天室。他们好像有着强烈的求知欲，永远也得不到满足。

看到第三个月的上网记录时，他发现了和国际象棋有关的网址。卢克，或者是卢克和菲比，访问过六七个网址，既有关于象棋基本知识的，也有关于象棋的高级战术的。

他蹲下来，打开了孩子们的电脑。电脑启动后，要求他输入密码。他输入了今天早上为了防止孩子们用这台电脑而新设的密码，屏幕上出现了：

密码错误，请重新输入

他有意设了一个随机的密码，想要碰运气破解这个密码是根本不可能的。也许他刚才输入的时候什么地方打错了？他又试了一遍。

b*223*&65&*

密码错误，请重新输入

他生怕自己会忘记这个密码，特意写到纸条上，放到裤子后面的口袋里。他掏出纸条，仔细核对。他没有记错。他又输了一次。

密码错误，请重新输入

他摇摇头，不敢相信自己的眼睛。他又试了一次，得到了同样的结果。现在，他终于明白是怎么回事了。

肯定是这两个孩子——或者他们中的一个人——来过这里，用某种办法破解了他的密码，进入电脑后设了新密码。

第八十七章

房间很小，破旧的窗户被水泡过，油漆已经开始鼓起，油灰也脱落了。窗户上的玻璃在风中颤抖。天空是灰色的，不时还会下点小雨，道路远处的大海像泥浆一样不停地翻滚着。

房间里有一张单人床、一台他从未看过的电视、一张桌子、一只脸盆、一面镜子、两把椅子，另外就是他的那本《圣经》了。他的十字架挂在墙上。那里本来有一张约翰·康斯特布尔[1]的《干草车》，现在被他取了下来，放到了衣橱上。

每天早晨，他在异国他乡寒冷的小房间里醒来，起床后做完祈祷，打开电脑，满怀期待地上网。但是，到目前为止，打开电脑后却总是让他失望。他厌恶地看着邮箱里的大量邮件。每天早晨他都会收到垃圾邮件，有的给他提供发财的机会；有的想吸引他点击美女的网页，因为她们希望和他交朋友。看着这些邮件的时候，他愤怒，他伤心，他开心。

开心是因为他很快就可以远离这一切。让这个肮脏的世界自生自灭去吧。他很快就会躺在劳拉的怀里，他们会一起生孩子，以他们自己的方式，以上帝认可的方式，不是魔鬼子孙的那种方式。

---

1 英国皇家美术学院院士，19世纪英国最伟大的风景画家，1776年6月11日出生于英国萨福克郡一个优美的小山村，后在皇家美术学院学画，他认为临摹古典风景画不如向大自然学习。作品真实生动地表现瞬息万变的大自然景色，其画风对后来法国风景画的革新和浪漫主义的绘画有着很大的启发作用。

做儿女的，你们要听从父母；这是基督徒的本分。要孝敬父母，你就事事亨通，在世上享长寿！这是第一条带着应许的诫命。《以弗所书》6：1—3

他不应该拥有这样的东西，因为这是一种罪恶，但是他离不开它。劳拉留给他的记忆就只有这么多了。他们分手的那天早上，劳拉把它交给了他。那是一张彩色照片。照片上的她穿着朴素的裙子，站在那座加州农场上。那里是他们相遇的地方。劳拉微笑着，黑色长发散落在裸肩上。她的皮肤真好啊，像丝绸般柔滑。那是三年多以前的事了，但他还能清晰地记得劳拉身上的香味，记得她的每一个触摸，记得她的每一句话，记得她的气息吹在他脸上时的感觉。*我会等你的，提蒙，我的天使，我会等你，直到海枯石烂。*

劳拉，我很快就回去了，很快！

他坐在木桌旁，依靠墙上仅有的一块暖气片取暖。他看着电脑，那里有几封新邮件。他在大量的垃圾邮件中筛选着，突然，就在今天——星期一早晨，他看着那封没有署名、地址也无从确认的邮件，一阵莫名的兴奋涌上心头。

他使江河变为旷野，使水泉变为干旱无水之地。他使肥沃的土地变为咸田，都因住在那里的居民的邪恶。他使旷野变为池塘，使旱地变为水泉。他使饥饿的人住在那里，好让他们建造可以居住的城市。他们耕种田地，栽种葡萄，得到丰盛的收成。他又赐福给他们，使他们人口众多，也没有使他们的牲畜减少。《诗篇》107

这就是他孤身一人在这里待了六个星期所等待的消息！这是叫他执行任务的召唤！然后，他就可以回家啦！

他注销了登录，心潮澎湃。他必须用心思考，迅速想出办法。要做的事情很多，但他早已有了准备。用不了多长时间啦。

他到楼下找了一张空桌子，默默地做完祷告，吃了早饭。他不希望和其他客人有任何接触，哪怕是眼神的交流也不行。吃饭的时候，他在心里默默地列了一张购物清单。清单上的有些东西他早已经弄到手了。他是通过互联网邮购的。他们在培训他的时候曾经关照过，所有的东西都必须分开购买，而且必须在不同城市的不同商店购买。因为是外国人，如果他去买东西，肯定要比英国当地的顾客更容易被人记住。这样他就暴露了。一月份，一个美国人在萨塞克斯。这就令人起疑心了。

但这并不重要，因为等到人们醒悟过来的时候，他早已经远走高飞了。

第八十八章

星期二，时近中午，谢拉·迈克尔里德斯医生冷若冰霜地坐在诊室的办公桌前。

透过医生身后的窗户，娜奥米看着雨水落在下面郁郁葱葱的花园里。她看到草坪上有一只画眉鸟，它正用喙在地上不停地啄着，然后，拖出了一条拼命挣扎的虫子。

“你们为什么谁也不告诉我孩子的真实情况？”心理医生问。

“对不起，”娜奥米说，“我不明白你的意思。”

“是吗？德托雷博士——我想这个名字肯定能帮你回忆起什么吧！”谢拉医生脸上的表情更加冷了。

约翰和娜奥米面面相觑，两人都坐立不安起来。

“是的，我们去找过他。”约翰说。

“但不是你认为的那个原因。”娜奥米说。

“我能认为是什么原因呢，科里森夫人？”

娜奥米不说话，只是绞着手指。“那个——那个——我们想要——”说着说着，她就没了声音。

“定制婴儿？”医生问。

“不是，”娜奥米说，“根本不是。”

“是吗？”

娜奥米指着医生办公桌上的照片，上面有两个小男孩在笑。“是你的儿子吗？”

“是的。”

“这两个小男孩很健康，也很正常吧？”

“再也不是小男孩啦。路易二十岁，菲利普二十二岁了。”

“可是他们很健康，也很正常，对吗？”娜奥米问。

“科里森夫人，我们现在要说的是您的孩子，如果您不介意的话，我想这才是你们来找我的原因啊。”

“实际上，我是介意的。”娜奥米生气地说。

“亲爱的——”约翰急忙提醒她不要发火。

“别插嘴！”娜奥米扭头喊道。接着，她对医生说：“我们去找德托雷博士，是因为他给了我们希望。这个世界上，只有他这名医生能够给我们希望，好吗？”

“他给了你们什么样的希望？”

“我们可以有一个正常的孩子，一个没有遗传我和约翰身上可怕基因的孩子。这就是我们去找他的原因。我们找他是为了能有一个健康的孩子，没有那种基因的孩子。”

“他劝你们要双胞胎了吗？”

“没有，”约翰说，“我们只想要一个儿子。我们从来没有要过双胞胎。”

房间里的三个人很久都没有说话，后来还是医生打破了沉默。谢拉说：“那些去找过德托雷博士的父母所生下来的孩子，你们知道他们的存在吗？”

“知道一些。”约翰说。

“找过德托雷博士的父母所生的双胞胎中，在过去的几年中，已经有三对被人杀害了，”娜奥米告诉谢拉医生，“这件事和某个变态的宗教组织有关。那些人是一帮疯子。”

“所以我们就不想谈论这件事，”约翰补充道，“别人建议我们一定要保密。”

“这件事在网上传得沸沸扬扬，保密有点难。”谢拉医生说。

"所以我们才一直保持低调。"约翰说。

"知道或不知道这件事，对你有什么影响呢？"娜奥米咄咄逼人地说，"就因为怀上卢克和菲比的方式不同，他们就成了二等公民吗？你是想表达这个意思吗？"

"我一点也没有这个意思。但是，如果你们记性好的话，应该记得我曾经问过你们，有没有一些可能对孩子的行为产生影响的特殊情况，如果有的话，一定要告诉我。可是，你们从来没有提到你们定制了孩子的基因组成。我认为，如果你们早点告诉我，也许有助于我做出正确判断。你们说呢？"

"不，我不——"娜奥米说了一半就停住了，因为约翰举起了手，不让她说。

"亲爱的，她说得对。我们应该早点告诉她。"

娜奥米痛苦地低着头，看着地毯。她好像重新回到了学生时代，她被老师批评了。"谢拉医生，"她说，"当初和你现在了解到的情况有所不同。我们当时只希望德托雷博士把那些坏基因剔除掉就行了。"

"是吗？"

"差不多吧。"娜奥米说。

"差不多？"心理医生半信半疑地说。

诊室里又出现了令人尴尬的沉默。终于，约翰忍不住说："我们同意他可以修改其他的基因，以提高孩子在某些领域的能力。"

谢拉医生疑惑地看着他。"具体是哪些领域呢？"

约翰突然觉得不悦了，好像他也受到了老师的批评一样。"抗病能力——我们提升了他们的免疫系统。"

娜奥米插话说："我们说'他们'的时候，严格来讲并不准确。实际上，我们去找德托雷博士的时候，只想着要一个孩子——"

"一个男孩，"约翰说，"我们只想要个儿子。"

“可是德托雷博士说服了你们，让你们要双胞胎？”

“双胞胎的事他根本就没和我们说过，”约翰说，“我们是在娜奥米妊娠后期做检查的时候才知道她怀着双胞胎的。我们同意他修改的都是一些不太重要的基因，比如，我们希望儿子的身高可以适当高一些，希望他的视力好，听力也好。我们还同意修改相关基因，让他长大后不需要那么多的睡眠时间——哦，还有，让他从更少的食物中获取更多的能量。”

“我们还同意他修改相关基因，以提高儿子的学习能力。”娜奥米说。

“较少的睡眠，”心理医生说，“提高孩子的学习能力——正是因为这两点，看到孩子们好像整夜不睡觉，在拼命学习，所以你们就担心了？你们本来指望孩子会是怎样的呢？”

“我们没想到会这样，”娜奥米说，“我们的初衷只是希望他们的生活有一个良好的开端，从来没想将他们变成——”

娜奥米顿住了，心理医生谢拉耐心等待着。

“——怪胎，”约翰说，“我想就是这个词，只是我妻子不想说出来。”

“科里森博士，你们是这样看待你们的孩子吗——怪胎？”

“我想，我们用这个词和常人的用法不一样。我的意思是说他们和别的孩子不一样，那是‘线路’方面的差别。”

“我认为他们的‘线路’的确和别的孩子不一样。”心理医生说。

房间里再次出现了长时间的沉默。最后，医生开口说：“如果你们指望我能够帮助你们，那么，从此刻开始，你们就必须和我说实话。”她盯着两个人看了一会儿。“我希望你们告诉我，你们当初去找德托雷博士的时候，他给你们推荐过某种标准服务项目包吗？”

“这是什么意思？”娜奥米问。

“——我的意思是，他能向客户——病人——提供什么样的一揽子服务。”医生举起手，扳着手指头说，“智商、身高、具体的体育技能——你们觉得他能一下子解决所有的需求吗？”

“不，”约翰说，“他给了我们许多选项。”

“不，是太多的选项，”娜奥米补充道，“多得让人无从选择。”

约翰和娜奥米你一言我一语，尽可能多地回忆着那些选项。等他们说完之后，心理医生转身看着电脑，过了一会儿才靠在椅子上，转过来看着约翰和娜奥米，一副若有所思的样子。

“我一直在做一项调查。自从我上个周末见了你们之后，已经接到二十六名儿童心理医生的来电或电邮，他们都给德托雷博士的海上诊所里孕育出来的儿童看过病，或者正在看病。”

“我还以为哪些人去过德托雷诊所，这是机密，没有人知道呢。”娜奥米说。

“的确是机密，”心理医生说，“所以，我的联系人和那些父母说明了相关情况，要求他们共享信息，在得到那些父母的同意之后，这才让我和他们联系。”

她又瞥了一眼电脑，将双手放在办公桌上，探身向前。“所有的孩子都是双胞胎，所有的父母都没有想到孩子会是双胞胎，所有的双胞胎都智力发达，长相老得和年龄不相称，有着和卢克、菲比相同的行为问题。”

第八十九章

整整一分钟，约翰和娜奥米都没有说话。他们在琢磨着谢拉医生刚刚提供的那些信息。

“你在暗示说他们是克隆人吗？”约翰问。他突然恐慌起来，喉咙发紧。

“不是。我以前也有过那样的考虑，所以我请一些父母把孩子的照片寄了过来，发现这些孩子的长相都不一样，”她笑着说，“我见过许多父母以及他们的孩子。而且，我可以肯定地说，你们俩和卢克、菲比之间在相貌上有很多明显的相似点。”

“感谢上帝。”娜奥米说。

“发达的智力，老成的长相，有问题的行为——所有的双胞胎都具备了这些特征。这是怎么回事呢？”约翰问，“在那张表上，我们只勾选了几项，别的父母的选择肯定和我们不一样，而且有些人的思想肯定要比我们激进得多，那么，这些孩子怎么会如此相似呢？”

“其中的原因也许同样可以解释你们要的都是一个孩子，结果却生了双胞胎？”心理医生一脸疑惑地提出了自己的看法。

娜奥米看着医生。“确切而言，你的意思是——？”

“——也许德托雷博士另有所谋，这就是谢拉医生的意思。”约翰说。

娜奥米点头称是。“你知道，从孩子们出生的那一天起，我心里就有这种感觉。”

“你们的德托雷博士在科学家当中的名声好像不太好，”谢拉医生说，“你们看看这些年来他接受的媒体采访，就可以知道他的为人：视野狭隘，无视医学伦理或同行的任何批评。”

“你觉得他利用了娜奥米以及其他数十位母亲，在她们毫不知情的情况下，用她们的子宫进行某种试验？”

“我恐怕得说，有这种可能性，而且很大。”

约翰和娜奥米面面相觑，两人都不知道该说什么好。

“但这不应该影响你们和孩子之间的关系，”谢拉医生说，“即使孩子们的基因构成不是你们所定制的那样，他们仍然是你们的孩子，是你们的血肉。”

“那我们怎么办？”娜奥米郁郁不乐地问，“难道我们的孩子成了试验品，就没有解脱之日了吗？卢克和菲比会不会成为世界各国精神病学家、科学家的研究对象，就像小白鼠一样？”

“对于先天决定论与后天决定论，你是怎么想的呢？”约翰问，“德托雷博士告诉我们，不管我们对孩子的基因做了多少修改，那只占很小的一部分。他说，决定孩子是怎样的人，主要还是在于父母。如果我们爱他们，精心照顾他们，是不是就能在适当的时候影响他们，决定他们的为人？对孩子们来说，我妻子和我的影响最终应该比德托雷博士所做的事情更重要吧？”

“在正常情况下，我会在很大程度上站在你这边。上个星期我和你们谈过认识的有限性，谈过人类的大脑结构决定人类的智力只能达到一定的水平，但是，你们的孩子身上所表现出的控制行为模式表明，人类常见的那些限制统统不见了。你们家三岁大的孩子所表现出来的种种特征，我一般会在五倍于这个年龄的青少年身上看到。”

谢拉医生旋开矿泉水瓶盖，往桌上的杯子里倒水。“对任何一对父母来说，最重要的是培养与孩子之间的感情，建立情感的纽带。但是，在我看来，这一点正是你们所缺少的，虽然你们正在朝着这个方向努力。我的这个评论还算公正吧?”

“是的,”娜奥米说,“完全公正。我用一句话来总结一下吧:我是他们的仆人。我给他们洗澡、喂他们吃饭、跟在他们后面收拾房间。我能做的就只有这些了,而且,他们要我做的好像也就这么多。有一天,卢克的手被刀割破了,但他没有跑到我身边来寻求安慰,而是跑去给菲比看。我给他贴了创可贴,他却连一句感谢的话都没有。”

“我想,你们可以和其他父母交流交流,说不定会得到一些好的建议。当然了,这还要看那些父母愿意不愿意。”谢拉医生说。

“他们当中有住在英国的吗?”娜奥米问。

“到目前为止我还没有发现,但可以肯定的是,在英国这样的父母一定有很多,只是我不知道而已。”

“我愿意和世界上任何地方的父母交流,”娜奥米说,“我愿意。”

心理医生喝了一口水。“我来看看我能不能安排一下这件事,但我必须提醒你,千万不要期望太高,不要指望能获得什么神奇的解决方案。和我交谈过的所有人都告诉我,那些父母的境遇比你们好不到哪里去。”

“那些人家的孩子中有人杀死过宠物吗,像卢克和菲比这样?”约翰问。

“我没有和他们中的许多人进行深入的探讨,”她说,“但是,在南加州的拉霍亚市发生过一件这样的事:一对双胞胎的父亲抱怨说家里养的西班牙猎犬老是叫个不停,结果双胞胎就把狗给勒死了。他们认为父亲会很开心,因为他们替他解决了问题。另外,在德国的克雷费尔德市,一对双胞胎把自家猫的喉咙割断了,因为他们的妈妈见到猫把老鼠拖进了厨房,被吓得尖叫不已。在我看来,区分死活的能力缺乏,这似乎是他们的共同特征。他们绝对不是恶毒的孩子,只是他们的价值系统和我们完全不同。你我认为正常的行为,他们却视而不见。”

“但是我们肯定可以教育好他们，对吗?”娜奥米问，“我们做父母的一定有办法解决这些问题，只是你要给我们一定的指导。”

“我觉得和其他父母交谈，将会很有帮助，”约翰说，“我们应该请谢拉医生去联系其他父母，亲爱的。我想，我们应该多找些父母进行交流。”

“谢拉医生，你的孩子肯定很快乐，事业上也很成功吧，”娜奥米说，“你很可能无法体验我的感受——我——我是那么失落。这就是我现在的感受。我的心里空空的，他们就好像是搭便车的人，到了目的地之后就丢下我走了。我要我的孩子，谢拉医生。我要他们，我希望他们变成正常的孩子，请你帮帮我们。”

心理医生同情地看着她，笑了笑。“我非常理解你的心情。任何一位母亲都会有这样的想法。但是，我不知道自己能不能帮你们实现这一目标。为了改善和卢克、菲比的关系，你们当前要做的是改变、改变。我们要更新一些观念。”

“你这么说是什么意思?”

“首先，你们不要再把他们当孩子看。你们应该更多地把他们看作人，这样也许会有一定的作用。他们生日的那天你们雇请了一个小丑来助兴，对吗?”医生盯着他们问。

“你觉得那样做错了吗?”约翰问。

“我认为你们必须彻底改变思想。如果你们希望和他们相处融洽，也许就要开始把他们当青少年来对待了，因为他们的智力已经达到了那个水平。”

“他们的童年到哪里去了?”娜奥米问，“什么样的青少年会对他们感兴趣，愿意和他们玩呢？这也太——我的意思是——”她绝望地摇摇头。“好吧，我知道十二岁的天才少年上大学的事确实发生过，但几年后你再看看有关报道，他们通常在三十岁不到的时候就已经江郎才尽了。你现在告诉我们的是，我们应该撕烂所有的'规则手册'。"

"科里森夫人，"心理医生谢拉说，声音不大却不容分辩，"没有什么'规则手册'好撕的。在你们去找德托雷博士的那一天，所有的'规则手册'恐怕就已经被你和你的丈夫扔到窗外去了。"

第九十章

娜奥米透过车窗的挡风玻璃，看着了无生气的乡间，忧郁地想，这才是1月啊。圣诞节的欢乐气氛已然消失，节日的装饰物也开始慢慢掉落，可是，还要再等2月以及3月的大部分过去之后，天气才会开始慢慢变暖。

现在是2点，光线已经开始变暗了。再过几个小时，天就要黑了。约翰将车拐上他们家的车道，绅宝汽车从一个深坑上驶过，水溅到了挡风玻璃上。雨刮器迅速将水清理了。娜奥米盯着光秃秃的树篱。一只孤苦伶仃的野鸡在草坪边缘徘徊，好像是一个电池快要耗光的电动玩具。

汽车轮胎轧在石子路上，嘎吱作响。约翰将车停在娜奥米那辆白色斯巴鲁和岳母的尼桑车之间。

雨刮器一停止工作，挡风玻璃上就因为雨水而模糊起来。娜奥米扭头看看约翰，被他暗沉的脸色给吓了一跳。“亲爱的，我知道我一直不同意请人来照看他们，上周的时候我还完全反对谢拉医生建议我们送孩子去特殊教育学校——但是，现在，经过谢拉医生的解释，我的想法已经变了。我觉得她也许是对的，孩子们真的需要特别的照顾——说培养、教育也可以，他们怎么说都行。”

“难道你不觉得这么做是在承认失败吗？”约翰问。

“如果我们按照目前的方式对待卢克和菲比，那才是承认失败呢。我们千万不能认为自己已经失败了。我们必须想办法，让他们的生活朝着好的方向发展，让他们的生活变得有意义。别忘了，这么做也是为了我们自己。”

约翰坐在那里不吭声。过了一会儿，他伸手抚摸着娜奥米的脸颊。“我爱你，”他说，“我真的很爱你。对不起，我让你受苦了。”

“我也爱你，是你给了我力量，我才经受住哈雷离去的打击，活了下来。”她泪眼婆娑地看着他。“现在，我们有了两个健康的孩子，我们……我们……”她哽咽了。“我们应该知足，应该珍惜幸福，你说呢?”

“是的。”他点点头。“你说得对。我们一定要知足，要珍惜。”

两人在雨中缩着脑袋，一溜小跑进了大门。娜奥米脱下外衣，喊道：“嘿，我们回来了！”

约翰能听见人说话的声音。是美国口音。他脱掉潮湿的外套，挂在衣架上，跟着娜奥米进了客厅。

娜奥米的妈妈穿着一件宽松的毛衣坐在沙发上，一边看电视，一边编织挂毯。电视上正在播放一部黑白电影，音量很大，几乎把耳朵都要震聋了。她就喜欢这样。

“怎么样?”她问。

“还好，谢谢。”娜奥米回答道，她将音量调小了一点点。“孩子们呢?他们在哪儿?”

“在楼上玩电脑呢。”

“有人打电话来吗?”娜奥米问。

“没有电话，”娜奥米的妈妈说，“电话一直很安静。”她看着挂毯，对织好的图案好像有些不太满意。接着，她漫不经心地说：“不过，你们走了一个小时左右，来过一位访客。”

“是吗?”娜奥米说。

“是个年轻男人，人不错。是个美国人，我想。”

“美国人?”娜奥米有点紧张地问了一句，“他来干什么?”

“哦，他找错地方了。他想找什么农场，具体名字我记不清了，反正我从来没听说过。”

“那人长什么样子？”约翰问。

娜奥米的妈妈用了好长时间认真想了想，说：“他衣着整洁，非常有礼貌。他穿着衬衫和深色西装，打着领带，但有一件事——他做的这件事和你父亲的习惯一样，你知道吗？你父亲打领带的时候，匆忙之中常常忘记扣上衬衫的纽扣。这个年轻人也忘记了，他衬衫上有两只纽扣没有扣，所以，我看见了他衬衫下面的一样东西。他戴着一个十字架模样的玩意儿——唉，那东西叫什么来着？最近我的脑子越来越不好使了，老是忘词儿！那东西是怎么说的？啊，想起来了，我真傻啊，那是一个耶稣钉在十字架上的苦像。”

第九十一章

美国人。耶稣钉在十字架上的苦像。

约翰坐在书房里，浑身簌簌发抖。

这个人，这个美国人不一定就意味着大事不好，不一定就意味着——

但是，那一小撮美国疯子，自称“新千年之子”的疯子，他们不是一直在杀人，杀那些去过德托雷博士诊所的夫妇以及他们所生的双胞胎吗？现在，一个脖子上戴着耶稣受难像十字架的美国人突然出现在英国的一处偏僻房屋前，而住在这里的夫妇恰恰去过德托雷博士的诊所，而且还生了双胞胎！

他在苦思冥想，想看看他们还能进一步采取什么安全措施。他们已经在窗户上安装了强化玻璃，换了窗户锁，装了安全报警灯，装了高质量的门锁。他们的报警系统和一个安保公司的控制中心相连。他们家里有紧急报警按钮。保险起见，他是不是该带着娜奥米和孩子们离开这里一段时间？也许他该带他们去瑞典？

带他们去住旅馆？可是，这样东躲西藏的，要躲多久呢？

在过去的几天里，他们一直在考虑要不要养几条狗看家护院。在那家公司所能提供的所有措施中，他们还有一条没有选。公司此前曾把所有的设备以及报价都给了他们，但价格相当高，他们当时觉得根本没有必要。现在他后悔当初的决定了。他走到存放文件的柜子旁，拉开最底下的抽屉，拿出那份标有“安全系统”字样的材料。

接着，他给那家公司打了电话，询问他们已经看中的监控摄像多快才能装好。对方说大概要十天。约翰说如果他们明天就上门安装，他现在就下订单。对方让他别挂电话，几分钟之后，那家公司的人说他们明天上午9点来安装。

挂了电话后，他给瑞典驻吉隆坡大使馆的卡勒·阿姆托普写了封邮件。

卡勒，希望你的圣诞节和新年过得快乐！我想，你那里没有下雪吧？

你在12月的邮件中提到，你在联邦调查局的关系说，他们搜寻"新千年之子"的工作有了进展。我这封信的目的就是想问问后来怎么样了，因为我这里出现了一个令人担忧的情况，我想知道我应该担忧到哪种程度。因为情况紧急，如果你有任何可以和我分享的信息，请尽快告诉我，我将感激不尽。

问安娜和孩子们好！

约翰

他发完邮件，来到楼上的储藏室，卢克和菲比正坐在地上，面前摆着他们的电脑。他们一定是听到他上楼的声音了，他想，因为他走进储藏室的时候，看到电脑的屏幕闪了一下，好像是他们急急忙忙地把刚才看的网页换成了一个平淡无奇的网页。

"你们好！"约翰说。

谁也不看他。

他提高了嗓门，说："卢克！菲比！你们好！"

两个孩子不约而同地缓缓扭过头，说："你好。"他们盯着他看了一会儿，露出了笑脸，不过这笑脸好像是按照别人的要求做出来的。

约翰觉得浑身凉飕飕的。两个孩子的衣服穿得整整齐齐，身上干干净净。不，简直是一尘不染，太干净了。菲比穿着深绿色运动服和白色运动鞋，卢克穿着海军蓝套头衫和牛仔裤，脚上是一双干净的运动鞋。卢克和菲比身上的一切都非常齐整，连头发也纹丝不乱。有那么几秒钟，他似乎觉得自己面对的是两个机器人，不是鲜活的人，更不是自己的孩子。他想从储藏室退出去，但又不甘心。他坚持着，想试试谢拉医生刚刚教他们的做法。

他尽量装出若无其事的样子，同时还要保持一种乐呵呵的面貌，蹲了下来，先把脸凑到卢克面前，然后又凑到菲比面前，但两个孩子都把头猛地扭到旁边去了。

“你们谁也不亲一下爸爸？”

“亲吻过后就是做爱。”卢克不屑一顾地说，回头看着电脑。

“什么？你说什么，卢克？”约翰诧异地问，耳边似乎有阵阵惊雷滚过。他真希望刚才是自己的耳朵听错了啊。但是，片刻之后，菲比的话证明他没有听错。

“我们不亲吻，”菲比傲慢地说，“我们不想被人玩弄。”说完，她也回过头去看电脑了。

“嘿——”约翰一时语塞，不知道该怎么回答。“嘿，你们听我说——”他看着电脑的机箱、键盘、鼠标、彩色鼠标垫，鼻孔有些发酸。他好像闻到了塑料的酸臭味。他觉得浑身发麻。

不，比浑身发麻还要难受。

卢克移动了鼠标，约翰看见光标停留在一个方块上。卢克双击鼠标，方块像一扇小窗户那样打开了，里面有一串数字在不停闪烁着。

约翰站了起来，走到墙边，拔掉电脑的插头。两个孩子抬头看着他，脸上没有一丝惊讶。

“对不起，”他说，“你们说的那个玩弄是怎么回事？你们这话是从哪里看来的？从互联网上？”

两个孩子谁也不吭声。

“妈妈和我在你们心目中就是这么个形象？玩弄你们？你们这个玩笑开大了，一点都不好笑。”

两个孩子站起来，走出了房间。

“卢克！菲比！”约翰喊着，几乎已经出离愤怒了。“回来！你们给我回来！”

他冲出门，对着两个孩子喊道：“卢克！菲比！你们立即给我回来！”

孩子们还是不理他，继续下了楼梯。

约翰跟在他们后面走了几步，然后又停了下来。面对这种情况他该怎么办？他眼前对付的这两个孩子好像是十六七岁的青少年，喜怒无常！他们是青少年吗？

此刻他真的气得浑身发抖，脑子里也稀里糊涂的。他只想揪住他们，推搡他们，直到这两个小浑蛋说出真相。但是谢拉·迈克尔里德斯医生曾经叮嘱过，和双胞胎发生冲突只会使他们缩进“外壳”，把自己封闭起来。这不是和处于叛逆期的青少年一样吗？他想。

啊，谢拉医生，说起来简单做起来难啊。他们说出那样的话，我们怎么能够不生气呢？

他突然想起自己刚才上楼的目的了。他走进卧室，拿出藏在手帕下面的那两把钥匙，打开自己的衣橱，将挂在里面的西装和衬衫推到一边，安在墙里面的不锈钢枪柜露了出来。他打开枪柜的门锁，拿出沉睡在里面的猎枪。

这是一把俄国造的猎枪，十二口径，二手货，是他在安装房子里的其他安保设施时买的。为了拿到持枪证，他等了三个月。这把猎枪他从来没用过，而且娜奥米当时还强烈反对他买枪。但每次到了晚上，知道有把枪躺在那里，他总是觉得很安心。

这把枪似乎比记忆中重一些。枪的把手暖暖的，但枪管是冰冷的。他打开枪膛，欣赏着精致的做工，又眯起眼睛看看枪管。他合上枪膛，听到令人安心的咔嗒声。他抬起枪，做出瞄准的动作，扣动了扳机。

什么动静也没有发生。

保险！他想起来了。他打开保险，瞄准窗户，扣动扳机，这次，他听见了清脆的咔嗒声。

他跪在地上，把枪塞到床底下。他塞得很靠里面，这样，站在床边根本看不见床底下有一把枪。接着，他从枪柜里拿出一盒子弹，取出四颗放在他那一侧床头柜的抽屉里，然后又将那盒子弹放回枪柜之中锁好，把钥匙藏到原来的地方。

他在床上坐了一会儿，思考着还有什么事情可以做的，还可以采取别的什么防范措施。他一直希望自己这样做是反应过度了，到他门上来问路的这个美国人根本没有坏心，他和娜奥米纯属庸人自扰。还有，他的岳母大人从来没有去过美国——她不喜欢坐飞机——所以，她很可能听错了那个人的口音啊。

他来到楼下的厨房，娜奥米正在做午餐，卢克和菲比坐在餐桌旁看电视。

约翰靠在炉子旁暖和着身子，过了一会儿之后，他对他的岳母说："安妮，那个上我们家门的人——他肯定是美国人？"

"肯定。"安妮语气坚定。

约翰思考了片刻。"你说他在找一个地址——他可能迷路了？"

"是的，"她说，"约翰，一个初来乍到的人确实摸不清方向，这地方很乱，很难找。我第一次来的时候也迷路了。这里的路标、门牌什么的弄得不好。"

"我觉得他没有迷路。"菲比看着电视，头也不回地冒了一句。

厨房里谁也不说话。

"你看见那个人了吗，菲比？"娜奥米问。

"知道他没有迷路，不一定非要看见他啊。"菲比的话音里带着讥讽。

"那你说说，你为什么觉得他没有迷路，菲比？"约翰问。

菲比的眼睛还是没有离开电视，她抬手说道："我们正在看电视，请不要干扰我们。"

约翰和娜奥米面面相觑，他眼睛的余光瞥见自己的岳母正笑眯眯地看着菲比。

——因为她的无礼？

——因为她的傲慢？

他真该呵斥菲比的行为，娜奥米也是，但孩子们愿意说话，这已经是一个了不起的进步了，同时他们也觉得很新鲜。

"那人在找一座农场吗？"约翰问他的岳母。

"我觉得他是这么说的。对了，对了——饲料！"

"饲料？"

"饲料！他是卖饲料的！"约翰的岳母皱起了眉头。"但是我不得不说，那人看上去真的不像卖饲料的乡下人。"

约翰走到书房，给住在他家周围的五家农户打了电话。他们以前见过面。其中的三家电话打通了，他们肯定地说没有符合上述特征的人去过他们家，还答应说如果以后那个美国人真的露面了，他们一定打电话告诉他。另外两家的电话被转到了语音留言信箱。他给他们留了言。

接着，约翰试图把注意力转移到手头的书稿上，充分利用这段空闲时间审读一下。但是这根本不可能。他无法集中精力。那个戴着耶稣受难像十字架的美国人让他焦虑不安。

娜奥米喊他下楼吃饭。吃完后，他穿上风衣，戴上防雨帽，穿上雨靴，到田野里走了走，然后，他又绕着自家的房子走了好几圈，希望能看到形迹可疑的汽车。

有个念头一直在他脑海里回旋：

那个美国人来的时候，如果他们在家里，将会发生什么情况呢？

黄昏时分，他发给卡勒的那封邮件有了回音。他收到了一封回信——是自动回复，告诉他卡勒在未来的十天里都不在办公室。又过了一会儿，电话没打通的那两家农户给他回电了。他们说，今天他们没有任何访客。

第九十二章

下午5点半，约翰的岳母开车回巴斯自己的家。外面已经一片漆黑，而且雨还在不紧不慢地下着。约翰穿上风衣和雨靴，撑了一把大雨伞，送岳母上车。岳母走后，他和娜奥米一起站在走廊上，看着汽车尾灯渐渐远去，消失在车道尽头。

虽然和岳母相处得还算愉快，但在一般情况下，约翰在她走后会感到一阵轻松：家里的主导权终于回到他们手里了。

——在一般情况下。

但是今天下午不一样。他的内心深处有一种强烈的焦虑感，他多么希望她能多待几天啊。他拿着手电筒，绕着房子走了一圈，检查外面所有的感应灯是否都能正常工作。看到一盏盏灯突然亮起，他这才稍稍觉得安心了。

娜奥米坐在客厅的沙发上。终于能够有几分钟的时间看看报纸了，她的心里充满了感激之情。她头疼，而且疼得越来越厉害。卢克和菲比懒洋洋地靠在客厅里的其他沙发上，专心致志地看着MTV台播放的爱尔兰著名音乐组合“可儿家族”的演出录像。

“只有下雨的时候才会打雷……”“可儿家族”唱道。

菲比突然抓起遥控器，调低了音量。

“他们唱得不对！”菲比说，“不是下雨的时候才会打雷。他们为什么这么唱？妈妈，他们为什么这么唱？”

娜奥米放下报纸。菲比喊她妈妈，这让她惊喜不已。“他们唱什么，宝贝？”

“只有下雨的时候才会打雷……大家都知道雷暴是一种伴有闪电雷鸣的风暴。上升气流强度、上升气流强度的相对频率、上升气流种类的威胁程度，它们决定着雷暴的等级。我的意思是，他们说的是单体雷暴、多单体雷暴还是超级单体雷暴？这三种雷暴能够产生强对流天气，对吗？但是，这么说还很不全面。世界上每天发生四万次雷暴，每一分钟就会有二十五万次闪电。所以——他妈的，这些家伙懂什么？”

“菲比！”女儿嘴里冒出来的知识滔滔不绝，令娜奥米目瞪口呆，更让她震惊的是女儿嘴里的脏话。“别说那样的话，太难听了。”

菲比像个十八九岁的孩子那样耸耸肩膀。

“你们两个谁愿意帮我做件事？”娜奥米问，“我头疼得厉害，谁愿意上楼去拿一下扑热息痛？卫生间带镜子的柜子里有个盒子，药在盒子里。”

卢克扭头看着她问：“妈妈，你的头疼是哪一种头疼？”

“很厉害的那种头疼。”

“是因为受伤导致的头疼，还是因为精神紧张？”菲比问。

“或者是因为颅内出现了异常？”卢克补充问道。

“或者是偏头痛？”菲比说，“知道原因很重要。”

娜奥米怔怔地看着孩子，几乎不敢相信自己的耳朵。她给了他们一个回答。她希望谢拉医生会同意她的说法——如果她能听到的话。

“是两片扑热息痛就可以解决的那种头疼，好吗？”她说。

孩子们没有说话。一会儿之后卢克说：“我不明白你的意思。”

“我也不明白，”菲比说，“不是十分明白。”

“你们不明白什么？”娜奥米问。

卢克抿着嘴，一副认真思考的样子。“嗯，我想是这样：你要我们当中的一个人上楼去给你拿扑热息痛，因为你头疼——我的理解没错吧？”

“卢克，你的理解完全正确。”

卢克又抿着嘴，认真思考了一会儿，然后，他转过身，和菲比耳语着。菲比皱着眉头，看了娜奥米一眼，对卢克耳语了一句。

卢克对妈妈说：“我们真的糊涂了，妈妈。”

娜奥米咽了一口唾沫，强忍着火气说：“你们被什么弄糊涂了，亲爱的？那不是很简单的一件事嘛。”头疼得更加厉害了，她用手指按着太阳穴。“妈妈真的很头疼。如果你们当中的一个人上楼帮她拿两片扑热息痛来，她将感激不尽。我的话说完了。”

“我说说我们什么地方不明白吧。”卢克说，“你头疼，对吗？但头疼并不影响你的腿，妈妈。因此，你完全有能力自己上楼，去卫生间拿药。”

娜奥米看见卢克脸上掠过一丝嘲弄的笑容，但这一表情转瞬即逝，她几乎觉得是自己看错了，那只是她的想象。

卢克站了起来，耸耸肩，上楼拿了两片药下来。

过了一会儿，娜奥米在沙发上惊醒了。电视上有一支她叫不出名字的摇滚乐队正在演出。奇怪的是，电视被静音了。她闻到了一股诱人的肉香。是约翰在做晚饭吗？

她拖着身子，从沙发上起来，朝厨房走去，但走到半路上就惊喜地站住了。

菲比坐在炉子前面的高脚凳上，忙着用煎锅做着什么。卢克坐在另一张高脚凳上，正在将土豆切成丁，旁边还放着一本烹饪书。

菲比好像感觉到她进厨房了。菲比扭头对着她开心一笑，说：“你好，妈妈！”

“这……这是怎么回事？”娜奥米笑着问。

“爸爸在忙着工作，而你感觉不舒服，于是，卢克和我决定，今晚我们来做饭。我们正在做瑞典肉丸、奶油土豆和凤尾鱼。这些都是每年圣诞节的必备菜，我们知道你们喜欢吃！”

娜奥米好长时间一句话也说不出来。

第九十三章

劳拉的身上冷冰冰的。她躺在山崖下的宿舍里，睁着眼睛，毫无睡意。她们的宿舍就在修道院的正下方。起风暴了。在距离宿舍一百米不到的地方，爱琴海上风高浪急，巨涛打在岸边的石头上，发出雷鸣般的声响，似乎要将她住的宿舍吞没。不，也许这巨涛是想吞没整座小岛。

圣父爱我，圣子爱我，圣母爱我。

而且，我的“新千年之子”也爱我。

我属于他。

在劳拉心中，这些是最重要的。她从小就觉得自己和别人不一样。她觉得她处于一个更高的平台上。在家里她觉得自己是局外人，和家人的关系疏远。在学校里也一样，她和同学们处不来，无法融入学校生活。她总是一个人。她讨厌这样。她渴望找到归属。她希望有人需要自己，希望自己是某个组织的一员。

她喜欢现在和她在一起的这些人，也喜欢他们共同的愿景。他们的每一个观点她都认同。他们说，你不能封闭自己，逃离这个世界；他们说，有时候你必须走进那个世界，沿着那个世界肮脏的下水道走走，执行上帝的旨意，为上帝而战。她认为他们说得对。

突然，在海浪的声音之外，她听到了木头相互敲击的声音。这是在召集人们起来做晨祷。那声音在她的上方回响。现在是凌晨2点半了。

这是她在这里度过的第三个1月，以往每年的这段时间都过得很艰难。尽管宿舍的窗户关得紧紧的，但她的脸上还是感觉到在外面肆虐的冷风。那风简直就像刀一样，她不禁裹紧了身上的被褥。

然后，她双手合十。

祈祷。

为她化妆台上相片中的那个男人祈祷。用热忱的心、冰冷的手为他祈祷。因为寒冷和长期劳作，她的手通常都是红的，而且粗糙不堪。啊，那个信徒用他柔和的嗓音、温柔的抚摸、梦幻般的诺言，给了她支撑下去的力量。

她的提蒙。

和提蒙肩并肩祈祷的那个星期，和提蒙单独度过的那个夜晚——这些记忆让她熬过了这三年。圣母马利亚给她的爱，圣母马利亚给他们三个人——她自己、提蒙、婴儿床里的索尔——的爱，让这些记忆留存在她的心里，永远不灭。索尔的婴儿床放在她床的脚头，他很快就要有两岁半了。

可是，他还从来没有见过自己的父亲。

她笑了，因为她想到了提蒙，想到了他看见这个孩子——他的儿子时的表情。圣父和圣母给了他们这个可爱的婴儿。仁慈的圣母免除了她的任务，没有派她去杀死住在科莫[1]的卡德利一家。圣父派她来到这里的修道院，让她一边怀着索尔，一边等待圣父的指令，对异教徒卡德利夫妇以及他们的双胞胎实施打击。

但是后来，卡德利开着车经过多洛米蒂山脉[2]中的山坳时，圣母马利亚派了一场雪崩，将他们全家从公路上冲到了深深的山谷里，用洁白的雪掩埋了他们的残骸。

主说："让我们来理论一下吧！你们的罪污虽然殷红如血，我也能除去，使你们成为雪一般白；你们的恶行虽然像深红的染料，我

---

1 意大利北部阿尔卑斯山南麓城市。

2 阿尔卑斯山的一部分，位于意大利东北部。

也能使你们像羊毛一样洁白。”《以赛亚书》1。

现在，她白天、晚上祈祷的内容都是一样的。上帝啊，仁慈的上帝啊，圣母啊，请把提蒙带回家，让他回到我的怀抱吧。

这样我就可以感受他的种子进入我的体内，我就可以生出更多的孩子，他们将在这里长大成为强大的人，因为这里没有受到污染。提蒙和我养育的孩子将和这里的其他孩子一起，长大成为强大的人，成为上帝的战士。他们将主动出击，进入那个邪恶的世界，消灭恶魔。

请快点把他带回家吧。

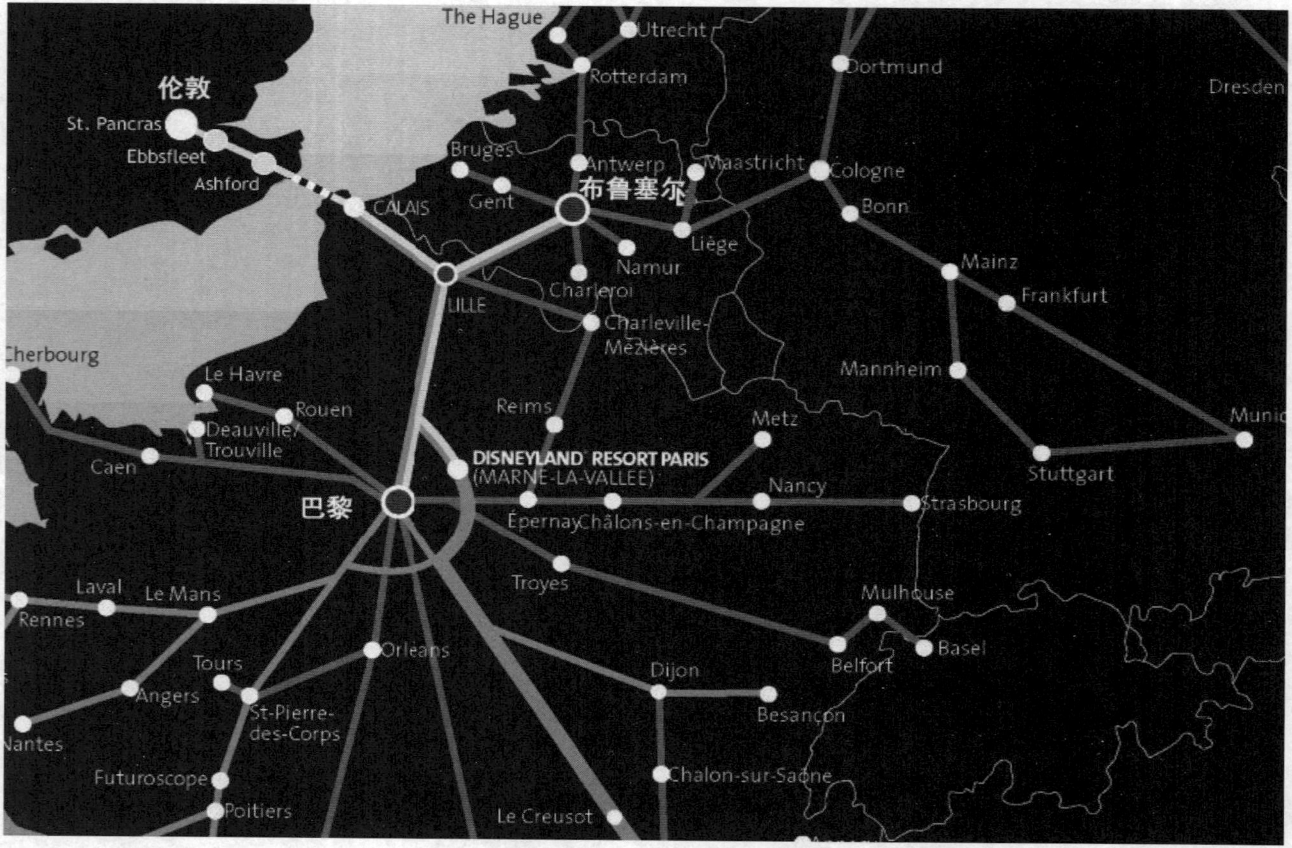

伦敦
St. Pancras
Ebbsfleet
Ashford
CALAIS
The Hague
Utrecht
Rotterdam
Bruges
Gent
Antwerp
布鲁塞尔
Maastricht
Liège
Namur
Charleroi
LILLE
Charleville-Mézières
Dortmund
Cologne
Bonn
Mainz
Frankfurt
Mannheim
Stuttgart
Dresden
Le Havre
Rouen
Deauville/Trouville
Caen
Reims
DISNEYLAND RESORT PARIS
(MARNE-LA-VALLEE)
巴黎
Metz
Nancy
Strasbourg
Épernay
Châlons-en-Champagne
Troyes
Mulhouse
Basel
Belfort
Laval
Le Mans
Rennes
Tours
Angers
St-Pierre-des-Corps
Orléans
Dijon
Besançon
Chalon-sur-Saône
Futuroscope
Poitiers
Le Creusot

第九十四章

大雨打在“信徒”的车上，丝毫没有停歇的意思。这是他梦寐以求的天气。在这样的夜晚，没有哪个村民会牵着狗出来东张西望，也就不会有人看到这辆停在校舍后停车场里的陌生车辆了。

他坐在这辆租来的福特车里。雨点打在车顶上，就像有人在不停地往车顶上倒石子一样。车里有一股塑料、棉绒和湿布的味道。他浑身发痒。他身上出疹子了。

紧张。

他突然觉得孤独异常。在这个天气恶劣的夜晚，在这片陌生的土地上，雨水如针一般刺向地上的小水塘。上帝好像正在对他进行终极考验。为了上帝，为了师傅，为了劳拉的爱，他愿意去做。

在车内昏黄的顶灯下，他摊开了异教徒家房子的平面图。这是他星期二上午在路易镇的市政规划办公室复印来的。他认真地看了最后一遍。第一层。第二层。北面。东面。南面。西面。

房子的布局很简单，没有什么难的。他一眼就能看出哪间是主卧，那么，崽子们的卧室应该就在其他三个较小房间中的一间了。速度至关重要。在三年前参加的那次交流培训会上——会议的场面历历在目，就像发生在几个小时之前——他的师傅再三强调了速度的重要性。师傅说，行动时要记住，有一只闹钟在嘀嗒嘀嗒地走，要做到在每次行动时心中都要有一只这样的闹钟。

今晚六分钟解决这个问题。他只能用这么长时间，否则风险太大。星期二上午他上门考察现场的时候，在房子外面的机箱上看到了安装警报系统的公司名字，接下来的事情就比较简单了。他打电话给这家公司，报上异教徒的名字之后说系统出了问题。根据工程师给出的回答，他把警报系统所有的技术参数都摸得一清二楚。

据此他算出来他有六分钟时间结束任务出来，走过田野，回到汽车里。

然后——

他早已订好了凌晨3点30分的欧洲隧道公司的列车票。另外，他星期天和星期一晚上已经试验过了，从这里开到伦敦只需两小时不到，因为那个时候路上的车流量非常小，而且这是在严格遵守限速规定的前提下所需要的时间。

凌晨5点30分，他将已经在开往巴黎的公路上。到达巴黎后，他会把这辆福特汽车放在戴高乐机场的长期停车场，然后乘坐摆渡车去奥利机场。他有足够的时间赶上11：05的那趟飞往雅典的航班。两个小时后，他将坐在飞往塞萨洛尼基[1]的联程航班上。到了塞萨洛尼基之后，再打车去欧拉努波利斯港[2]，天黑之后，师傅的摩托艇将带着他渡过爱琴海那二十公里的水面，到达修道院所在的那座小岛。

回到劳拉身边。

他看了看手表。现在是10点半。再过二十四个小时多一点点，他就可以在劳拉的怀抱里，就可以开始新的生活了。

他叠好平面图，放回口袋，把携带的东西又检查了一遍：气枪和夜视镜，强光电筒，瑞士军刀，手套，常用工具包，液态丙烷气罐，高效麻醉剂凯他敏（这是他在布赖顿买的，效果可以持续三十分钟），打火机，装满子弹、装了消音器的手枪。

1　希腊北部最大港口城市及第二大城市，塞萨洛尼基州首府。

2　位于阿陀斯山半岛的西北海岸。

他现在感到了紧张。以前他在美国执行任务时从没这么紧张过。他把手伸进夹克口袋，掏出沉甸甸的手枪看了一会儿。他盯着黑色金属枪身，紧紧握了握手枪，手指扣在扳机上。

他从师傅那里得到的指令是，除非到了万不得已的时候，否则不要用枪。如果你开了枪，总有一天人们会根据那把枪查到你头上来。开枪是大忌。如果开了枪，你就永远回不来了，你就永远成不了上帝大军中的一名士兵。

老是做士兵，他已经厌倦了。

他想回家。

他想明天晚上就枕着劳拉的臂弯入眠。

在这个愿望的驱使下，他借着福特福克斯车内顶灯的微光，试了好几次，对准了纹路，将消音器装到手枪上。他用颤抖的手指将保险放在锁死的状态，将手枪放进口袋。枪比刚才重多了。

在过去的一个月时间里，他来这里踩点三次，每次都发现异教徒卧室灯熄灭的时间是在11点半左右。现在是10点半。到了半夜，他就可以行动了。

他闭上眼睛，双手放在脸前面，背诵祷文。这是为了获得力量而进行的祈祷，时间长度是九十分钟。

第九十五章

光突然照在福特汽车水淋淋的挡风玻璃上，犹如炸弹爆炸时发出的强光一样刺眼。那光一会儿是亮白色，一会儿是蓝色。正在祈祷的“信徒”愣住了。他惊惶万分。

是警察吗?

那辆汽车在他前面开了过去，小水塘里的水被溅得老高。他听见了摇滚音乐的声音。这不是警车，而是一辆漂亮的跑车。这种车装的是卤素灯，从某个角度看过去，感觉那灯是蓝色的。

你是谁？你来这里干什么？这里是我的停车场，我的地盘。

跑车朝着停车场的另一端驶去，在一棵橡树旁停了下来。橡树的旁边是栅栏，栅栏的外面是大片绿地以及几块网球场。

跑车所有的灯都灭了。

“信徒”举起夜视镜，透过福特车的后车窗看去，在绿色的微光中，他看到了一个男人和一个女人，他们正面对着面，先是飞快地看看两边的情况，然后开始啃起了对方的脸。

两个偷情的家伙。两个肮脏的家伙。

隔着这么远，他都能听见摇滚乐的声音，但已经很微弱了。

这里是我的地盘。这里是上帝为我找到的地方。你们不该来这里，真的不该来这里。

他的右手伸进了夹克口袋，握住了冷冷的枪把。除掉他们很简单，他有足够的子弹。上帝会同意的。凡是妨碍他干掉异教徒以及魔鬼后代的人，杀无赦。

他汗流浃背。这两个人不该出现在这里。他可以中止行动，开车离开，明天再来，但是今晚的天气实在是太好了，而且劳拉还在等着他呢。为什么要让这两个垃圾耽误他一天时间呢？他已经给师傅发过邮件，报告说自己要行动了，而且行动计划也已经确定，现在改变的话太费事了。

他浑身颤抖得厉害，以至于他都无法正常思考了。

突然，不知出于什么原因，他发动了汽车，挂挡，打开车灯，加速驶出了停车场，左拐后穿过村庄，驶过小酒馆旁边停满汽车的停车场，上了大路，朝着异教徒家那条路的入口处开去。

他只要右拐、开上他家的车道，就可以到那房子跟前了。

这简直是疯了。

他在入口处停了下来，掉转车头，返回了村庄。他思考着，竭力排除愤怒造成的干扰。

好吧，好吧。

他穿过村庄，快要驶出村子的时候突然一个急转弯，差点开到路肩上去。

他猛踩了一脚刹车，闭上了眼睛。

上帝啊，请告诉我，我下面该怎么办吧。我需要你的指引。

上帝指引他将车开到大路上。他沿着大路开了五英里，来到一个环岛前。他绕着环岛开了整整两圈。出岔子了，原计划不是这样的。这是上帝在考验他。

你考验好了吗？

前面有一辆汽车突然拐到他的车道上，他急忙踩刹车，车轮抱死了，这辆福特车吱吱响着，好不容易才停了下来，差一点追尾。

他从环岛的第一个出口下来后，完全迷失了方向，自己现在身处何方也不知道。于是，他将车开到紧急停车带上停下，拉上手刹，低着头，大口喘气，恐慌不已。

仪表盘上的时钟模模糊糊的。是他的眼睛看不清东西了。他眨眨眼睛。11点12分。

他打开车内的顶灯，拿出劳拉的照片。他盯着劳拉。美丽可人的劳拉。她的脸，她那动人的笑脸让他安静下来，给了他力量，帮他理清了思路。

一辆汽车的大灯在他的后视镜里若隐若现。他绷紧了身子。不一会儿，一辆车呼啸而过。

四十五分钟。只有四十五分钟了。他只有四十五分钟的时间来做决定了。

他又向前开了几英里，到了一座村庄的外围。这地方他以前没来过。他看到路标上写着“奥尔弗里斯顿”[1]。

他急忙刹车，掉转车头，按照原路慢慢往回走。他开到一条没有灯的路上，路的另一头是座农场。他停车熄火，关掉车灯，静静地坐着，努力让自己冷静下来，好好想清楚下一步该怎么办。

校舍后面停车场上的那辆漂亮跑车是一场考验。上帝考验过约伯，现在在考验他。不，上帝是在警告他。如果他回去后发现那对男女还在的话，那就表示今晚的任务要取消；如果他们走了，这就表示上帝告诉他可以放手行动了。

11点45分，他回到凯伯恩村，将车开进了校舍后面的停车场。

那对情人不见了。

雨势也渐渐减弱了。雨还在下着，但小多了，风却越来越大。好。他戴上薄薄的皮手套，下了车，锁上车门，从后备厢里拿出气枪。他走过停车场，注意观察着山坡周围的情况，一溜小跑，穿过马路，来到一条马车道上。顺着这条路可以穿过一片玉米地和一片草地，草地就紧靠着异教徒家的花园。

1　萨塞克斯的一座村庄。

他拿着手电筒，但只有在需要的时候才打开一会儿。路被马蹄踩烂了，崎岖不平，有几次他站立不稳，差点跌倒。路边的荆棘两次钩住他的夹克，他忍不住骂了几句。

虽然他身体的健康状况良好，爬了一段陡坡、精神紧张、空气寒冷这三者结合起来，还是让他觉得有些吃力了。他喘着粗气，身上汗涔涔的，但他的内心充满了希望。

现在他终于看见异教徒的家了！在他前面两百米远的地方，隐约可见一个黑影。只有一盏灯还亮着。是主卧室的灯。啊！太好啦！就在他观察的时候，那灯灭了。

黑暗。

他体内的肾上腺激素开始飙升，他几乎抑制不住内心的兴奋了。

不知是什么东西从他头上飞过。也许是一只蝙蝠，也许是一只猫头鹰。他凝神静听了一会儿，听见了风吹过草地、树林和灌木丛的呼号声，听见了农场没有拴牢的门被风吹开后铰链的吱呀作响，听见了门被风吹得关上时的嘭嘭声。这么多的声音！它们完全可以掩盖他弄出来的声响。

他仰望漆黑的天空，心想，是的，今晚是老天帮忙！他靠在篱笆的金属支柱上，举起手中的夜视镜，盯着主卧室的窗户看。他微微调整了焦距，以便看得更清楚些。他想起了师傅在交流培训时关照的话语。

观察窗户上的冷凝水。当室外温度比室内温度低的时候，窗户上就会出现水汽凝结现象。如果热源停止散热，水汽冷凝的现象就会慢慢停止。水汽不再凝结的时候，就可推断房间里面的人睡着了。

现在，异教徒主卧室的窗户有一层水汽。但是，就在他观察的时候，他能看出水汽已经开始消退了。

他们的卧室里黑黑的。晚上他们睡觉的时候，他们的父母再也不把那盏玩具夜灯开着了。那不重要。一种感官失去了作用，另一种感官的作用会得到相应的补偿。在黑暗中，他们的嗅觉变得异常灵敏，触觉、听觉也是这样。

他们闻到他的味道了。他们听见他发出的声音了。

很快，他们就能触摸到他了。

在并排放着的两张床上，在他们目前寄居的这个黑暗房间里——他们很快就要走啦——卢克用人耳听不到的高频音呼唤他的姐姐。他只说了一个单词，单词是逆向的，而且它的第四个字母“d”没有了。

“Yaer？”[1]

菲比瞬间用同样的高频音回答道：“Yaer.”

1 这是ready的逆向写法，而且省略了第四个字母“d”。卢克在问姐姐“准备好了吗?”，在下一段中菲比的回答“Yaer”，意思是“准备好了”。

第九十六章

他们远远地观察他。那个人戴着深色棒球帽，穿着夹克和雨靴，正在用望远镜看着房子这里，一杆枪靠在身边的篱笆上。因为距离太远，他们无法看清那是气枪还是猎枪。

他们和那人之间相距两百米。从他们看见他从校舍后面的停车场出来、穿过马路、朝这里走过来的那一刻开始，他们和他一直保持着这一距离。那人从来没有回头看过。

和那人一样，他们也有夜视装置，而且他们的东西更先进。他们都戴着护目镜，另外还带了望远镜。有了这些护目镜，他们就像走在绿色的阳光下一样。他们看见一只猫头鹰飞进了田野里，但很快又飞上了天空，嘴上叼了一只田鼠。田鼠在不停地挣扎着。

为了防止那人突然转身向后看，他们以树篱为掩护，继续观察他的一举一动。那人放下望远镜，几分钟后又举起望远镜看。他们不知道他在等什么。他们疑惑地看了对方一眼，谁都没有说话，因为那人处于他们的下风方向。尽管有大风的呼啸可以掩盖，但他们不能冒险，因为哪怕是轻声低语也可能被发现。

终于，玻璃上的冷凝水汽几乎没有了！“信徒”现在觉得镇定自若，他的心再也不像刚才那样在胸腔里四处乱撞，而是稳稳地、强劲有力地跳动着，把肾上腺素运送到浑身的各个器官，让他保持警醒，同时，他的心脏也将内啡肽[1]送到全身，令他感到愉悦。他看了看手表。

12点22分。

好！到时间了！

他翻过篱笆，进入那片与异教徒家相邻的田野，觉得自己是战无不胜的勇士。他猫着腰，防止被屋里的人看见。他在地上小心翼翼地落脚，生怕踩进兔子洞而扭伤了脚脖子，但是，穿过那片被雨水浸泡过的田野的时候，他的动作是迅疾而勇猛的。

现在，他到了异教徒家的篱笆跟前了。他的心怦怦直跳。他真希望一脚跨过去。黑黑的房子离他只有五十步远，所有的灯都灭了，窗户也是关着的。好。他盯着车道上的异教徒的汽车。一辆绅宝和一辆斯巴鲁。没有留宿的客人。好。他在墙上寻找着。那天他来踩点的时候看到墙上有感应器了。

他跪在地上，将气枪托在篱笆上。他取下夜视镜上的保护罩，塞到夹克口袋里，眯着眼睛，从夜视镜里看去。他只用了几分钟就找到了控制报警灯的感应器。那感应器很小，装在一个玻璃盒子或塑料盒子里，距离地面三米左右，在它的正上方有一组泛光灯。

但是，就在这关键时刻，他的手开始发抖了。以前从来没有这样过。他吸了一口气，努力让自己冷静下来，可是刚对好瞄准线，目标却又找不到了。他微微调整了位置，重新在篱笆上托好枪后瞄准。这次他的手好多了，支撑的篱笆也稳定多了，但无论怎样都不如他这段时间练习的时候那么稳，也和他在艾奥瓦州的房子里练习时的情景不一样。

他用手指钩住扳机，慢慢控制住枪，不让它因为强风的吹动而发抖，将瞄准线的中心对准目标。

1　体内产生的一种镇痛作用的荷尔蒙。

气瓶噗的一声将弹夹中十颗子弹中的一颗送了出去，几乎是同时，他听到了啪的一声，极其响亮。子弹射进了感应器左侧几厘米远的护墙木板。

“信徒”屏住呼吸，焦急地盯着主卧室的窗户，浑身抖得更加厉害了。让他感到轻松的是，窗户里似乎没有任何动静。他怎么会偏离目标这么远？昨天，他开车找了一处僻静的地方，按照这个距离设立了靶子，结果，射中了牛眼大小的靶心。

他又开了一枪，这次还是打在了护墙板上，但子弹偏离到了目标的正下方。他开始浑身冒汗，因为戴着帽子，脑袋热烘烘的，戴着手套的手指也黏糊糊的。他注视着主卧室，等着那里亮灯，或者，至少窗帘会动一下吧。但是，那里一点动静都没有。他松了一口气。外面风声这么大，一颗小小的子弹弄出的声响真的算不上什么，只是在他听来不是这样。

他开了第三枪。

但这次距离目标更远了。

“不！”他情不自禁地喊道。

此时泪水模糊了他的眼睛。那是肆虐的冷风吹出来的泪，更是发自内心的沮丧引发的泪。他还剩下七颗子弹。只要有一颗命中就行了。

他眨眨眼睛，用皮手套擦去泪水，认真瞄准了目标。这次他非常自信。目标在瞄准线的正中央。他扣动扳机。子弹偏到左边去了。子弹肯定打在什么金属的东西上了，发出砰的一声响。他赶忙蹲下，等了一会儿，盯着主卧室以及其他房间的窗户。这次恐怕真的要把什么人吵醒了，他担心地想着。

只有十五六米远，我怎么会打不中的呢？怎么可能呢？

上帝啊，帮帮我，别抛弃我。

他等待着。他很满意地发现，几分钟过去了，屋子里还是安安静静的。他又瞄准、扣动扳机。这次他几乎高兴得叫出声来。感应器的外面的盒子炸裂开来，有的碎片溅落到了石子路上。白色塑料感应器被打成了两块，无力地挂在电线上。他举起望远镜，盯着感应器看了一会儿，确认它并不只是外壳被打坏了。感应器应该是彻底被打坏了。

他觉得口干。这是因为焦虑。他放下枪，拍了拍口袋里的手枪。他从左边口袋里掏出一只皮袋子，里面装的是撬锁的工具。他心在乱颤，早些时候感受到的那种恐慌再次袭来。他必须强迫自己镇定下来，千万不能乱了阵脚，要按照原计划行事。

他应该让它看上去像一场灾害事故，一场火灾。师傅就是这样要求的。但要达到那样的效果，会给他带来许多风险。他想到了被抓住之后的种种情形。他会被关进监狱。不，这样不行。为了这些肮脏的异教徒，不值得他冒这么大的风险。他打算用枪打死他们，不管是大人还是小孩，然后，放一把火，将这里化为灰烬。这样做师傅也许会不开心，但是，他以后再也不会派他去野外执行任务了。

你要有主见——在人的一生中总会有这样的时候。

他翻过篱笆，来到草地上。他盯着房子，焦躁万分。他朝着石子路小心地伸出一只脚，好像在试探水的深浅一样。接着，另一只脚也伸了过来。

吱——

他僵在那里。过了一会儿，他又走了一步，每次都在祈祷脚踩下去不会发出任何声音，可是每次都失败了。*他们不会听见的，外面风这么大。别担心。*

他到门廊了。他上次来过之后就知道那是什么锁了。是那种老式的插芯锁。他早已准备好合适的工具。他在这个星期的早些时候买了一把同样型号的锁，已经练习过多次了。

他从胸前的口袋里掏出小手电筒打开，抓在左手上，照着锁。

他用右手将撬锁工具伸进锁孔里，用力向前推却推不动，像被什么东西挡住了一样。他又试了试，可还是没用。这时，他惊愕地意识到什么地方出问题了。

室内有人把钥匙留在锁里了。

就在他想明白这一点的时候，却听到自己的正前方有金属碰撞的声音。是铜锁芯的棘齿碰撞发出的声音。可以确定，有人在用钥匙开门。

他丢下撬锁工具，急忙去拿枪。枪卡在口袋里，拿不出来！他疯了一样惶恐地拔枪的时候，门开了。屋内很黑，他几乎看不清那两个小小的身影，两个穿着靴子和冬衣的小孩子。

他们是魔鬼的后代。

魔鬼的后代站在他面前。

两个孩子的眼睛闪着好奇的光芒，就在那片刻的时间里，他觉得那两个孩子的目光似乎穿透了他的身体，他不由得向后退了几步。太晚了，他意识到他们看的不是他，而是他身后的那个人。

他绝对没有听到枪声。他只感觉到有一股灼热的风冲了过来，同时伴有奇怪的嗖的一声，几乎要把他的耳膜震破了。他也没有感觉到子弹，因为它穿透了他的颅腔底部，切断了他的部分脊柱。子弹从左半脑穿到右半脑，之后又穿过额叶，从他右眼上方穿出，打在门廊的墙面砖上弹开了，在水泥勾缝上留下了一个小孔。

在意识即将消失的瞬间，他看见了劳拉。她站在一条悠长的坑道尽头，沐浴在柔和而明亮的光线中；接着，魔鬼的两个小崽子站到劳拉的前面，挡住了他的视线。那两个孩子幸灾乐祸地笑着，因为他们胜利了！他们笑得很夸张，笑得脸都变形了。他们的眼睛里燃烧着仇恨的火。他们朝他走来，不，也许是他朝他们走去。他绝望地喊道："劳拉！"

劳拉的名字在无尽的黑暗中回荡，最后淹没在那两个孩子的笑声之中。他们咯咯笑着，那孩子气的笑声令人心烦。

现在，他能看到的就只有从那四只眼睛里发出的光了。那四只无色发光体正在慢慢消退。柔软的砾石将他拥在怀里。

这时，他的上方出现了几张人脸，两张不同的脸。那是黑暗中的脸部剪影，看上去有些熟悉。慢慢地，他那已经被破坏的神经通路将那两张脸变成了夜视镜中看到的那种绿色图像，他看见了他们的相貌特征。接着，随着血液的流失，他的思维变得模糊，意识渐渐逝去，过往的种种记忆像潮水般涌来。在这一片混沌之中，他顿悟了，虽然这种顿悟的状态稍纵即逝。

他现在知道那两张脸为什么那么熟悉了。

那是校舍后面停车场上那辆时髦跑车里的两张脸。

他们转过身来亲吻，他通过夜视镜看到了他们的脸部剪影。那个男人和女人。

是他们。

第九十七章

哈雷坐在他那辆电动玩具警车里，反戴着棒球帽，一边咧嘴笑一边在后院的草坪上开车。后来，他又绕着充气游泳池开车，还不时按按喇叭，打开车灯，躲避着地上散乱的玩具。那是他三岁生日时的情景。他玩得很开心。他一切正常。

看着哈雷，娜奥米也咧嘴笑了。她高兴地抓着约翰的手。加利福尼亚的阳光照在身上，暖洋洋的。那天和其他日子没有什么两样，非常完美——只是她不知道自己的儿子在世上停留的时间只有一年不到了。

梦在渐渐远去，她闭着眼睛，想重新回到梦中去。一阵冷风吹在脸上。她想小便。她睁开眼睛。房间里漆黑一片。床头的钟上显示的时间是6：01。

外面的风没有减弱。头上方的木梁那边传来各种嘎吱声，另外，窗户那边也有窸窸窣窣的声音。那应该是风吧。

约翰还在沉睡之中。她静静地躺了一会儿，把被子拉到脸上，挡住寒气，同时努力抵制着尿意。她闭着眼睛。她多想回到梦中的那个下午，那个充满着加州阳光的下午啊。但是，她现在已经睡意全无，脑子里全是烦恼。

今天是星期几？星期五。他们打算带卢克和菲比去谢拉医生那里，商量特殊教育学校的事。然后，等到了下午的时候，他们会去几家卖狗的地方看看，那里有罗得西亚背脊犬[1]、德国牧羊犬卖。

1　一种大型犬，因为其能够捕猎狮子，又叫猎狮犬。该犬强壮、灵活，跑动速度很快，对主人极为忠诚。

为了不惊醒约翰，她蹑手蹑脚地下了床，来到卫生间，穿上浴袍和拖鞋。她上完厕所，洗了手和脸，又刷了牙。

我的眼袋真大啊。

她定睛看着镜子里的自己。皱纹也多了。好像每天都有新的皱纹冒出来，有些皱纹看上去甚至已经像裂缝了。伙计，我们就面对现实吧，你老了。再过二十年，你就满脸皱纹；然后再过几年，你就是一个干瘪老太。接下来的事情你肯定知道——卢克和菲比推着轮椅上的你，在海边散步，一条小方毯捂在你的膝盖上。那时你已经满头白发，流着口水，呆呆地看着大海。

但是——

卢克和菲比会照顾约翰和她吗？他们有爱心吗？他们在乎约翰和她吗？她有这种想法并不自私。难道孩子不就应该那样做吗？难道生活不就应该那样，年轻的一代照顾年老的一代吗？她以前看到一辆汽车的保险杠的贴纸上写着：**一定要扯平了！多活几天，让你的孩子也受受折腾！**

她关上卧室门，打开了楼梯歇脚台上的灯。卢克和菲比的卧室门关着，储藏室的门也关着。这个时间他们通常已经起来了，但今天早上不一样，这两个地方都安安静静的。

楼梯的踩脚处吱吱呀呀地响着。她慢慢地朝楼下走，担心会吵醒约翰。后来，当她走到了客厅的时候，突然感到一阵不安。大门上的防盗链松松地吊在门框上。他们在家里睡觉的时候，总是挂上防盗链的啊。

是昨天晚上忘记了吗？她觉得一定是他们忘记了。她暗暗提醒自己，一定要和约翰好好说一下这件事。现在他们必须比任何时候都要提高警惕！

这时，其他地方吸引了她的注意。她转身看着那个维多利亚风格的衣架，因为那里好像比平时少了什么东西。孩子们的外衣在哪儿？她的目光投到地上、鞋柜上，但都没有看到他们的衣服。卢克的蓝色雨鞋和菲比的红色雨鞋都不见了。

她深深感到了不安。他们出去散步了吗？他们在这个时候、外面一片漆黑的时候、天气糟糕的时候，出去散步？

她打开沉重的橡木大门，刺骨的冷风扑面而来，伴随着的还有丝丝小雨。她朝着黑暗中张望，然后——

——呆住了。

她家门廊前的地上有东西，看上去像是一只大口袋或一头动物之类的东西。

她觉得脊背发冷。她警觉地后退了几步，看看电灯开关板，按下了红色的开关。除了一只之外，外面所有的泛光灯立即亮了。这下她看清楚了。那不是口袋，也不是动物，而是人。一个男人四肢张开趴在那里，附近的石子路上有一把手枪。她来不及看清其他情况，就砰的一声关上门，挂上防盗链，惊恐万分地朝楼上奔去。

"约翰！"她冲进卧室，打开了灯。"约翰！上帝啊，楼下有人，外面有人。一个男的。男的。不省人事。死了。我不知道。枪。有枪！"

说完，她跑出卧室，冲到孩子们的卧室门口，推开门。她不用开灯就知道房间里没人。储藏室也是空的。

约翰穿着浴袍，手持猎枪，站在楼梯的歇脚处。"哪里？外面什么地方？"

她盯着他，恐慌地瞪着眼睛，结结巴巴地说："大……大……大门口。我不知道卢克和菲比到哪里去了。"

"报警……不……快按紧急报警按钮，那样快一些。就在床边。紧急报警按钮。他们很快就到了。"

"你要小心，约翰。"

"那人在哪儿？"

"大门口。"她浑身战栗。"我不知道卢克和菲比到哪儿去了。

我不知道他们在哪儿。他们可能在外面。”

“紧急报警按钮。”说完，他打开枪上的保险，谨慎地朝楼下走去。

娜奥米跑到床边，按下红色紧急报警按钮。屋里屋外立即响起了警铃声。接着，她抓起电话，听了一会儿。她听到了拨号音。感谢上帝。她想打“999”，但是手指抖得太厉害，第一次居然拨错了号码。

她只得重新拨号。这次对了。

“上帝啊，快接电话！求求你了！”

这时，她听见了接线员的声音：“这里是警察局。”

她愣了一下，然后就听见了自己的喊叫声：“男人！枪！上帝啊！快来人！”

她慢慢冷静下来了。她仔细报出了自己的住址后，跑到楼下。约翰正在过道里的一扇窗户旁，朝外面张望。她冲进客厅大喊：“卢克！菲比！”

没有人答应。

娜奥米回到过道里，站在约翰身边，胆战心惊地朝窗外看。那个身穿夹克、头戴羊毛帽、脚穿雨靴的男人一动不动地躺着，浑身都是雨水。他背对着他们，因此看不见他长什么样子。她想，我是不是反应过度了。也许那是个流浪汉呢。但是，这样的猜测很快就被否决了。他看起来像吗？

流浪汉还带枪？

“我找不到卢克和菲比了。”她说。

约翰在慢慢地打开大门。

“啊，小心！小心！等一下！警察马上就来了——”

“喂！”约翰朝地上的那个男人喊道，“喂！”

“等等，约翰！”

但约翰已经端着猎枪走了出去。他的手指搭在扳机上，盯着车道和草坪以及远处看了看。现在是黎明前的黑暗，天快要亮了。他的枪一会儿指着左边，一会儿指着右边，后来又对着地上的那个人。他小跑了几步，风吹起了他浴袍的下摆，他看上去像穿了一件裙子。娜奥米跟在他后面。

他们站在那个男人旁边。那人的帽子、夹克、裤子、雨靴全是黑色的。他的年龄不大，绝对不会超过三十岁，她想。约翰蹲下来，捡起地上的手枪，交给娜奥米。

手枪很沉，又湿又冷，她不禁打了个冷战。她警惕地望着泛光灯照不到的暗处，又看看地上的那个男人。

“喂！”约翰对那个男人说。

娜奥米也蹲了下来，这时她才看见那人的额头上有个洞。洞在右眼的上方，洞的周围皮开肉绽，有的地方呈青紫色。洞的里面有凝结的血块，没有被雨水冲洗掉。

她啜泣起来。那人脑袋的另一边更加惨不忍睹。她看到了那人后脑勺上被烧煳的头发、炸裂的肉和更多的血块。

“枪打的，”她说，“是枪打的。”她手忙脚乱起来，努力回忆起自己十几岁时在学校急救课上学到的方法，抓住他的手，把他的手套往下撸了撸，将手指搭在他的手腕上。那人虽然浑身湿透了，但身上还有温度。

她摸了一会儿，却无法判断自己摸到的是那人的脉搏，还是自己因神经紧张而产生的错觉。这时，那人睁开了眼睛。

她的心差点从嘴里跳出来。

那人翻着眼睛，好像并不能看到什么。

“我的孩子呢？”娜奥米问，“你听见我说话吗？我的孩子在哪儿？上帝啊，我的孩子呢？”

那人继续翻着白眼。

“我的孩子呢？”她尖叫着问，几乎无法相信他还活着，因为他头上有两个洞。

那人张开嘴。嘴闭上了。张开，又闭上，活像一条被人甩在岸上、奄奄一息的鱼。

“我的孩子！我的孩子在哪儿?”

那人耳语一般地说，声音比风声还要小:“劳拉。”

“你是谁?”约翰问，“请问你是谁?”

“劳拉。”他一遍又一遍地说，其实约翰和娜奥米已经听不清他在说什么，但能听出他的美国口音。

“我的孩子在哪儿?”娜奥米又问，嗓音里透着绝望。

“快叫救护车，”约翰说，“叫救护车——”

他话没说完，就被远处警车的警笛声打断了。

“劳拉。”那男人低声说，睁大了眼睛定定地看着，须臾之后，他好像看到了她。接着，他两只眼睛又开始乱转，然后人就没了气息。

第九十八章

远处的黑暗中有一排支离破碎的蓝灯，好像怎么也靠近不了。虽然她听到警笛声了，它却一直那么若有若无，总也不见声音变大。也许警车是往别处开去了，根本不是来找他们的，娜奥米想。她磕磕绊绊地走在草坪上，每隔几分钟就喊一声“卢克！菲比！”，心中的绝望在逐渐加深。她盯着周围的灌木丛和树木的黑影看看，又扭头找约翰，只见他还蹲在那个人旁边，于是，她又朝远处张望，看着蓝色警灯、空旷的田野和无尽的黑暗处。

就是这无尽的黑暗吞没了她的孩子。

警笛声越来越近了，她突然害怕起来。她担心孩子们就在车道上，匆忙行驶而来的警车在这么黑的地方可能看不见他们。她穿着湿透了的拖鞋从牛栏的缝隙中挤了过去，用手电筒对着黑暗的地方照去，完全忘记了寒冷，忘记了天上还在下雨。她走在车道上，又大声喊起来：“卢克！菲比！卢克！菲比！”

汽车的大灯刺穿了她前方的黑暗。在车道尽头的树篱上方，出现了两盏蓝色顶灯。警车开得很快，犹如风驰电掣般向她靠近。她急忙闪到路边，疯了似的挥舞着手电。

警车驶过弯道的时候，她像一只被耀眼灯光惊呆了的兔子，一动不动地站在那里。警车在她身边停下，坐在副驾驶上的女警察摇下车窗，看着她。车里一股湿热的味道，和橡胶味混杂在一起，直冲她的鼻孔。车内的对讲机里有人在说话。开车的男警察说了一句什么，娜奥米没有听清。

娜奥米疯狂地指着自己住的房子，上气不接下气地说："人——那里——需要抢救——你们——看到——孩子——路上——两个孩子——"

女警察关切地看着她，说："有人带着枪吗？那里有人带武器了吗？"

"中枪了，"娜奥米说，"有人中枪了——他在那里。我的孩子，我找不着孩子了。"

"你没事吧？要不要上车？"女警察问。

"我在找孩子。"她说。

"我几分钟后就回来。"

女警察的话音刚落，警车就加速驶过牛栏。娜奥米看着警车的刹车灯亮了，在石子路上停了下来，两边的车门打开了，两名警察下了车。

娜奥米转过身，打着手电筒，继续在车道上奔跑，脚上的拖鞋啪嗒啪嗒打着路面，每跑几步，鞋子就会掉下来。她踩进了一个水塘，里面的水有脚脖子那么深，从水塘里出来的时候，两只拖鞋都已经掉了。她找回拖鞋，在脚上重新穿好，沙哑着嗓子喊："菲比？卢克？卢克？菲比？"

她在车道上走了一半的距离之后，来到了一条小路跟前。这条小路通往麦田，她有时会带两个孩子来这里散步。这里有好几只野鸡。卢克和菲比喜欢将野鸡从藏身的地方驱赶出来，看到野鸡惊叫着飞走的样子，他们咯咯笑个不停。她用手电筒照着四周，不停地喊着孩子们的名字。

回答她的是寂静。不，她听到了风声和铰链的吱呀声，还有另一个警笛声。

不久，一辆警车从她身边开了过去，几秒钟之后，又来了第三辆车。这辆车的车身上没有警察的标志，也没有安装警灯和警笛。

她跌跌撞撞地走着，不时喊着孩子们的名字，喊声中有震惊，有失望，也有疲倦。“卢克！菲比！亲爱的孩子们！你们在哪里？快答应我啊！你们在哪里？”

黎明即将到来。天边露出了水灰色和黄色，黑色慢慢变得透明起来，原来模糊不清的影子逐渐清晰，变成了她熟悉的建筑和树林。她的孩子不见了。新的一天即将来临。她的孩子不见了。一个男人躺在她家门口，奄奄一息。

她跑回到车道上，朝着村庄走去。她的两边是树篱和大树。手中的电筒越来越没有必要了。她觉得脖子像被人卡住一样。她多么希望突然看到卢克和菲比穿着冬衣和雨靴，手拉着手朝她奔跑而来啊。

她又听见了警笛声。这次是救护车的警笛声。不一会儿，她看见一辆救护车闪着警灯开了过来。她挥舞着手中的电筒，救护车停了下来。“迪恩农仓怎么走？”司机问道。

她喘着粗气，指指迪恩农仓的方向。“那里，一百米远。向右拐，第一个入口，上车道。我找不到孩子了。”

几秒钟之后，她吸了一大口汽车尾气，看着救护车的蓝色顶灯像跳跃的鱼儿一样渐渐远去，看着救护车慢慢右拐，开上了她家的车道，朝着他们的家，他们的庇护之所开去。

她静静地站着，眨眨眼睛，泪水混着雨水簌簌地落下。她颤抖着，她抖得太厉害了，以至于两只膝盖都在不停地碰撞着。“卢克？菲比？”她的喊声现在已经变得虚弱了。

她看着手电筒射出的昏黄灯光。这灯光现在已经照不清路面。她关掉手电筒，咽了一口唾沫，抱着手臂想让自己的身体稳定下来。雨下得更大了，天上好像打开了一只巨大的莲蓬头，但她对此浑然不觉。她看看左边，然后又看看右边，明明知道不会有任何希望，可还是不死心，好像她能看到孩子们就躲在灌木丛里、大树或树篱的后面似的。

你们在哪里？

她努力凝神静气，集中自己的思想。那个男人是谁？他是谁打死的？为什么？有人进入了他们的房子，他是怎么做到的？那个人是怎么让卢克和菲比穿上衣服鞋子跟他们走的？他是什么人？他是一个人还是几个人？他或他们是恋童癖？

是“新千年之子”的信徒？

是卢克或菲比打死了那个人，然后又跑了？他们是因为害怕才跑的吗？

他们逃跑了，还是被人带走了——被人绑架了？

她的心里乱作一团。就在此时此刻，在她的内心深处隐藏着一个念头，而且她觉得这个念头就是现实，是无可辩驳、不容置疑的事实：孩子们走了，永远地走了，再也不回来了。

第九十九章

娜奥米艰难地走在回家的路上，一辆灰色面包车在她身边停了下来。车里的男人用友善的声音问她要不要帮忙。她的心中顿时燃起了希望。

“你找到他们了？”她问，“我的孩子在你那里？他们都还好吗？”

“你的孩子？”

她盯着那个男人。“是啊，我的孩子。他们在你那里吗？卢克和菲比？”

男人打开车门，往里挪了挪，给她腾出了地方。“上车吧。”

她后退了一步。“你是谁？”

“警察，负责犯罪现场调查的。”

她摇摇头。“我要找我的孩子。”

“我们会帮你找孩子的。快上车吧，再这样下去，你要冻僵了。”

车里的对讲机响了。司机探身向前，按了一个按键。“C——V——7——4。我们刚刚到达现场。”

后排座位上的那名警察伸出了手。娜奥米握住他的手，上了车。车内有一架风扇在轰隆作响。热气开始烘烤她的脚，吹在她的脸上。

她晃了晃脑袋。车内的热气令她头晕，她觉得自己快要昏过去了。“请帮我找到我的儿子和女儿。”

“他们多大了？”

“三岁。”

“别担心，我们会找到他们的。”

面包车朝前开去。她看着路边的树篱，觉得这一切好像都是一场梦。“我们醒来后，孩子就不在家里了。”她木然地说道。

“我们会找到他们的，请你不要担心。”

那人话语里满满的善意令她热泪盈眶。

面包车开到了石子路上。她看到了救护车。救护车的车门紧闭，车窗的后面有帘子，她根本看不清里面的状况。她不由自主地哭了起来。除了她看到过的第一辆警车，另外两辆警车也在现场。放眼望去，好像到处都是警察。三名警察穿着防弹背心、手持步枪，站在花园里。那个被打死的人不知所终，她估计在救护车里吧。

警察在房子前拉了一圈黄色警戒线，将那名枪击身亡的男子原来躺的地方围在里面，另有两名身穿制服的警察站在警戒线前面。面包车快要停下的时候，又一辆汽车出现了。那是一辆黑色的沃尔沃，车上竖着天线，里面坐着四名身穿制服的警察。

“你觉得你的孩子会去哪儿呢?”负责犯罪现场调查的那名警察问。

“我——”她摇摇头，打开车门，吃力地下了车。这不是真的，这不可能是真的。她恍恍惚惚，含糊不清地说了句“谢谢”，朝着大门走去。那里被警戒线围住了。一名警察抬起手，诚恳地说：“对不起，夫人，请您从厨房门进去，好吗?”

她绕到房子的旁边。厨房的门关着，而且里面还锁上了。她敲门。一名穿着制服的女警察开了门。也许这就是先前坐在警车里和她说话的那个女警察吧。她不敢肯定。这时，约翰朝她走来。他身上还穿着浴袍，头发耷拉在头上，脸色煞白。他搂住她。

“你到哪里去了，亲爱的?”

“你找到他们了吗?”娜奥米抽泣着问，“你找到他们了吗?”

“他们就在附近某个地方，”约翰说，“他们肯定就在附近。”

她报以哭泣。“他们不见了！他们被人带走了！上帝啊，他们被人带走了！”

约翰和那名女警察相互看了一眼。

“我们的孩子不见了，约翰——难道你还不明白吗？难道你要我一字一句地说出来，你才明白吗？难道你要我倒过来说，遇到第四个字母就省略掉，你才明白吗？”

两名穿着制服的警察走进厨房。一名警察看上去才十九岁左右，又高又瘦，非常稚嫩的样子。在室内还戴着帽子，有点怪怪的，娜奥米没来由地想道。

另一名警察岁数要大一些，长得粗粗壮壮的，留着短胡须，剃着光头。他把帽子拿在手里，脸上挂着和善的微笑。

“我们搜查了所有的房间、碗橱、阁楼，但没有找到人。我们马上去房子旁边的附属建筑看看。有车库和温室，对吗？还有堆放垃圾的小棚子？先生，其他还有什么我们没看到的建筑吗？”

约翰身上湿透了，他一边簌簌发抖一边说：“没有了。”接着，他对娜奥米说：“你去换身干衣服吧。去洗个澡。这里的一切我来处理。”

“我们得再出去一趟，”娜奥米说，“他们可能会在格力博家农场里的池塘边玩，说不定会掉进去。”

“你们赶紧换身衣服，让我们去看看吧。我们会找到他们的，他们肯定就在附近。”

粗壮的警察对那个小警察说：“我去看看旁边的建筑，你把进入这座房子的所有人都登记一下。”

就在娜奥米离开厨房，上楼去洗澡的时候，有人敲门。约翰打开门，看见一个四十岁左右的高个男子站在外面。那人黑色鬈发，穿着灰色西装和白衬衫，打着颜色鲜艳的领带，外面罩着一件雨衣，脚上穿着黑色皮鞋，他的鼻子塌得厉害，鼻梁骨好像被人打断过不止一次，看上去像个已经退休的职业拳击手。

“是科里森博士吗？”

“是的。”

“我是佩尔曼探长。”他彬彬有礼，话语简洁。他伸出手，短促而有力地和约翰握了手，好像多花点工夫在这件事上就会浪费他那宝贵的时间。说话的时候，他那灰色眼睛一直在打量着约翰。接着，他又补充说道：“我想你和科里森夫人肯定没想到会有这样的事吧。”

“你这么说太轻描淡写了。我们何止是没想到啊，我们感到震惊。”

“我们会想尽一切办法帮助你们的，但现在恐怕要封锁犯罪现场，禁止闲杂人等进入这座房子，所以，我们想请你和你妻子带上一些生活必需品和几天的换洗衣服，从这里搬出去。”

约翰惊呆了，盯着他问：“你说什么？”

“这房子没有旁人进来过。”娜奥米说。

“对不起，我们这是按照规矩办。”

有两个人突然从花园那边走了过来，他们都穿着白色的连帽工作服、白色套鞋，戴着白手套，手上拎着一只大包，没有敲门就进来了。

“早上好，戴夫。”其中一个人面无表情地说。

“早上好，警长！”另一个人高兴地说，好像他们俩是前来刷墙的装修工。

那个小警察问了他们的名字，登记到本子上。

“我们搬到哪里去？”约翰问佩尔曼探长。

“你们附近有亲戚吗？你们可以到亲戚家住几天，否则就只能住宾馆或者旅馆了。”

“亲戚——有，但不住在附近。我说，我们不想离开这里，找不到孩子我们就不走。”

佩尔曼探长点点头，表示理解他们的心情，但并没有一点感同身受的意思。他公事公办地说：“恐怕你们两个都要去警察局一趟，做个笔录。有人会开车送你们去。我们已经着手找你们的孩子了。

警方的直升机几分钟后就到。我建议你们赶紧穿好衣服，然后你、我、科里森夫人在厨房这里喝杯茶，我有几件事要问你们。”

“我想出去找孩子。”

“我已经派警察在邻近地区寻找他们了。你们的孩子三岁了?”

“是的，但——”约翰欲言又止。

佩尔曼探长困惑地扬起眉毛。约翰补充道：“他们比实际年龄要成熟。”

“现在的孩子都这样，科里森博士。”佩尔曼探长疑惑的表情很快消失了，换上了淡淡的笑容。“他们以前有过这样的事吗?”

“离家出走？没有。”娜奥米啜泣着说。

“虽然目前下结论还为时过早，”佩尔曼探长说，“但我认为，因为是三岁大的孩子，我们应该估计他们不会走远，但是，考虑到当前发生的情况，我们已经向机场、港口以及英吉利海峡隧道管理方发出了协查通报，请他们提高警惕。如果你们能提供一张孩子们最近的照片，可能会派上用场。你们别担心，我们会找到他们的。”探长看着约翰和娜奥米。“你们以前从来没见过这个人——大门外面的那个人吧？你们知不知道他是谁?”

探长注意到，约翰和娜奥米交换了一个奇怪的眼神。

第一百章

洗过热水澡、换上了暖和的衣服，娜奥米回到厨房之后还是忍不住地发抖。她好不容易才把电水壶里装满了水，插上插头，开始烧水。过了一会儿，壶里的水开始翻滚，这时她听见外面传来巨大的声响，好像打雷一样。

她朝窗外看去，只见一架直升机悬停在树顶的高度上。约翰穿着牛仔裤、套头衫和抓绒夹克衫下来了，手里拎着两只大包。刚才他们匆匆收拾的洗漱用品和换洗衣物就在包里面。不久，佩尔曼探长从外面走了进来。

“我不想离开，探长，”娜奥米说，“我想待在这里。这是我的家。我想等我的孩子回来。”

“对不起，科里森夫人，我们会尽快回来的。”

“有多快呢?”

“要几天吧，这是乐观的估计，”探长说，“我注意到你们家在屋檐的排水沟下面藏着一只摄像头。它正常工作吗?”

“天哪!”约翰拍了一下额头。“当然能！我是星期三才装的!”他看着娜奥米，注意到她的眼神变亮了。

“是的!”娜奥米说，“我们怎么就没想到呢?”

约翰带着探长来到书房，打开一只柜子的柜门。录像机就藏在那里。“我……我没有试过……我检查一下。”

约翰双手发抖，翻看着录像机的使用手册。

“千万别把录像给抹掉了，亲爱的，”娜奥米说，“天哪，千万别抹掉！”

他按了录像机上的停止键，然后倒带。“只要外面有动静，录像机就会启动，”他说，“而且，它有夜视功能。”

录像机上的时间显示回到零点29分，接着又向后跳到19点10分。

他按了一下播放键。

三个人盯着录像机旁边那台电视机上的黑白图像，先看到汽车的大灯照过来，接着，约翰的绅宝汽车开过来，停在娜奥米的斯巴鲁旁。约翰下车，朝门口走来，然后就到了摄像头照不到的地方。

接着——

——电视机上闪过一道光，表示录像带在这里跳过了一段时间。约翰屏住呼吸。

上帝啊。

书房里寂静无声，令人压抑。

一个人影从田野的那边翻过篱笆。那人戴着黑帽子、黑手套，穿着黑夹克、黑雨靴，他用一只脚小心翼翼地踩在石子路上，好像在试水的深浅一样，然后另一只脚也踩了上来。

“就是他。”娜奥米说。她觉得自己的脖子好像被人卡住了，说话不利索，有些发抖。

那个人僵立在那里，然后迈出一步，接着又迈出一步，朝门廊走来。

接着——

——他身后有两个人翻过篱笆，悄悄跟在他后面。那两个人都戴着黑色羊毛帽，穿着夹克衫，竖着衣领，脸上的护目镜几乎挡住了脸。

前面的那人停了下来，接着又朝门廊走去。不一会儿，他又停下了，从口袋里掏出一样东西，看上去细长细长的，好像是某种工具。

接着，那人就看不见了，因为他到了门廊上，但很快他又出现在画面上，这次手里拿着一把枪！

与此同时，他身后两人中的一个冲了过来，手里也拿着一把枪。他对着那人的后脑勺就是一枪，枪口喷出一道光。

那人的脑袋向上一扬，然后就张着四肢，瘫倒在石子路上，枪从手上滑落，掉在几步远的地方。

他们发现那人的时候，就是这样一番情景，娜奥米想。

然后——

不！

不可能！这肯定是一场梦。

卢克和菲比穿着雨衣、雨靴，走到画面中，和那两个戴着护目镜的人一一拥抱。

拥抱的热烈场面持续了好一会儿才结束。接着，四人一溜小跑，走过了石子路。两个大人仍然戴着护目镜，他们帮着卢克和菲比翻过篱笆，到了外面的田野上。

接着画面上又闪过一道光，表示跳过了一段时间。约翰穿着浴袍进入画面之中，他拿着猎枪，朝那个戴着羊毛帽、躺在地上一动不动的人走去。

"不！"娜奥米喊道，"不！回放，约翰！快回放！上帝啊，快回放！"

约翰往回倒了一点点。他们没有看错：卢克和菲比迫不及待地翻过了篱笆，然后就是约翰拿着猎枪的画面。

他按了停止键。

三个人谁也不说话。过了很久，约翰才转过身对佩尔曼探长说："你还觉得他们没有走远吗？"

他的语调里没有恶意，只有困惑、无奈和绝望。

第一百零一章

娜奥米独自一人坐在两名警察面前。虽然没有人说什么，她和约翰也受到了礼遇，但他们还是有作案嫌疑的，因此，警方要求他们分开来做笔录。

有一面墙上安装了摄像机，镜头正对着她。房间不大，方方正正的，没有窗户，奶油色的墙面上除了那台摄像机什么也没有。墙上的涂料好像是刚刚刷的，地上的毯子也是新铺的，鲜红色的椅子坐在上面很舒服。椅子前面有一张咖啡桌。

她面对的两名警察之一是个彪形大汉，四十岁刚出头，穿着浅褐色西装，一副不苟言笑的样子。另一名警察是女的，大约三十多岁，姜黄色的短发，胖胖的脸，小眼睛，好像对什么都怀有疑心。女警察穿着蓝色运动上衣，胸前的口袋上印着某家俱乐部的徽章，里面穿了一件薄薄的套头衫，下面穿了一条宽松长裤。

娜奥米简直不敢相信媒体那么快就得到了消息，赶到了她家门外。警察从她家车道的入口开始就拉上了黄色警戒线，但一个小时不到，已经有摄影记者在用长镜头拍摄现场的照片。路上停着十几辆新闻转播车，还有一名天空电视台[1]的记者坐在高高的吊车上。

男警察打开面前的录音机。“今天是1月16号星期五，汤姆·洪堡特警探和乔·纽曼警探与娜奥米·科里森夫人面谈，具体时间是——”他低头看看手表。“10点12分。”

1　欧洲最大的收费电视台之一。

他很注意礼貌，几乎已经到了不遗余力的地步。“科里森夫人，如果您不介意的话，我想请您详细讲述一下今天早晨您报警的全部过程。”

娜奥米本已神经紧张，现在听到汤姆·洪堡特警探用如此正式的语调和她讲话，就更加不知所措了。她结结巴巴却又尽量详细地把事情的经过讲了一遍。

“娜奥米，你今天为什么这么早就起来了？”女警察乔问，“你说你通常7点以后才起床的。”

娜奥米喝了一大口热茶，问：“你有孩子吗？”

“有。”

“那你应该知道我说妈妈的本能是什么意思吧？”

女警察点点头。娜奥米瞥了一眼洪堡特警探，他向她使了个眼色，表示他理解她的话。

“我就是觉得有什么地方不对劲，虽然我也说不清楚——我当时想小便。”娜奥米停顿了一下，看着手中的茶杯。“他们会打电话的，对吗？如果孩子找到了，他们知道我人在这里吗？”

“一有任何消息，立即会有人通知我们的。”乔·纽曼说。

“谢谢。”

说完这句话，娜奥米再也忍不住了。她抽泣着，眼泪簌簌地滴落。她含糊不清地说了一句“对不起”，从手包里拿出手绢擦眼泪，想稳定自己的情绪。

“会谈于上午10点21分中断。”娜奥米听见汤姆·洪堡特警探说。

半小时后，娜奥米觉得情绪稍稍稳定了，便又回到会见室。警察重新打开了录音机。娜奥米的心里好像在不断播放卢克和菲比奔跑的录像带一样，放了一遍又一遍。她看见他们穿过车道，朝着那两个戴着护目镜的陌生人跑去，和他们拥抱，还亲了他们，问候这两个陌生人的方式是她和约翰以前从来没有体验过的。

好像那两个人是他们的父母。

突然，她觉得很冷，似乎体内的每个细胞都被冻僵了。

如果——？

如果——？

如果那两个人是他们的父母，怎么办？

不可能。不可思议。

而且，卢克和菲比有那么多她和约翰身上的特征，这是大家有目共睹也一致公认的。有时，她看着卢克，就会看到他父亲约翰的影子。

现在她想到了一个更加不好的可能性。当初她看到石子路上的那个人，看到孩子们的衣服和鞋子不见了的时候，首先想到的就是这件事。

她盯着桌子，听着空调出风口轻微的咝咝声。

此前当她深一脚浅一脚地走在车道上的时候，就曾经想到了这种可能性，但她拼命掩埋了它，将它藏在脑中最隐秘的地方。

她绝对不希望这种可能性是——

"科里森夫人？"

洪堡特探长冷静而坚持的声音打断了她的思绪。

她抬眼看着他的脸。

"要不要等一会儿，我们再开始？"

"要不要找个医生来，给你开点药，让你平静一下心情？"女警察乔·纽曼问。

娜奥米闭上眼睛，摇摇头。"请和我说点什么吧。这些恋童癖者——他们早就盯上了网上的聊天室，是吗？这些变态的家伙在那里找小孩聊天，和他们交上朋友，然后骗他们找个地方见面。这样的事常有，对吗？”

两名警察相互看了一眼，洪堡特说：“对大一点的孩子来说，这种危险真的存在，但我想三岁的孩子不会遇到这样的情况。他们太小了。”

“我想你们的孩子才三岁，他们不会上网聊天吧？”乔·纽曼说。

“他们的心理年龄比三岁要大很多，”娜奥米说，“他们比你们想的要成熟。”

女警察看了她一眼，好像同为母亲的两个人有着某种心照不宣的秘密似的。女警察那一眼好像在说，所有的母亲都认为自己的孩子很特别！

“你的孩子上网可以不受任何限制吗？”洪堡特问。

“我们上个星期天给了他们一台电脑，那是他们的生日礼物。让我感到惊讶的是他们在网上看的那些东西——大部分都和科学有关。”

洪堡特眉毛一扬，问：“三岁？”

“我刚才说他们很成熟的时候，真的就是那个意思。他们非常成熟，就像天才一样。”

乔·纽曼说：“科里森夫人，我们将取走你家的电脑，进行检查和分析。如果他们进过某个聊天室，所有的事情都可以查清楚。”

“嗯——我——我知道你们问的这些问题都很重要，但孩子被人绑架了，我们却还坐在这里空谈——我现在只想着回家，去找他们。我不想待在这里，回答你们的问题。这样做不对。我们是在浪费时间。问题可以留到以后再问，好吗？”

“你掌握的一些信息可能对我们找到孩子很重要。”女警察说，脸上带着同情的微笑。

娜奥米最近在某本杂志上看到过，英国去年有九十八名儿童被谋杀，除了三人被陌生人所害，其余的都是被熟人杀死的。这些熟人包括直系亲属和家人的朋友。“这就是我坐在这里的真正原因吗？”她问，“我是嫌疑人，是吗？”

她看到两名警察的脸色突然变得不自在了。

“你们到底怎么了？你们手里有录像带，可以看到是两个陌生人带走了我的孩子。我为什么会在这里？谁能告诉我？”

“你不是嫌疑人，科里森夫人。”洪堡特说。

“有一个人死在了我家门口，我的两个孩子被陌生人绑架了，可你们不去找那两个陌生人，却把我当成了嫌疑人。你们把约翰带到另一个房间，对他进行了同样的审问，想看看我们两个人说的话能不能对上号。我可以明明白白地告诉你们：肯定能对得上，好吗？”

两名警察谁也没有说话，过了一会儿，乔·纽曼说：“科里森夫人，听我说几句话吧，然后你就可以放心了。我们正想尽一切办法寻找你的孩子。我们动用了所有能调动的警力在你家附近地区进行地毯式搜索，警用直升机也参与了这次搜索行动。”

娜奥米很不情愿地相信了她的话。毕竟，她还能怎么样呢？

接着，问题接二连三地向她抛来：她和丈夫的关系怎么样？和孩子的关系怎么样？和邻居、朋友、孩子们的朋友处得怎样？

她尽量按照真实情况逐一回答问题。但是，她说卢克和菲比很成熟，在这一点上两名警察好像并不相信。

“你说你妈妈星期二的时候看见过这个人？就是在你家屋子外面的那个？”

她摇摇头。“不，我没有这么说。我说的是有一个陌生人让我妈妈很担心——”

她想了一会儿之后说：“十字架！她说那人戴着十字架！今天早上我居然没有想到这个！我应该看一下才对啊！你们能叫人看一下吗？”

洪堡特在本子上记录下来。“我会查明情况的。”

乔·纽曼的表情好像有点尴尬。她问："卢克和菲比的身上有胎记或者疤痕之类的记号吗？"

"我……我……我想没有。没有，肯定没有。"

"你记得他们最后一顿吃的什么吗？"

"吃的什么？"娜奥米重复道，"你们为什么——"

这时，她突然明白警察为什么要问这个问题了。她和约翰不久前曾经一起看过一部电视剧，讲的是在英国内政部[1]里工作的一名病理学家的故事。在其中一集电视剧里，有一名儿童失踪了。警察问孩子的父母，孩子身上有没有胎记，孩子走失之前吃了什么。了解了这些情况之后，假如他们发现了不明身份的尸体，就可以确定是不是那个孩子。警方可以查看尸体上的胎记或疤痕，也可以解剖尸体，看看胃里装着什么东西。

房间的门突然开了，佩尔曼探长穿着雨衣走了进来。"抱歉，打搅你们了，"他盯着娜奥米说，"但我们取得了一些进展，我觉得应该让你知道。"

1　英国内政部是负责移民控制、安全和秩序的政府部门，成立于1782年3月，主要目的是保证国民安全、保护英国免受恐怖袭击等。

第一百零二章

约翰和娜奥米在接受问询之前，警方给他们介绍了一名专门负责家庭联络的警官蕾奈特·哈里森。蕾奈特警官四十岁刚出头，褐色齐耳短发，穿着奶油色蕾丝领衬衫和灰色格子西装，着装很正式，但她的举手投足之间却是非常典雅。

此刻，蕾奈特领着约翰和娜奥米走过一段过道之后，进了探长办公室，请他们在一张小圆桌旁坐下。

不一会儿，佩尔曼探长就进来了。他关上门，将雨衣挂在衣架上。和三个小时前相比，此刻的探长更加狼狈。他的衬衫皱巴巴的，领带也松垮垮的，脸上甚至还有斑斑点点的汗渍。

“好吧。”他坐了下来，先看看娜奥米，又看看约翰，如此反复了几次之后终于说：“长话短说吧——我们在凯伯恩村的停车场发现了一辆汽车。我们认为这辆车是你家门外那个人的。汽车是三天前在安飞士汽车租赁公司布赖顿分公司那里租来的，从昨天晚上开始就停在那里了。公司的人所描述的租车人特征和那个人一样，所使用的驾照和信用卡我们也在那人的钱包里找到了。驾照和信用卡上的名字都是布鲁斯·普雷斯顿。这个名字你们有印象吗？”

娜奥米和约翰摇摇头。“以前从来没有听说过。”约翰说。

佩尔曼探长看了一眼手表说：“美国现在还是夜间，要等到那边上班后才能调查清楚这是不是他的真名。汽车的后备厢里有一台笔记本电脑，另外他身上还有一部手机，我们正在分析电脑和手机里的内容，希望能从中找到一些线索。”

说完，他站了起来，走到他的办公桌前，拿了一只牛皮纸信封回来，从里面抽出一张照片。

“我们在布鲁斯·普雷斯顿的钱包里找到一张照片，这是放大后的样子。你们见过这个人吗？”

约翰和娜奥米看着照片，上面那个美丽的姑娘有着拉丁人的长相，黑色长发，穿着一件朴素的夏装，站立的地方好像是房子外面的平台。

“没有见过。”约翰说。

“从来没有见过，”娜奥米说，“肯定从来没有见过。”

“‘劳拉’这个名字有印象吗？”

约翰和娜奥米摇摇头。

“我们发现那个人躺在那里的时候，好像他嘴里念叨的就是这个名字。”娜奥米说。

“他说其他什么话了吗？”

“没有。”

“他在救护车里也只念叨这个名字，后来就没有意识了。”探长盯着他们看了一会儿，说：“你们提到的那个邪教组织叫‘新千年之子’吧？要等美国人上班后我们才能跟进这件事。”

“那个人能活下来吗？”娜奥米问。

“萨塞克斯郡神经外科的两位顶级医生正在给他做手术，但他的状况很不好，”探长耸耸肩，“所以，我也说不准。”

三人都没有说话。停顿了一会儿之后，佩尔曼探长看着他们的脸，继续说：“好的，我还有其他更多的消息要告诉你们，不过你们要保密。如果媒体的人找到你们，请不要提我接下来说的话，好吗？”

“好。”约翰说。

“媒体记者会四处出动，打探消息，但你们什么也不能说，一个字也不许透露出去，除非得到了蕾奈特·哈里森警官的许可，好吗？”

约翰瞥了一眼娜奥米，等待她的确认。娜奥米说："好。"

"你们愿意上电视，恳求那两个人把孩子送回来吗？"

"做什么我们都愿意，只要孩子能回来。"娜奥米说。

"好，我们正在和英国广播公司、天空电视台以及其他一些电视台联系，准备让你们参加一档节目，请求绑架者放了孩子。是现场直播。还有，昨天晚上，凯伯恩村的一个村民外出遛狗的时候，看见一辆三菱跑车从村里驶过。她看见这辆车两次。车开得很慢，司机好像不认识路，或者在寻找什么。虽然她注意到了这辆车，但遗憾的是她没有记下车牌号码。但事情并没有结束，有意思的还在后头呢——英吉利海峡隧道的一名海关官员记得，今天凌晨3点的时候，有一辆红色三菱跑车通过了海关，前排是一男一女，后排是两个孩子，一个男孩，一个女孩。"

"上帝啊。"约翰说。他抓住娜奥米的手，紧紧地捏着。

佩尔曼探长脱下夹克，随手丢在椅背上。他的衬衫紧紧地贴在身上，衬衫上有斑斑点点的汗渍。"监控摄像机记录下了进入隧道的每一辆车，我们正在查看那个时间段的录像。也许这只是虚惊一场，但在那个时候从你们家到隧道开车大概只需要两个小时，这一点倒是能对得上号。我们已经联系了国际刑警组织，请全欧洲的警察检查各大火车站和机场，私人机场也不能放过，看看有没有孩子符合卢克和菲比的特征。"

"你觉得孩子们可能已经到了国外？"娜奥米问，"有这样的可能吗？他们要到哪里去？我的意思是，那两个人要把孩子们带到哪里去啊——"她没有说完就哽咽了。她摇着头，热泪盈眶。她说："不，不，不。"

约翰用了更大的力气捏着她的手，但娜奥米没有任何反应。他拼命想安慰她，好像只要娜奥米安心了，他就能安心一样。可是，他一时又找不到合适的话来安慰她。他心乱如麻。

“这是不是表示，你们现在已经停止在本地的搜寻工作了？”娜奥米问。

“我们已经派人带着卢克和菲比的照片前往英吉利海峡隧道公司了。如果那名海关官员确认车上就是这两个孩子，我们就减少在当地寻找他们的警力，集中力量发现一些有用的线索。请放心，此前我们会继续全力以赴寻找他们的。”

“我们什么时候能回家？”

“从技术上来说，只要负责现场勘查的警察在你家以及周边完成拍照、取证等工作，你们就可以回家了。我想可能要到明天吧，最迟后天。哈里森警官会帮你们找地方安顿下来的，在接下来的几天里，她或者其他警察会和你们待在一起，不分昼夜，不让媒体骚扰你们，同时也保护你们的安全。”

约翰阴沉着脸，点点头。

“我不想住旅馆，”娜奥米说，“我要去找孩子。”

佩尔曼探长用理解的眼光看着她说：“我知道你要找孩子，可我已经派出了所有的警察，他们做的就是寻找孩子啊。目前你要配合我们的工作，继续回答我们的问题，这就是对我最大的帮助了。我们需要知道你们两人各自的家庭关系图，还有你们各自的朋友、工作伙伴、邻居。”

约翰捏了捏娜奥米的手，这次她有了反应：她也回捏了一下。

“当然可以，”约翰说，“我们会毫无保留地告诉你们的。”

佩尔曼站了起来。“要不要我们安排人过来，给你们做心理疏导？”

“心理疏导？”约翰说。

“不用，”娜奥米激动地说，“我不要什么心理疏导，我不要他妈的什么社会工作者对我指手画脚，告诉我如何应对这样的局面。他们没有这个能力！找回孩子是解决问题的唯一办法。请帮我们找回孩子吧。你叫我们干什么都行。”

佩尔曼点点头。

英吉利海峡隧道。

红色三菱跑车。

后排座位上的孩子。一个男孩，一个女孩。

凌晨3点。

她不需要更多的证据了。她知道，她的内心深处已经知道，那两个孩子就是他们。

第一百零三章

入夜不久的时候，大小渔船在欧拉努波利斯港口不停地来来去去，谁也没有注意到，有一条船亮着航行灯，正悄然驶过港口的那座瞭望塔。该塔位于石头砌就的码头末端，建于摩尔人时期，是海港入口处的标志。

信众和修士们也像那些渔船一样，来了又走，永无停歇的时候。阿陀斯山半岛上有二十座修道院，从本土坐渡船经过爱琴海，很快就能到达阿陀斯山半岛，而希腊北部海边的这座小城就是前往那些修道院的登船地点。

阿陀斯山半岛南面二十公里处有一座小岛，岛上有一座修道院。距离这座修道院最近的港口也是欧拉努波利斯港。

那艘摩托艇开进了闹哄哄的码头，唯一的乘客跳上岸之后，就掉头朝着爱琴海的方向开去了。

劳拉·盖拉尔迪将一头黑色长发卷在棒球帽里，穿着宽松夹克、牛仔裤和运动鞋，背后的双肩包里装着旅行所需的物品，快步走过泊在码头上的一排小渔船，上了一条有点陡的石子路，经过几家人声嘈杂的餐馆和咖啡馆，来到小城的主要街道上。远处的大海比她刚才来的时候平静多了。她走进一家拥挤的酒吧，买了一杯水，走到外面的人行道上，把水喝了。她厌恶地盯着一家小店，那里在出售阿陀斯圣山的纪念品。一辆出租车在她身边停了下来。

劳拉将背包扔在后排座位上，钻进车里。出租车很快就出了城，朝着塞萨洛尼基机场的方向开去。两个半小时就能到机场了。现在是7点。

她赶上了一趟11点钟的航班，飞到了雅典。接着，她在机场候机厅的长沙发上断断续续地睡了一会儿。

第二天早晨8点（英国时间7点），她登上了开往伦敦希思罗机场的航班。

第一百零四章

娜奥米的日记

我躺在位于蒂萨尔酒店四层的房间里，但就是睡不着。我听着下面街道上行人和车辆的声音，听着防波墙那边的大海传来的涛声，根本没法入睡。我等啊，等啊，等着电话铃声响起。我已经起来两次，检查手机是不是开着，看看酒店房间里的电话是不是挂好了。

我老是听到其他房间有电话响，而且一直响个不停。我给酒店前台打过电话，目的只是让值班的服务员知道我们在哪个房间。

今天有好几次我都想死。以前哈雷被病魔摧残的时候我也有过这样的念头。我已经生无可恋，只想和他一起滑进死亡的深渊。

我不停地想，卢克和菲比现在会在哪里呢，他们遇到了什么情况。我知道我一直觉得这两个孩子很难教育，但他们以前的种种不是现在全部都没了。我爱他们。我爱死他们了。我知道在某种程度上他们可以称得上体格健壮，可再怎么说他们也还是孩子呀。

我和约翰做的蠢事是让他们太聪明了——不，是德托雷让他们太聪明了。他们可以和成人的世界进行交流，但无法理解那里的危险，这才有了现在的情况。

那个画面——孩子们投进陌生人怀抱的录像——真是太让我伤心了。三年来，我们为卢克和菲比付出了那么多，可他们却心甘情愿地跟着陌生人走了。这个打击太大了，我不能承受。

虽然警方在孩子们的电脑里并没有找到任何证据，但他们的调查方向之一是，卢克和菲比可能被网上认识的恋童癖者骗走了。警方认为，那个被打死的男人属于另一帮恋童癖者，两帮人在我家门口发生了火并。

好。

我的孩子落到了恋童癖者的魔爪里。这两个恶魔打死了一个人。谁也不知道他们在哪里。

第一百零五章

在不眠之夜的某个时候，他们做爱了。不，也许用“干”这个字来描述更加准确，约翰想，因为实际情况就是这样。他们的交媾纯粹是受原始欲望的驱使。他们甚至都没有接吻，娜奥米就直接让他进入了，一阵疯狂之后两人都达到了高潮，之后就回到了各自的床侧。

早上7点钟，他套上运动服，穿上运动鞋，悄悄出了房间，来到酒店的大堂。他一走出旋转门，来到灰蒙蒙的外面，闪光灯立即对着他闪个不停，他慌忙立即返回酒店。

外面有一大帮记者在等着他呢。

他穿过大堂，跟着指示牌先到了舞厅，接着来到会议中心，一会儿之后，他走进了一座大型会议厅。

他走到会议厅的后面，从那里的出口出去，上了一条专供残疾人轮椅通过的坡道，来到一扇对开门前，门上有金属把手。他推了推门，松了一口气——门开了。他走到了外面的街上，这里连一个人影也看不见。

他在冷风中穿行，跑上一座小山，朝着远离记者的方向跑去。那是进城的方向。几分钟后，他来到一条宽阔的商业街上，这里冷冷清清的。一辆警车从他身边开了过去，接着是一辆出租车，然后是一辆公交车，车上只有一两名乘客。他不停地跑着，经过了摆满人体模型、高保真音响、家具、灯具、电脑的橱窗，经过了一家已经改成酒吧的银行，最后在红绿灯前停了下来，看看手表。

卢克和菲比落在陌生人手里了。他们现在怎么样了？他们还活着吗？他闭上眼睛。他希望自己可以做些别的什么，不用纠缠于这些难以回答的鬼问题。他真希望他当时没有睡着，而是朝窗外看了，而且看到了那两个杂种正带走他的孩子，于是他冲了出去，赤手空拳地将他们撕得粉碎。

他穿过马路的时候，看见一个十几岁的孩子骑着自行车离开了一座报刊亭，骑到一个小店跟前停下，放好自行车后，走了进去。

小店里的一侧摆满了杂志，另一侧摆着英国以及外国的报纸。店主是个面带愠色的男人，站在柜台后面注视着约翰。

每张英国报纸的头版都刊登着那条消息，有几张外国的报纸同样如此，甚至还有一张报纸上刊登了他和娜奥米的照片，只是那种语言他看不懂。

定制婴儿被绑架

双胞胎被绑架

定制婴儿夫妻的悲剧

他随手拿了一张报纸打开。照片上的自己和娜奥米直直地盯着他。照片是在他家房子前面拍的，图像有点模糊，应该是某位摄影师昨天早晨用长焦镜头拍的吧。

接着，他开始看报道的正文。

瑞典人约翰·科里森博士和他的妻子娜奥米处于深深的痛苦之中，因为他们的双胞胎孩子卢克和菲比昨天凌晨被人绑架了。

在昨晚的电视上，夫妻二人动情地恳求——

“喂。”

约翰惊讶地抬起头，这时才意识到店主是在和他说话呢。

“伙计，要买就买，不买就出去。”

约翰举起报纸，把自己的照片给他看。“他们是我的孩子。”他嗫嚅着说。

“什么？”店主看都没有看他，而是在柜台下面翻找着什么。

“新闻里的双胞胎，他们是我的孩子。”约翰说。

店主抬头看着他，耸耸肩膀。“我管不着。不买报纸就出去。”

约翰拍了拍口袋，将报纸放回原处。他身无分文。

“对不起，”他沮丧地说，“我会回来买的。”

店主不为所动，眼皮都没有抬一下。

约翰心灰意冷地出来后，朝着酒店的方向跑去。他从当初出去的那个门进入了酒店。

进房间的时候娜奥米正在洗澡。“蕾奈特·哈里森打电话来，问我们在这里过得怎么样。9点钟的时候，她会在酒店的后门等我们。”娜奥米说。

“她有什么消息？”

“她说，夜里取得了一些进展，等我们到了警察局再详细说。”

“可是他们还是没有找到孩子？”

“是的。”

娜奥米关掉水龙头，走了出来。约翰递给她一条浴巾。她的头发贴在头皮上，身上水淋淋的。她看上去多么脆弱啊，他想。他帮她系好浴巾，默默地站了一会儿，抱住了她。

他们没有找到卢克和菲比，至少说明孩子们还有可能活着，他想。

他在娜奥米的眼里看到了同样的想法。

第一百零六章

蕾奈特·哈里森陪着他们在佩尔曼探长办公室的圆桌旁坐下，这时约翰有种感觉：探长进入他们的生活好像已经不止24个小时了。

“好吧，”探长说，“你们有没有睡上几个小时？”他看上去精神很好。

“基本上没有。”约翰说。

“没有。”娜奥米说。

“你们今天晚上就可以回家了。”

“谢谢。”约翰说。

佩尔曼探长对蕾奈特说：“你最好给他们弄点什么药，帮助入睡。”

“你有什么新消息？”娜奥米问。

“有一些进展，”佩尔曼说，“虽然不如我们所期望的那么多，但还是有进展了。好吧，我下面说的是最新的情况。昨天，我们给‘神秘先生’布鲁斯·普雷斯顿做过了神经外科手术，到现在已经有十六个小时了，但他仍然昏迷不醒。他在萨塞克斯郡皇家医院，有警察不分昼夜地看守着他。如果他恢复了意识，只要身体条件允许，我们立即审问他。但是，他的大脑有几处损伤，预后不佳。”

“你们查明他的身份了吗？”约翰问。

“那身份是假的。我已经请联邦调查局查过了，线索在纽约州的罗切斯特断了。”

“他与我们告诉你的那个邪教组织之间没有任何联系？”娜奥米问。“‘新千年之子’？”

"是的。"

"目前还没有。我们已经把他的照片和他钱包里那个女人的照片一同交给联邦调查局了，但目前还没有接到任何反馈，"他停下来喝了一口咖啡，"我们高科技犯罪科的分析员一直在研究你们的电脑，他有许多问题要问你们。他10点钟过来。"

"你们在布鲁斯·普雷斯顿的电脑里发现什么了？"约翰问。

"一无所获。他好像是个极为谨慎的人，非常善于隐藏自己的秘密。"

"我的电脑还要在你们那里放多久？"约翰问，"我很想拿回来。"

"分析员来的时候会带过来的——你们两个的电脑都带过来。"

"谢谢。"

"昨天深夜的时候，我们从英吉利海峡隧道公司的监控录像里看到那辆红色三菱跑车的车牌号码了，"佩尔曼说，"车牌是假的。"

约翰和娜奥米什么也没有说。

"今天早晨7点的时候，我接到了一个从法国打来的电话。这辆车在勒图凯[1]的一座小机场找到了。法国那边和我们确认，昨天早晨6点半，一男一女，二十七八岁的样子，带着两个孩子登上了一架在巴拿马注册的私人飞机，孩子们符合卢克和菲比的特征。私人飞机的飞行员是从里昂飞过来的，登记的飞行目的地是尼斯，但那架飞机根本就没有在尼斯降落。"

"飞机去哪儿了呢？"约翰问。

"飞机离开了法国的领空，然后就消失得无影无踪。"

"有人知道这架私人飞机的主人是谁吗？"

"我们正在调查。"

"这种私人飞机能飞多远？"约翰问，"它的最远航程是多少？"

1　法国度假胜地，位于加来海峡地区。

“他们说这完全取决于飞机上的油箱有多大。如果飞机到达那座小机场的时候油箱不是空的，而是携带了足够的燃料，那它就能够飞十四个小时。这种型号的飞机，它的巡航速度达到了350节[1]，这就意味着它有足够的燃料飞到美国，然后再返回。”

佩尔曼走到他的办公桌旁，拿了一张世界地图，摊在约翰和娜奥米的面前。地图上画了一条红色的弧线。“那架飞机能够安全到达的所有的地点都在这条红线上了。”

约翰和娜奥米看着地图，几乎万念俱灰。那条线的一头连着孟买，另一头连着里约热内卢，而且，这还没有把飞机在某处停下来加油后继续航行的可能性考虑进去。

他们的孩子可能在这个星球的任何一个地方。

1 舰船在单位时间内所航行的里程以海里/小时计算，简称“节”，后延伸至航空方面。1节=1海里/小时=1.852公里/小时，350节=350海里/小时=648.2公里/小时。

第一百零七章

高科技犯罪科的分析员戴着一副大大的金耳环，两眼充血，脸色苍白。他上身套了好几件T恤衫，下身的牛仔裤皱巴巴的，浑身散发出一股烟味。他低着头，似乎说话的对象不是约翰和娜奥米，而是地板。他说："你们好，我是克里夫·帕尔默。"说完，分别和他们两人握手——他的手又湿又冷，像条死鱼。

娜奥米注意到，分析员克里夫好像有点紧张。

克里夫坐了下来，将约翰的电脑放在面前，双手将额头上的头发向后捋去，但他的手刚松开，头发立即又回来了。

蕾奈特出去给他倒了一杯水。

"你检查过我和孩子们的电脑了？"约翰问。

"是的，是的，"他若有所思地点点头，又向后捋头发，"我已经将两台电脑硬盘里的内容都做了备份，我想，目前也只能做到这一步了。我马上下楼去车上把你们家孩子的电脑拿过来。请原谅我的不修边幅，我从昨天到现在连枕头都没碰一下。我工作了通宵。"他看看约翰，又看看娜奥米，好像希望得到他们的同情。娜奥米的嘴唇动了动，似乎想说点什么，但又放弃了。

"你找到什么值得关注的东西了？"约翰问。

他手捂着嘴，大声地打了个哈欠。"是的，嗯，值得关注——这两台电脑上都有一些值得关注的东西，但是没有钥匙，我无计可施。"他抬头看着约翰。

"钥匙？"

“加密的钥匙。”

“你指的是密码吗？”约翰问。

克里夫摇摇头。“不仅仅是那些。虽然这两台电脑的系统里都设置了大量的密码，我无法破解，但是，我指的是他们在电邮以及聊天室里用的语言。”

蕾奈特·哈里森给他端来了一杯茶，给约翰和娜奥米端来了咖啡。

约翰说：“昨天他们把电脑送给你的时候，我就提醒过佩尔曼探长，孩子们会用一种他们自己创造的语言进行交流。他们把单词倒过来说，同时把第四个字母省略掉。”

分析员往茶杯里加了糖，搅了几下，喝了一小口。“是的，他们告诉我了。但是，实际情况比这个要复杂得多。根据我目前的进展，我能告诉你们的就是，他们和世界各地的许多人都有联系，而且这种状态至少已经有一年了。这是我目前能追查得到的时间。但是，所有浏览地址都经过了加密处理，加密的语言我无法破解。”

他又喝了一口茶。“所有常见的加密方法我都已经试过了，但没有一种能对得上号。有些密码系统无人能够破解，这你是知道的，对吗？”

“他们是三岁的孩子，克里夫。”蕾奈特·哈里森提醒道。

“是的，我知道，”克里夫有点不悦地说，“但两台电脑上都存在这样的情况。”

“你的意思是，孩子们设计了这种密码系统？”

“使用这两台电脑的人可能设计了这种密码系统，也可能是借用了别人的密码系统。我不知道密码系统的设计者是谁，只能尽量弄明白他们借助这个密码系统说了什么，可是，我想我在前进的道路上撞到墙了。”

娜奥米看着约翰。“你的朋友雷吉，他行吗？”

“你是说雷吉·切特怀因德–康宁翰？我正准备说他呢。他应该是最合适的人选了。”约翰对分析员解释道，“我在莫雷公园工作。我们说的这个人在那里有专门的研究设施，而且，他是英国最好的密码专家。”

克里夫点点头。“我一般不会向两个三岁的孩子认输的，但从目前的形势来看——”他干笑了几下。

但其他人没有和他一起笑。

第一百零八章

劳拉将那辆租来的菲亚特汽车倒进停车场，等她回来取车的时候就可以直接开走，这样可以节省宝贵的几秒钟，说不定她就需要这点时间呢。

她算好了停车费需要花多少钱之后，买了一张四小时的停车票——这是最长的停车时间了——按照要求贴在车内的挡风玻璃上。她可以停到今晚6点。

她将双肩包的带子塞到包里，然后，像拿着拎包一样提着双肩包，穿过繁忙的街道，走进了萨塞克斯郡皇家医院的大门。她在医院大厅的小店买了一束玻璃纸包裹着的康乃馨。虽然心里感到极度紧张，她还是装出漫不经心的样子，以便融入身边的人群。她看上去像一名普普通通的探视者，只是在探望病人的同时还带了一些私人物品。

她在问讯台附近徘徊了一会儿，想找到这家医院的平面图。其实，周围可以问的人很多，但她不想引起注意，于是，她迈步向前走，显得很自信，好像知道自己要往哪里走一样，其实她一直在默默祈祷上帝赶紧给她指明道路。她走上一处斜坡，来到几条过道的交会处。这里有指示牌。**X光。心脏科。门诊。组织病理学。肾病科。妇产科。药房。**

神经外科。

她爬了三段楼梯，走到了另一条过道上。她从医生、护士、勤杂工、探视者身边走过。她看到一个老人穿着浴袍和拖鞋，在扶手架的帮助下一点点地往前挪移，神色严肃而认真；她看到一张轮床上躺着一个老人，他张着嘴，嘴里没有牙齿，一脸困惑，好像被人遗弃了一样。

她又爬了一段楼梯，来到又一条过道上。她走过一间工作人员休息室。从窗户往里看，她看到里面有五名护士。劳拉知道医院的工作节奏，知道医院的流程。她知道换班的时候会一片混乱，那时会有陌生的面孔来来去去，在一所大医院，所有人熟悉所有人是不可能的，甚至连认识都困难。

她十八岁的时候，父母把她送进了芝加哥一所全科医院的心理科病房。大部分时间她都在医院的过道里游荡，和工作人员聊天，和搭理她的人一起玩，或者找个属于自己的角落。她和食堂的工作人员成了朋友，那里一度就是她的归属；后来她又和洗衣房的工作人员成了朋友，于是她就成了那里的编外员工；再后来，她和护士站的几名护士成了朋友。

昨天，师傅哈拉尔德带来了一个可怕的消息，这和她心爱的“信徒”有关。师傅解释说，这是上帝在考验她。上帝想看看她对提蒙·考特的爱、对“新千年之子”所有信徒的爱是真是假。这是对她的终极考验，如果顺利通过了，她将永远成为上帝的子民。

她继续往前走，看见神经外科的牌子就在眼前，于是停住脚步。

她看了看周围的情况。

她吸了一口气，默默地祈祷着，恳求上帝给她力量和勇气。

提蒙近在咫尺。他还活着，这她是知道的。一小时前她假装自己是报社的记者，给病房的护士打过电话，护士说他还活着，但拒绝透露其他有关他的情况。

她一步步地往前走，有人经过的时候她就停下来，装出整理手中花束的样子。她来到了一个交叉路口，右边有一个箭头，上面写着“神经外科”字样。她看见过道的尽头有一座护士站，还有一个看上去像是接待区的地方。

她走了过去。那里人来人往，当她靠近护士站的时候，谁也没有注意到她。然后她就站住了。在她左边有一条短短的过道和一间病房相连，病房的门是双开门。但是，在进入那双开门之前还有一扇门，一名警察坐在门口的椅子上，正百无聊赖地盯着一张报纸。

她的心悸动了一下。

提蒙在那里!

趁着警察还没有注意到她，她急忙转身朝护士站的另一端走去。

她认真想了一会儿，做出了一个决定。她返回楼梯间，走到下一层楼，稍作停留之后又继续往下走，一直来到了地下室。

地下室里灯光昏黄，她听见一只炉子在轰隆作响。地下室里有一股水煮包菜和燃料油的味道。粗大的管道穿行在她的头顶上。她看见前面有一扇门开着，蒸汽从门里面奔涌而出。

“有人给你茶了吗?”她大喊道。她希望自己的口音是英国口音。她又喊了一声，接着又喊了一声。“有人给你茶了吗?”

她又喊了一声，将手中的花扔在地上，开始寻找洗衣房，寻找存放干净衣服的地方。

“有人给你茶了吗?”

过道两边的门上大部分都写着字，她五分钟不到就找到了那扇写有“工作人员制服”的门。

她放下包，走进工作服的存储间，好像走进了上世纪。存储间一边摆着许多架子，上面堆满了各式各样的工作服，还有一些帽子和口罩之类的附属用品。存储间的另一边摆着一条长长的工作台，十几个长着东方面孔的男男女女正在台子的两侧忙碌着，有的在熨烫，有的在收叠，谁也没有注意到她进来了。

她走到工作台旁，对一个上了年纪的女人说:“你好，我是助理护士，妇产科有急诊缺人，我临时在那里帮忙，他们叫我到这里来领工作服。”

那个女人举起双手说：“你取工作服，要由人事科提出申请。”

见劳拉一脸茫然，女人用双手比画了一个长方形，说：“表格！你去人事科拿申请表。上楼。第二层。”

“我先拿走工作服，然后再把表格给你！”劳拉说，“有急诊！”

那个女人耸耸肩膀，愤怒地咕哝了一句，然后就继续忙自己的事了。

劳拉赶忙拿了一套护士服，却看不到鞋子放在哪里。她脚上的运动鞋可以将就一下。这里的许多护士都穿着胶底帆布鞋呢。她把护士服掖到那件宽松的夹克里，拎起自己的包，急忙回到一楼，找到一处盥洗间，把自己锁在一个小隔间里，换好了衣服。

她拿着包出了医院，走到刚才停车的地方，把包放到后备厢里锁好，又返回医院。她迈着轻快的步伐，好像一名快要迟到的护士，回到神经外科的病房，但她这次走的是小门。

太容易了，她想。其实也没什么诀窍，只要看上去足够自信就行！

她走过护士站的时候，从口袋里掏出一根皮下注射器和一只药水瓶。她大大方方地将这两样东西拿在手上。那名警察还在看报纸，她走过去的时候，看都没看她一眼。

“有人给你茶了吗？”她随口问道。

警察的脸上顿时来了精神。“已经好久没有喝茶啦，如果能喝上一杯，那就太好了。”

她送上为他特意准备的笑脸，说：“等一下，两分钟！”她走进病房，关上门。

然后她呆住了。

她怔怔地盯着他。

盯着那个她日日夜夜思念、日日夜夜为他的平安而祈祷的男人。三年了，提蒙，亲爱的提蒙，声音柔美的提蒙，给她温柔抚摸的提蒙。她盯着他肿胀变形的脸，盯着他鼻孔里的那根透明塑料的呼吸管，盯着他手腕上的几根输液管，盯着他头上的电极。这些电极和一台大型仪器相连，上面显示着十几个数字。

她走到病床边，看着他额头上的白色绷带，看着他紧闭的双眼。她摸摸他那只没有输液管的手，捏了捏。“提蒙，”她低声说，“听我说，我必须快一点。我的时间不多了。是我。劳拉。你听见了吗？”

让她高兴的是，她感觉到自己的手被提蒙捏了捏，好像这就是他的回答。接着，他睁开了眼睛。

“提蒙！”她说，“提蒙，我的宝贝！”

他的眼珠滚动了一下，似乎想聚焦却又无能为力。

“听我说，”她说，“有件事必须让你知道。你有个儿子，一个可爱的男孩，名叫索尔。那是我们的儿子。”一滴泪从她的脸上滚落。“他快要两岁半了。他会感到自豪的，因为有了你这样的父亲。”

“信徒”睁大了眼睛，张开了嘴。“劳拉！”他喃喃地说，“劳拉！”

她紧张地朝门口看了一眼，将注射器扎进药水瓶，将药水吸进注射器里。她没有向外挤出一点点药水，以排出注射器里的空气。没有这个必要了。她弯下腰，在他额头上亲了一下。“我必须这样做，对不起，”她低声说，“这是为了保证你不犯错误，不让你和这里的人说些不该说的话。你是明白道理的，对吗？”

他的眼珠翻了翻，在那一瞬间，她非常肯定地觉得他看到了她的脸，而且表示他很理解她这样做。很快，她就找到了他手腕上的静脉，将针头扎了进去，把注射器里的药水全部注入了他的体内。

“再见，”她一边低语一边拔出注射器，“再见，我的爱人，我的‘信徒’。”

门开了。

劳拉扭头一看，一名四十多岁的护士走了进来，她黑色鬈发，面孔严峻，胸前的标牌上写着“艾琳·摩根”。

“你是谁？这是怎么回事？你在干什么——”

劳拉将手中的注射器猛扎在她的脖子上，冲出病房，和一个穿着白大褂的男医生撞了个满怀。她将医生推到一旁，毫不理会后面的喊叫声，从护士站旁飞奔而过，到了楼梯间，噔噔噔地朝楼下跑去。

她顾不上四周的情况，只知道朝前跑，不停地跑，一次两个台阶，甚至三个台阶。

到达第一层楼之后，前面有一家人，父母带着好几个孩子在慢慢走着，她手忙脚乱地推开他们，挤了过去。没跑多远，又有一个女的推着小推车，里面装满了书，走了过来，她连忙躲开了。她看到不远处有一扇门，上面写着“急诊室出口”。她飞跑过去，刚推开门就听见警报声响了。

她一边跑，一边在口袋里找车钥匙。跑到了汽车跟前，她扭头看见那名看守病房的警察从停车场的门口冲进来了。

她打开车门，试了三次才把钥匙插进点火开关里，因为她的手抖得太厉害了。她点火了。汽车发动了。警察已经跑到了汽车的前面，举着双手大叫着，叫她停车。

她将油门一踩到底。

警察扑倒在汽车的引擎罩上，脸撞到了挡风玻璃，折断了一根雨刮器杆。

她向右猛打了一下方向，紧接着又向左猛打方向，在停车场里疾驰，想把警察甩下去。她出了停车场，来到繁忙的大街上，向右急转弯，警察被甩到左边，掉了下去，在地上打了几个滚之后就不见了影踪。

一辆公交车从右边向她撞来。如果她现在加速，可能还能躲开它。她将油门一踩到底，朝路的另一侧开去，紧接着又向左急拐。菲亚特汽车发生了侧滑，但后来还是稳住了。

她在道路的左侧开始加速——

——对面有一辆卡车！

浑蛋！卡车反道行驶！

她看到了卡车司机惊恐的脸。

她突然明白了。反道行驶的不是卡车，而是她！她忘了自己是在英国了，忘记他们都是靠左行驶的啊。

卡车的前保险杠势如破竹，将她的挡风玻璃撞得粉碎。

第一百零九章

下午5点，约翰和娜奥米从莫雷公园研究实验室返回。他们默默地坐在车上，想着自己的心事。是蕾奈特·哈里森开的车。

蕾奈特的手机突然响了。她接了电话。根据她那恭敬的语气，打电话来的好像是她的上司。

雷吉·切特怀因德-康宁翰真是个好人啊，他为我们放弃了周末，娜奥米想。雷吉今天下午临时调派他所有的密码专家，让他们破解那两台电脑里的语言密码，他请约翰和娜奥米放心，说他会带领他的团队通宵达旦地工作，如果有这个必要的话。

蕾奈特接完电话，将手机放回到机座上。“是佩尔曼探长的电话。有一些新情况。”她的语调听上去有些严肃。“他说，我们回来后就直接带你们去见他。”

娜奥米顿时觉得恐惧在全身蔓延。“什么……什么新情况？”

“他没有说。”

坐在后排的娜奥米从车内后视镜里看着蕾奈特的脸。每隔几秒钟就有一辆车和他们擦肩而过，车灯照亮了蕾奈特的脸。这个女人在撒谎，从她脸上的表情她就能看出来。

难道就这样了吗？难道这就是他们等待的那个坏消息吗？他们的孩子找到了，但已经死了。是被恋童癖者、“新千年之子”的信徒杀死的，但凶手也可能就是绑架者，他们既不是有恋童癖，也不是“新千年之子”的人。

约翰坐在副驾驶的座位上。娜奥米将一只手搭在他的肩膀上问道:“你觉得这个人，雷吉，他能破解这些密码吗?”

约翰扭过头来，将手放在她的手上。

“他正在尽最大的努力，亲爱的。”

“我知道，但我想知道他能不能破解?”

约翰沉默了。他不知道该对她说什么。他知道有些现代密码几乎是无法破解的。“在这个世界上，如果有人能胜任这件事，那非他莫属。”

娜奥米说:“你是不是说，如果他破解不了，那就没人能破解?”

约翰抓住她的手，和她十指交叉握在一起。这就是他的回答。

娜奥米回想起过去他常常说起的那句话。**爱不仅是两人之间的纽带，爱是马车队，当全世界都与你为敌的时候，这支马车队将围成一圈，将你保护在中间。**

他们的手指就是那个圆圈。她和约翰。他们就是马车队。

——但是，你们这样做的目的是将全家人围在中间，保护起来，不是吗?

6点多钟的时候，他们来到佩尔曼探长的办公室，那个高个子警探汤姆·洪堡特也在。昨天她接受问询的时候他也在场。和昨天一样，洪堡特今天的衣服也很整洁：一件骆驼牌西装，一条花哨的领带。他的脸上挂着热情的笑容，而佩尔曼则显得忧心忡忡。

他们在那张圆桌旁坐下。

“好，科里森先生，科里森夫人，有些新情况需要告诉你们，”佩尔曼说，“今天下午2点半的时候，一个女人伪装成护士，溜进了我们所说的那个‘布鲁斯·普雷斯顿’在萨塞克斯郡皇家医院的病房，给他打了一剂毒针。救护人员恐怕是无力回天，救不活他了。”

约翰默默地盯着他，好像在玩味这句话的意思，又好像在理解这句话背后的重要性。娜奥米双目圆睁，震惊不已。

洪堡特接着说：“那个女人还刺伤了一名护士，护士伤得不重。后来，她开车冲向那名负责看守布鲁斯·普雷斯顿的警官，警官伤势严重。再后来，那个女人的汽车和一辆卡车正面相撞，她当场死亡。她上错了车道，逆向行驶。”

“她这是自杀吗？”娜奥米问。她声音很低，比耳语大不了多少。

“这个女人是……是……干什么的？”约翰问。

“她就是我们在普雷斯顿钱包里找到的那张照片上的女人。我给你看过。”

“那她一定就是劳拉了。普雷斯顿中枪后一直在说她的名字。”约翰说。

“我们对她的情况一无所知，也不知道他们两个人的关系是什么。”洪堡特说。

“她持的是美国旅行护照，”佩尔曼说，“护照上的名字是夏洛特·费茵曼。联邦调查局刚刚通知我们说，这个护照号码所对应的人的确是叫夏洛特·费茵曼，但她只有二十七岁，而且这个夏洛特因为脑膜炎，已经于十八个月前在俄亥俄州哥伦布的一家医院里死了。”

佩尔曼顿了顿，又继续说：“我接下来要告诉你们的情况必须完全保密，不能泄露给媒体，也不能告诉其他任何人，听明白了吗？”

约翰和娜奥米点点头。

“我们在她的汽车后备厢里找到了她的包，包里有三样东西引起了我们的关注：一张今天早些时候由雅典飞往伦敦航班的登机牌；一张收据，看上去好像是某家酒吧的收据，上面写的是希腊的货币单位，日期是昨天，地点还未得到确认；最后还有一样东西也是收据，但最有价值，因为这是雅典机场储物柜的收据，时间是今天早晨6点钟。我已经将这张收据复印、传真给雅典警察局，请求他们打开这个储物柜，告诉我们里面放着什么。但是，希腊警察一贯的作风是畏首畏尾，总是觉得这个不能做，那个不能做，如果他们不立即配合我的工作，我也已经安排了一名警官随时待命，他可以带着原始收据乘今晚的航班过去。”

“她杀了他？”娜奥米问，“她进入病房杀了他？”

“我们目前还不能确定，要等尸检的结果出来，但目前看上去是这样。”

“他不是有警察看守的吗？”

“是的，”佩尔曼耸耸肩膀，有点道歉的意味，“我们还是说说其他情况吧。我们的人已经结束了在你家的搜查和取证工作。”

“他们有什么发现？”约翰问。

“几乎没有什么成果，但是，在其他地方有进展。在校舍后面的停车场，他们发现了脚印和一个烟蒂。烟蒂已经送去做DNA检测了。还有，关于那架私人飞机——一架湾流喷气式飞机，我们在法国的同事核查了飞机航程范围内的所有机场，机场工作人员都说没有这架飞机降落的记录，他们目前正在努力查找飞机的主人，但这个问题似乎很复杂，牵涉到一长串的公司，光是巴拿马的公司就有六七家。有人想尽了办法，不希望我们知道飞机真正的主人是谁。”

“我知道我已经问过好多次了，但还是忍不住再问——你觉得是恋童癖团伙干的吗？”娜奥米问。她看看佩尔曼，又看看洪堡特，但从这两个人的脸上她没有得到任何信息。

“我们目前还无法得出准确的结论，科里森夫人，”佩尔曼说，“但考虑到这架私人飞机及其背后种种计划的复杂性，我们认为，具备这种能量的恋童癖团伙几乎没有，至少我们以前没有遇到过，不知道这样说你是不是觉得安心了一些？”

“是‘新千年之子’干的吗？”约翰问。

佩尔曼看了一眼洪堡特，又看着约翰和娜奥米说："我从联邦调查局那里得到消息，他们说快要取得突破性进展了。"

"有什么突破？"娜奥米问，她的心中燃起了希望之火。

"他们没有说。"

"哦。"她咕哝道。

"有一件事我不太明白，"约翰说，"你们怎么认定通过英吉利海峡隧道、登上那架飞机的就是卢克和菲比呢？你们似乎非常肯定地认为，那两个孩子就是他们。"

汤姆·洪堡特回答道："我今天去了福克斯通[1]，找到了那名声称看见过两个孩子的移民局官员。他说他和他们有过交谈，不，应该是开过玩笑吧——那四个人用的都是美国护照，他们说自己是来欧洲游玩，来欧洲度假的，移民局官员说，他当时就随意说了一句，这么小的跑车，后排座位上还有两个孩子，他们的行李可就带不了多少啦，那个男人——他估计是爸爸——开玩笑地说，因为这车很快，无论什么地方他们都能很快到达，所以，需要的行李就少了。"

"那位海关官员一点也没有起疑心吗？"约翰问。

"他说他后来才觉得有点不对劲，但又说不出来哪里有问题。"洪堡特说。

"他真的把他们看仔细了？"娜奥米问。

"他百分百地肯定是你们的儿子和女儿。"

"他有没有说孩子们的状态怎么样？他们看上去是不是很难过的样子？他们着急吗？他们是不是心神不宁？"

"他没有说。"

"笨蛋，"她说，"真是个笨蛋。他都起疑心了，却没有采取任何

1　英国肯特郡东部港口城市。

措施？那他站在那儿干什么呢？”

大家都没有说话。

沉默了一会儿之后，佩尔曼说：“根据目前的情况，我觉得你们还是不能回家；如果要回去，至少要等我们掌握了那个杀死布鲁斯·普雷斯顿的女人的身份之后。如果二位同意的话，我打算把你们转移到一个安全的地方去，而且要派警察保护你们。我们在刘易斯的萨塞克斯警察局有这样的地方，但我恐怕要提醒一句，那里绝对算不上豪华，只有一个房间，里面有基本的生活设施，有电视，可以洗澡。如果你们愿意在那里住上几天，那我就安心了。在我确定你们没有任何危险之前，哪里也不要去，行吗？”

“没问题，”娜奥米说，“我无所谓。”

佩尔曼站起来，走到自己的办公桌跟前，双手背在后面，斜倚在桌子旁。“科里森博士，科里森夫人，我想问你们一件事，不管多么难以启齿，我还是要请你们大大方方地回答我——你们一直在说真话，对吗？”

“你这话是什么意思？”娜奥米强忍着心中的怒火。

“你们是不是接到过绑架者的电话，却没有告诉我们？难道你们没有接到索取赎金的电话吗？绑架者一直没有和你们联系过——不管采取什么方式？”

“绝对没有！”约翰说。

“你为什么认为我们会对你们隐瞒这样的信息？”娜奥米问。

“因为按照我的经验，在你们目前所承受的压力之下，人有时确实会那样做。我这样说没有冒犯你们的意思。只要能把孩子要回来，你们什么都愿意做，这是很自然的事情，也是可以理解的。如果绑架者叫亲属不要和警察说什么，家属经常照做不误。你们要理解我的职业，当然，我也会理解你们的处境。”

娜奥米想了想说：“佩尔曼探长，我当然理解你的状态——今天下班后你就会回家，回归到你正常的生活状态。我——在我的孩子安全回来之前，可以说我没有什么正常生活可言。我的丈夫也一样。还要我再说得更清楚一些吗？”

第一百一十章

萨塞克斯警察局裙楼里的那个房间有股新装修的味道，另外还有偶尔住人的房间里常有的那种湿冷。

房间里有两张单人床，可以拼在一起变成双人床。娜奥米坐在一张单人床上，抱着双臂取暖，约翰则在捣鼓那台取暖器。墙壁被刷成了黄色，窗帘是印花棉布做的，墙上挂着两幅画，一幅是刘易斯古堡风景图，另一幅是乌斯河风景图。房间里有一张小沙发和一张写字台，还有一台电视机，约翰已经把它打开了。房间自带一个小卫生间。

外面的走廊上有两名持枪的警察保护着他们。有警察在应该觉得安全些，娜奥米想，但其实不然。警察让她心情更加糟糕，感觉距离现实世界更加遥远了。

她的手机滴滴响了两声，提醒她有短信。她看着短信。是罗丝、她妈妈、她姐姐发来的短信。看完短信，她又打电话回家，查看家里固定电话上的留言。有二十条。一些是凯伯恩村里的朋友和邻居的，有几条是媒体记者的，还有两三条是约翰单位的工作留言。她从手包里掏出一张收据，将那几条和约翰工作有关的留言记在反面。

“现在好些了，取暖器开始工作了。”约翰说。

她把刚刚记录下来的工作留言读给约翰听。

“这些事情都不急，我明天再处理吧。”

明天，她想。明日复明日，明日何其多。卢克和菲比今晚可能还活着，明天就死了。他们等不起。现在，就是现在，他们必须立即行动。“你打电话给雷吉·切特怀因德–康宁翰，看看他有没有任何进展，好吗？”

“他说他一有消息就打电话给我的。”

“也许他打你的电话没有打通呢。”

“亲爱的，他有我们两个人的手机号码，对吧？”

房间门口的两名警察之一是负责保管枪械的，三十多岁，性格开朗，他给他们送来了晚餐：卤汁面条、沙拉、大黄碎饼、牛奶沙司。这名警察说，他有三个小孩，他知道他们正在经受怎样的折磨。

出于礼节，娜奥米话到嘴边还是忍住没有说：不，你不知道我们的情况。你丝毫不知道我们的感受。这个世界上，谁也不能体会到我们的感受。想象一下你最担心的是什么，然后再将你的担心乘上十亿，即便这样，都还差得远呢。

过了一会儿，他们接到了一名医生打来的电话。医生说，是佩尔曼探长叫他打这个电话的，目的是问他们要不要吃点镇静药或安眠药。娜奥米婉言谢绝了。她说她想在夜间保持警醒状态，万一出现什么新的情况呢。

两人一起看了夜间新闻，知道希望渺茫但还是想着能从新闻里看到一些警察没有透露给他们的情况。他们俩上了头条新闻，同时也是重点报道的对象。新闻里讲了医院里的那个男人被杀、持美国假护照的神秘女人之死、对这件事的种种猜测。有人认为这件事的幕后黑手是恋童癖组织，也有人说是邪教组织“新千年之子”干的，还有人说是国际贩婴集团干的，众说纷纭。新闻里还播放了约翰和娜奥米昨天在电视台做直播、恳求绑架者放了孩子的片段，卢克和菲比的照片，佩尔曼探长做的一份几无实质内容的声明。

在看夜间新闻的间隙，娜奥米给妈妈和姐姐打了电话，约翰则处理了一些电子邮件。新闻结束后，他们看了《百万富翁》[1]。

---

1 一种游戏节目，由英国导演戴维·布里格斯于1995年构思，经过多年讨论和修改后于1998年在英国首播。参赛者需要正确回答连续十五条四选一的单项选择题，如果能全部答对，即可以获得一笔巨额奖金，通常是100万当地货币。播出后大受欢迎，被世界各地的电视台购下制作权和播映权。

约翰好不容易集中精力听了一道题目，却很快又失去兴趣，思想开了小差，回到眼下的烦心事上。他为自己做的事深感愧疚。要是他没有和报社的记者莎莉·金伯利有过那番交谈，也不会有后来这么多事。他们不会成为公众的焦点。也许，谁也不会注意到他们一家。不管绑架卢克和菲比的人是谁，也不管是出于什么原因，他总觉得自己在这件事上难辞其咎。

他不知道该对娜奥米说什么好，也不知道该怎么挽回。

有生以来他第一次觉得要是他现在死了，可能反而是一种解脱，是一种报应。让他在这个世界上苦苦支撑的全部动力来自以下信念：为了娜奥米，他要坚强；为了敦促警方尽快破案，他要坚强。

10点钟的整点新闻结束后，娜奥米问："约翰，你觉得他们能找到孩子们吗？"

"当然能。"

"他们能活着回来？"

"是的。"

她站起身来，走到窗前，向外望去。窗外并无任何风景，只有一面砖头围墙，围墙的另一边是一处封闭的院落。"他们聪明绝顶，智力过人。绑架他们的人如果以为自己对付的是两个小毛孩，到头来肯定会吃不了兜着走。卢克和菲比乐颠颠地跟着那些人走了，后来搞明白那些人实际上是坏人，他们肯定会反抗。如果出现这样的情况，那些人会采取什么措施呢？如果是你，你会怎么办？"

约翰走到她身边，将她拥在怀里。"说不定我们的那两个机灵鬼能逃脱坏人的魔爪呢。我们赋予他们诸多过人之处，也许，现在是派上用场的时候了。"

娜奥米看着他。"真的吗？如果你说他们聪明过人，又怎么会愚蠢到跟着坏人走呢？"

第一百一十一章

“你们有没有睡一会儿？”佩尔曼探长问约翰和娜奥米。

“睡了，谢谢。”娜奥米用红红的眼睛看着对面的探长。他们坐在他办公室里的圆桌旁。娜奥米只觉得太阳穴突突地疼，头皮发紧，很不舒服，整个脑袋好像要炸裂一样。

和佩尔曼一起的还有汤姆·洪堡特以及一个精瘦的男人。他是美国人，穿着深色西装，长相不错。佩尔曼探长介绍说，他是联邦调查局的特工丹·诺贝特，在美国驻伦敦大使馆里工作。

“谢谢您，星期天还大老远地赶过来。”约翰说。

丹·诺贝特的语速很快，带着浓厚的美国南方口音。“没事儿，我们正在全力办这件案子。你们家孩子的不幸遭遇令人同情。我们一定要把孩子找回来，这就是我此行的目的。我们一定会尽快找到他们的。”

他的语气非常肯定，娜奥米的心中燃起了希望的火花。

“到底是怎么回事啊？”她问，“调查有进展了吗？你们知道是什么人干的吗？”

“我们认为已经取得了一些进展。”他说。

佩尔曼说：“我决定还是不冒那个险，等着希腊的警察办好手续，为我打开那个储物柜。我昨晚派一名警官去雅典机场了。他在储物柜里找到了一只包，包里有大量多国现金、塞萨洛尼基一家出租车公司的名片。那个女人把自己的真护照缝在了包的底部，她的真名叫劳拉·盖拉尔迪。你们对这个名字有印象吗？”

“没有。”约翰说。

“劳拉·盖拉尔迪？没听说过。”娜奥米摇摇头。

佩尔曼继续说：“联邦调查局说，劳拉的家人三年半之前在芝加哥就报警说她失踪了。她的家人认为她和某个邪教组织有瓜葛。她有精神病史，情绪不稳定，十几岁的时候曾两次离家出走，加入邪教组织。那个时候她的家人还经常能接到她的电话或邮件什么的，但最近这次出走发生之后，她杳无音信。她的家人说，她好像从地球上消失了似的。”

娜奥米看着美国特工。“你觉得我们的孩子可能在哪里呢？关于那架飞机，你们有什么发现？”

“我们还没有找到任何与那架湾流飞机相关的有用信息，但我们的调查在另一个方向上取得了进展。星期五早上在你家门口遭到枪击的那个男人——他昨天遇害了，我们认为他叫提蒙·考特，是邪教组织‘新千年之子’的成员。”

“这个组织真的存在吗？”约翰问。

“‘新千年之子’？”特工歪着脑袋说，“呃，你还是觉得它是真的吧。我们有八九成的把握，已经确定了它老巢的位置，而且我们通过卫星拾取那里的数字通信包，监控它的电话以及电邮有好几个月了。我们一直在通过电邮来查找这个提蒙·考特的下落。在过去的十八个月里，他的电邮全是《圣经》里的段落，应该是某种暗语吧。我们认为他和艾奥瓦州的一宗灭门案有关，那家人曾经到德托雷博士那里去过；他还和纽约罗切斯特的一宗类似案件有关，被害人也去找过德托雷博士。可是后来这个提蒙就不知去向了。我们现在才知道他到了英国，跑到你家门口去了。”

“谁会在我家门口朝他开枪、置他于死地呢？”娜奥米问。她觉得喉咙眼里发紧，浑身颤抖。

“这个问题不好回答，”丹·诺贝特说，“那样的邪教组织里什么人都有。一帮穷凶极恶之徒总是会拉帮结派的，一言不合就会动粗。这样的事常有。”

“你们已经知道那帮家伙的藏身之处了？”娜奥米问。

“这多亏了盖拉尔迪小姐的存包收据，”他嚼了一会儿口香糖，“我们在雅典的办事处已经找到了那家出租车公司，他们把昨天接上这个女人的地点告诉了我们。她的照片在提蒙·考特钱包里。她受人指使，前去杀死提蒙，其目的可能是让他永远保持沉默吧，但这不是我们兴趣的重点。我们关心的是这个女人和提蒙之间的关系，这个很重要，是不可或缺的证据。”

“我觉得是‘新千年之子’杀的人，因为他们决意要消灭德托雷博士诊所里怀上的孩子，对吗？”约翰问，“可是，他们为什么要绑架他们呢？”

“好像他们的政策发生了变化。在过去的一周里，美国有三对父母向警方报案称自家的双胞胎失踪了，这些孩子都是在德托雷诊所里怀上的。孩子们就这么消失了，留下的线索远不如你们家孩子留下的这么多，让我们无从下手。”

“三对双胞胎？”约翰问，“他们上周绑架了六个孩子？”

“我们目前还没有证据表明那六个孩子被绑架了，但这种可能性很大。他们突然就不见了，消失得无影无踪。”

“你认为他们和卢克与菲比一样，被绑架到了同一个地方吗？”娜奥米问。

“我们很快就会搞清楚了。”

“很快是多快？”娜奥米步步紧逼。

“这么说吧，夫人，我们投入了大量的人力和物力，同时积极处理好各种关系，办好各种手续，准备先发制人。我们希望这次行动万无一失，不给这些杂种喘息的机会。这样说您满意吗？”

“好的。”话虽这样说，其实她并没有真正理解他说的话是什么意思。

特工接着说："对不起，虽然在过去的两天里，英国警方的人已经问了你们好多问题，但我还是要请你们重新来过，从头说起。"

"没关系，"约翰说，"你们出手相助，我们很感激。"

特工诺贝特问完问题之后，时间已经到了下午3点。佩尔曼探长将他送出门。

第一百一十二章

约翰和娜奥米静静地坐了一会儿，等佩尔曼回来。娜奥米脸色苍白地看着汤姆·洪堡特。汤姆脸上的表情好像在说：*特工诺贝特之流对联邦调查局之外的人总是不放心，好像人人都有问题，这是为什么呢？*

“另外三对双胞胎？”娜奥米对汤姆说，“他们为什么要带走这些孩子呢？”

“会不会是想保护他们？”约翰问。

“也许是想给他们洗脑？”洪堡特猜测道。

“对，你的这种估计至少给了我们一点希望，”蕾奈特·哈里森说，“如果他们要伤害卢克和菲比，当然了，还有其他那些孩子，我想他们是不会费尽心机，想方设法将他们带走的。”

这时，她的手机响了。她接了电话之后说：“请稍候，先生，我想让大家都听听您说的话。我能不能几分钟后用免提给您打过去？谢谢。”蕾奈特挂了电话，对约翰和娜奥米说：“刚才是雷吉·切特怀因德–康宁翰教授，他有一些信息要告诉我们。我建议我们还是等佩尔曼探长回来后一起听吧。”

几分钟后，他们在桌子中间放了一部海星形状的会议电话[1]，蕾

1 会议电话比普通带手柄电话拥有更强大的免提功能，它的麦克风的收音距离可以达到以会议电话为圆心3—5米的距离，本地会场的参会人员围着会议电话，在有效距离内自由地说话，会议电话可以把声音清晰地传给对方。会议电话喇叭的音量可以达到85—92分贝，对方的声音也可以清晰地放给本地会场的所有人听。

奈特·哈里森拨打了语言学家雷吉·切特怀因德–康宁翰教授的电话。“科里森博士及其夫人、佩尔曼探长、洪堡特警探都在这里听着呢，教授。”

“太好了。大家下午好啊。”听声音，教授已经很累了。

他们和教授打了招呼，耐心等待着。

“其实我并没有给大家带来什么好消息。从目前来看，情况不容乐观。我们一帮人已经不间断地工作了很长时间，但是没有取得多少进展。约翰，你从我们的交谈中可能已经知道了，最近几年的加密技术突飞猛进。为了网络交易的安全，研发出万无一失、不可破解的密码非常重要，于是，政府和企业在这方面投入了大量的资金。”

“是的。”约翰说。

“摆在我们面前的东西非常先进，比你们家双胞胎以前用过的那种颠倒顺序、每三个字母就少一个的编码方式复杂。我们遇到了以前从未遇到的密码，按照我们当前的计算能力，那是无法破解的。有朝一日，也许有破解的可能，但我们要花上一个月、几个月甚至更长的时间。没有密钥，我们在短期内一筹莫展。”

佩尔曼向电话靠了过去。“教授，我是佩尔曼探长。”

“啊，你好。”

“你们还愿意继续努力下去吗？”

“当然，但我不能做出任何承诺，这一点你应该清楚。”

“教授，我们感谢你的坦诚。”

“如果你同意的话，我打算把这些硬盘复制一下，寄给我以前在切尔特汉姆政府通信总部的同事，他愿意让他的手下试试。”

佩尔曼看着约翰和娜奥米，得到他们的认可之后，他说：“我们完全同意你调动一切可以利用的资源，采用一切办法，只要你觉得合适就行了。”

“好的，我想我目前没什么好说的了。”

“感谢你所做的一切。”佩尔曼说。

“谢谢，雷吉。”约翰说。

“对于身处困境的你们，也许我可以安慰你们一句：如果你们的孩子聪明到能够用这样的暗码进行交流，那么，他们一定有着超过常人的智力。”雷吉说。

“这就意味着——？”约翰问。

“啊，这就足够了，也许他们的生存技能同样高超。”雷吉说。

“他们才三岁呢，教授。”娜奥米说。

“是啊，但他们比大部分成人聪明。”

沉默了好长时间之后，约翰说：“我们都听到你刚才说的了，谢谢你，雷吉，感谢你和你的团队所做的一切。”

“如果有什么进展，我会及时和你联系的。”

大家向教授致谢完毕，佩尔曼挂断了电话。

“我们是不是该休息一下啦？”佩尔曼探长说，“我觉得我们应该到外面透透气。”

第一百一十三章

今晚太完美了。没有月亮。厚厚的云层。海浪很小。这样的天气条件，如果运气不好的话，他们也许得等上几个星期，甚至几个月才行。

他们关掉引擎，随着波浪漂了一会儿。根据事先约定好的时间，在数秒钟之内，另外二十条橡皮艇上的引擎也将相继关闭。

周围突然就安静下来了，耳边只有墨汁一样的海水晃荡时发出的声音，划桨时的击水声，桨架和桨杆摩擦发出的吱呀声，紧张的呼吸声，身上冲锋衣的布料的沙沙声。

橡皮艇南边十二英里远的地方有两艘航空母舰，船上的灯光已经看不见了。黑暗中的这两艘船，一艘是希腊海军的，一艘是美国海军的，目前都处于停航状态，但上面的人并没有休息，而是处于一级戒备状态。飞行员已经将直升机停在了甲板上，随时准备出发。

在由二十一条橡皮艇组成的小船队里，所有的电子设备都关机，所有人员严禁交谈，他们就这样一声不吭地划完了最后三英里。

凌晨1点半，哈拉尔德·加特沃德跪在床边，手捂着脸，做着晨祷。此刻，他正在以这种方式和上帝交流。

他觉得自己在追求信仰的道路上好像碰到了一堵墙，马拉松运动员在跑完最初的几英里之后也会碰到这堵墙。那是你急于突破的痛苦之墙、绝望之墙。一旦你集中全部力量，强迫自己冲破这堵墙，甜美的胜利之果就近在眼前，一切就如探囊取物般简单了。

撒旦在他面前竖起了这堵墙，他需要上帝的指引和帮助，冲破这个阻碍。

央尼院长昨晚光临了他的房间，两人说了几句话。院长用那忧郁、智慧的声音告诉他，其他修道士注意到最近他的祷告做得不好，尤其是在过去的这几天。央尼院长想，这个美国人是不是因为什么事情而情志抑郁、心存疑虑了？

“若有人疑惑而吃的，就被定罪，因为他吃不是出于信心。凡不出于信心的都是罪。”哈拉尔德·加特沃德当时是这么回答院长的。

院长告诉他，修士们将为他的信心而祈祷，接着，院长和他一起做了简单的祷告，然后告辞。

哈拉尔德·加特沃德睁开眼睛，看着房间里的黑暗。提醒大家起来做晨祷的鼓声即将响起，众人都将看到他的愁容。今天早上最好还是待在自己的房间里吧，他得想清楚心中的问题——他不能也不敢和院长或这里的其他修士说的那些问题。

提蒙·考特。

劳拉·盖拉尔迪。

一地鸡毛。

提蒙·考特死前说什么了吗？劳拉·盖拉尔迪呢？他们俩携带的物品中会不会给敌人留下什么线索？

派劳拉去执行任务是一个错误，现在他的肠子都悔青了。劳拉是个好人，而他当时也是恐慌之下仓促行事了，没有思虑再三，也没有给她足够的时间去制订行动计划。早知道这样，他应该派一个与提蒙毫无瓜葛的人去。一定是她对“信徒”的爱干扰了她的判断力。

在过去的五年时间里，由于策划周密、纪律严明，一丝不苟地按照上帝的指引办事，他的信徒从未有过失手。而现在，在不到四十八个小时的时间里，已经有两名信徒丧生。

他捂着脸，开始背诵《诗篇》73中的段落。

主啊，我心里苦恼，肺腑被刺，我这样愚昧无知，在你面前如同牲畜。

他听到了外面的鼓声。木头相互敲击着，一开始声音还算柔和，后来敲击声越来越急促，音量也迅速增强，在石板和围墙之间回响。

敲击声越来越响了。

他的脑袋里好像有人在敲锣。

好的，好的，我来了，我来参加晨祷了。我马上下来。

敲击声更响了。

房间的门突然被撞开了。不速之客的闯入把他吓了一跳，他抬起头，却看到了亮如白昼的灯光，刺得他睁不开眼睛。紧接着他听到嗤的一声，声音有些刺耳。他闻到了酸酸的味道，好像是香水变质了，几乎是在同时，他被一团带着酸味的潮湿气体包围了。

他觉得好像有人将硫酸之类的东西泼进了他的眼睛。他疼得大喊起来，紧闭着双眼，用手捂住脸。他的喉咙和肺里火烧火燎的，好像刚才把火吸进去了。

他竭力回想着自己曾经接受过的军事训练。保持镇定。不要恐慌。行动之前要想清楚。但是，他只觉得自己快要窒息，咽喉、鼻孔、肺都像烧着了一样。尽管两眼刺痛，但他还是努力睁开了。除了刺眼的强光，他什么也看不见。他想啊想，试图想清楚自己这是怎么了。

他踉踉跄跄，一头撞到了桌子，和桌子一起翻倒在地。他听到一声闷响，也许是他的电脑砸在地上了。他本能地缩成一团，在地上滚着，这样，他就成了一个移动的靶子，敌人瞄准他射击就困难了。

他碰到了一个硬东西。是一个床腿。接着，他又撞到了墙。他躺在那里，两眼灼痛，喉咙像被人卡住了。他时而咳嗽，时而喘息，感觉氧气不够用。

外面人声鼎沸。是些陌生的声音。鼓声早已停了。外面全是陌生人的脚步声，还有一些以前没有听过的其他声音。一个愤怒的声音在下面大喊着，那人听上去像是央尼院长。

他想坐起来。他强迫自己睁开眼睛，透过婆娑的泪眼，看到的只是一个模糊的人影站在他面前。

他的咳嗽缓解了，空气中的酸味也弱了一些。他深吸了一口气，肺里立即又火烧火燎起来。他咳得更厉害了。“你……你……是谁?”

他猛眨眼睛，想看清楚些，但一点用也没有。

那个声音说的是美国英语，带着一点堪萨斯口音，听上去有些瓮声瓮气的。那声音说：“狗杂种，孩子在哪儿?”

哈拉尔德想张口说话，却被一阵突如其来的咳嗽打断了。照在他脸上的强光让他的眼睛更加难受。他抬手捂住眼睛。

“狗杂种，手抱头!”

哈拉尔德·加特沃德迟疑了一下，但还是照做了。这个人到底是谁?他的眼睛、喉咙、肺太疼了，他几乎顾不上考虑这个问题，只希望疼痛能立即停止。哪怕现在要他死，他也不在乎。

“孩子在哪儿?”

“什么孩子?”他呼哧呼哧地喘了一会儿，又剧烈地咳嗽起来。

“你是打算痛快地告诉我们，还是想试试我们的耐心?孩子在哪里?”

哈拉尔德·加特沃德一脸疑惑地摇摇头。“什么孩子?”

这句话一出口，他的双手就被人反剪到背后。他想反抗，刚吸了一口气就又咳嗽起来。“什么孩子啊?”

他好不容易才说出这句话。

一个金属的东西束住了他的手腕。是手铐。

“你们是什么人？”

“诺贝特，联邦调查局特工。现场除了我，还有希腊警察以及美国军方的人。”

房间里的空气现在变得干净了。那个人取下防毒面罩，从内袋里掏出证件给哈拉尔德·加特沃德看。哈拉尔德·加特沃德还未从催泪弹的痛苦中解脱出来，根本看不清那是什么，更不用说看清上面的字了。

特工诺贝特戴着头套，穿着军服，外面还有一件拉绒夹克，一只胳膊下面夹着冲锋枪。他说：“哈拉尔德·埃德加·加特沃德上校，现在，你因为策划谋杀和绑架被捕了。你有权保持沉默。今天我们就把你带到美国去。就在我们说话的时候，希腊官方正在办理相关的引渡文件。他们可不希望你这样的人渣弄脏了他们的国土。”

直到现在哈拉尔德才觉得肺里舒服些了。他闷闷不乐地说：“我救了他们的修道院。”

“你救了他们的修道院？太有趣了。你为谁救了修道院？”

哈拉尔德一言不发。

“为了那些孩子？你为了那些孩子，这才救了这座修道院？”

“什么孩子？”

哈拉尔德说这句话时的语气让特工诺贝特感到不安。

第一百一十四章

“对不起，科里森博士，科里森夫人，”佩尔曼探长说，“我一直指望能给你们带来好消息的。我知道，你们肯定很失望。我们也很失望。”

现在是星期一早晨，探长坐在办公室里的圆桌旁，身边是洪堡特和蕾奈特·哈里森。探长面带倦色，另外两名警察同样如此。

约翰和娜奥米目瞪口呆地盯着他。过了一会儿，约翰才回过神来，说：“你的意思是说孩子不是‘新千年之子’带走的？”

“今天凌晨，在希腊海军、美国海豹突击队、英国特勤团的协助下，希腊警察袭击了‘新千年之子’的老巢。一小时前，特工诺贝特打电话告诉我，他们已经将这个组织的首脑以及大部分成员都控制住了，正在办理引渡文件。”

“可是他们没有找到卢克和菲比？”娜奥米问。

“恐怕是这样。”

她捧住头，小声哭了起来。“他们死了，是吗？一定是邪教的人已经把他们杀死了。”

没有人说话。这沉默让大家都感到不自在。

“那可不一定，”汤姆·洪堡特说，“您知道——”

“不一定？”娜奥米提高了嗓门。“你们警察就会说这一句？不一定？”

洪堡特举起双手。“我们没有任何理由认为孩子受到了伤害。”

“是吗？”娜奥米说，“他们半夜被绑架，而且已经有两个人死了，你还说没有理由认为他们受到了任何伤害？你是哪个星球的人，警察先生？”

“亲爱的！”约翰搂住娜奥米，“听他把话说完。”

“好吧，我洗耳恭听，”娜奥米说，“你告诉我，你对他们了解多少。你知道‘新千年之子’的情况吗？”

“除了报纸上说的那些，其他我也说不出更多的内容了。”

“不是还有美国人告诉你们的那些吗？”

佩尔曼没有理睬娜奥米话里的讥讽，说：“我们知道‘新千年之子’是一个邪教组织，他们一心想要阻止人类科学的进步，它的首领和四十余名成员目前已被监禁。”

“‘新千年之子’的人都在那座小岛上吗？”约翰问。

佩尔曼探长回答道：“绑架孩子的人很可能还没来得及带孩子上岛，希腊警方的行动就开始了。他们可能和孩子在一起，还在前往小岛的路上。”

“老巢被端掉之后，你觉得绑架者会怎么处理孩子呢？会带他们去欧洲迪士尼一日游吗？”

“目前希腊警方正在抓紧时间审讯那些被捕的邪教成员。如果有人知道绑架者以及孩子的下落，我可以向你们保证，希腊警方肯定能撬开他们的嘴巴。”

“我希望希腊警察对他们进行刑讯逼供，折磨他们。”娜奥米说。

第一百一十五章

两个小时后，在心理医生谢拉·迈克尔里德斯的办公室里，约翰握着娜奥米的手，捏了捏。他们的“影子”蕾奈特·哈里森穿着一件白色的两件式套装，坐在他们旁边。

娜奥米看着谢拉身后窗外的小花园。蕾奈特正在用简洁的语言，将案件的最新进展讲给谢拉听。在整个过程中，谢拉脸色平静，娜奥米很羡慕心理学家的承受能力。

“约翰和娜奥米，我真的替你们感到难过，”听完蕾奈特的讲述，谢拉说，“星期六下午有两名警官来找过我，我把我知道的信息全部提供给他们了。”

谢拉穿着一件白色的羊毛衫，看上去很疲倦的样子，脸上的化妆品比娜奥米以前见过的任何一次都要厚，另外还有明显的眼袋，连头发也失去了往日的光泽。

“你说你要和世界各地的其他父母联系，”约翰说，“后来有结果了吗？”

“是的，我联系了——”她看着电脑，“我以前就一直能收到他们发来的电邮，但从昨天早晨开始，类似的电邮突然增多了。肯定发生什么事了，但我目前还无法解释，也许你们知道其中的原因？”说完，她盯着蕾奈特·哈里森。

“解释什么？”蕾奈特问。

“在过去的五天里，德托雷诊所里怀上的双胞胎中有七对莫名其妙地不见了。”

“七对?!”约翰惊叹道。

“我正在等迪拜的人确认，听说那里也有一对双胞胎失踪了。因此，目前失踪双胞胎的总数可能是八对。我估计未来还会有更多双胞胎失踪。”

娜奥米对蕾奈特说:“佩尔曼探长说有三对双胞胎——他昨天说三对。怎么现在成了七——不——八对了?”

“你们说他们失踪了，”约翰问，“一定会有人见到了什么异常情况吧?”

“据说没有。”

“所有孩子的年龄都差不多?”他问。

“他们的年龄都是三到五岁。”

“嗯——”约翰说，“有孩子失踪证据的，是不是只有娜奥米和我?”

“好像是这样，这真令人难以置信。我和其中的五对父母通过电话。因为他们在不同时区，我几乎一夜没睡。这些父母告诉我，他们的双胞胎就这么消失了，没有人看到过他们，也没有摄像头拍下有关画面。什么都没有。”

“为什么我们特殊呢?”娜奥米问，“我的意思是，为什么我们有证据，而其他人都没有呢?”

“在其他双胞胎失踪的案例中，好像都不涉及暴力。”谢拉说。

“那么，在我家门口打死‘信徒’后将卢克和菲比带走的那些人是谁呢?是撒玛利亚人和他的朋友吗?”娜奥米焦虑地问，“他们正好在野外散步，手上正好有枪，正好戴着夜视镜，看到情况紧急后果断出手?”

大家都不说话了。谁也不知道该如何作答。最后，心理医生谢拉说:“娜奥米，今天白天会有更多的双胞胎失踪的父母打电话来，我会和他们交谈的。我不相信这完全是巧合。这些案件之间一定有着某种联系。这件事总会露出端倪的。”

“我们可以和这些父母通话吗?”约翰问。

“如果得到他们的允许，我可以用免提。”谢拉说完，看着蕾奈特，好像在寻求她的首肯。蕾奈特点点头。谢拉说:“我觉得你的这个主意不错。”

谢拉看着蕾奈特说:“你觉得你的美国同行下一步将采取什么行动?”

“我觉得他们目前和我们一样不知所措。”蕾奈特说。

蕾奈特驾车穿过凯伯恩村，开上了公路。从心理医生谢拉的办公室出来之后，约翰和娜奥米说了几句话之后就陷入了沉默之中。两人都在想着心事，都想从听到的消息中理出个头绪来，却又束手无策。

佩尔曼探长今天同意他们回家了，但他同时建议让蕾奈特·哈里森白天在他们家陪着他们，晚上则由另一名警察住他们家，另外，警方在他们家周围也加强了巡逻。只要情况允许，警方会尽一切可能保证他们的安全。

蕾奈特右拐驶上了车道。这时，娜奥米觉得喉咙像被什么堵住了——他们终于快要到家了，他们空荡荡的家。

今天天气不错，明媚的阳光照在潮湿的草地上，闪着晶莹的光。娜奥米却对此视而不见。她甚至没有注意到，在距离她的斯巴鲁和约翰的绅宝汽车不远处的车道上，还停着一辆没有警察标志的警车，一名穿着制服的警察坐在车内。

约翰推开大门，只见客厅的地上散落着几封信和几张报纸。娜奥米看看手表。她好像进入了一种自动巡航的状态。她说:“快1点了，该吃午饭了。我——我想我还是做点吃的吧。”

“你们让我来做，好吗？”蕾奈特·哈里森主动说道，“你们告诉我东西放在哪里，你们喜欢吃什么就行了。”

约翰放下手里的拎包和笔记本电脑包，捡起地上的信和报纸，看看哪些是他和娜奥米的，哪些是房主的。他将信和报纸分成了两堆，然后朝自己的书房走去。他把电脑放在桌上，又走了出来，到汽车的尾厢里拿孩子们的电脑。

他回到书房，登录之后看到他有六十二封新邮件。他疲倦地靠在椅子上，慢慢看着邮件。

突然他呆住了。

他贴近电脑，双手悬停在键盘上方，盯着屏幕，几乎不敢相信自己的眼睛。

那是一封来自卢克和菲比的邮件。

第一百一十六章

发件人：卢克·科里森＆菲比·科里森

主题：安全

亲爱的父母，

请不要为我们的去向而担忧。

因为我们觉得你们不能保护我们，我们迟早会遭到“新千年之子”以及其他疯狂组织的伤害；因为你们不能提供我们所需要的那种教育水平——我们知道你们已经尽力了，对此我们很感激——所以，我们到了这里。

不要浪费时间和精力，想找到这封邮件的来源。任何一个电脑高手都会告诉你，这要花上几年的时间。我们有生以来第一次觉得安全、幸福、开心，你们知道这些就够了。

这封邮件你们没法回信。如果你们希望见见我们，我们可以给你们一次造访的机会，因为我们认为，作为我们的生身父母，你们应该享有这样的礼遇。

我们知道也许你们觉得这难以相信，但我们是真的爱你们的。我们是在用我们的方式爱你们，你们无法理解。

在今天18点10分从伦敦希思罗机场飞往罗马的意大利航空1810航班上，我们已经为你们订了两个座位。到罗马之后，你们乘出租车到盎格鲁美洲酒店，在我们预订的房间里等待进一步的指令。就你们两个人来，不要带相机。如果你们带了同行者，或者有人跟着你们，在罗马你们就不会收到进一步的指令了。

为了证明我们俩都还好，附件中有一段小视频。

你们的孩子

卢克和菲比

第一百一十七章

在萨塞克斯警察局一个房间的桌上摆着一台电脑，卢克和菲比出现在显示器上。他们手挽手，并排而立，看上去好像是在一个不大的录音间里。录音间里的背景是浅灰色，从这一点上根本看不出来他们在什么地方。卢克穿着运动衫、牛仔裤和运动鞋，菲比穿着紫色运动服和运动鞋。他们身旁有一台电视机，上面正播放CNN今天的早新闻节目。

娜奥米不得不承认，孩子们的心情看上去放松而快乐。

“你们好，爸爸妈妈!”卢克说，“瞧！我们很好!”

“你们好，爸爸妈妈!”菲比说，“我们好得不能再好啦!”

小视频结束了。娜奥米看着定格的画面，热泪盈眶。我的孩子，她想，卢克，菲比，他们是我的孩子。她闭上眼睛。她再也看不下去了。上帝啊，请让我醒来，然后发现这一切全是一场噩梦。

和约翰、娜奥米一起待在这个房间里的还有佩尔曼、洪堡特、蕾奈特以及电脑高手克里夫。他们都围坐在一张桌子旁。

“克里夫，找到邮件来源的可能性有多大?”佩尔曼探长问。

克里夫一如既往地衣冠不整，邋里邋遢，尽管现在是星期一下午2点半，但他还是和星期六上午10点一样萎靡不振。他向后捋了捋头发，说：“问题的关键是，如果你打算发一封匿名邮件，而且知道自己在做什么，那你肯定能让收件人不知道邮件的出处。这不是问题。”

“你能向我们解释一下吗?”汤姆·洪堡特问。

电脑分析员干笑了一声，对着桌子一连眨了几下眼睛，说："匿名有几种方式，大部分方式都是将这封匿名邮件通过世界各地的服务器层层转发，同时通过某些软件将转发时留下的痕迹清除。如果我估计正确，它就是这样发送的——换作我也会采用这种方式。如果你们要找到它的来源，那就得派我赶赴世界各地，查找邮件的路径，找到它通过每一个服务器转发时留下的痕迹。"

"那要花多长时间？"娜奥米问。

"假设我们能找到每一台服务器——天哪，我不知道，"他又干笑了几声，"也许几个月吧。"接着，他盯着桌子，连续眨了几下眼睛说："那不是你希望听到的回答，对吧？"

佩尔曼探长将手肘支在桌上，将两手做成一座桥的形状，将下巴搭在上面，对洪堡特说："实验室留存了这个视频的备份吗？"

"是的，长官。"洪堡特回答道。这话有大部分是对着约翰和娜奥米说的。"实验室正在提升视频中声音的音质，看能不能捕捉到任何背景噪声，通过一些蛛丝马迹来找到他们所在的地方。"

约翰瞥了一眼手表，然后又看着娜奥米。他们很快就必须出发去机场了。

佩尔曼对二人说："我真的觉得应该有人和你们一起去，当然了，是悄悄地和你们一起去。"

娜奥米坚决地摇摇头。"你看过他们的要求了，探长。我们不能冒险。"

约翰说："他们给我们的时间不多，对吗？"

"那是故意的，"佩尔曼探长说，"这样我们就没有时间事先做小动作了。好吧，如果我们不派人跟着你们，那也要得到意大利警方的协助。"

"不行！"娜奥米语气坚定，"你必须放手，让我们按照他们的要求去做！"

“科里森夫人，我就直说了吧。我们从来不向绑架者妥协，从不答应他们的要求。”

“什么要求？他们没有要求什么啊。他们只是说，如果我们希望见他们的话，我们就要怎么做。这算什么要求呢？”

“不管是谁绑架了你们的孩子，这些人显然非常专业，而且组织严密。如果没有警方做你们坚强的后盾，你们就贸然按照他们的要求去做，那你和科里森博士是在拿自己的安全冒险，而且，这个风险大得让人难以接受。”

“我的孩子比什么都重要，”娜奥米说，“再大的风险我也不在乎，只要他们能回来。说句不客气的话，不按照他们邮件里的要求去做，哪怕有半点偏差，我都觉得那样的风险才是让人难以接受的。”

第一百一十八章

飞机马上就要降落了，目前正在平稳下降。娜奥米紧握着一只矿泉水空瓶，前面的小桌板还处于放下的状态。她脑袋疼，两颗止疼片好像没起什么作用，只好紧闭双眼。

约翰的面前摊开了一本科学杂志，但他已经有一个小时没有翻页了。他和娜奥米一样心神不定，什么事情都做不了。

一名女乘务员急急忙忙地走过来，拿过娜奥米手里的空瓶子，收起小桌板。几分钟后飞机着陆了，引擎轰鸣着，反推气流开始工作。娜奥米觉得安全带紧紧勒着她，接着，飞机开始滑行。

罗马。几个小时前，他们还在家里，后来又到了萨塞克斯警察局的某个房间里，再后来是在警察车队的护送下一路飞驰去了机场。现在，他们到了罗马。

“没事吧，亲爱的?”约翰问。

娜奥米含泪笑了。在这座城市一家酒店的房间里，他们将得到指令。他们将和卢克、菲比团圆。她希望他们将一起回家，而这场噩梦也将成为过去。

酒店在一座老楼里，大堂却很现代。一群日本游客正在导游的指引下朝着一辆大巴走去。他们绕过那些游客，来到前台，约翰填写了入住登记表，将两人的护照和信用卡递了过去。他谢绝了服务员说要帮他们提行李的好意。他们的东西不多，只有娜奥米的手包、一只不大的行李箱、约翰的电脑包。

服务员的胸牌上写着“维托里奥”。“轻装出行，好！很好！”

维托里奥朝他们粲然一笑，却是白费工夫。约翰和娜奥米没有任何反应。维托里奥把门卡以及客房内酒柜的钥匙交给了他们。

“你这里有我们的留言条或者信吗?”娜奥米问。她到处张望着，扫视着大堂里客人的脸。她想，卢克和菲比电邮中提到有人会和他们联系，那个人会不会早就到了呢?

“等一下，好吗?我看看。”维托里奥转过身，朝背后的文件架上看看，又在电脑的键盘上敲了几下。

“科里森夫人，没有信，也没有留言条。如果有东西来，别担心，我们会直接送到您房间的。祝您在罗马停留期间愉快!”

酒店的房间狭小阴沉，即使把所有的灯都打开，他们也觉得昏暗。娜奥米坐在床边，看看手表。当地时间已经是10点半，英国9点半。“约翰，你真觉得他们会和我们联系?”

“是的。”

“那他们怎么还不来呢?为什么没有给我们留言?”

“亲爱的，他们——他们会知道我们刚刚到达。耐心等等吧。”

“佩尔曼探长和意大利警方联系了，是吗?我打赌他联系了。”

“他答应，如果我们在半夜之前发邮件给他报平安，他就不和意大利警方联系。”

“我不相信他。我觉得他已经联系意大利警方了，所以，我们不会得到卢克和菲比的消息，带走他们的人也不会和我们联系。佩尔曼把事情搞砸了。”

“给他们一点时间吧。”他走到窗前。这是一扇沉重而宽大的老式推拉窗，窗户上装了双层玻璃。窗下是一条繁忙的街道。他打开插销，将窗户向上推起，立即感到了外面的寒气，摩托车、助力摩托车和汽车的吵闹声扑面而来，这是夜晚罗马永不散场的交响音乐会。

他松开手，让窗户自行落下关上。他把自己带来的笔记本电脑放在房间里的小写字台上，接上电源。试了几次后，他才连上了酒店的无线网。

一共有二十七封新邮件。他扫了一眼，一阵兴奋涌上心头。他双击了第九封邮件。“亲爱的，”他说，“来看看。”

发件人：卢克·科里森&菲比·科里森

主题：旅行

亲爱的爸爸妈妈，

我们已在意大利航空1050航班为你们预订了明天13:45飞往阿联酋迪拜的机票。请到意大利航空的国际航班柜台取票。迪拜机场有司机接你们。

上一封邮件里说的那些警告依然适用。

你们的孩子
卢克&菲比

“迪拜有什么等着我们？”娜奥米问。

“我和你一样，也不知道啊，亲爱的。不管怎样，那里也许不是最终的目的地。”

“如果有人开车来接我们，那么，迪拜好像不是最终的目的地。”

约翰将重要细节写在酒店的便笺上，断开无线网，打开了此前卢克和菲比发来的那封邮件，播放附件中的小视频。

娜奥米紧盯着电脑，搂住约翰的肩膀。

“我知道他们并不像我们梦想的那样完美，但是，如果他们遭遇不测，我真不知道该如何应对。你认为他们还活着，是吗？”

“是的，他们肯定活着。”他努力显得充满信心，不让她听出自己内心的疑虑。

他们肯定活着，他想。在这段视频中，他看到了CNN今天的早新闻节目，当时他们还活着。不管是谁绑架了他们，也不管他们这样做的目的是什么，孩子们此刻一定还活着，我们能做的就是服从指令，心怀希望。

接着，为了不让佩尔曼探长担心，同时，不让他通知意大利警方，他给探长发了一封电邮。

收到卢克和菲比的信了。他们建议，我们在酒店待上二十四个小时，以便他们暗中观察，同时等待他们进一步的指令。

二十分钟后，当他再次登录的时候，佩尔曼探长的回信已经到了。

如果我在明天格林尼治标准时间15点再次收到你们报平安的邮件，我就暂时不和意大利警方联系。

约翰断开无线网，打电话给前台，订了一辆早上7点去机场的出租车。

第一百一十九章

约翰和娜奥米刚刚走出海关通道，进入凉爽而宽敞的大厅，就看到了一群闹哄哄的人举着接机牌。那些接机牌有的是酒店的，有的是汽车租赁公司的，有的是英语，有的是阿拉伯语。他们东张张西望望，看到的接机牌有“安飞士”“希尔顿”“赫兹”“努杰姆”“托马斯·库克”“霍普曼博士”，但就是不见自己的名字，心中越来越焦虑。

突然，他们看到了——

科里森。

举接机牌的矮个中东男人身穿灰色西装，腋窝下有深色汗渍，一件廉价的白色衬衫配着一根普普通通的黑色领带。他用糟糕的英语热情地和他们打招呼。

“我，艾利亚斯，”他说，“来开车接你们。”尽管约翰想推辞，他还是拿起拎包和电脑包，领着他们穿过混乱的人群，来到机场外面。夜晚的空气闷热，令人不适。

现在是7点，天已经几乎完全黑了。他们跟着艾利亚斯走过空旷的停车场，来到一辆白色的奔驰车旁。“你要带我们去哪里？”约翰问。

司机扭头朝他们咧嘴傻笑，说：“对不起，英语不好，对不起，对不起。”

司机将他们的行李放进后备厢，又小跑着去给他们开车门。五分钟后，他们驶出了机场综合楼，行驶在一条宽阔的林荫大道上。

路上车很多，两边现代建筑林立，让约翰想起了洛杉矶机场附近的街道。

约翰探身向前，又问司机同样的问题。“我们这是去哪儿？”

那个人吓了一跳，把双手举到了空中，然后扭头看着约翰。“不太清楚！”说完，他回头看着前面的路，约翰这才松了一口气。

他们正朝着郊外驶去。约翰决定再也不问司机任何问题了。很快，他们就上了一条漆黑的公路，因为路上车不多，他们开得很快。从伦敦出发、开始这次不知目的地为何处的旅程之后，约翰此时第一次开始慌张了。

他有一个担心。他以前从来不敢往这方面想，直到现在——如果特工诺贝特的那次行动没有将“新千年之子”的人一网打尽呢？如果卢克和菲比被别有用心的人当作诱饵，引他和娜奥米上钩呢？

他虚晃一枪，骗了佩尔曼探长，真的是明智之举吗？

娜奥米仿佛看穿了他的心思，靠在他身上低声说：“我感觉不对劲啊。你觉得我们正在往哪里去？”

“我不知道。”约翰从口袋里掏出手机，看了看显示屏。信号很强。如果需要的话，至少他还有某种通信方式。他将手机放回口袋。

尽管有空调，穿着高领毛衣、皮夹克、厚牛仔裤的他还是觉得很不舒服。他脱下皮夹克叠好，放在大腿上。“你不觉得热吗？”这句话刚出口，他就注意到汽车正在减速，仪表盘上的转向灯在闪烁。

他们下了高速，驶上了一条长长的、笔直的公路。公路似乎是通往沙漠深处的。约翰现在更加焦虑了，他扭头看着窗外。除了无尽的黑暗——他们的前后左右一片漆黑，外面什么也看不见。

在这条公路上高速行驶了五分钟之后，他们的车再次减速了。约翰这时依稀看到前方出现了一个工业建筑群，那些大楼被一圈铁丝网包围着，铁丝网里面灯火通明，看样子是工厂或者仓库之类的地方。

他们的车在紧闭着的金属大门前停了下来。门旁边有一个警卫室。司机摇下车窗，和一名全副武装的警卫说话。不一会儿，门开了，他们开上了一条小路，继续前行。这条路在那些大楼后面，弯弯曲曲的。约翰抓着娜奥米的手，心情十分紧张。卢克和菲比就在这样的地方？

现在他们的汽车离开了那些大楼，好像又朝着沙漠的深处开去了。突然，约翰闻到一股煤油味，这才明白他们要去的地方是哪里。

前方几百米远的地方出现了一个影子，一开始只是若隐若现，但随着距离的靠近，影子很快就变得清晰起来了。在车灯的照耀下，他们看到了一架喷气式飞机，比商用的机型小不了多少。

“神奇之旅在继续。”他面无表情地说。看到这架飞机让他有种奇怪的轻松感，好像飞机的存在证实了一点：他们被带到这里来，至少不是为了处死他们。

卢克和菲比在勒图凯乘坐的是不是这架飞机？透过一排舷窗，他看到客舱里亮着灯，舷梯顶端的舱门开着，更多的灯光从里面倾泻出来。煤油味现在更浓了。奔驰车停了下来。后排座位旁的门打开了，一束灯光直直地照在他的脸上，他瞬间觉得有些头昏眼花。他听见车外有人在说话，语速极快，好像是在争执着什么，接着又安静了下来。

司机艾利亚斯说：“来吧！”

约翰和娜奥米下了车。现在不像刚才在机场外面那么热了，约翰穿上了皮夹克。司机打开尾厢，将拎包和笔记本电脑包递给他。一名阿拉伯人兴奋地朝他们挥舞双手，领着他们朝舷梯走去。

他登上舷梯，进入机舱，看见一男一女纹丝不动地站在舱门两侧，好像卫兵一样。他们穿着白色连衣裤和白色运动鞋，身材高挑，长相俊美得令人惊奇。那两个人都只有二十多岁，约翰想。年轻男子的金色头发经过了精心修剪，皮肤是健康的小麦色，五官棱角分明，那样的容貌只有时尚杂志里的男模才会有。那个女的也是金色头发，有着迷人的五官、超级模特才有的身材。这两个人都没有面带微笑，脸上的表情里甚至还带有一丝蔑视。

约翰在等娜奥米的时候，觉得无论在心理上还是身高上自己在这两个人面前都矮了几分。

“你好！”他一边和他们打招呼，一边友好地看着他们，试图打破僵局。

“欢迎登机，科里森博士，科里森夫人。”年轻男子说，那是新英格兰地区的口音，语气冷淡，根本就没有欢迎的意思。

“你们随便坐。”年轻女子也是新英格兰地区的口音，语气比男子更加冷淡。

“我们马上去哪里？”约翰问。

“请不要问我们任何问题，”男子说，“我们无权回答你的问题。”

“你能不能就告诉我们一件事，”娜奥米问，“你们马上带我们去见卢克和菲比，是吗？”

“我建议你们坐在后面两个座位上，”女子说，“那里离引擎最远，共振也最小。”

娜奥米盯着她看。女子脸上仍然没有任何表情。一股怒火在娜奥米心里升腾，但又被她压制下去了。他们必须冷静，千万不能做出对自己不利的事情。他们必须心怀希望，希望有一个美好的结局，这是最重要的。

他们左侧的驾驶舱的门关着，于是，他们向右走，穿过一个地方，从摆设上看这里像是会议室。一张椭圆形会议桌在中间，周围有八把椅子。桌椅都固定在地上。他们继续往前走，经过一间厨房，来到了机舱的后半部分。在宽大的过道两边各排列着十张真皮座位，每个座位前伸腿的空间都很大。娜奥米明白了，那名女子建议他们坐在后面的座位上，并不仅仅是因为那里噪声小——那里的地方比较窄，两个座位几乎紧靠在一起。

不久，那名男子关上了舱门。约翰听见飞机发动机的涡轮开始转动，不久，头顶的警示灯在闪烁，提醒他该系好安全带了。他向身体左侧的窗户外面看去，却在玻璃上看到了自己的脸，苍白而焦急。窗外，远处的黑暗中有微小的白色灯光在忽明忽灭。他意识到那是机身上的航行灯。过了一会儿，好像体内的某个开关突然打开了，他看到了跑道上的指引灯。

这时，他听到了嗡嗡的声音。几秒钟之后，他在玻璃上的影子、航行灯、跑道上的指引灯全部消失了。他正在纳闷的时候，听见娜奥米惊恐地叫了一声。

飞机上所有窗户上的金属遮光板都放下来了。

第一百二十章

起飞后女乘务员送来了晚餐，是那种常见的、预先包装好的飞机餐：一份恺撒虾仁沙拉，一份盖着锡箔纸、滚烫的水煮三文鱼，一块巧克力软糖蛋糕，一块三角软芝士和几块饼干。随后，那名男乘务员给每人送来了一杯霞多丽和一杯矿泉水。

约翰吃掉了大部分飞机餐，而娜奥米则只吃了一点点。接着，他们努力睡了一小会儿。

娜奥米的脑子里一直在想着飞机上的这两名乘务员。他们沉默而带有敌意的态度让她想起了卢克和菲比。这两个孩子不就是这么对待她和约翰的吗？这两名乘务员可以算得上是卢克和菲比的哥哥姐姐了吧。

五个小时后，他们又用了一次餐，这次是三明治和水果。又过了一小时，约翰和娜奥米注意到飞机正在下降，似乎要准备着陆了。

机舱里安全带指示灯开始闪烁。

两名乘务员不知待在哪里休息去了。现在他们不需要为约翰和娜奥米提供餐饮和酒水服务，所以他们有大把的闲暇时间。

飞机确实是在降落了。

接着，很突然地，就像几小时前那样，遮光板自动升了起来，明亮炫目的晨曦透过窗户照射进来。

约翰和娜奥米一起朝窗外看。

飞机飞得很低，高度在一千米左右。下面是一片丘陵，覆盖着浓郁苍翠的热带植被。约翰这边舷窗下是一片土地。放眼望去，太阳在冉冉升起，天空中万里无云。从娜奥米这一侧能看到广阔无垠的白色沙滩和湛蓝色的大海。这时，飞机发出咚的一声，紧接着是一串砰砰声，飞机的着陆装置放了下来。

娜奥米突然没有来由地兴奋起来，她仿佛被电流击中了一般，满身的疲惫顿时消失得无影无踪。我就要看到我的孩子们了。马上就要见到卢克和菲比了。他们就在这里，在这个美丽的地方！他们一切安好，没有受到伤害。就要见到他们了，然后他们会和我们一起乘着这架飞机回家。

“你能大概知道我们现在在什么地方吗？”她问约翰。

约翰真希望自己有一些植物学方面的知识啊，这样他就能通过这里的植被来大致判断目前的地理位置了。然而，事与愿违，他摇摇头说：“我完全不知道我们的飞行速度，也不知道飞行方向，确切地说，我什么情况都不了解。我唯一知道的就是我们从迪拜出发后飞了九个小时。如果这架飞机就是带走卢克和菲比的那一架，那么我记得佩尔曼探长曾说过它的航速是350节，由此推算，我们飞行了大约5 800公里。我们现在他妈的可能会在任何地方。”

约翰再次看着窗外。从外面的天色来看，现在像是清晨，这就意味着他们很有可能是向西飞行的。如果飞行速度比他测算的要慢，那么他们现在可能是在非洲西海岸；如果快，那么他们就可能已经在南美洲东海岸的某个地方。

“我们是在伦敦时间19:30从迪拜起飞的，所以生物钟告诉我们，现在大约是凌晨4:30。”约翰说道。他迫切地需要洗个热水澡，刮刮胡子，再换套衣服。他觉得又脏又累。娜奥米看上去也很疲倦。看到她如此受罪，约翰痛苦不堪，那种感觉就像他们的孩子失踪时一样。他对自己非常恼火，恨自己什么忙也帮不上，只能像只瘸腿的鸭子一样坐在这里，麻木地接受这两个表情冷淡的年轻人的服务——没有任何礼貌可言的服务。

下面小山的高度突然降低了，他们好像掠过了山崖边向外平伸的一块巨石，进入了一个三千多米宽、几千米长的平坦山谷中。这是一个隐秘的山谷，约翰心想，给人的感觉就像从几座小山中间硬生生地掏出来的。这也许是几千年前火山喷发形成的地貌吧。

飞机仍然在下降，周围的景象突然变得清晰起来，原本模糊一团的影像顷刻间聚焦了。前一秒是大片葱翠植被覆盖的平坦山谷，下一刻则变成了矗立于地面的各种形状的综合大楼。分布在山谷里的建筑大多是平层，彼此之间阡陌相通，就像一所向四面八方延展的大学校园。每一幢建筑的屋顶上都覆盖着厚厚的植被，有了这些伪装，从上空是根本看不到这些建筑的。

飞机继续下降着，距离那些建筑只有不到两百米了。约翰用目光仔细探查着下方，试图看到几个人或者几辆车什么的，可是，他没有发现有人活动的迹象。

感觉他们仿佛即将在一座鬼城里降落。

“这是什么地方？”娜奥米问。

“卢克和菲比的冬季度假胜地，可能是用他俩在网上秘密炒股赚的钱买的吧。”约翰说。

娜奥米没有笑。

第一百二十一章

飞机降落在一条黄绿色跑道上，滑行了几百米后冲进一个洞穴式停机棚，停了下来。约翰注意到停机棚的屋顶也覆盖着绿色植被。停机棚里灯火通明，但看上去却很荒凉。

“请这边走。”

那名女乘务员站在他们面前，一脸严肃。

约翰一边解开安全带，一边问：“我们现在在哪个国家？”

“我们的任务不是回答问题。你们现在得下飞机了。”

约翰和娜奥米提着行李跟在女乘务员身后。那名男乘务员正在出口处等候。他们从他身边经过，下了舷梯，走到了蓝色混凝土地面上。空气有些湿热，弥漫着一股浓烈的煤油味。飞机螺旋桨在减速时叶片发出一阵高昂而沉闷的呜呜声。

约翰好奇地打量着停机棚。除了他们的飞机外，这里还停着一架小型喷气式商务飞机、一架直升机、一台龙门起重机、一辆叉车，还有几十个大型集装箱。叉车搬运货物时用的托盘一直堆到了屋顶，有三十多米高。

停机棚里看不到飞行员或者其他空乘人员，也没看到其他工作人员。约翰暗暗地从口袋里摸出手机打开，然而屏幕上显示没有信号。

女乘务员手上不知拿了一样什么东西。她在那上面按了一下，前面不远处的不锈钢电梯门缓缓打开了。

女乘务员说：“请上电梯，科里森博士、科里森夫人。”

电梯下行了几秒钟，四个人谁也没有说话。

电梯门开了。约翰发现自己已经来到了一个干净整洁的地铁站站台上。一节子弹头形状的车厢孤零零地停在单轨铁道上，门大开着。

娜奥米和约翰走进车厢，交换了一下眼神，但谁也没开口说话。这段时间以来，他们就像生活在超现实主义的梦境中一样。这会儿他俩已经见怪不怪了，但肾上腺素的分泌一直在加速。已经走到这一步，问什么都没有用了，支撑他们的是心中仅存的那一线希望。

约翰和娜奥米找了两个位子坐下来，两名护送者坐在他俩的对面。车厢门在“嘶嘶”声中关闭。不一会儿，列车开始加速，驶入一条黑暗的隧道，没有任何声响和震动。

两分钟后，他们出现在一个与刚才上车时一模一样的车站里。门开了，他们跟在两名护送者的身后走出车厢，走进另一部电梯。电梯似乎上行了好长时间，约翰开始感觉有些反胃了。又过了一会儿，他似乎觉得电梯轿厢里地板在向上顶着自己的脚底，没等他细细体会，电梯突然就停了。

门开了。展现在他们眼前的是一条宽阔气派的走廊，让人感觉仿佛来到了某个银行总部，或者是某个大型跨国公司的总部。

娜奥米飞快地瞥了约翰一眼。*这是什么地方？*

约翰耸了耸肩。*我和你一样不知道这是什么地方。*他低头瞟了一眼手机，发现仍然没有信号。

女乘务员领着他们沿走廊前行，一路上经过了很多房间，都关着门并且都没有窗户。在走廊尽头的一个房间门口，女乘务员打开门，带他们走进一间接见室。办公桌前坐着一位气质优雅的美女，也是二十岁出头，棕色短发，面部毫无表情，同样穿着白色连衣裤。

“这是科里森博士和他夫人。”女乘务员介绍说。

出乎他们意料的是，坐在桌前的美女冲着他们亲切地笑了笑，站起身来，穿过接见室走到对面，打开两扇富丽堂皇的大门。“请进。”她的声音清晰，带有波士顿口音。说完，她站到一旁让约翰他们进去。

约翰让娜奥米走在前面，两人来到了一间宽敞的办公室里。地面上铺着白色的地毯，周围摆放着华丽的现代家具，办公室正中央摆着一张椭圆形的灰石板办公桌。他们进来后，一个人从办公桌后站了起来。

他身材高大，瘦削而结实，肤色是健康的小麦色，同样穿着白色连衣裤，那种纤尘不染的白色令人目眩。此人有着一头浓密的黑发，齐刷刷地梳向脑后，鬓角处夹杂着几根灰色头发。他绕过办公桌，大步走到约翰面前，张开双臂迎接他们。他看上去一点儿都没有变老，与四年前他们最后一次见到他时几乎没有变化。如果非要说有什么变化的话，那就是他显得更年轻了。

“嗨，约翰。嗨，娜奥米。”他操着一口南加州口音，用他惯有的温暖而坚定的口吻和他们打着招呼。

娜奥米不由自主地向后退了一步，仿佛看到了幽灵一般。她和约翰两人都目瞪口呆地盯着博士。

第一百二十二章

“这他妈的到底是怎么回事？”约翰问道，“你不想和我们解释一下吗？”

里奥·德托雷博士没有回答约翰的问题。他满脸堆笑地与约翰和娜奥米一一握手寒暄：“再次见到你们真是太棒了。”他招手叫他们去会客区的咖啡桌旁坐下，但约翰和娜奥米站在原地，一动不动。在这位遗传学家的身后是一扇落地窗，占据了整个墙面。透过窗户能看到那片大学校园一样的建筑群，远处是绵延不绝的群山。

“你不是死了吗？”娜奥米脱口而出，“你死了——电视上、报纸上都是这么说的，你——”

“请坐。我想你们现在一定是累了，来，坐下来喝点什么吧。水还是咖啡？”

“我什么都不想喝，”娜奥米回答道，她比刚才胆大了，“我想见我的孩子。”

“请给我机会解释一下，然后……”

“我要见我的孩子！”娜奥米大喊道，几乎有点歇斯底里了。

“该死的，我们现在在哪儿？”约翰说，“你告诉我们，这里到底是他妈的什么地方？”

“这并不重要。”德托雷博士说。

“什么？”娜奥米吼道。

“不重要？我们连续飞了二十四个小时，你竟然说这个问题不重要？”约翰大步走到德托雷博士面前，示威似的扬了扬拳头。“我们要见我们的孩子。我们要带卢克和菲比离开这里。如果你已经伤害了他们，我就杀了你，我发誓。你这个狗杂种，我要把你撕成两半！”

德托雷博士举起双手，装出要投降的样子。“约翰，我马上就带你们去见孩子们。他们在这里非常安全。这下行了吧？”

“好，你必须马上就带我们去！”

德托雷泰然自若地说：“如果我不打算让你们见卢克和菲比，你们认为我还会这么不辞劳苦地将你们带到这里来吗？”

“你的脑子里到底有些什么变态的想法，我们一无所知，”约翰说，“你连假死都能做到，那么，除此之外，你他妈的还擅长干些什么？”

“我们的孩子在哪里？”娜奥米咆哮道。

沉默了片刻，德托雷博士平静地说：“把你们的孩子带到这里是为了安全起见。这是唯一能保证他们安全的办法。你们应该知道，那个疯狂的邪教组织正在四处灭杀我的‘定制婴儿’。我们别无选择。但是，你们要知道，我将你们带到这里来，是因为你们是卢克和菲比的父母，你们完全有权利见到他们，并且也有权利带他们一起回家——如果他们愿意的话。”

“如果他们愿意？你这话是什么意思？”约翰问道，“你们绑架了他们，天知道你们的计划是什么。如果他们愿意？你凭什么这么说？我们是他们的父母！”

德托雷博士走回到办公桌前，拿起一份厚厚的文件。

“你们两人中有谁仔细看过这份合同——我们在‘幸运玫瑰号’上签的？”

约翰一阵眩晕，身体里有种被掏空的感觉。

德托雷博士将文件递给他。“上面有你们两人的签名，而且每页纸上都有你的首字母签名。”

大家沉默了一会儿，德托雷博士接着说道：“我想你们两人心里都很清楚，是卢克和菲比他们自己要求到这里来寻求庇护的。你们当然可以见他们，想和他们一起待多久都行。但是，从你们自身的利益考虑，我建议你们先看一看这份协议第26条第9段的第4项。哦，在第37页上。”

约翰将协议放在桌上，翻到第37页。他和娜奥米一起找到第9段（字号很小），接着找到了第4项（字号小得要用显微镜才能看清），上面写着：

亲生父母同意，在将来的某一时刻，完全遵从孩子的意愿放弃对孩子的监护权。如果孩子明确表达了要将此权利交付于德托雷博士，亲生父母不得有任何妨碍。德托雷博士对上述孩童享有绝对领养权。如有争议，以孩子的意愿为最终依据并无条件遵守。

在这页纸的顶部和底部都有约翰和娜奥米的首字母签名，是大而醒目的蓝色字签名。

娜奥米沉默了一会儿，说道：“这份协议不合法，不具备任何约束力。他们只是三岁的孩子！三岁孩子有什么权利来决定他们的父母的行为？这简直是垃圾！没有哪个国家的法庭会判定这份协议成立。”

“有件事让我来解释一下，”德托雷博士在他们对面坐了下来，“我费尽周折地将你们带到这里来，并非想给你们看四年前你们签的协议中的某个条款。我希望你们明白，孩子们并没有受到威胁，也没有被诱拐或者被绑架。他们在这里是法律允许的。我想说的就是这个。”

“法律允许——”

娜奥米还没说完，德托雷博士便抬起一只手，打断了她。“听我说，”他接着说道，“还有一件非常重要的事情，我希望你们能了解。如果你们想带孩子回家，我不会阻止你们。他们是你们的孩子。我并不在意我们之间有过什么样的协议——我不是一个怪物，尽管媒体这些年一直都这么称呼我。如果你们坚持要带着孩子一起回家，请随意去做吧，而且我还会派我的私人飞机送你们回去。明白了吗？”

“我想这段话后面还会有个‘但是’吧。”约翰说。

“不，没有任何‘但是’。”

“和这件事有关的一切都说不通，”娜奥米说，“从星期五早上开始，我们就一直生活在梦魇里。”

德托雷博士盯着娜奥米看了一会儿，才开口说道：“只是从星期五早上开始吗，娜奥米？你确定只是从那个时刻开始的吗？”

娜奥米用凄惨、无助的眼神看着博士说：“你这话是什么意思？”

“我认为你懂我的意思。”

第一百二十三章

他们上了单轨列车，行驶了两站路。

“这是什么地方？”约翰问德托雷博士。“是政府研究机构吗？这个地铁又是怎么回事？这里的地面交通似乎从来没有发生过拥堵现象。”

“稍后我会解释的。”博士回答说。

他们下了车，来到站台上，然后朝着电梯走去。两名十八九岁的少年从电梯里走了出来，他们一男一女，身材高挑，相貌标致，都穿着深蓝色的连衣裤。

“早上好，布兰登。早上好，考特尼。”

“早上好，德托雷博士。”两人热情地和博士打招呼，好像老朋友重逢一样。和目前约翰在这里见到的其他人一样，他们也都带有美国口音。

“我今天带了两位‘父母族’的人来看望他们的孩子。”德托雷笑眯眯地看着约翰和娜奥米。

“欢迎光临，父母族！”布兰登说。

“希望你们来访期间生活愉快，父母族！”考特尼说。

电梯里，娜奥米忍不住问博士，“父母族？”

“指的是像你和约翰这一类的人。”博士回答说。

电梯门开了，他们跟着德托雷博士走出电梯，来到了一条走道里。地上铺着深灰色地毯，四周被粉刷成灰色。一面墙上是观察用的玻璃窗口，另一面墙上是电视显示屏，每隔几秒钟，上面的数学方程式就会发生变化。

几名孩童从他们身边经过。约翰估计他们的年龄从三岁左右到十八九岁不等。这些孩童都是两人一组，一男一女，穿着连衣裤和橡胶底帆布鞋，无一例外都是靓女俊男。他们一边走一边开心地交谈着，每个人都愉快地和德托雷博士打招呼。看得出来，博士知道这里所有人的名字。

走道里每出现一对孩子，娜奥米就会盯着他们看。每次她都会很紧张，热切地期待着卢克和菲比的出现。她心里暗想，这些孩子可能是德托雷博士预先安排好的；他们看上去那么开心，可能是德托雷博士勒令他们这样做的。然而，尽管她对这个男人感到极度愤怒，她还是无法说服自己这些都是德托雷博士在幕后操纵的结果。她见到的每一个孩子表现得都很自然，看上去很健康、很开心。这种感觉很奇怪。孩子之间相处融洽，没有胡闹，也不互相欺凌嘲弄。和谐得有些离谱。

德托雷博士在一个观察窗口前停了下来。娜奥米和约翰站在他的身旁，向窗里看去。是孩子们在打篮球。他们个个精力充沛，打得很艰苦，但彼此间并未因此而产生敌意。

他们继续向前走，又经过了一个观察窗。窗口下面是一个巨大的室内游泳馆。在其中一个泳池里，几名十几岁的少年在进行长距离游泳训练；另一个泳池里，孩子们在练习潜泳；第三个泳池里在进行一场水球比赛。

接着，他们又向前走了一百米左右，来到另一扇观察窗前，这时，娜奥米猛地一把抓住约翰的手。

他们看到了一间教室。二十名孩童两人一组坐在双人课桌前，每个人面前都放着一台电脑。坐在第三排的正是卢克和菲比。

娜奥米感觉心都要飞出来了，泪水盈满了整个眼眶。他们在这里！他们还活着！他们坐在那儿，身穿连衣裤，看上去非常帅气；两人的头发梳得很整齐，脸洗得干干净净，一副典型的模范学生的样子。有那么一会儿，他俩因专注思考而眉头紧锁，但很快又充满期待地抬起头，看着老师。

老师三十多岁，相貌英俊。与普通学校里的老师一样，他也是站在讲台上授课的，唯一不同的是他用的不是黑板，而是一块巨大的电子显示屏，屏幕上有一堆复杂的计算过程。他用教鞭点击了一下电子屏，屏幕上的计算过程随即发生了变化。

卢克举起了手。

他在提问！

看到这一切，娜奥米感到一阵莫名的兴奋，她能觉察到，约翰也有类似的感受。

老师说了句什么，全班同学就在卢克的带领下哄笑起来，但这笑声里没有丝毫的恶意。老师点了点头，转身看着屏幕。令娜奥米感到吃惊的是，老师竟然用教鞭对屏幕上的计算过程进行了修正。

“你们的孩子智商很高，”德托雷博士说，“我这里有很多聪明的孩子，但卢克和菲比是尖子里的尖子。”

“我们现在能去教室吗？我现在就想站在他们面前。”

德托雷博士看了看手表，说：“再等一两分钟吧，马上就要下课了。”

博士领着他们继续沿着走道向前走。

“这是哪里？”约翰再次问道，“这些孩子是怎么回事？你让他们待在这里做什么，德托雷博士？”

博士依然没有回答约翰的问题。他带他们走下一段台阶，进入一个宽敞的自助餐厅。餐厅里坐满了两两成对的孩子，小家伙们漂亮又乖顺，叽叽喳喳地聊着天。

约翰和娜奥米跟随博士走出餐厅，沿着一条与楼上相仿的走道，来到一扇门前停了下来。“这是二年级教室。”德托雷博士告诉他们。

不一会儿，教室门开了，走出一对学生，接着又是一对，他们直接朝着餐厅走去。又过了一会儿，卢克和菲比走了出来，两人边走边开心地笑着，好像在讲什么笑话。

然后，他们看见了约翰和娜奥米，两人站在原地停了下来。

他们脸上的笑容立即就消失了，取而代之的是一丝浅浅的微笑。

娜奥米向前走了一步，伸出双臂，说道："亲爱的宝贝！卢克！菲比！我的宝贝！"

卢克和菲比任由父母将他们抱起来，搂在怀里亲吻，表情略有些尴尬。约翰和娜奥米放下他们，两人便像两尊蜡像似的站在那儿，一动不动。

老师最后一个走出了教室。

德托雷博士给他们做了介绍："这是亚当·加德纳，我们资深的计算机科学老师。这是科里森博士和他夫人。"

"很高兴见到你们，"加德纳伸出手来与他们握手，"你们的孩子简直太棒了！卢克和菲比上我的课才一个小时，就已经开始教我新知识了。"

说完，他看着双胞胎，卢克和菲比也看着他，因为得到了老师的表扬，他们的脸上神采奕奕。看着双胞胎流露出来的那种高兴劲儿，约翰和娜奥米震惊了。

亚当·加德纳老师和他们打了声招呼后便朝着餐厅走去。

德托雷博士说："嗯，我想你们可能希望单独待一段时间吧。卢克，菲比，你们和父母一起去那个房间，没有人会打扰你们的。你们好好聊聊。如果等到你们的父母要回去时，他们认为你们也要一同返回英国，那么，你们就跟他们一起走。我说的你们都听到了吧？"

两个孩子谁都没有吭气。

第一百二十四章

这是一间空调房，透过窗户能看到那片大学校园一样的建筑群以及更远处的景色。外面阳光很强，空调房里百叶窗关着。约翰和娜奥米坐在咖啡桌一侧，对面坐着卢克和菲比，两个孩子手里都拿着一瓶矿泉水，用吸管喝着。

约翰瞥了一眼墙上的钟，突然问有没有男洗手间。娜奥米说她也想去一下洗手间。卢克和菲比将他俩带到走廊上，告诉他俩怎么走。

约翰走进洗手间，里面一尘不染，异常干净。小便结束后，他走到洗手池跟前，打开水龙头，以掩盖自己发出的其他声音。他走到窗前，打开窗户，抬头看了看太阳，又看了一眼手表。手表上仍然是伦敦时间。约翰故意在中午12点的时候找个借口溜出来，而他手表上显示的时间却是凌晨2点，这就意味着他们向东飞越了十个时区。他眯起眼睛看着太阳，估算它的高度。在约翰看来，太阳已经快接近最高点了。冬至过去还不到一个月时间。冬至那天太阳会直射南回归线，位于赤道以下23°。现在太阳就在约翰的头顶上，这表明他们的位置可能是在南回归线以北。根据他手表上的时间以及正午时分太阳的位置，他确定他们所处的位置在南太平洋上南回归线稍北的地方。这个推断绝对算不上万无一失，他们很可能离最近的人口密集区还有一两千公里的距离，但是，这至少是个良好的开端。

约翰和娜奥米先后回到了房间，和孩子们待在一起。娜奥米探身向前，给自己的杯子里倒了些牛奶。事情的发展不该是这样的，她心想，我们不该和孩子坐在这里，进行一场正式、严肃的会面，仿佛我们在讨论不动产交易、二手车处理、银行贷款之类的事情。

卢克双手握着矿泉水瓶，对娜奥米说："我实在是不太明白，你们为什么这么急切地想让我们和你们一起回英国。"

"因为我们是你们的父母！"娜奥米回答说，"孩子应该在自己父母身边长大。这才是生命成长的正确方式。"

"可在这里并不是这样的，"菲比反驳道，"这里只有极少数的孩子有父母。大多数都是不折不扣的'新人类'。"

"这有区别吗？"约翰问。

"这难道还不够明显吗，父母？"卢克说，"那些孩子没有任何的包袱。"

"他们不像我们。他们不必非得在一个女人的子宫里孕育诞生。"菲比解释说。

娜奥米瞟了约翰一眼，看到了他脸上震惊的表情。

大家沉默了一会儿，娜奥米半真半假地问菲比："这件事不会是让你感到困扰了吧，亲爱的？"

菲比的回答非常严肃，没有一丝打趣的味道。"这种繁殖方式简直落后透顶，毫无意义，而且会让婴儿承受毫无缘由的风险。父母繁殖这种方式是不可能保证一个种族的延续的。"

一瞬间，约翰和娜奥米都愣住了。

卢克接下来的话让现场的尴尬稍有缓和。"菲比和我并不想让你们觉得，我们对你们所做的一切毫无感激之情。相反，我们感到很荣幸。"

娜奥米也觉得这样僵着不好，赶紧说："我和你爸爸为你俩感到骄傲，非常非常骄傲。"说完，她转身问约翰："你说是吗，亲爱的？"

"是的！"约翰说，"我说，我想你们应该知道，在英国时你们明知道自己比周围的孩子要聪明得多，但你们却对我和妈妈隐瞒了这个事实。现在既然我们已经知道了这一情况，那我们就能帮助你们充分挖掘潜能。英国有很多超级棒的特种教育机构，你们可以去那里上学——我们手上有一份学校名单——”

菲比抬起眼皮，打断了约翰的话。“这里每一个通过父母族出生的孩子都面临着这样的问题。”

“你们可能对我们期待很高，父母族，”卢克说，“但我不是为满足你们的期待而存在的，我姐姐也不是。”

约翰和娜奥米看着他们俩，试图消化他们说的这一切。

卢克接着说道：“我一直在评估这个世界。说实话，我认为这个世界运行得并不好。它必须有所改变，需要用全新的理念去解决问题，需要设计一个崭新的未来模式，否则这个世界将没有未来。”

“没有未来？”约翰问道，“你这话是什么意思？”

“‘新千年之子’的信徒要来伤害我和菲比，而你们却不能保护我们——我们不得不寻求外界的帮助。”

“宝贝，你们能解释一下那是怎么回事吗？”娜奥米尖声问道，“告诉我们，到底发生了什么事情？”

“我想我们有比这更重要的事情需要讨论，”菲比傲慢地说道，“你们需要弄明白，我和卢克是从哪里来的，我们存在的基础是什么。”

娜奥米看了看约翰。在过去的这几天时间里，姐弟俩的思想似乎成熟了很多。明明是三岁多的孩子，却偏偏用成人的方式和他们对话，娜奥米感到难以接受。这里的一切她都很难接受，她觉得自己身处一场噩梦之中。

“那你觉得你和卢克存在的基础是什么？”约翰问道。

“好吧，”菲比说，“首先，我们知道，当初你们是做了基因选择的，因为你们希望我们比别的孩子优秀。你们希望我们成为完美无缺的孩子。”说出以上这些话时，菲比甚至用挑衅的眼神看着约翰和娜奥米。

“你妈妈和我——”约翰刚开口说话就被娜奥米打断了。

“听好了，你们两个，”娜奥米说，“你们需要知道，我们这样做是有原因的。在失去你们的哥哥哈雷之后，我和你爸爸不希望同样的悲剧在你们身上重演。我们希望你们健健康康的，希望你们不受任何疾病的困扰。这样做有错吗？”

“没有，你们这样做合情合理，”卢克说，“那么，你们的问题是什么？”

“我们的问题？”娜奥米一下子愣住了，过了好一会儿才接着说，“我们的问题就是想让你们跟我们一起回家。”

“你们究竟为什么想让我们和你们一起回家？”菲比问道。

“因为——”娜奥米纠结了一秒钟，“因为我们爱你们。”

“虽然你们的智商比普通孩子要高很多，”约翰插话说，“但你们仍然是孩子。你们需要父母的关爱和指导——这是我们——我和你妈妈真心想要给你们的。”

“你们了解你们父母族吗？”卢克问。“你们不过是几万年前延续下来的一个种族的后代，你们将这个世界弄得乱七八糟。可你们还自称‘智人’！”他嘲讽地说道，“‘智人’意味着是有智慧的人类，但是你们的种族却并不聪明。在你们的管理下，整个世界都失去了控制。你们发明了大规模杀伤性核武器和化学武器，一个对社会心存不满的疯子，只要他愿意，就能在这个世界的某个角落买到上述武器。你们的科学家声称他们已经证明了上帝是不存在的，却又允许那些宗教狂热分子肆意践踏你们的星球。你们在不断地破坏这个星球上的生态平衡，因为你们无法在生态保护方面达成协议。你们每周印刷出来的那些东西所提供的信息量，一个正常人一辈子都看不完。就凭这样的你们，还想来指导我们？我认为你们实在是太自负得过了头。”

“其他生物从不黏着自己的后代，”菲比补充说，“它们的后代一旦会飞行、会游泳、会自己猎取食物，父母就会立即放手。你们为什么如此迫切地渴望将我们带回英国、把我们拴在你们身边呢？你们已经度过大半生了，而我和卢克的人生却刚刚起步。除非我们能让这个世界迅速发生巨大的变革，否则，这个星球上的每一个人都不会有未来。你们自己回去吧，回到英国，按照你们的腐朽方式去生活吧，而我们要留在这里，和其他新人类一起寻求未来。”

约翰努力让自己保持冷静。他想让这两个孩子知道，他和娜奥米能够理解他们的想法。“那么，你们到底打算怎样寻求未来呢？”

菲比的语气顿时变得欢快起来。她笑着对约翰和娜奥米说：“关于这个问题，我们没有必要向你们解释，因为你们这些父母族无法理解。我并不是要故作傲慢，这只是一个事实。”

“孩子们，”约翰说，“那些想要杀你们的人全部被有关政府部门抓起来了。现在你们可以安全地回家了。我们可以保证你们的安全。如果你们想改变这个世界——我们已经看到了，你们具备这样的能力——那么你们就应该离开这个与世隔绝的地方。我和你妈妈会竭尽全力支持你们的。”

菲比回答说：“我和卢克要商量一下。请让我们俩单独待一会儿。”

德托雷博士不知什么时候悄无声息地进了房间。“约翰，娜奥米，我们出去散散步吧。”

第一百二十五章

时值中午，外面热得像蒸笼，阳光刺得人睁不开眼睛，空气里弥漫着木槿花和三角梅的香味。约翰和娜奥米跟随德托雷博士，沿着一条绿色小径，在建筑群里散步。这个大学校园般建筑群宽广而静谧，每经过一栋建筑博士都会介绍说它叫什么名字，可是约翰和娜奥米几乎一个字都没有听进去。

刚才与卢克和菲比的交谈让两人深受伤害。约翰眯起眼睛，看看四周，心中暗自懊悔出发时没少穿些衣服，太阳镜也忘记带了。因为没洗澡，他浑身感觉黏糊糊、脏兮兮的；新长出来的胡子茬让他觉得脸上发痒。然而眼下所有的这些不适都不重要。他最在意的是德托雷博士的解答。在今天之前他们还绝望地认为这些疑惑将成为不解之谜。

当然，他们还有另一件更为重要的事情，那就是怎样才能打动卢克和菲比的心，说服他们一起回家。这就需要检验德托雷博士的诺言，看他是否真的同意他们带两个孩子回家。

四周一片寂静，静得有些诡异，他们仿佛置身于一座鬼城。约翰有一种重新回到了“幸运玫瑰号”上的感觉。“为什么这里所有的建筑上都有伪装，而且机场的跑道和道路都漆成了绿色，德托雷博士?”约翰问，“你为什么不想被人发现?”

“你在害怕什么，德托雷博士?”娜奥米追问道。

德托雷博士继续大步向前走着，像一头丛林里的雄狮，从容而自信。他知道在自己的领地内，他就是无敌之王。时间每过一秒，约翰对他的憎恶就增加一分。他憎恨德托雷的自负，憎恨他欺骗了他和娜奥米，憎恨他带走了他们的孩子，毁了他们的生活。尽管如此，作为一名科学家，约翰还是禁不住对德托雷博士的方方面面心生敬畏。

德托雷停下脚步，张开双臂，似乎要将周围的一切收入囊中。“让我来告诉你们真相。你们记不记得中世纪时法国、意大利和西班牙的宗教裁判所？他们让拥有自由思想的人们战栗了整整五个世纪。你们是否记得一位名叫伽利略的意大利科学家、比萨城的数学教授？他将望远镜的放大倍率提高到33，使自己成为世界上第一个看到木星卫星的人。1632年，他出版了一本书，支持哥白尼的日心学说，反对地心说。当时的罗马宗教裁判所勒令他放弃这个荒诞的理论，否则就将他处死。”

约翰和娜奥米两人都缄默不语。

“宗教裁判所大范围地迫害知识分子和工人，其作为与希特勒毫无差异。然而他们却能逃脱罪名，因为他们总打着上帝的旗号干坏事。宗教信仰赋予了他们无上的权力和威望，让他们的行为合理合法。”德托雷停下来，目光犀利地盯着约翰和娜奥米看了一阵子，然后接着说：“你们疑惑我们为什么要躲在这里——原因非常简单。我迟早会被一帮思想还停留在中世纪黑暗时代的宗教狂热分子找到并杀害，如果不是‘新千年之子’，也会有其他的极端组织。”

“可是你对此感到不理解，是吗？”约翰说，“你在利用儿童和基因工程来实现你个人的妄想，有人与你对抗，于是你觉得很诧异，对吗？”

德托雷指着天空说道：“约翰，娜奥米，你们是否知道，在你们的头顶上，有许多卫星每时每刻都在拍摄着这个星球上的每一寸土地。这些卫星属于美国、俄罗斯、中国以及其他很多国家。他们在找寻世界上的新鲜事物，查找刚刚出现的建筑物，探寻在那些未被占领的土地上是否存在原住民。卫星拍摄到的所有东西都被登记在册，然后进行检测和分析。”

“你这里的交通系统全部在地下，这就是其中的原因？”约翰问道。

“没错。天空中的卫星无法看到我们。到我们不再需要隐藏自己之前，我们打算一直维持这种状态。”

“那将会是什么时候呢？”娜奥米接口说。

“当这个世界做好准备的时候。”

“做好什么准备？”娜奥米追问道。

“做好接受我们这里的智慧与友善的准备。我们这里的孩子长大后，没有人会向顾客满堂的伦敦酒吧投掷钉子炸弹，也没有人会驾驶满载着炸药的汽车冲向大街上的人群。你们两人愿意看到这种所谓的文明造成的严重伤害一代代流传下去吗？这个世界被控制在一个又一个的宗教狂或者暴君手中。尼禄、阿提拉、希特勒……在这些人的统治下，人类互相残杀，这样的局面何时才是尽头？你觉得这些人会同时出席一个盛大聚会，然后说：各位，非常抱歉我们已经争斗几个世纪了，为了让我们的后代拥有一个美好的未来，我们握手言和吧。我并不这么认为。”

“谁为这一切提供经济援助，德托雷博士？”约翰问道，他并没有被他的言语打动。

德托雷博士丝毫没有放慢脚步，继续向前走着。他边走边回答说：“一些有爱心的人，一些慈善家，他们不愿看到这一代文明再次回到宗教狂和暴君手中，不愿再回到黑暗时代；他们希望通过严谨的科学技术来确保人类未来的安全。”

“我想知道一件事，”娜奥米说，“当初我们说想要一个男孩时，你为什么要欺骗我们，让我们怀上了双胞胎？”

德托雷博士停下脚步，转身面对他们说：“因为你们永远都无法理解，就这么简单。”

“理解什么？”约翰说。

博士看了看他们两人，说：“你们的孩子拥有超级智商，如果没有人分享，那他会非常孤单的。他会觉得自己是一个怪物，因为他与周围的其他孩子太不一样了。有了两个孩子，他们会互相做伴，并且能更清晰地看到这个世界的前景。”

“你不觉得这个应该是由我们来决定的吗？”娜奥米质问道。

“我当时并不认为你们能理解这一切。”博士回答说。

约翰感觉怒火中烧。“你这样说实在是太狂妄了。”

德托雷博士耸耸肩说：“事实总是让人难以接受。”

“这简直骇人听闻。我们就某些条款达成了协议——你，娜奥米和我——为了孩子的健康。但是，你背着我们到底又增加了什么？”

“一些非常非常重要的东西，我觉得被你们忽略的重要的东西。”

“你到底有什么权利这样做？”娜奥米提高嗓门喊道。

“我们回办公室吧，”德托雷博士说，“你们看上去情绪比较激动。这天气让你们觉得不舒服了吧。回去洗个澡、换身衣服，然后吃点东西、休息一下。看得出来，长途旅行让你们很疲惫。回房间恢复一下，之后我们再接着谈。”

“我不需要恢复，”娜奥米说，“我也不需要休息。我想立即乘上飞机，带着我的孩子一起回家。这才是我想要做的。不要指手画脚地告诉我现在需要做什么。”

德托雷博士脸色一沉，表情严肃地说：“我这里有一大批顶级专家，娜奥米。我们所有人都只对一件事感兴趣，那就是人类的未来。”他转身看了约翰一眼，而后又回过头来，面对着娜奥米继续说：“我有三名诺贝尔科学奖得主，八名麦克阿瑟天才奖得主，还有二十八名科学家获得过诺贝尔奖提名。我告诉你们这些，是不想让你们把我看成是一个见不得光的吹牛大王，一个疯狂的科学怪人，孤立无援。”

"无论你有怎样的愿景，那是你的权利，德托雷博士，"娜奥米说，"但是，你没有权利诱拐我们的孩子，更没有权利诱导他们反抗父母。"

"好吧，既然如此，我们双方都各自保留意见吧。"博士微笑着说，继续向前走去。

约翰跟在他身后，对博士刚才那番解释感到非常气愤，也为自己的无助而万分恼火。在这里他什么都做不了，他觉得自己的头都要炸了。

这时，他听见了一声闷响。

他抬头看去——有那么一瞬间，约翰以为德托雷博士的后脑勺被打飞了，因为有样东西从他后脑勺那里掉了下来，同时掉下来的还有一团头发和一块头皮。他意识到那是一块石头。他转过身，惊恐地看着娜奥米。娜奥米站在原地，依然保持着投掷石头的动作，脸上带着满足的冷笑。

约翰回头看德托雷博士，只见他的身子好像变软了，他慢慢蹲下来，突然一头栽倒在地，然后就一动不动了。头部受伤的部位刚开始呈灰白色，像一块破碎的石板，接着，鲜血涌了出来，染红了伤口周围的头发。

第一百二十六章

娜奥米突然飞跑起来，用百米冲刺的速度沿着来时的路往回跑。约翰一下子愣住了，耳朵里充斥着娜奥米渐行渐远的脚步声和自己怦怦的心跳声。他吓得喊了起来。

约翰急忙跑到德托雷博士身边，跪下来查看他的伤势。鲜血已经染红了博士的连衣裤的衣领和双肩。约翰吓得手足无措。

过了好一会儿，他才摇摇晃晃地站起身来，去追娜奥米。距离她只有几步远的时候，他大声喊道："娜奥米！停下来！停下来！你要去哪里？"

"去找我的孩子。"娜奥米头都没回地回答道。

他一把抓住她的胳膊，用力一拽，把她拦了下来。"娜奥米！亲爱的！"

娜奥米茫然地看着约翰。她全身都在发抖，歇斯底里地喊道："放开我！"

"你可能把他给砸死了。"

"我也会杀了你，"娜奥米说，"谁想阻拦我带我的孩子回家，我就杀了谁。"

约翰扭头看着远处。博士依然一动不动地躺在那里。他又朝四周房屋的窗户看了看。随时都会有人从房子里冲出来抓他们。当务之急是赶紧找地方躲起来。除此之外，约翰没有别的想法，也没有任何计划。他的直觉告诉他，德托雷博士是他们唯一的救生索。现在已经不是带卢克和菲比回家的问题了，而是要如何逃生。

他惊慌地四下环顾，想弄清现在的方位。他看着一幢红色砖瓦建筑，他好像记得几分钟前德托雷博士向他们介绍说，这里是天体物理研究室大楼。然后，他又看着另一幢大楼，博士说那里是图书馆和普通研究室。约翰的视线在一幢幢大楼间掠过，他记不清是在哪一幢楼里见到卢克和菲比的了。在这二十多幢楼中，任何一幢都可能是。他的脑袋里，有一个声音在大喊着：

到大楼里去！到里面去！不要待在室外！找个有掩护的地方！

找个避难所！

赶紧藏起来！

离他们最近的是天体物理研究室。约翰抓住娜奥米的手，拖着她，跌跌撞撞地朝大楼跑去。

该死的大门到底在哪里？

两人沿着大楼的正面飞跑。他们经过了一扇巨大的黑色玻璃窗，又经过了花坛和一个池塘，来到了大楼的侧面。他们看到了一扇玻璃门，上面写着“仅用作消防出口”几个字。约翰想把门拉开，却找不到任何可以抓手的地方。门外面没有把手，也找不到可以让他塞进手指的缝隙。

“他们在这里吗？”娜奥米问，“卢克和菲比在这里吗？”

“也许吧，我们就从这里开始找。”

娜奥米抽泣着说：“约翰，我想要我们的孩子。我想要卢克和菲比。”

“我们会找到他们的。”约翰拽着娜奥米绕过大楼侧面，继续向前跑，来到了另一边。他发现这里应该是大楼的主要入口。他们的前方有两个孩子，一男一女，六岁左右，穿着白色连衣裤，手牵着手，蹦蹦跳跳地上了几个台阶，径直朝着大楼中央的一扇玻璃窗走去。当他们走到距离玻璃窗只有一两米远的时候，一块玻璃升了起来；等他们进去后，那块玻璃随即落了下来，从外面丝毫看不出有什么缝隙。

约翰领着娜奥米朝那扇玻璃窗走去。当他们靠近时，那块玻璃自动升了起来。他们进入了宽敞开阔的中庭，地上铺着大理石地板。空调温度设定得很低，让人感觉有些冷。中庭里空无一人，只有一个巨大的傅科摆[1]从天花板上悬挂下来。这里有点像高档酒店的大堂，只不过没有前台和服务生。中庭的另一端有两部电梯。刚才的那两个孩子消失不见了。

他们去哪里了呢？

进电梯了吗？这是他们唯一可能去的地方了，约翰心想。他牵着娜奥米的手，把她拖到电梯门口。可是，电梯旁却没有按钮。约翰上下打量了一番，却没有找到任何可以操控电梯的途径。肯定有的！约翰心有不甘地转过身，朝他们两人的背后看去。中庭里仍然看不到人。约翰想，这里应该有步行梯，有消防通道。正在张望的时候，只听见“叮咚”一声，右边电梯门上方的灯亮了起来。

约翰用力抓紧娜奥米。电梯门打开了。

电梯轿厢里面没有人。他俩走进电梯。约翰看了看控制面板，按了最下面的按钮。

突然，他听见中庭那边传来了一声尖叫。中庭的入口处有两名身穿白色连衣裤的孩子正朝着他们跑来。在这两个十几岁孩子的身后，越来越多的孩子从玻璃门里拥了进来。

约翰手忙脚乱，一遍又一遍地按着按钮。冲在最前面的两个孩子只差几米就要到电梯口了。这时，电梯门终于关闭了。

接着，他们听见了愤怒的敲打声。那两个孩子在拍打电梯门。

娜奥米呆呆地盯着约翰，像一具僵尸。电梯开始下行。约翰掏出手机，徒劳地看着显示屏。和先前一样，手机还是没有信号。

肯定有办法从这里逃出去，回到外面的世界。约翰在德托雷博

1　用来观察地球自转的一种装置。

士的办公室里曾看到过一部电话，他猜想那肯定是一部卫星电话。他们肯定要用飞机或者轮船——也许这两种交通工具都用了——把补给物资运进来；肯定有某种方式能与外界联系上，也肯定有办法能离开这里。

但是，到底要怎么做呢？

电梯门开了，外面是一个废弃的单轨列车站台。约翰拉着娜奥米走出电梯，朝两边看了看。他们的左右两侧都有一条隧道，一条狭长的检测通道将两条隧道连在了一起。约翰拖着娜奥米进了左边的那条隧道，以他们最快的速度冲进了无尽的黑暗之中。

他们在隧道里跑了几百米后，就听见身后传来喊叫声。约翰扭头看见几束手电筒光跟在他们后面。娜奥米绊了一跤，随即又站了起来，继续奔跑。约翰看到前方有亮光，但离他们还很远。后面的手电筒光越来越近，约翰感觉肺都要炸了。娜奥米一直没有说话，紧紧地拽着他的手，跟在他身后。约翰再次加快了速度。

前方远处的亮光越来越近，但是他们身后的叫喊声也越来越近了。那些人快要追上他们了。约翰和娜奥米从隧道中冲出来，到达了另一个站台。这里同样有一部电梯，旁边还有一个紧急出口。约翰打开紧急出口的门，领着娜奥米走进一个灯光昏黄的混凝土楼梯井。

约翰三步并作两步，噔噔噔地上着楼梯。娜奥米跌跌撞撞地跟在他身后，几近崩溃，完全靠着约翰拖着她向上走。底下传来阵阵喧闹声。过了几分钟，他们来到了楼梯井的顶部。他们面前有一扇带把手的门。约翰猛地按下把手，将门推开。两人一下子冲了进去，差点没站稳。约翰发现他们来到了一条长长的走廊上，四周灯火通明，地板和墙面都贴着砖状物，看上去像是用拉丝铝板制成的。走廊尽头有一扇双开门，门上有两个观察孔，有点像医院急诊室的门。

约翰和娜奥米急忙朝着那扇双开门跑去。然而，就在他们距离大门只有几米远的时候，两个人从门后走了出来。

是卢克和菲比。

在他们身后，越来越多的孩子簇拥着过来了。

第一百二十七章

卢克语气严厉。“你们做了一件可怕的事情，父母族。你们将落后的行为方式带到了这个地方。你们让我和菲比蒙羞。你们到这里不过短短几小时，而你们的行为却已经玷污了这个地方。这个岛上的人从未实施过暴力。这里的新人类根本不知道暴力是什么。现在你们给他们做出了表率，你们是否为此感到骄傲？”

“我们……”约翰开口想要辩解，但又不知道该说些什么。才说了两个字，他就说不下去了。

娜奥米依然浑身发抖。她为自己所做的事感到震惊。她迟迟疑疑地问：“我们这是在哪里？这是什么地方？发生什么事了？”

“即使我们解释给你们听，你们恐怕也理解不了。”菲比说。

“你们将我们带到这个世界，”卢克说，“能否请你们解释一下这样做的原因？”

“是的，你们到底有什么打算？”菲比补充问道。

“我们只想要一个健康的孩子，一个没有遗传我和你妈妈身上疾病基因的孩子——这就是我们的打算，这就是我们全部的打算。”约翰回答说。他简直不敢相信这样的对话竟然会发生在他和自己的孩子之间。

“很好，我们来到了这个世界，你们成功了。我和菲比都很健康，”卢克说，“你想看看我们的体检记录吗？我们的体检结果真的很棒。比起你们带我们去的那个地方，我们在这里更加健康。”

菲比接着说道：“一提到遗传，每个人似乎都谈虎色变。我们看到有人说大自然这个母亲并不伟大，但她比其他的选项要好一些。哦，对了，你好，你来自哪个星球？五十万年前，当人类第一次出现在这个星球上时，自然之母就主宰了'智人'的命运。这简直太糟糕了！如果自然之母是一名政治领袖，那她早就应该被处以极刑了，因为她犯了种族灭绝罪！如果她是一家跨国公司的首席执行官，那她早就应该被解雇了，因为她根本不能胜任。为什么不给科学一个引领世界的机会？难道由正义之手主导的科学会让这个世界变得更糟糕吗？"

"你说的正义之手指的是什么？"约翰问。

"就是你们刚刚打算置他于死地的那个人，"卢克盯着娜奥米说，"德托雷博士。迄今为止，他是这个星球上最伟大的梦想家。可是，你们刚才居然想要杀害他。"

"在更多的人发现你们的暴行之前，你们赶紧走吧。现在，你们就必须离开这里，父母族，"菲比沉着脸说，"我们会带你们去飞机那里。要知道，这里的所有一切都有监控。如果你们现在就离开，我们会想办法删除你企图谋杀德托雷博士的视频，母亲……你本来不值得我们这样做，但是，你们毕竟是我们的父母……"

"我们并不想杀你们，"卢克说，"如果这样做了，我们就变得和你们一样低级了。我们只想请你们离开，忘记曾经到过这里，忘记在这里看见的一切，忘记任何与我们有关的一切。"

"我永远忘不掉你和菲比。"娜奥米抽泣着说。

"为什么忘不掉？"卢克疑惑地问道。

娜奥米眨了眨眼睛，泪水滚落下来。"你们是我们的孩子，而且永远是我们的孩子。我们的家永远都是你们的家。等你们长大了，也许有一天你们会来看看我们的，"娜奥米颤声说道，"也许到那时，你们会明白一些事情，你们掌握了一些新技能，可以教教我和你爸爸。"

约翰点点头，接着娜奥米的话说："我们家的大门永远为你们敞开。我只想让你们知道，无论什么时候，当你们想回来时，我和你妈妈永远在家里等着你们。”

“你们的意思我们非常清楚了。”菲比说。

第一百二十八章

娜奥米的日记

从前，我差点儿杀了一个人。

我如此表述是因为这会让那件事听上去不那么真实。这就是人脑的优点之一：它总能不断地修改历史，这里删一点，那里加一点，最终以令人满意的方式呈现出来——以我们喜欢的方式呈现，而不是以事情的本来面目呈现。

索伦·克尔恺郭尔[1]曾经写道，生活必须向前看，但只有回顾才能理解生活。我在脑海里一遍遍地回放过去：回放哈雷永远离我们而去；回放约翰和我决定去德托雷博士的诊所；回放我跟在德托雷博士和约翰的身后，走在小路上，当时阳光明媚，我蹲下来捡起一块石头，砸了过去——真让人难以置信，那件事居然已经过去八年了。

我回忆着这个片段，想分析清楚我当时到底想要做什么。是想杀了他吗？还是根本没有其他想法，只想扔块石头来发泄一下？

我的一部分身体希望我做出上述举动只是想发泄一下，然而我的良心告诉我，这并不是事实。卢克和菲比曾经对我们说过，这就是我们父母族的缺陷。这一缺陷是我们的宿命。按照他们的话来说，父母族在情感进化方面已经落后于科技的进步。人类即将实现超光速移

1　丹麦哲学家、神学家，存在主义先驱，反对黑格尔的泛理论，认为“真理即主观性”，哲学以上帝为归宿，研究的是个人的“存在”，著有《非此即彼》《人生道路的阶段》等。

动，未来的科技发展将远远超出人类祖先的想象。然而，这样一个物种却没有学会如何应对内心的仇恨。一旦遇到问题，唯一的解决办法就是向对方扔石块。我该拿什么来反驳孩子们的话呢？每天我从网上下载晨报，看到一条条新闻报道，它们讲的都是世界各地发生的那些可怕的事情。面对这样的现实，我又如何能够说服我的孩子，说他们的判断是错误的，我们已经学会用其他的方式来解决冲突了？

我已经很久很久没有写日记了，这是第一篇。我早已丧失了写日记的激情，或者说我对任何事情都没有了激情。经过几年的治疗，我感觉有了些许好转。也许，我正在逐渐恢复健康。约翰和我几乎再也没有谈起过那件事，仿佛两人有了某种默契：忘记过去吧，未来才是我们需要关注的。

我们从小接受的教育是，父母的话就是真理，你必须向父母学习，并且要把从父母身上学到的东西传给你的下一代。有一天，你突然发现这个世界已经不是你所理解的那个样子，那真是一种奇怪的感觉。

没有人知道未来会是什么样子。如果我们能预知未来，我想我们也许会疯掉。我们会做梦，时常让自己逃离现实、躲进梦里。这些梦深藏在我们的心中。在我的梦里，哈雷还活着，他很健康，他在一天天长大；我们三个人幸福地生活在一起；我们一起去度假，一起去参观主题公园和博物馆，一起在海边的白色沙滩上玩耍；我们互相捉弄，开心得笑作一团。然后，我的梦醒了。

有时，记忆眷顾我，让我感觉向德托雷博士扔石块的事情就是一场梦。但是，在绝大多数时间里，每一天，每一个小时，我都在记忆里回放我扔石块的画面。晚上，我必须吃安眠药。这些药是我的闺蜜，能让我安然入眠。闺蜜们对我最好的时候，我就能一夜无梦地睡到天亮。

那样的情况屈指可数。只有在一夜无梦的时候，我醒来后才感觉到精力充沛，感觉到生活中还有值得期待的事情。我相信，在那个时刻，你知道自己很开心——因为，在你醒来时，你想要的是拥抱未来而不是逃避过去。

我会不时地在谷歌上搜索德托雷博士、卢克·科里森和菲比·科里森的名字，试图找到有关他们的新消息，但总是一无所获。在公众眼里，德托雷博士早在数年前的一场空难中丧生，故事就此画上了句号。我们去过的那个神秘地方依然是个谜。回到英国后，约翰花了好几个月时间坐在电脑跟前，想用谷歌地图搜索到那座小岛，但都以失败告终。

警察也曾努力过，同样也没有成功。我们并没有给他们提供太多的帮助。我们没有告诉他们，德托雷博士还活着。直觉告诉我们，这个消息一旦公之于众，那些宗教狂徒、那些疯子迟早会找到他，这将危及岛上所有人的生命安全。尽管发生了这么多事情，约翰和我对卢克、菲比的爱却丝毫未减。我们是他们的父母，我们会永远爱着他们。我一直都很担心卢克和菲比，不知道他们现在过得怎样，有没有生病。我一直有个担心，它萦绕在我的脑海里，挥之不去：如果两个孩子遭遇了什么不幸，约翰和我恐怕永远也无法知道。

约翰和我决定不再要孩子了。约翰完全投身于工作中，而我则参加了当地几个儿童慈善组织。我们养了两只拉布拉多犬，一只叫布鲁图，另一只叫尼禄。它们很可爱，也很称职。虽然我们现在没有感觉到任何威胁，但在安全防护方面我们一直很谨慎。我希望我们能一直保持警惕。

今天，我的心情不错，这很难得。我也说不清楚原因，或许是因为过去的一切已经离我很远了吧。我碰巧在一本关于美国印第安人古训的书里看到一句话，我觉得它在某种程度上概括了我们和卢克、菲比的境况：

“虽然我们坐在不同的船上，你在你的小船上，我们在我们的独木舟里，但是，我们都在同一条生命的长河中航行。”

第一百二十九章

每天晚上下班回到家，约翰就自己调制鸡尾酒，这已经成了他的习惯了。酒精能够帮助他麻醉心中的痛苦。失去孩子的那种撕心裂肺的痛苦不断纠缠着他，但同时折磨着他的还有另一种失去，而这种失去对他而言同样重要——他对工作失去了热情。真实的情况是，自从他离开德托雷的海上诊所之后，他就觉得自己变了一个人，到底在什么地方变了，他也说不清。

他吻了娜奥米，然后给自己倒了一大杯威士忌，加上冰块后，进了书房，上网查看邮件。他听见外面有羊在田野上叫。

春天到了。新的生命又开始了。今晚的空气暖暖的，天气预报说，周末是好天气。他打算把烧烤架、折叠椅、餐桌什么的从车库里拿出来。也许今年和往年不一样，他们将会有一个愉快的夏天。

正这样想着的时候，他突然呆住了。他看着刚刚下载、打开的第一封新邮件，简直不敢相信自己的眼睛。他看了一遍又一遍，然后才跑到门口，大声喊娜奥米过来看邮件。

约翰坐在电脑前，娜奥米站在约翰身后，手搭在他的肩膀上。两人默默地注视着屏幕上的字：

明天星期六，15点30分，盖特威克机场，北航站楼，由罗马飞来的英国航空公司225航班。

请来接我们。你们的孩子，卢克和菲比。

第一百三十章

娜奥米紧紧地抓着约翰的手，眼里既有喜悦也有疑惑。她有好多问题要问。“这是真的吗，亲爱的？这不会是一场骗局吧？”

“这封邮件是真实的，”他回答道，“但我不知道发件人是谁。”

“你查得出是从哪里发来的吗？你能查出邮件的来源吗？”

“邮件是用Hotmail的账户发的。无论你在世界的哪个角落，只要你能找到一家网吧，几分钟就能注册一个，根本就没法查。”他耸耸肩膀。“谁知道信的内容是不是真的呢？如果是假的，那这个玩笑就开得太大了。”

“你觉得他们这是要回家吗？回来后再也不走了？”娜奥米问。

“我也不知道。”约翰看着邮件，仔仔细细地看每一个单词。“他们马上就要过十二岁生日了。谁也不知道他们的思想将会变成什么样子。也许他们已经长大，那座小岛已经容不下他们；也许，他们想在这里上大学；也许他们只是心怀好奇，想看看我们变成什么样子了；也许，有人派他们来给我们上一课，教教我们该如何改变这个世界。”

“我得赶紧收拾一下，把客人用的床铺好。他们原来用的那两张小床应该已经睡不下了。他们吃什么呢？我们该给他们吃什么呢？”

“等见到他们再问吧。他们说不定想美美地吃上一顿，吃一些与健康食品不一样的东西，比如吃麦当劳之类的快餐。”

娜奥米在他脸上亲了一口，紧紧地搂住他。“上帝啊，上帝！我盼着他们回来，和我们团聚！这样，我们这个家就完整了！太不可思议了！”

约翰捏了捏她的手臂。“你可别期望太高。我们还不知道他们现在变成什么样子，也不知道他们有什么打算。这封邮件的语调冷冰冰的，既没说‘爱你’，也没说‘吻你’。”

“我们从来没有得到他们的爱。”

“是的。”

“但我觉得他们的心里还是爱我们的，只不过是以他们特有的方式，一种怪异的方式。”

约翰没有说话。

“请别告诉我这是一场骗局，约翰。我实在受不了啦。我太兴奋了。我真的不敢相信！”

“我们走一步看一步吧。”

娜奥米抚摸着他的额头。“难道你一点也不兴奋吗？”

“我当然兴奋！我想，用‘震惊’来形容应该更合适吧。同时，你知道，我——”

约翰欲言又止。

“你什么？”娜奥米问。

“我紧张焦虑。我不知道，我心里乱糟糟的。他们是不是来找我们要钱了——在大部分情况下，孩子来看父母不都是出于这个目的吗？他们现在长大了，已经到了要买这买那的年龄了。你知道，他们要买衣服，买唱片什么的。”

“他们还没到青少年那个阶段呢。”娜奥米说。

“德托雷说过，他们比一般的孩子长得快，成熟得快。他们可能只有十一岁，但我估计他们看上去像二十岁了。”

娜奥米看着电子邮件。“从信里的遣词造句来看，他们和我们好像只分别了几天似的。他们好像刚刚度假归来。八年了，现在发这样的邮件过来，太奇怪了。”

约翰不无伤感地笑了笑。“最让我伤心的是，我居然没有觉得这封邮件有什么奇怪的地方。他们的行事风格一直就是这样的。显然，他们没有改变。”

“我们能认出他们吗?”

“当然能。即使我们认不出来——不管出于什么原因，卢克和菲比肯定能认出我们啊。”

第一百三十一章

娜奥米和约翰从临时停车场往机场的到达大厅走。娜奥米紧握着约翰的手。他们早到了三十分钟。作为瑞典人，约翰一直很守时，今天他们更不能迟到。

两人都焦灼不安。约翰觉得喉咙里堵得慌，口干舌燥。进入大厅的时候，娜奥米四处张望着，因为她想，万一孩子们上了早一点的航班已经到了呢——虽然她知道这是不可能的事。她看看咖啡店、书店里的顾客，又看看身边的人。她看看手表：3：02。如果不晚点的话，飞机应该在3点30分到达。这是他们在车载电脑上查到的。根据她的经验，她知道至少还要再等半个小时，乘客才能出来。如果乘客托运了行李，等的时间就更长了。

他们想，孩子们是自己坐飞机来，还是有大人陪着呢？也许德托雷会亲自陪着他们过来？

出口处围着一群人，他们站在那群人的不远处等待着。娜奥米觉得有点头晕，因为她太紧张了，她太渴望看到孩子们了，而且，她的心中有无数的问题等着孩子们来回答。

渐渐地，约翰和娜奥米身边也站了一些人，他们身穿西装，举着接机牌。这些人当中有的是私人司机，有的是出租车司机。娜奥米看了看那些接机牌上的名字。她想，万一呢。万一什么？万一有个接机牌上的名字是“德托雷”？**斯坦纳德。法赛尔先生。弗兰克·牛顿。阿伯顿先生。奥斯特曼。**

她浑身发抖。她既兴奋又恐惧。她迫不及待。她觉得时间一分一秒地过去，太慢了。约翰不时地看手表，每次他这样做的时候，娜奥米也会看自己的手表，但大部分时候她的眼睛一直盯着到达的出口处。她焦急地看着人们从那里出来，走向了远处。一名精干的商人拖着黑色行李箱走了。一对上了年纪的印第安夫妇小心翼翼地推着满载行李箱的小推车走了。一个女的带着两个小女孩出来了，一个男的一边和她说话，一边推着小推车紧随其后。

他们还要再等二十分钟，孩子们才会真的从那里走出来。

二十分钟过去了。接着，十分钟过去了。现在，人们不停地从里面出来，好像有好几趟航班都在同一时间降落了。又过去了十分钟。

“约翰，希望他们马上就出来。”

他点点头。这时，他们看见远处出现了两个高高的人影，心中顿时燃起了希望。那是一对十八九岁的年轻人。男孩一头金色乱发，风度翩翩；女孩身材苗条，柔美多姿。两个年轻人推着小推车，车里装着一些豪华的行李箱。娜奥米和约翰都情不自禁地向前走了一步。男孩搂住女孩，在她的嘴唇上亲了几下，接着，男孩朝接机人群中的一个人挥挥手，男孩和女孩三步并作两步，朝那个人走去。不是他们的孩子。

一名机场工作人员推着轮椅走了出来。轮椅上坐着一个身穿厚夹克的年轻女子，她的一条腿上打着石膏，另一名女子推着小推车走在她身边，车上装着行李箱和滑雪板。这三人走后，紧接着出来的是几个穿着长袍的中东女子。接着，两名机场工作人员推着轮椅走了出来，轮椅上有两个老人。约翰和娜奥米几乎没有正眼看这两个老人，因为他们只关心后面从出口处走出来的人会是谁。

推着轮椅的那两名机场工作人员停了下来。轮椅上的老人个子不高，腿上都放着一只行李包。约翰瞥了他们一眼。两个老人，都是男的，看第一眼的时候，他这样想道。但是，他接着注意到，一位老人穿着橘黄色的T恤衫、蓝色运动短裤和运动鞋，另一位老人穿着白色罩衫、牛仔裙和亮片运动鞋。他这才意识到两位老人是一男一女。他觉得喉咙像被人扼住了。

两位老人的脑袋很大，大得和细小的身体不成比例。他们的颅骨鼓起，像变形的核桃；粗糙的皮肤下面，骨头依稀可辨。但是，他们的眼睛没有变，那是约翰和娜奥米绝对不会认错的地方，只是两双蓝色的大眼睛已经有些外突了。两人的牙齿全都掉光了。

老人中的女的用手指着他们。机场的工作人员点点头，推着轮椅朝约翰和娜奥米走来，在两人面前停下了。

约翰和娜奥米看着两位老人，有那么一会儿，他们完全蒙了。娜奥米骇然地看着老人的脸，那是八十多岁，甚至更大年纪的老人才会有的脸。老人中的那个男的头上有几根稀疏的白发，那个女的则完全没有头发了。

老人中的那个女的抬头看着娜奥米，惨然一笑，这一笑几乎让娜奥米的心碎了一地。接着，那个男的也抬头看着她，对她惨然一笑。

“妈妈，你好。爸爸，你好。”卢克说。他的声音没变，还是像孩子时那样清脆。

菲比有些腼腆地笑了。她看看爸爸，又看看妈妈。“你说过，我们随时都可以回家，你们随时欢迎。”

娜奥米蹲了下来。她泪流满面。她抱住菲比，又抱住卢克。“当然欢迎，我的孩子。爸爸和我最开心的就是看到你们回来。以前是这样，现在还是这样。欢迎回家！”

约翰看着站在轮椅后面的那两名工作人员。“他们有行李吗？”

一名工作人员摇摇头。“没有，他们没有行李，只有那两只行李包。”

“我们不需要太多的行李，”菲比说，“我们待的时间不长。”

“为什么？你们……你们……要去哪里？”娜奥米结结巴巴地

问，眼泪止不住流了下来。

她看到了约翰面如死灰的脸。两人相对无言。娜奥米强忍住泪。她明白了。